俄苏文学经典译著·长篇小说

高尔基（1868—1936）

　　原名阿列克赛·马克西莫维奇·彼什科夫，苏联作家。生于木工家庭。当过学徒、码头工、面包师傅等，流浪俄国各地，经历丰富。列宁称他为"无产阶级艺术最杰出的代表"。代表作品有《母亲》《童年》《在人间》《我的大学》等。

罗稷南（1898—1971）

　　原名陈小航，云南顺宁人。1923年毕业于北京大学哲学系。曾任上海读书生活出版社经理，与人合办《民主》周刊。1949年后出任西南军政委员会委员，中国民主促进会发起组建者之一。精通英语和俄语，译作颇丰，代表性译作有《双城记》等。

ЖИЗНЬ
КЛИМА
САМГИНА

M.Gorky

克里·萨木金的
一生

【第三部 燎原】

[苏]高尔基 著

罗稷南 译

俄苏文学经典译著·

长 篇 小 说

Russian

Literature

Classic.

NOVEL

Copyright © 2021 by SDX Joint Publishing Company.
All Rights Reserved.
本作品版权由生活·读书·新知三联书店所有。
未经许可，不得翻印。

图书在版编目（CIP）数据

克里·萨木金的一生／（苏）高尔基著；罗稷南译. —北京：生活·读书·新知三联书店, 2021.10
（俄苏文学经典译著·长篇小说）
ISBN 978 – 7 – 108 – 06576 – 6

Ⅰ.①克… Ⅱ.①高…②罗… Ⅲ.①长篇小说—苏联 Ⅳ.①I512.45

中国版本图书馆CIP数据核字（2019）第067458号

第一章

一

混合在莫斯科街道上的群众里面,看过被害的革命者波满的葬仪之后,克里·萨木金深为激动地回家去了。

在家里,他的女管家安弗梅夫娜正在那些房间里奔忙着,显然吃力地移动着她的沉重而衰朽的躯体。

"那么他们已经埋葬了他了吗?哦,好。"她含糊地咕噜着,就消失在寝室里了。一分钟之后,萨木金听见那老妇人的无色彩的声音在那里说:"我不知道我要怎样对付伊果。他什么也不干,只是喝酒——可惜那沙皇的家族,失落了他们手里的缰绳。"

萨木金要了茶,关起他的书房门,倾听着从窗子外面传来了无数的脚步的践踏和拖曳的响声。这不停的嘈杂暗示有一部机器正在平整那石砌的步道,震撼着那家宅的墙壁,好像正在推广那街道似的。他的住宅对面的那打破了的灯柱上没有一点亮光。萨木金觉得好像这住宅已经离开了它的平常的地位。

"真干起来了。"他想，闭起眼睛，就看见这几个字好像他要写的一篇论文的题目似的。他甚至还看见在这题目的末尾有一个惊叹号，但是它是弯曲的，看来有些像一个疑问号。那么，这葬仪似乎是预示正常生活的恢复了。

他的倦意的、不很舒服的思想常常被一些回忆所遮断：米托罗方诺夫，刘托夫，而尤其是妮可诺伐。

"她会告诉米托罗方诺夫吗？"

他回想到睡在她旁边的那种不舒服——因为在那窄床上她占据了太多地方。而且，也因为，她那样留心地把奶子塞进乳褡里面的那习惯。

在街上那几小时的散步正在开始发生效力，当安弗梅夫娜送进一杯茶来给他的时候，他已经睡熟了。他被他的妻发尔发拉惊醒了，她用全力拖着他的手臂，好像要把他拉到地板上去似的。

"起来！听见吗？他们已经在那大学附近开枪了——"

她穿着一件浅色的皮外衣，放散着寒冷和香料的气味在空气里面。融雪的点滴在她的外衣上发亮。她的手捏着她的喉咙，她叫：

"真可怕！打死了许多人！一个男孩子！"

"一个男孩子？"萨木金重复，"但是，或者——"

"什么'或者'？唉，糟了！"她叫喊着，用劲解着她的外衣上的一个钩子。解脱了，她把那冷衣服抛在克里的膝头上，又把她的帽子从她的头上撕下来，于是激昂地在房里走来走去，歇斯底里地怪叫：

"他们已经决定各处开枪。这葬仪！不，真的——只要你自己想一想——总之，我们并不是住在法兰西，是吗？我们怎么能够举行这样的示威呢？"

从餐室里传来了加莫夫的声音：

"真是——疯狂！"

"谁在开枪？"萨木金质问，不相信地。

"从那骑兵学校出来的。那些军队。斯推拉托诺夫说得不错：这一次葬仪那些犹太人要付出大代价的。但是——我一点也不明白是怎么一回事！"她叫着，摇着她的帽子，"他们允许了它，然后又开枪打人！这是什么意思？——你为什么不说话？"

她说着就跑开了，幸免了萨木金回答她的必要。

"她确乎是过甚其词。"他思索着，同时，一坐下就听见他的妻的突然迸发的绝叫：

"是啊，真骇人啊！真骇人啊！"

街上的脚步声似乎加快了。觉得意气沮丧，萨木金走进了餐室里面。从这时起，在一个长久的时期，他的生活变成了一场连续的噩梦。在餐室里，他碰见加莫夫，他的前任书记。眨着眼睛而且摇着头，加莫夫不断地用他的红手去压平他的头发，但是它不肯停留在那里，总是拖到他的面颊上来。

"全然疯了。"他咬起牙齿咕噜着。他走到电话机前面，举起听筒，放在耳朵下面的腮边。

"你知道电话是不通的。"发尔发拉叫了。

"我不信——我不信德国人又在管理圣彼得堡，好像亚历山大三世时代的三月一日以后似的。"加莫夫咕噜着，注视着那听筒。

"不，我不愿让你到任何地方去，加莫夫！而且为什么你以为他也会去到尼克次卡亚街呢？况且，并不是每个人都在那街上走着——"

鲁伯沙·梭莫伐像一只鸟似的飞进了餐室，她的格子花的呢衣拖在她后面的地板上。在她落下来的那一点上，她像一个瞎女人似的嘭地撞在那桌子上。哮喘着，用拳头拍打着，她开始以可惊的速度说起来了：

"图洛波伊夫已经被杀了——受伤了，现在斯推拉斯诺亚林荫道的一个医院里。我们必须防卫我们自己——我们还有什么别的办法呢？我们必须组织临时救护所！死伤成堆了。看这里。你们必须成立一个救护所！当然要来一次叛乱——那些社会革命党在卜洛可洛夫纱厂——"

发尔发拉莽撞地、辛辣地提出一些问题来打断她的话。安弗梅夫娜走进来了。并不说话，她就动手去脱鲁伯沙的外衣。鲁伯沙抵抗。她摆脱了她，叫道：

"去吧！我就要走了——唉，天哪，不要管我的！"

"这里没有救护所哩！"发尔发拉对着她的丈夫的耳朵悄声说，温柔地，"并不为什么！我不能——我不许——"

鲁伯沙跳跃着，好像要跳上桌子去似的，叫嚣着：

"戈金家已经组织了一个救护所，你必须去和刘托夫商量，克里。他有一间空屋子。并且他家是在这样一个区域里！这是绝对必要的！找他去，克里。立刻就去。"

"是的，克里，找他去。"发尔发拉劝勉地重复说。鲁伯沙怒吼了：

"交还我的外衣来！"

"那么你能够到什么地方去，我想要知道?"安弗梅夫娜要求，说着一种奇怪的低音。但是鲁伯沙，用一个肉团似的拳头拍着桌子，呵斥她：

"你懂得什么！你是———一条鱼！阿里克先·戈金曾经被一些人用枪追击。"

安弗梅夫娜引着鲁伯沙出去了，然后发尔发拉又悄声对她的丈夫说：

"你去叫刘托夫办这件事。他是一个有地位的人。但是我们这里——不，谢谢你！"

萨木金走去穿上他的外衣，并不是因为他认为那临时救护所是必要的，不过想借此离开这家宅，去整理他的思想。

二

他觉得被愚弄了，被欺骗了，不能相信他曾经听见的那些事。然而某些事显然已经发生了，那些事似乎是故意让他为难。

"我们必须防卫我们自己——要来一次叛乱！"他自己复述着鲁伯沙的叫嚣，当他走进那一条街里的时候，"白痴！"

责骂了鲁伯沙之后，他自己发现，这些狭窄而弯曲的街道是很适宜于防御工事的。他又立刻悔恨地回忆到三个月以前，在总罢工的第一天，那些工人怎样地用一种陌生者的眼光察看着这城市。他忽然觉得在这庞大而动乱的城市里他自己也是一个陌生者，不过几小时之间莫斯科已经不是莫斯科了。一种冰冷的黑暗降落在它上，把人们都关闭在他们的家宅里，消灭了街上和窗里的一切亮光。在一两处地方有些黄色的光点，可怜地闪烁在窗玻璃的绒似的凝霜后面。细小的尘埃嬉戏地洒落在黑暗之中。这城市是虚幻的，因为在黑暗之中一切都是虚幻的，除了黑暗自身而外。

像一切在黑暗中的人一样，萨木金紧张而不愉快地意识到他自己的存在。人们一小群一小群地疾走着；有些似乎是知道他们的去处的，而有些是在迷惘地徘徊着。萨木金一次两次注意到那些人转入了一条街之后又立刻回来了。不由自主地，他也做着同样的事。他被大约五个人的一小群追赶上了。其中有一个人正在吸烟，他的烟卷一闪一闪地发光，好像是他的步伐的节奏。一个妇人的声音用感伤的语调问：

"真是严重期来了吗？"并且她叫喊："做点好事，把那烟卷丢了吧！"

一阵战栗摇动了萨木金。他以为今夜的莫斯科比血的星期日的夜间的圣彼得堡更为可怕。他紧张地尖起他的耳朵，期待着听见那可纪念的来复枪声。他听见一些砰砰的声响，好像是门户开闭的声音；在远方有些奇异的爆炸声——好像是一棵树被冻裂了，似乎有人在铁屋顶上走动；又有什么东西噼啪地落了下来，好像一道木栅忽然倒下了似的。彷徨在这些交错的大街小巷里，在黑暗正在更加急促地爆开它的皮壳的声响之中，萨木金思量着和刘托夫会晤的乏味，并且认定临时救护所是一种孩子气的意见。

"我真是毫不思索地就出来了。"他反省着，放缓了他的脚步。这一次射击很可能或许是由于误会。

然而，他记起了他也曾经匆促地把血的星期日的罪恶看作一种误会。从心上排除了对于今天所有事件的一切猜测，他决定回家去了。阿连娜自然知道这一切，但是并无要去看她的意思。图洛波伊夫的结局是活该的。严格地说，他是一个冒险家。这一类人的结局总是自杀或犯罪，坐牢。他是那正在灭亡的阶级的一个碎片。或许阿连娜还在和他相爱。有人说女人终身爱着她的第一个男子，不用她的肉体，而是用她的记忆。他转进了一条巷里。他刚走了几步就听见一种声音：

"谁在那里？"

在他前面跳起一个大汉，擦燃一支火柴，照着萨木金的脸。他严厉地问：

"你住在这巷吗？"

"不。"

"你不能通过这里。"

萨木金并没有问为什么不能。在这巷子的深处人们正在低声叽叽咕咕地唠叨着，奔忙着，并且拖拉着什么沉重的东西经过地面。

"学生，当然。年轻的小狗们！"他想，带着一个勉强的冷笑，急忙退走了，离开那穿着长外衣和戴着西伯利亚大皮帽的人。这寒冷的黑暗压迫着身体，使人疲倦而且瞌睡。一些细小的思想盘踞在他的心上，好像头脑也在爆开它的皮壳似的。萨木金不能不觉得：在那些重大事变的日子，他几乎是常常借着这些细小的思想的力量才发现了他自己，这些微末的思想丛集在重大的印象上，好像祝火的余烬上的火星似的。

"这是艺术家的一个特点。"他告诉他自己，他竖起他的外衣的领子，把双手深深地插在衣袋里，走得更慢了，"艺术家确是这样思想着的，当他走在那主要的印象上寻求着最特殊之点的时候。然而，这或许是防御那无情的致命打击的自我保存的情绪的一种特殊表现。"

他转进他的那一条街道，几乎撞在一小群人上，他们堵塞在两个邻接着的花园之间，其中一个急促的低声说：

"为信仰——为沙皇——为国家——"

萨木金只看见那些人的背面和颈子。他急忙走过他们前面，但是那些快速的言语跟踪在他后面，在冻结的寂静里响着：

"那些罢工者都是被犹太人收买了的——这是真的。而且那葬仪！他们埋的是什么？而且怎样地埋葬他？克勒将军去年并不曾得到这样的葬仪，而他是一个英雄哩！"

"又是一个'教书先生'。"萨木金想，当他敏速地来到他的家门口而且环顾着的时候。

三

当他在餐室里擦燃一支火柴的时候，他看见他的妻合衣仰睡在客厅里的那长沙发上，露着她的牙齿，一只手压在胸上，另一只枕在头下。

"刘托夫来过了。"她说起来了，皱着眉头，"他要你到那医院去。阿连娜在那里发疯呢。天啊，我的头好痛呀！全是些糟透了的事！"她忽然尖声叫起来，顿着她的脚，"还有你，也是！夜里跑出去——上帝才知道是什么地方，当着这里——你已经不是一个学生了——"

很神气地脱掉她的罩衫，她拿起一支烛出去了。

"你似乎忘记了是你要我出去的。"他把这句话向她的背后掷了去。他对他自己说：

"她糊涂得好像一个——"

他吞吃了那粗鄙的话,在黑暗中坐下在那长沙发上,点起一支烟,倾听着那寂静。又在一种痛苦的、紧张的情调中他觉得被欺骗了,孤零零地,被判定来思索这一切。

"这是我的真实的效用吗?"他问他自己,"据拉马克的学说,效用创造器官。倘若除去了生殖的本能人是什么效用的器官呢?在仇视理性这一点上托尔斯泰是对的。"

纸烟熄了。火柴失落在什么地方。起了一个想要寻找它的微弱而不成功的念头之后,他开始脱掉靴子,决定不到寝室里去:发尔发拉一定还在醒着,去听她的蠢话是恶心的。手里拿着靴子,他记起了古图索夫曾以完全相同的姿势坐在这同一沙发上。

"自然,他现在又在什么地方煽动热情了——"他忽然觉得他的内在的一个脓疮突然破裂了,那些毒汁的细小的寒流流遍了他的全身。

"他是对的!"他暗自呐喊,"让热情燃烧起来吧!把这一切都葬到地狱里去——一切塞满了顾虑周全的绅士们的小家宅和寓所,以及那些书虫、批评家、挑剔家——"

"为什么你不到床上去呢?"发尔发拉严厉地质问,拿着一支烛出现在门前,用手遮在眼睛上面窥看着他,"来吧,请你。我不好意思说,但是我害怕!那男孩子——某医生的儿子——他哼得真可怕——"

她穿着长寝衣、便帽、拖鞋,看来就好像布斯奇的一幅漫画。

"我不能理解你的行为。"她说,当她走近那床边的时候,"自然我知道你是不会喜欢这些事的,然而你还是——"

"闭住嘴!"他命令,声音虽低但具有使她踉跄后退的力量,"你竟敢和我谈论这些事——我自己明白!"他说着,开始脱掉他的衣服。这是他在口头上反叛他的妻的第一次,而这反叛使他高兴了。

"你已经疯了。"她含糊地说。他看见那支烛在她的手上颤抖着,并且看着她缓慢地拖着拖鞋离开了他。

"你懂得什么？或者，明天就要开始流血，坡格隆[1]——"

她狠狈地、沉重地把她自己放在床上，用后背对着他。他也灭了烛，躺下，期待着她再说些什么，准备着告诉她更伤心的真实话。在房顶下面的黑暗之中，模糊不明的点和线正在慢慢地旋转着。他等了一会儿之后，那安详的言语才在夜的寂静中响起来：

"我不明白你为什么向我发脾气。我并没有制造革命。"

他期望她再说。这些话太蠢了，不值得答复。把被盖拉到头上，他也转背对着她。

"叱责她是无用的。而且也愚蠢。对于另一些人是需要呵斥的。或者甚至于我自己就是的。"

他可怜着他自己，他的思想越发迷乱起来了。他疑心发尔发拉在啜泣，在擤鼻子，这阻碍了他的睡眠。

"她或者在恨我吧。我也似乎快要恨我自己了。"

这思想使他觉得愈加可怜他自己了。

四

将近黎明的时候他睡着了。一醒来就回想到和他的妻的吵闹，他赶快穿上衣服并且喝了茶之后，急忙出去了，因为要逃避那必不可免的解释。

"莫斯科是垂头丧气的。"他想，沿着这异样沉静的城市的林荫道阔步着。时候是正午，街上的人们比较稀少，又多半是些下等人。他们倦怠而且阴沉，一小群一小群地站在家门口，或者三三五五地在街上游走着。学生并没出现，单独的行人也很少。既看不见街车夫也看不见警察，但是各处显然有恶魔在彷徨着，期待着事变的来临。

---

[1] 沙皇的犹太屠杀政策。

昨夜他被阻止的那巷口上已经封锁起来了,由一辆没有轮子的大车、一些箱子、一个垫褥、一个报纸架和一扇门。在这障碍物前面,有一只空的士敏土桶,它上面坐着一个红胡子的人,嘴里衔着纸烟。一支来复枪直竖在他的两膝头中间,他的装束好像是要去打猎似的。这防御工事后面有三个人正在奔忙着;一个人把一块厚木板用铁丝系在大车上,别的两个正在从邻近的院子里搬运着砖块。这整个事体给予萨木金一个恶作剧的印象。

在彼得托洛维司基医院的接待室里,他遇见了刘托夫,乱蓬蓬的头发,迷惑着,眼睛里冒着火,许多蓝斑显现在他的苦脸上。

"呸!我早就要看你了!"刘托夫嘎声说,突然抓住萨木金。他把他拖进走廊里,推他进一个凹坛里面。"嗯,他——死了,在十一点三十七分。他受了许多苦痛。现在,你看,老朋友,"他干哑地继续说,差不多要爬到萨木金身上来了,直对着他的脸说,"阿连娜正在闹意气,硬要把他埋在维丁斯基墓地里,全是胡说八道!不消说,维丁斯基是很远的,见鬼!而且,在这样时候能够举行什么葬仪呢?教士已经拒绝去。那白痴!他说这是被谋杀的,一件大罪过。罪过吗,你以为?我问他。那些兵士开枪并非出于他们的自愿,而显然是受了他们的长官的命令。那么,这就算是军队在防备那些发疯的学生的自卫状态之下的一种谋杀吧!"刘托夫被他自己的话咽塞住了,开始呛咳起来。咳了一通之后,他把一只手放在萨木金的肩上,又继续说:

"你试去劝劝她不要再提那墓地了,老朋友,你肯吗?"

他的腿是颤抖的,他的膝部是瘸的,他的身体摇摆着。萨木金默默地听他说,尽在揣测什么事情把这家伙弄到关节脱落。用肩头把萨木金推在一边,刘托夫就靠在墙上,敞开着他的两只臂膊。

"什么事发生了,呃?他——他真的!你知道我和他一同走着。在多格路科维斯基巷里,一个社会革命党,我相信,阻止了我。然后,突如其来——嘭!嘭!这些狗!他们看也不看他们打倒的是什么人,或者有几个。刚一打完就退回骑兵学校,躲起来了!那么,你去劝劝她吧,萨木金。我不能。而且,老伙计,这些事全是——出乎意料——我不明白。我想她已经有——马加洛夫——对于她的灵魂——那里,她来了!"他悄声说,退进了那角落里。

阿连娜从远处沿着走廊慢慢地飘过来了。披着一件短外衣、一条围巾,头发是乱蓬蓬的,她显得不自然的庞大。当她来到他们前面的时候,萨木金立刻明白要她改变意见是无望的:她的面貌是木强的,眼睛深陷在黑眶里面,瞳孔闪射着愤怒的火光。

"终于有一个聪明人来到了。"她咬着牙齿低声说,"你陪我到墓地去吧,克里。你呢,刘托夫,不去吗?克里和马加洛夫去吧。你听见吗?"

刘托夫摸着他的小胡子,顺从地点点头。

"我已经雇了六个人来抬棺材——"她说,忽然,顿着她的脚,用深沉的声音说,"什么地方也找不到一朵鲜花,这该死的猪!"

她走开了。刘托夫恨恨地摇着他的头,悄声说:

"你一声都不响,萨木金。你这好家伙!我们怎么能够让她去呢?——啊呀!"

他跐着脚跟在她后面。

"我混进蠢事情里面去了。"萨木金想,向四面看看。门悄然开了;几个看护妇的白色形体正在急促地奔忙着。那些墙上发散着药品的气味。风正在推挤着窗玻璃。在走廊里,马加洛夫从一间病房里冒出来了。解着他的制服上的细皮带,他大有深意地看了萨木金一眼,说:

"你?"

马加洛夫拉起他的手臂,把他带到一间小黑房子里。那里有一面窗子,架上和橱里搁着无数的玻璃器。

"你可以在此地吸烟。"他特许,脱着他的制服,"他死得很勇敢,没有怨言,虽然腹部受伤是很痛的。"

他坐在桌子角上面，咯咯大笑：

"他告诉我：'只要我知道我是光荣地死去的，我就满足了。'这好像是从英国小说里说出来的话。光荣地死去，什么意思？每个人都光荣地死掉，但是活下去——那又是另一回事——"

萨木金吸着烟，倾听着而且思索着：为什么这早熟的灰色人使他特别有点不愉快？

"好，萨木金——我们正在一次革命之中哩，嗯？"马加洛夫问，皱眉注视着他的正在冒烟的烟头。

"显然的。"

"你喜欢吗？"

"革命是——悲剧。"克里回答，迟疑了一下之后。

"你没有答复我的问题。"

"悲剧并不使人喜欢。"

"你是一个布尔什维克吗？"

"当然不是。"克里否认，而又立刻想到他回答得太匆忙。

"那么你并不是一个革命党。"马加洛夫说，沉静而又简明地。他说话的整个态度使萨木金觉得稀奇：在他的内心激起了一种采取防御姿势的感想。

"革命党就是布尔什维克。"马加洛夫仍然简明地说，"他们硬干——一直到头撞在墙上。或者这是必须的。但是我并不以为我是喜欢他们的。我曾经资助过他们而且——大概——曾经隐藏过一些人和别的东西。你帮助过他们吗？"

"偶尔。"克里小心地回答。

"因为什么？为了什么？"

萨木金默默地一惊，觉得马加洛夫的问题具有更难堪的性质。这人继续说：

"因为前卫并不是去克服而是被摧毁吗，像刘托夫说过的？对敌军首先加以攻击然后——被摧毁了,是吗?这是不确的。第一,前卫不一定都被打毁——只有攻击准备不妥当的时候;第二,它无所顾忌地实施着攻击。现在,萨木金,我的问题是这样:我不需要内战,但是我曾经帮助而且似乎还要帮助那些发动内战的人们。这是不对的。我不赞同他们而且不喜欢他们,然而,似乎奇怪,我有点尊敬他们,而且甚至——"

他笑着,握响了他的手指,继续说:

"你是一个精通政治的人,所以请你告诉我——"

门大开了,阿连娜进来了。萨木金把残余的纸烟抛在地板上,放心地舒了一口气,同时马加洛夫说:

"我们以后再谈吧。"

"不一定。"闪过他的心里;但是他并不说出这个,却代之以同意的点头。

"谈什么?"阿连娜质问,用手揩着她的脸上的大滴的汗水。

"谈政治。"马加洛夫回答,"你顶好脱掉你的外衣。你要受凉哩。"

阿连娜坐在靠近门边的一把椅子上,把椅上的一些书籍推落在地板上。

"真是我和你们不同道吗,是吗?"她问,看着那两个男人,"我已经开始去理解政治。我也觉得要杀——我说,几个——大臣。"

"你需要好好地睡一觉。"马加洛夫含糊地说,并不看着她。她毫不迟疑地咬着牙齿继续说:

"派我去干这事吧,克里。我是好看的。他们会带一个好看的女人去见大臣,那么我就——"

她伸出手来,握响她的手指,脸还是木强的。马加洛夫低着头,又点起一支纸烟。萨木金微笑着问:

"你以为派人去杀的是我吗?"

"有人派他们去的。"她回答,高声叹息着,"好像他们都是些头脑冷静的人,而你是冷静的。""那一夜,"——她举起手摇一摇——"我记得你告诉我哀戈的事,一个兵士怎样去追杀他——你把各样事都看得清清楚楚。那么你的头脑是冷静的了。"

歇了一会儿,她用围巾把头包起,用更低的音声好像是对她自己说似的:

"虽然那或许是因为'恐怕是有两只大眼睛的'——它们看得很清楚。啊,你怎样使我完全——"

他看了马加洛夫一眼,停住了。然后她用低音继续说:

"在亚台,在一个沉醉的夜间之后,我哭诉:'神啊,您为什么既赐予我美,而又把我抛弃在泥塘里?'是的。我叫嚷过这一类的话。哀戈搂着我说——异常温柔地:'这真是人类的哀鸣!'他有时这样地说着——好像有一个鬼躲藏在他内面似的——"

后来的话被开门的声音淹没了。

"好。"刘托夫说,用一种颓丧的声音,"各样都预备好了。我们去吧。"

五

一点钟以后,萨木金和刘托夫走在旁道上。同时,在马路中间,阿连娜和马加洛夫手挽手地走在一口棺材后面。跟着他们的是一个面目可憎的角色,或许是一个退伍军人吧,胡须长长的,他的没有修剪的蓝面颊就像一副绒毛的假面具。他的手里拿着一支粗实的手杖。在他旁边阔步着一个高大的青年人,他的两手都插在他的破短衣的袋子里,弯曲着他的没有帽子的鬈发的头。他的衣服的破片也是有趣地鬈曲着的。他不断地从牙齿缝里吐口水在他的脚下。那棺材是由两个穿短皮袄的农民急促地搬运着的,他俩显然是刚从乡下来的。一个穿着灰色的破皮靴,背着一只包袱;另一个穿着树皮鞋、条子花的棉布裤,一块黑色的补丁炫耀在他的右肩头上。棺材前面是一个秃头的胖子,穿着两件外衣,一件夏季的长外衣上罩着一件长到膝部的稍短的外衣。和他一起的是一个典型的莫斯科平民,很憔悴,穿着没有袖子的农民上衣,乱蓬蓬的小胡子,一个蛋形的头。他们敏速地走着,四个人都埋头前进,好像是在拉一辆大车。那长胡须的人干哑地催促着他们:

"唏,你们——合着脚步!"

两片棕树叶和几小枝花横卧在医院的棺材的黄盖子上。阿连娜穿着皮外衣,两个肩头包在一块厚围巾里面,显得又重又大,低头走着。风摇动着她的栗色的头发。她屡次用一种敏速的手势去摸一摸那棺材,好像要推它前进似的;她在那圆石路上蹒跚着,推撞着马加洛夫——他一面走一面仰望着远处,他的靴子踏在石子上响得特别清脆。

"自然她永远走不到那里的。"刘托夫咕噜着,斜看了阿连娜一眼。

萨木金简直以为这整个倒霉现象都是刘托夫故意安排出来的——阴沉的十月的白天,寒冷的风,铅色的天空,那六个可怜的人,那寒碜的棺材。

几分钟以后,他的心机械地报道:这些由于时髦的作家和时髦的剧院使他们出了名的"来历不明的人们",正在搬运着一个老贵族的后裔的身体——被一个无用的沙皇的兵士们杀死的——到坟园里去。在这一思想里面有着某物激起了萨木金的恶毒的快意和愤慨。

"而这两种心情,哪一种是发源于理性的呢?"萨木金问他自己,"恶毒的快意,或者是愤慨呢?"

陪伴着刘托夫是可厌的。他不平衡地走着,像一个醉人似的,一会儿走到萨木金前头,一会儿又落在后面。他绝没有足够赶上阿连娜的勇气,显然不敢走进她的视线以内。他一面走一面明快地撒下他的言语:

"各阶级都参与我们这葬仪了的。当我劝勉一个大车夫来抬棺材的时候。他说:'你和你的死人都一同见鬼去!'而那教士也说,一桩大罪！你以为如何呢？这畜生。是——是的。一件麻烦的事正在展开！阿连娜，自然，绝走不到那里——一种什么心肝，萨木金！一个残酷的正直的心吗？你，干得像尘灰似的知识分子——你永远不能欣赏这——永远不能理解它。一个知识分子——好一个名称，也就够了！——啊，你们这一类——呸！"

"停止！"萨木金命令。他正在尽力想一个便宜的借口，来避免再沿着这些阴郁沮丧的街道走去。刘托夫说：

"伐勒·勃留索夫的诗：

　　我唱着欢迎的歌迎接，
　　你这有一天要毁灭了我的人。

说谎者！他害怕而且仇恨那正在袭来的匈奴人！他所作的并不是赞歌，而是一首挽歌。不是真的吗？"

"不，不是。"萨木金苛刻地抗辩。"而你全然是——"他想要说些中伤刘托夫的话，但是咕噜着别的，"我觉得我受凉了。很难过。或者我应该——"

从一条巷哗然滚出一批激昂而不很清醒的人们。他们的领袖，一个红脸上贴着膏药的大汉，戴着护耳的皮帽，一件狐皮镶边的外衣披在没有带子的罩衫上，高举着他的穿着长筒皮靴的脚跳跃到棺材前面，一面摇手一面拉开他的罩衫，露出他的发亮的凸肚皮，用一种女性的尖音叫喊着：

"站住！你们埋什么人！什么匪徒？"

"你们在这里！"刘托夫厌烦地绝叫。他顿着脚好像要跳起来似的，又用手摸摸他自己，含糊说："我的天呀！她把我的手枪拿去了！你懂吗？"他悄声说，用手肘推着萨木金："她拿着手枪！"

萨木金虽然知道某种非常难堪的事就要发生了，却欣喜于看见刘托夫的恐怖状态。真的，这家伙是这样恐怖，他的不宁静的斜眼睛从眼窝里突出来，他的眉毛不自然地展开在额上。他想要对那些围绕着棺材的人们说些什么，却只能够对着他们摇摇手。然而萨木金已经没有余暇去观察刘托夫了，因为棺材周围发生了这么可怕的事，一个寒栗流过他的脊背。那些脚夫已经把棺材放在地上，变成那一群人的一部分了。那长胡子慌忙地让到旁道上，把手杖压紧在肚子上，急促地走开了。站在阿连娜前面的那鬈发的家伙正在推开她，同时她乱打着他的手。马加洛夫用力抓住阿连娜的手并且对着那些人叫道：

"你们走开！你们要干什么？"

阿连娜也在嚷叫着，但是她的声音被淹没在那红脸大汉的尖声和他的同伴们的急叫里了。那大汉怪叫着，摇着他的头，摆动着那两只护耳：

"为什么没有一个教士？你们去埋一个犹太人，是不是？又是一个犹太人吗？侮蔑神明吗？不，你们不能干这个！伐西亚你说怎样？"

从他的左臂膊下面蹦出一个穿着妇女旅行罩衫和短裤子的小男人。他跳跃着，嘶哑地怪叫着：

"这犹太人想挨打，我们要打他一个又青又黑！啊，伊格那，我的朋友！孩子们，拥护他！这是伊格那·彼托洛夫，我们的光荣，我们的保卫者！"

其他六七个人也提高声音乱嚷着：

"下命令，伊格那，我们愿意拥护你！"

刘托夫挤进那一群人里面，摇着他的帽子，叫喊着。那红脸大汉，用他的动荡的手抓住他，把一切声音都淹没在他的歇斯底里的狂呼里面：

"一个贵族吗？一个王子吗？我不信。你说谎！我问你，教士呢？王子们是用音乐送葬的，你这废料！他是被杀了的，你说？孩子们，听见了吗？今天谁是该杀的？"

"犹太人！罢工者！"他们大叫。

那鬈发的家伙和马加洛夫把阿连娜拖到旁道上去，她猛烈地抗拒着。萨木金听见一种窒息的声音：

"让我去！我要打他！我要打他！"

忽然沉静了。一个穿着短的黑皮上衣的胖子走到那群人面前。几乎全都转面看着他。

"为什么全都这样狂乱着呢？"他质问，"你们都白费了你们的时光。你们不看见吗？这里没有红带子。所以他并不是一个罢工者。这还不明白吗？况且——有一个妇人跟着——显然是一个商人阶级的正当女人。这绅士也是一位商人。我知道他。他在支那城卖皮货。我忘记了他的名字。好，你们以为他们没有举行他们应有的仪式吗——"

"你撒谎！"那红脸大汉叫。那穿短裤的人附和着：

"他撒谎。这肥蠢货！伊格那，我们的保卫者！不要相信他！他们全是一伙，这些该死的肥强盗——"

"不让步，伊格那！"从人群里来了一声叫喊。

"让我们揭开那棺材盖子！他们一定是埋葬一个昨天枪毙了的犹太人——"

那新来的人拍着伊格那的肩头。

"你是什么东西？一个流氓？一个罢工者？"他高声责问。

"孩子们，我是谁？"伊格那尖声叫着，搂住那人的脖子，"快告诉我，否则我要自杀了。——现在就自杀了！喂，孩子们！"

他挥舞着他的手，撕脱他的外衣，并且开始打击他自己的头，萨木金，看见眼泪在这角色的脸上泛流着，才明白这群人的大多数是把他当作魔术家来赞赏着的。他听见那穿短裤的人的发狂的怒吼：

"伊格那，不要退出旅顺口！打那鬼头！给他们一下子，我们的保卫者，我们的光荣！"

四五个人凑近了，刘托夫听着他说话，看着他挥舞他的华贵的皮帽。有一个人说：

"莫斯科已经发疯了。这是无疑的！"

"发疯的时候已经过去了。"萨木金想。他摘下他的眼镜，把它藏在衣袋里面，然后走过街道的另一边去。鬈发青年和马加洛夫已经把阿连娜钳制在那里的墙上，不管她怎样挣扎。这时，伊格那弯起身子，抓住那棺材的边角，把它抬起来了，尖声叫着：

"我自己来抬它！抬到莫斯科河里去！"

萨木金看见别的两个人帮忙着把那棺材放在伊格那的肩头上，但是那胖子把他们推到一边去。同时阿连娜已经跳到伊格那前面，用两个拳头打着伊格那的脸。他摇着他的头，踉跄了一下，把棺材慢慢地放在地上。一时间那吵嚷静了下来。马加洛夫跑到萨木金前面，把一副斗拳用的指节防御具戴在他的右手指上。

"把她带走——你不懂吗？"他呵斥萨木金。

同时那鬈发的青年出现在伊格那前面，问道：

"要我们打出去吗？"

"打倒他，孩子们！"那胖子叫，把一些人推到那鬈发青年前面，"去斗他！他是沙士卡·许大可夫，这小偷。"

萨木金看见沙士卡踢倒了伊格那，并且听见他轻蔑地叫道：

"来吧，你这废物！你敢！来啊！"

穿短裤的人激昂地怪叫：

"伊格那，我们的英雄！你降伏了吗？噢，该死的东西！"

他冲到马加洛夫前面，用头去撞他的肚子并且要抓他的领子，但是这医生用手推开了他，一脚就把他踢倒在墙上。那人叫道：

"你不能把每个人都杀掉呀！该死的猪！杀人犯！"

马加洛夫把阿连娜推到萨木金前面，命令：

"右边第二转弯——第九号——索西莫夫公寓——快！我要照顾刘托夫——"

六

萨木金抓住那妇人的手,急忙把她带走。她顺从地走了,并不回顾,把围巾包在她的头上,默默地看着她的沉重的脚步,跟跟跄跄地走着,以至萨木金几乎是拖着她。

克里对于这一场恼人的风波的惊恐此刻已经变成了对于阿连娜的冷酷的仇恨。谢谢她,使他经历了这么毛骨悚然的几分钟。他生平第一次被这么紧张的一种仇恨所控制:他想要推开她,把她推倒在栅栏上、墙壁上,使她跌倒在荒僻狭巷里,在这黄昏的黑暗之中。

他艰苦地抑制着这心愿。他沉默着,踌躇着,觉得倘若他和她说话,他一定就会把凶暴的恶骂向着她掷去的——而且害怕着他自己会这样做。

"何等的——英雄呀!"阿连娜含糊说,高声叹息着。她问:

"他们会打刘托夫吗?"

萨木金不回答。他并不曾吃惊,当马加洛夫所指示的门是由邓娜沙来开了的时候。

"我的天!何等的客人呀!"她欢呼了,"而且我刚烧好了茶炊。那女佣已经罢工了!——什么事——你有什么事?"

这一惊呼是专为阿连娜而发的:她的外衣脱落在地板上,她背靠在墙上,用双手蒙着脸,从手指缝里,用明确的低音,发泄出可怕的咒骂。萨木金微笑了,他的喜欢是因为这宗行为越加降低了那妇人在他的眼睛里的地位。

"带我走吧——到别的地方去。"阿连娜请求。

萨木金脱了他的外衣,走到另一个房间里去了。这房间里全是凌乱的,桌子上燃着两支烛,一个茶炊正在汹涌地沸腾着,从它的盖子下面喷出许多水来。桌子上还有些没有洗过的杯子、残留着食物的盘子、几只瓶子和一本翻开着的书。萨木金用塞子关好那茶炊的火门,倒了一杯茶给他自己。他注意到他的手是颤抖的。把手放在杯子上温一温,他环顾着周围并且走了一个小圈子。在这孩子气的豪华里面,散置着几张乐谱、几支烛和邓娜沙的帽子。在长沙发上躺着一件揉皱了的格子花呢衣、一些橘子皮。家具全都是散乱的,以至这房间就好像宴会之后的饭店里的一间雅座似的。萨木金嫌厌地做了一个鬼脸,记起了:

"在医院里马加洛夫想要说些什么呢?"

邓娜沙进来了,她的眼睛上有着泪痕。她搂住克里的脖子,吻着他,悄声说:

"啊,你来了,我真喜欢!"

然而,她即刻跳到桌子面前,倒了一杯茶给她自己,急促地用低音讯问着他遇见了什么事:

"她好像是骇呆了——躺着——什么也不说。真可怕!"

萨木金把那故事简要地复述给她,看着她的素净大黑衣服,那没有敷粉而微有斑点的脸孔,一条姜色的发辫,她显得更年轻可爱了,虽然有点像一个婢女。他还没有看够,而她就拿着一杯茶和一瓶酒跑出去了。萨木金走到窗子前面。他还能辨认出深蓝色的云片堆积在天空里,但是街道里已经全黑了。

"在这里住一夜倒是快活的——"

外面敲门的声音很响。他想要等待邓娜沙去开,但是再敲的时候他自己就走去开了。第一个挤进来的是刘托夫,后面是马加洛夫和另一个人。刘托夫即刻就问:

"她怎么样?哭了?或者什么?"

马加洛夫推开他,走进房间里来。跟着就闪出那鬈发青年,他问:

"我可以到什么地方去洗一洗?"

"来。"刘托夫说,拍着他的肩头。刘托夫转面对着萨木金说:"全亏他,否则我被他们打坏了。来,兄弟?手巾吗?就来。只要等一分钟——"

他不见了。那鬈发家伙走到桌子前面，拿起一只酒瓶来打量一下，又拿起另一只来，倒一些酒在杯子里，一口喝了。哼了一声，四面瞻望着寻找吐唾的地方。他的脸是肿的，他的左眼几乎是闭着的，他的下巴和颈子上沾着一些血污。他的模样比以前更弯曲的了——他的乱头发却都直站着，他的衣服也更破烂，短外衣和衬衫一直从腋下裂开到衣缘，所以，当他喝酒的时候他的肚皮就全都裸露出来了。

"他们把你打得很厉害吗？"萨木金沉静地问。因为要离他远一点，萨木金退进了一个角落里。那家伙又喝了一杯，镇静地嘎声回答：

"倘若他们是好的，那么我就站不起来了。"

邓娜沙和刘托夫进来了，手挽着手。邓娜沙一见这陌生者就吃惊地后退，那家伙恭敬地向她鞠躬，同时拉拢肚子上的破衣服而且撮住那破领子。

"原谅我——"

"我即刻给你补一补。跟我来。"邓娜沙爽快地说。

"喂。"刘托夫叫，跟跄地一退，旋起他的眼睛，虽然同时他从桌子上抓起一只酒瓶，"这是——完全一件意外！而我们也脱身得格外便宜！我失掉了我的帽子——自然是被偷了的。脖子上也挨了一下子，可是不碍事——"

他狼吞了一些酒，躺在沙发上，匆促地、凌乱地谈着：

"我们已经把棺材放在一个雪车里——明天就可以搬到适当的地方去。我已经找到一些人。一百卢布。是——是的！阿连娜似乎进步了。她没有——没有一点歇斯底里！马加洛夫——"他在沙发上一蹦，坐了起来，惊异地竖起眉毛。"好一个战士！一个出色的战士！——见鬼！还有那伊格那——一个什么人，嗯？"他叫着，跑到桌子前面，"你看，你不看见吗？你懂吗？"

他用一只手倒茶，另一只手撕下他的蝶形领花，笑口开到耳边，继续说：

"那条街正在产生它自己的领袖。这是你必须领悟的！它把他吹出来，使他膨胀，你懂吗？还有那些流氓尽叫着'我们的保卫者！我们的光荣！'不消说，这都是《莫斯科官报》上最时髦的称号！噢，混蛋——分明是的，是不是？"

"你太过于想象了。"萨木金说。

"而你太忽略了。眼镜是这样戴的吗！但是那猪儿子立刻就相信他是一个领袖。这还不明白吗？那家伙就能够指挥，能够打每一个人——怪透了！"

萨木金倾听着，推想着：

"他看见我所看见的同一事情，但是看法不同。当然，曲解事实的是他，不是我。他正在恋爱着一片可可糖——一个特点。他已经想象着他的恋爱，因此，各种事物在他都是想象的。"

同时，刘托夫莫名其妙地高兴地说：

"他们还不曾发现，还不曾明白他们应该鞭打的是谁！"

阿连娜和邓娜沙进来了。阿连娜的脸仍然是麻木的，可是更瘦了些。她的眼睛，有着一种负疚的表情，在皱缩的眉毛下面观看着。邓娜沙带进来一些小纸包，把它们放在桌子上，在茶炊前面坐下了。阿连娜走到刘托夫面前。她摸着他的稀薄的头发，低声问道：

"他们打你吗？"

"哦，没有！这不算一回事！"他铃似的响起来了，弯起身子去吻她的手。

"你是这样一个可爱的小傻子。"她感叹。她又说："一个聪明人。"然后坐在邓娜沙旁边。

刘托夫的全身都不自然地动弹着，好像有些小耗子在他的衣服下面爬过他的背上和肩上。对于萨木金，这光景是可厌的，而且又更加猛烈地燃烧起他对于阿连娜的仇恨，这仇恨遍布在那点着两支凄凉的烛的不整洁的小房间里。

邓娜沙也是可厌的了。用一种温和的、嘲弄的声音,她说:

"我的好人儿已经跑到圣彼得堡去控告这革命,去劝勉他们停止它。"

七

马加洛夫逍遥地进来了,吸着一支烟。在他后面的是那鬖发的人——他的左眼是包扎着的——他突然站住了。阿连娜伸出一只手给他并且说:

"进来呀,请——"

他鞠躬,并不去握她的手。

"亚里山得·许大可夫是我的名字——"

"有一个木商叫这名字。"刘托夫昂然自得地大声说。

"那是我的叔父。"许大可夫回答,迟疑了一下之后。

"你的叔父?"刘托夫不相信地反问。

"是的。好像不会是吗?"

许大可夫在桌子面前坐下了,正对着那两个妇人。他的没有包起的那一只眼睛是大的、绿的、不仁慈的。他的脖子,隐在那一排扣子的黑领之下,似乎过分地白。他用左手端起阿连娜送给他的那一杯茶。

"你是用左手的吗?"刘托夫问,仔细地考察着他。

"我的右手受伤了——"

萨木金坐在长沙发的一角上,大声咀嚼着一块火腿夹面包,留心地观察着。他看见马加洛夫在这里的行动确乎好像在他自己的家里一样:他从钢琴上取下一支烛,点燃它,又问邓娜沙要纸和墨水,而且和她一起出去了。阿连娜时时咳嗽,长叹,好像是枉然努力着要举起一件沉重的东西似的。她两肘搁在桌上,手掌心压在颊骨上。她问许大可夫：

"你怎么有这样大的胆量？"

许大可夫拱起身子注视着他的杯子，拨动着他的茶。他并不回答。她固执地问：

"一个人对抗全体吗？"

"这没有什么！"他含怒地说，摇摇头，摸着没有用手巾包起的那一半头发，"我常常想打人。"

"为什么？"刘托夫热烈地大声叫。

"因为他们愚昧。因为他们卑鄙。"

"他正在夸耀呢。"萨木金鉴定他，"觉得他自己是一个英雄了。一个罗色里阿，自然。很像一个龟奴。"

许大可夫两口吞下了他的茶，看着阿连娜的头，费力地移动着他的浮肿的下唇，挑战地说：

"不要以为我能争斗。别的事我可不能做——"

"那么，你反抗过你的主人们吗？"刘托夫质问，微笑着。

并不看他，许大可夫回答：

"我不是一个农民。主人们和我不相干，倘若你所谓的主人是地主的话。但是商人们——我要毁灭商人们。是的，我高兴这样做。"

沉寂了一分钟。萨木金沉静地笑了，以至于许大可夫用发炎的眼睛看了他一眼。

"你上过什么学校吗？"阿连娜沉静地问，仔细地看着他。

"一个商业学校。还没完事，我的叔叔就把我弄到木厂里去做事。我私用了他的钱——大约六百卢布。后来做一个头等马车行的车夫。因为打架我上过两次法庭。"

许大可夫旁若无人地说着，用左手指搓搓，撕碎一块面包皮。

"我不陪你们了。"他结论，站起来，很响地推开他的椅子，"你们，大家，给我几个卢布——我要去——"

刘托夫立刻把手放进衣袋里。

阿连娜说：

"和我们再坐一会儿。你多大年纪？"

"二十。"

他拿起刘托夫的钱，并不谢谢他，但是当马加洛夫拿着一个药单进来的时候，他疑问地一看它，说：

"不用，谢谢。我就快好了。"

同时萨木金也就告别了，急忙地走出去，因为他以为和这家伙一路走是比较安全的。

在那街上，风正在黑暗中嬉戏地吹着。一阵疾风催促着萨木金，不一会儿就赶上了许大可夫。许大可夫正在不慌不忙地走着，一只手搁在胸上，一只手放在裤袋里。他尽力在吹哨，但是吹得很坏，或者是因为嘴唇受了伤的缘故。

"你是一个革命党吗？"许大可夫忽然用一种不愉快的高声问。克里一瞥那狭窄而弯曲的小巷子，并不立刻回答。然后他摆出教授架子，用一种低调说：

"你所说的革命党是怎么样的人呢？这是一个含糊的名词，尤其是对于我们俄国人——"

"我想——当我说了商人之后，你笑了——这一个，我以为，一定是一个革命家——"

"当然，我是——"

但是许大可夫毫不介意，含糊地说：

"你隐藏些什么，鬼才来惹你？波满出殡的时候，我差一点被当作官家的侦探。你太过小心了。现在此地会有什么侦探呢？"

他突然站住了，好像失脚撞在什么东西上似的，并且说：

"好，再见，心肝，等我来打你的歪脸！"

"这匪徒！"萨木金恼怒地想着，赶快走开了，留心倾听着那家伙是否跟来,"一个典型的暴徒。"

  但是这巷子里面难堪的寂静。只有风推移过地面和铁屋顶上。这推动说明了这巷子的荒凉:人们都已经被扫荡到房屋里面去了。

第二章

一

加倍了速度，萨木金简直就跑起来了。他觉得他的内部的每件东西都在发抖，连他的思想也是颤动着的。一阵脚步的声音使他慌忙躲进一道门的门洞里面。四个人从转角上闪出来了，其中的一个咕噜着：

"一个满是十字架和旗帜的行列——从各个教堂里来的——这是我们应得的（光荣）。"

一个球形的小胖子，当他走过萨木金前面的时候，说道：

"教士们自然要尽一次义务的。"

"他们计算得出哪一方面是更肥壮的——"

当那些话已经听不明了的时候，萨木金才恢复了他的步态，急促地前进着，虽然留心着不要走得太响。这里那里有些人站在门户的左边，风从各个人群里吹出一些凌乱的言语。

"尼古拉·巴阑诺夫正在武装那些工人。"

"谁是巴阑诺夫?"

"阿塞夫的儿子。"

"啊,故事多着呢!"

"现在只有欧科提尼街——"

在别的一群里有人确定地说:

"记住我的话,火就要燃起来了——"

这时从林荫道上的一只凳子上传来了一个兴高采烈的声音:

"哦,豆渣子!莫斯科什么时候叛乱过?曾经有过好几次叛乱反对它,这是真的,但是它自身就绝不会——"

"那么那些学生呢?"

"他们,好体面的叛党!"

"你要到哪里去,找妇人吗?"

"最好是——姑娘们!"

"请原谅!好,你要到哪里去?"

"看面包师们建造的防御工事——"

"那有什么意思!"

除了这些从黑暗中来的声音而外,这庞大的城市还给予萨木金一种空虚、聋哑的印象。窗子都瞎了,门户都闭了,那些巷道更加狭窄而且纠缠。注意倾听着的两只耳朵捉住了远处的几声枪响,虽然萨木金明知道这不过是他的记忆里面的响声。门闩铿地一响。萨木金站住了。在他前面有一个熟悉的声音说:

"圣彼得堡的同人们自己要怎样行动呢?"

侧门砰地开了。那人走过街道的另一边去了。

"坡阿可夫。"克里认清了他,走进了他自己的街里,欢迎他的是前天就动工了的那工事的嘈杂。他放缓了他的脚步,在他的记忆中检阅着这条街上的居民,试行推算出哪些人是建造这防御工事的。有一个学生在转角上绕圈子。他是从前住在发尔发拉家里而现在住在它下边的那产婆的侄儿。

"哦,是你。"那学生说,"你看见有兵士或警察在那林荫道上吗?"

萨木金摇摇头,又听一听。在街道的深处有人在发命令:

"放横它!渍桶!"

"造一个防御工事吗?"萨木金问。

"两个。"那学生回答,在转角上不见了。

萨木金闲步到灯柱前面,靠在它上,开始观察那工事。街道黑得像一个地洞似的,而且叫人觉得这黑暗是由于那三四十个人的扰嚷所造成的。有人在高声呼喊着,用镕杆冲打着那圆石路。那人的柔和的低音又在劝勉:

"够了,同志——够了!"

街道被黑色的一群人封锁住了。在那巷子的转角里也有工作在进行着,沉重的物事在石路上转动着。全部家宅的窗子都关闭了,和发尔发拉的家里的一样,而两扇门却大开着。一把锯子正在发响,软而重的东西坠落在地上。人们的声音响得不很高,然而是高兴的——萨木金觉得这种高兴是不自然的和不合适的。一个中音自足地和不倦地响着:

"你说什么?泼水在它上吗?不行的。子弹会打在冰上,而且敌人容易瞄准。我知道得很清楚。从前我们防守希普加要塞的时候,就因为这冰,土耳其人给了我们一个大麻烦,叫圣尼古拉都发愁呢。只要一分钟,我的朋友!放一只空桶在那里干什么呢?它里面必须装满垃圾才行。拉弗路士加赶快到这里来!"

克里认识这发令的人就是修补锅炉和茶炊的那锡匠,他曾经来控告过安弗梅夫娜两次,说她怎样夹缠了他。他是干枯而且瘦长的,一部灰胡子下面的嘴里露出几个黑牙齿洞。他是唠叨而又蠢笨的。那小孩,拉弗路士加,他的继子,是从前住在发尔发拉家里的那产婆家里的小使。他时常捣乱,又爱唱《乖乖为何这般愁?》。

点起一支烟，任随着他自己漂流在这些琐细思想的自起自落的浪潮里，萨木金听见：

"你也要放枪吗，老爹？"

"放枪？我瞎得好像一只蝙蝠似的。我的唯一用处是把我放进空桶里面——那么子弹就不会打穿它了。"

锡匠又使人不愉快地记起那教唆强盗莫沙——或者是莫提亚吧？——挖墙壁的老石匠。

在街的另一面，那学生和另一个人在闲游着。那学生高声说：

"你不要一个人单独走，没有一点防备，亚可夫同志。"

工作的扰嚷停止了。萨木金还能看见这防御工事的建筑者们集合在一处。在沉默中，坡阿可夫的声音响起来了：

"你们要发现你们自己落在陷坑里呢。如果是退却，你们必须通过那庭院。把那院墙拆掉——"

"这是对的！"锡匠叫。

萨木金觉得他的脚冻起来了，想要回到家里去；但是想听一听坡阿可夫还要说些什么的愿望把他维系在原地。

"但是那些可诅咒的老人们为什么也在（这里）活动着呢？克鲁包特金派和托尔斯泰派，你们还有什么可说呢——"

由于这一比较，萨木金吃了一惊，甚至于呛咳起来，好像吞了一把尘灰；但是他又回忆起另一个老人，历史家可索洛夫。他明知道，或者就在明天，就在这屋的窗下，人和人就要相杀起来了，但是他还是不肯信它，不能承认它。他的理性全部停滞在那些喜剧性的细目末节上：把这拼死的夜间准备化为游艺的剧文了。对于他，坡阿可夫显见得是很灵敏，甚至于勇敢的。萨木金知道革命是怎样造成的，他曾经读过。在他眼前所遇见的却一点也不像他读过的巴黎和得列斯丹的那些革命。这里的人们儿戏似的在建筑着抵抗那似乎不会发生的某事的防御工事。而且，即令发生了，兵士们一来——五十个吧——这些孩子气的建筑物就要粉碎了。

二

萨木金一面调和着那些半恼怒半轻蔑的思想,一面走去窥看那庭院。地窖上面的厢房的门是开着的。安弗梅夫娜站在那里,好像一座钟似的,抬着一盏灯,并且说:

"你可以拿那长椅子去,垫褥也可以。但是我不给你那只桶!你也可以拿那一只箱子去,它是钢板造的。"

不为什么特殊的理由,萨木金脱下他的帽子,走到那女管家面前,问道:

"你在这里干什么?"

这问话说得并不如他所预想的那么严厉。安弗梅夫娜举起灯来照着他的脸,答道:

"我们把我们不需要的东西拣出来作我们的防御工事。"她说得这样简单,好像在谈日常的家务似的,随后又抱怨地说,"在这样的时候你不可单独走出去。发尔发拉担心你。"

在厢房里面,在一堆破旧的东西中间,门房尼古拉,一个沉默而清醒的人,和另一个陌生者正在忙碌着。

"每一个人都捐助去了。"安弗梅夫娜说。对于这个,厢房里的一个陌生的声音说:

"倘若他们不肯,我们就拿起走。"

"我们的防御工事。"萨木金想,当他从厨房里走进家宅的时候。安弗梅夫娜,这典型的"为别人而存在的人类",他曾经十分欣赏过她的,现在正在帮着建造一个防御工事,用那些像她一样已经尽完了它们的任务的东西——对于这,萨木金不能不觉得有些感动,带着一点喜剧的意味,也就马虎承认了防御工事的必要了,这一马虎无疑地只是因为他觉

得太疲乏了。当他脱着衣服的时候,他想:

"总之,这是小说,不是历史。一篇萨拉托弗拉斯基或奥曼里夫斯基的小说——《金心》。感情的废料。"

他的妻头上包着一幅压定布,坐在房里的桌子前面正在写字。

一看见她把笔抛在桌子上并且从椅子上站起来,他就知道一场吵闹快要爆发了。他滑稽地问:

"你允许了安弗梅夫娜去建筑我们的防御工事吗?"

他用重音说了那"我们的"。发尔发拉一只手按着她的头,一只手摇摆着,一直走到他面前,正对着他的脸喝道:

"她老糊涂了。而你——你要干什么?"

她显然已经哭过多时了。她的眼皮是肿的,眼白是红的,下颚抖颤着,她的手总是撕扯着她的罩衫的胸襟。她扯下那压定布,把它拿在手上摇摆着,好像要把它打在他的脸上而又迟疑着似的。

"你不是人。"她大叫,喘哮着,"你想做国会议员吗?你永远做不出一桩事业,因为你没有才能而且——而且——"

她的声音越发尖锐起来。并不答话,萨木金猛一转背,走进他的书房里去了,跟着就锁上门。点起桌子上的烛,他默想着发尔发拉的疯狂行为使他难堪。他坐在桌子前面,用手掌猛力擦着他的面颊,思索着:

"她定然是骇疯了,这俗物。"

他的思想是清醒的、满足的:他看着这久已变为一个陌生者的妇人的可怜状态几乎是一种快乐。听着她的响彻户外的歇斯底里叫喊也是快乐的。萨木金从来没有认真地考虑过拆散他和发尔发拉的这不幸的结合的可能。现在他觉得这虫蚀了的不幸的结合已经破裂了。他问他自己要怎样才能把这事弄得清爽呢:明天就搬到旅馆里去吗?但是各个人和各行业都在罢工——庭院里和街道上都是喧嚷的——沉重的物事正在被移动着。这并没有搅乱他。带着一个嘲弄的微笑,萨木金遥想在莫斯科的各个街道里有千百个发尔发拉,正在那些大大小小的安乐窝里恐怖地倾听着这喧嚷。他记起了马加洛夫所说的妇女的支配力虽然轻微却是毁灭的。

"这有一部分真理——她们把太多的庸俗烦琐引进生活里面来——一个单房间就够我用了。我不喂养别人，我没有接待或空谈戏剧和书本的必要。而且我已经看够了各式各样的胡说，我有权不再理会它们。我要到各省去——"

他觉得这些思想使他清醒了、沉静了。他和他老妻的吵闹不仅规定了他和她的关系，而且决定了其他更重要的事体。庭院里发生了一种撞击的声音，好像一只箱子落地粉碎了似的。萨木金骇得耸了一下肩头。同时发尔发拉擂着书房的门，嗄声说：

"开门。我不能单独在一处。我害怕。你听见了吗？"

"我听见的，但是我不开。"萨木金高声回答。

发尔发拉停在那里沉默了一会儿，又敲起门来了。

"不要来吵我。"萨木金严厉地命令。他急急走到寝室里，盖上被盖，幸而没有遇见他的妻就达到目的了。在早晨，安弗梅夫娜叹了一口气，通知他说：

"发尔发拉说她要到浮孔卡去和里-里阿金住些时。在这里她害怕。她想在浮孔卡要安静些——"

三

从这一天起，丛集着许多非常事故的时光敏速地提醒了萨木金在学校里所学的一节物理学：各种物体，或大或小，以同一速度进行着，正如各种不同的重量以等速度在真空中下落一样。事故似乎一天比一天进行得更快：它们以可怕的速度向各方飞驰着，而留下在他的记忆里的不过是一些发响和发热的言语文字，不过是一些术语，简略得好像报纸的标题似的。那些报纸刺耳地叫嚣着：讽刺的刊物极其鲁莽地吹嘘出它们

的哨声,它们的卖报人在叫喊着,它们的读者也在叫喊着——而每天都揭载着新鲜的标题:

《海军叛变》。这一个宣布。《每日工作八小时的斗争》。第二个郑重主张。

在萨木金还没有工夫把这两件事联系起来以前,他又听见:"圣彼得堡的工人代表的苏维埃已经发动了每日八小时的斗争。为反抗处决克隆斯特水兵的罢工已经宣布了。黑海舰队叛变了。"

而且每天都有人在叫嚷,带着恐怖或欢悦的表情,说农民正在劫掠地主的庄园。有几个夜间,萨木金的眼前现出一幅冬季的地面的图画:白茫茫的旷野上全发射着许多火舌。火的旋流似乎是从地的深处爆发出来的。而在这炫目的白色荒野的各处,在这里那里的黑火山之间,泛滥着黑色熔岩的咆哮的奔流——那叛乱的农民群众。萨木金觉得这骇人的奇异的而又魔惑的光景是自然而然地显现在他面前的,只需他最少的一点想象力;而这又和三年前那教会庶务所给他看的那一幅不同。最近的这一幅有着更多的意义,用热烈的笔触描写着一种特殊的力量——不是每天报纸上表面赞成而又暗中害怕的那种叛乱的农民势力。不。这些是超越于现有的人道以上的各种因素,已经使人感染了破坏的疯狂,它们现在正在嘲弄着仁义道德。

有时萨木金觉得他快就要发现一种新的、特殊的个人的,历史的和哲学的真理,使他重新创造他自己,使他稳定地立足于现实之上,超脱于一切书本的真理之外。然而他随时都被妨碍着,不能透彻地认清,觉悟他自己和他自己的观念。常常有人跑到他面前,用各种言语来形成这萨木金的性格。一个自由派的文学教授在一家有力的报纸上写着:

"在人们已经发动的那些原始的力量之前,人们一天比一天变为不重要的了,而现在有许多人不明白他们已经不能指导事件,而是事件拖着他们跟它走。"

当他读到这里的时候,他觉得痛切了——这是他自己也想要说的。

他虽然满意于这些话增强了他的性格,却尽力要忘掉它们。这是容易成功的,好像一个人要忘掉在小变动中的一件损失一样。

加莫夫搅扰了他。萨木金一向把这人看作无才能的,可是很天真,比那工心计而好虚荣的狄欧米多夫诚实些。加莫夫常来访他,但是当他问他干了些什么或看见些什么的时候,他的回答总是毫无意思的。

"我到沙涅维斯基大学去——那里有许多集会,挤满了人——成了堆。但是这全是错误的,你知道。他们讨论错误的事情。"

他的肢体是松懈地悬挂着的,好像是关节脱落了似的。他点头,摇手,又呃嘴以表示忧愁,然后忽然踱到房间中央,粘住在那里呆看着地板,用一种沉闷的、无味的声音说:

"全是些纲领,辩论那些纲领,其实我们必须研究的是达到永久自由的道路。我们必须把我们自己从现实的毁灭的影响之下拯救出来,而潜心于宇宙的理性——即世界的创造者——的深处,不论理性是上帝或撒旦。但是我总觉得理性并不是数目、重量、面积——哦,不,不!我以为只有在宇宙本体之中人才能发现他的'自我'的真价值,而不在于事物、现象或情境之中,因为这些都是所创造而且还在创造的——"

萨木金觉得这种哲学是极其缥缈的、可厌的空谈。但是其中含有与他的性格相合的某物。他默默地听着,不过偶尔提出一两句简短的问话,然而逐渐厌烦起来了,因为发觉了这关节松弛的人的话正和他自己的某些思想相合。这几乎是羞辱了。

四

许多事故,好像顺流而下的冰块一样,一块爬在一块上面,不仅要求一种解释,而且压迫着萨木金生理地参加在它们的过程之中。诚如萨木金解释给他自己的一样,确有一大串原因使他不能不暂时参加在这些扰攘里面。但是确也没有足够胆量或意志力走出这些扰攘以外。他自己知道他的行为的那些动机是不足以调解行为与性格之间的那矛盾。他认为满意的解释是：仅仅为了满足个人的好奇心就不顾个人生命的危险，这并不是每个人都做得到的事。然而这不过是在奔忙的安弗梅夫娜和她招待在厨房里——正如这条街的别的住户一样招待——的那些防御者面前觉得惶惑不安之后才勉强承认的理由。住在家里，偶尔从窗里一瞥那防御工事，也令人惶恐不安。居民们已经和它熟悉，帮忙着堆雪和泼水在它上。总之，现实执拗地和毫不客气地要求人参加在它的事件里面。鲁伯沙·梭莫伐，好像现实的代表人似的，常常高兴地飞舞着，出现在他前面的次数比别人更多。穿着松鼠皮镶边的浅色的毛线外衣，围着一条破披肩，她好像一团毛线似的滚了进来。她的冻得通红的面颊是胀鼓鼓的。

"哈啦！"她叫，"克里，亲爱的，你想想看。我们现在也有一个工人代表的苏维埃。"而且她常常要求或者命令："你去到工业专门学校，告诉戈金我到戈龙那去了；然后到沙涅维斯基大学去。到那里找到坡阿可夫，把这几张字条交给他。但是请你在四点钟以前准得到那大学。"

她把字条塞进他的手里，用披肩加紧裹起她的胸部，说：

"什么人曾经来过了，克里！记得邓那夫吗？啊——"

"小傻子。"萨木金谦卑地想。几天之后，他遇见她在街上。她坐在一辆糟极了的雪橇上。这橇上载着几捆报纸和许多各色的小册子。鲁伯沙扶着车夫的肩头站起来，向他叫喊：

"圣彼得堡的苏维埃已经被封闭了！"

"这小傻子。"

但是为了顺从那"小傻子"，他走去寻找各样的人们，把各种纸包交给他们；而当他解释给他自己他为什么干这些事体的时候，尤其是做了鲁伯沙的跑腿这一节，他特别表明给他自己，这不过是她的同志们所做的全部事体之中的性质轻简的一部分。他见过戈金好几次。戈金已经失掉了他的轻俊的气概，并且瘦了许多，看来还是银行职员的样子，而且还是笑嘻嘻地说：

"你说她跑到戈龙那去了吗？"他问，旋起他的眼睛，"她不是成了跑街的了吗！但是我们已经派了一个人到那里去了。哦，好！现在不用看坡阿可夫，可是要你到——"他说了一个地名，又嘱咐了几句。萨木金去到了骑兵学校对面的俄国保险公司里，坐在一间不知为什么满是煤油气味的房子里。写字台上放着一条导火线，同时在邻接的房里有一个长鼻子、黑头发的人正在对着几个高加索人讲演日本的下濑火药。一个有着漂亮而木强的面孔的人，看来好像一个被革的教士似的，读了戈金的字条之后就下命令：

"你去塞莫提阿加——找鬼同志——"

萨木金找鬼同志去了，暗中好笑：

"鬼，他们像小孩似的儿戏着。"

在塞莫提阿加，一个些微有点麻子的快活的青年问他：

"哑铃在什么地方？"

"哑铃？"

"是的，哑铃。你要我用纸烟盒造炸弹吗？"

五

萨木金离开了那人，更加相信像这样的一群人所发动的事件是不会有恒久的作用的，不能改变历史的进程。他所看见的是一群乌合之众，正在建造那些因为无人要摧毁也就无人来干涉的防御物。人们都已经惯熟了那些防御物，随便谈论它们。他知道莫斯科的工人正在武装自己，又听说工人和兵士冲突。但是他不相信这些话，也不曾看见警察和兵士在街上。虽然莫斯科的居民似乎已经无人照管，他们却似乎并不曾被骚扰；相反的，他们变为更高兴、更大胆了。

某种隐秘的力量把各色人们都从他们的家宅里放逐到街道上来。恰和莫斯科的习俗相反,他们敏速地走着,很有一点生气了,一群一群地聚焦着,倾听着,辩论着,喝彩着,游行在列树道上,好像在期待着一个休沐日似的。萨木金注视着他们,皱起他的眉头,想着这些人的轻浮,又想到那些想要教导这人民一个清明的人生观的人们的傻气。有些夜间,那幅图画又出现在他的眼前:一片白地上涂满了火的红斑,交错着农民的黑流。

"是的,这都是社会革命党激动起来的。"坡阿可夫曾经沉闷地对他说道。坡阿可夫,穿着一件腹部破了的外衣,棉花团从那些洞里突出来,看来很像一副骨骼架。他的脸上的骨头也似乎就要穿通那灰皮肤了。他说话照常是恼怒的、苛刻的,但是他的眼睛有一种柔和而又很有深意的表情。萨木金以为这是由于那眼睛陷在眼窝里这样深,而那总是打着结的眉毛一旦提高而且展开了的缘故。

"农民似乎已经毁了几个较为近代化的庄园,但是都一样,我们要受一些大损失。"坡阿可夫说,眼望着一支破了的纸烟。"自然这是不能避免的。"他又说,从袋里抽出一支好像揉碎了的纸烟。

在他所说的那些话里面,最触动萨木金的是那"我们"。哪些人是"我们"呢?萨木金问他在什么地方工作,坡阿可夫显然吃惊了,答道:

"在革命里——就是说在苏维埃里。我从放逐中逃出来——他们曾经把我驱逐到鬼才知道的地方。啊,不对,谢谢你,我又讲到我的私事去了。"

"古图索夫在什么地方?"萨木金问。

"他从前在圣彼得堡。现在或者在南方。"

"我们。"萨木金讽刺地重说着,离开了坡阿可夫。他耐烦地寻求着某种好笑而又丧气的比喻,但是一个也没有,"我们已经耕了田了"。[1]

---

[1] 这是引用狄米图伊夫的寓言。一只苍蝇停在一头正在从田里回来的公牛的角上,别的一个苍蝇问它从哪里来,它答说:"哪里?我们已经耕了田了。"

他批评他自己。但是这是不恰当的。

有一夜,萨木金回到家里,又跑到街角上米托罗方诺夫家里。伊凡·彼特洛维奇一见他就跳开了,并不点头。

"他准是觉得很不舒服了。"萨木金思索着这号称"深通世故"的人为什么毫无礼貌地避开了呢。回头一看,他看见米托罗方诺夫也迟迟疑疑地观望着后面。克里很想快活地叫道:

"这一切都不会长久的。"

然而米托罗方诺夫赶快地走掉了。

发尔发拉一共来看过他两次。她冷冷地招呼他,头扭在一边,并不看着他;然后走到她的寝室里,取出一些棉布。

第一次来的时候由里-里阿金陪伴着她。里-里阿金穿着民主派的农民衣服、皮靴子,看来好像一个门房。

"人们都开始理解这些事变的意义了。'十月十七联合会'[1]已经组织成立了。"他通知克里,虽然他颇有些迟疑,好像怀疑他的用字和发音是否正确似的,"这里,你知道,出头做事的是斯推拉托那夫——一个很能干的人,很能干。"

他又停了一会儿,用他的手掌心轻轻拍着他的红的浮肿的脸,这脸好像是别人的而移置在他的小脑袋上似的。他继续说:

"有些克狄士[2]是追随着他的——是的。其中有一个人在闹意见——那米留可夫的党徒,一个律师而且是犹太人——叫什么名字?——哦,对了,普里士。一个狠毒的畜生——哼!你知道那些塞姆族人[3]的歇斯底里病,他们是没有国土而又被我国的虚无主义麻醉了的——"

---

[1] 拥护沙皇十月十七号宣言的保守党。
[2] 宪政民主党的略称,这一党有它的自由政纲,反对革命的方法。
[3] 犹太民族。

说到犹太人他就异常雄辩起来了。他说着,用紫舌头舔着嘴唇。他的近于呆钝的眼里闪烁着某种尖锐的三棱的光,好像圆规叉的两尖端似的。像平常一样,他的演讲总是用他的老调作结束:

"但是我是一个乐观主义者。我知道我们总得叫嚣,可是只要一得到调和两极端的中点,事情就平静下去了。"

然而他长叹一声之后,又问萨木金:

"你以为如何?"

幸喜发尔发拉走进餐室来了,萨木金得免于答复里-里阿金的必要。她进来的时候,她的两肩向空间耸动着,好像她的头被打击了似的。这使她的长脖子似乎短了些,更合度些,但是她的脸是红涨的,她的眼里闪烁着绿色的怒火。

"你允许了安弗梅夫娜把那些葛布送给红十字会了吗?"她质问萨木金,带着一声恶兆似的咳嗽。

"我没有允许过,因为她从来不问我——"

"她把那些被单、手巾都送人了——这真是毫无限度。"

"那些都是旧的、补过的——你不必埋怨。"安弗梅夫娜说,在门外窥看着。

发尔发拉灵敏地转过身来,但是那老妇人的松弛的大面孔已经不见了。她顿着脚,命令里-里阿金:

"我们走吧。"

邀请她到他的书房里,萨木金对她说:

"你,自然,知道我是不能搬出去——"

她突然摇手阻住他,说:

"啊,不用说。这不是谈那些事的时候,说不定明天就——"

用手巾蒙住嘴,她匆匆出去了。

六

人们都忽然出来,忽然又不见了,好像落进洞里去又跳起来似的。布拉金出现的次数比别人更多。他越发衰弱了,用一种可怜的、求恕的眼光看着萨木金,试探地说:

"《斗争》报主张——你赞成吗?《俄罗斯记事》报指出——真的吗?"

他使萨木金想到在乞里沙斯叔叔家的一位可疑的来客——米霞·苏伊夫——和他的报道:捕了很多人在马林诺伐森林,在尼忌尼·诺弗戈洛得,在提弗——

布拉金,好像一个冻坏了的卖报小孩出卖他的最后那几张似的,无力地叫喊:

"罗斯托夫团的士兵已经叛变了。说是要破坏尼戈拉维斯基铁路的桥梁。在萨拉托夫,工人们毁了拉狄差夫博物院。奥里可浮苏浮的许多工厂被抢了——"

这些消息分明是不确的,萨木金而且即刻就知道不确,因为布拉金在述说这些不可靠的新闻之后,问道:

"他们能够把桥毁了吗?博物院被抢也是难以相信的——"

"不要相信,"萨木金忠告他,"这些全是捏造的故事。"

布拉金直看着萨木金的眼睛,思索地问:

"那么什么人捏造这些故事呢?"

"当然是你喽。"萨木金想。

当这瘦弱的生物传达那些不可靠的新闻的时候,萨木金观察着他的黑头发平滑地躺在他的脑壳上,前额上的那瘤子隐藏在一束头发下面;但是当他讲到那些并不十分可怕的事的时候,他的头发一摇动,那瘤子就露出来了。

这像一个糖制的偶人似的唠叨角色,从前自足的神气现在变为颓丧的了,萨木金是向来就讨厌他的,此刻愈加不堪了,而且引起了一阵疑云。这家伙除了他曾经说过的话而外一定还有别的用心,而且他还在夸张他的惊异和愚昧,逗引别人。

"你以为如何?我们正在进行社会主义吗?"

"啊,还说不到这个,我相信。"

"但是那些布尔什维克呢?"

萨木金看着那伸长着的脸和旋起的眼睛,答道:

"政治也像做生意一样,尽管要价很高,而得到的也不过是你所能得到的。"

"不错,当然。"布拉金赞同,点点头。叹了一口气之后,他继续说:"我是从昨天的某种报纸上知道这种说法的。"然后,握着萨木金的手,结束了他的谈话:

"和你谈一回总是使我心安一回。你有一种明净的智慧,我敢发誓。"

"我确信他是在玩弄我,这猪。"克里突然推定,"鬼才知道——或许他是一个侦探。"

七

他和马加洛夫度过了更不愉快的半点钟。马加洛夫清早就来了,那时他刚喝过咖啡,正在倾听着安弗梅夫娜赞扬那些防御者的故事:夜间他们轮流来到她的厨房里取暖;这老妇人给他们茶喝,大概她和他们都是友爱的。

"彻底的愚昧和讨厌。"萨木金对他自己说。他早就知道他自己已经不是这家宅的主人了,虽然他还是以主人自居;他明知他已经没有斥责安弗梅夫娜的权利,然而他忘却了这个,还是斥责她。今天早晨他是不高兴的。

"你知道,安弗梅夫娜,这是不很方便的——"他开始用低音说,并不看着她。但是那老妇人截断了他的话。

"当然,这对于那些不惯于在冷风里守夜的人怎么会觉得方便呢?"

"你不明白我的意思。我是在说别的——"

但是安弗梅夫娜并不理会,还是用低的、疲乏的声音继续说:

"告诉我,对于伊果我该怎么办?他喝酒,喝酒,不肯去做厨事。他说,让他们饿死,倘若沙皇——"

就在这时候,马加洛夫从厨房里走进来了,微笑着问:

"你的厨房是干什么的?革命党的司令部吗?"

他穿着外衣、长筒雪靴,戴着皮帽,站在那里脱手套。他说他昨夜因为一件助产的事在这条街上的一家里过了一夜。

"小产了,因为害怕。昨天她被几个流氓追击了。我看见一个防御工事——后来又是一个。我记得你是住在这里的——"

他一面说,一面把外衣抛在椅上,把帽子搁在那角落里的长椅上。他并不脱掉他的雪靴,这可成为使萨木金对他愈加不快的一个恶兆了。

"你防守吗,或是被防守呢?"他问,坐下在桌子面前。

萨木金邀请他:

"要咖啡吗?"

"好的。"

恰如前天他们相会的时候似的,马加洛夫立刻就恢复了上次在医院里中断了的谈话。

"你记得,在医院里我说——"

"是的。"克里同意,不耐烦地摇着他的头,而且厌恶地记起了那些相信他总会记住他们所说的蠢话的人们。他的脾气愈加变坏了。一心注意着他自己的思想。他有心无力地听着马加洛夫的沉静而有条理的谈话。

"即使没有这件助产的事,我也一定要来看你的。我需要心对心地和你谈一谈。我急迫地向往着这个。我相信你,克里——而我也不相信你,正如我不相信我自己一样——"

这些话说得很诚恳、很友爱。萨木金扬起他的头,怀疑地望着那一张脸:高的前额上覆着杂色的头发,黑而显然变灰了的下髭。这脸孔使人不能不承认,马加洛夫的漂亮的外貌是更加令人印象深刻的了。那一双有着丛密的睫毛的眼睛是美好的,但是它们的严正的神气却令人不快。萨木金回忆起阿连娜的奇异而有些模糊的话:"马加洛夫确实是漂亮的——以他的本身而论,不是对于妇女。"

"你知道,有时有些布尔什维克住在或睡在我那里。好,我们的问题并不因为他们而存在。伯洛丁同志偶然来访我——一个异常的人,一个我可以用数学的简明方式来描写的人——"

马加洛夫用双手在空中画了一个圆圈。

"一个圆形的人。好像一个大皮球——你不能抓住他或者拥抱他。"

"一个矮胖子,有一部大胡子和一双嘲弄的眼睛,是吗?"克里问。

"是的。就像那样。不过他剃过了。"

"很像古图索夫。"萨木金推测,开始更留心地倾听。

"对于他和他们那一伙,道德秩序的问题是并不存在的。他们有他们自己的道德——"

他喝了咖啡,看着窗子上的萨木金的头,又说:

"正确地说,那并不是道德,而不过是有机社会的卫生学的一个体系,假定说的话,他们把他们自己看得比你我这一流人更多人性,这或许是对的。但是和他们谈论到人,个人,那是白费时间的。伯洛丁有一次对我说:'人,那是将来的事。''将来什么时候呢?''等到他的自由生长的田地已经耕作好了的时候。'他们这一伙的另一个,一个极执拗的家伙说:'还没有人,只有最服从的仆役。你们正在用你们所谓的人来堵截光明。人、道德、社会——它们是你们看不见的树林里的三棵

树.'他们这些人是异常精确地互相和谐着的。"他把杯子推到萨木金前面,点起一支烟。他的举动的安静使萨木金告诉他自己:

"这是要拖延一个长时间的。"

马加洛夫吹出一长串烟,皱起他的眼睛。

"那么,我是最服从的仆役了。"他叹息。"关于这,那时——"他寻求着适当的字句,两肘搁在桌上,很有意思地看着萨木金的脸,"我服役于科学,或者说得更正确些,妇女。我治病。我助产。这些已经不能吸引我的全部兴趣,所以我帮助伯洛丁和他的朋友们,明知是冒着某种危险而且那恐慌也不小的。然而我喜欢帮助。但是他们所制造的那革命——我并不相信它。而且总之,我不相信——"他指着窗子外面,"是一次革命,或者它能给予我国什么东西。"

靠在他的椅子上,摇摆着,微笑着,他继续说:

"这是其中怪有趣的一部分,你看。我相信这些人而且很尊重他们,但是我不相信他们所做的事体。或许我的不相信不过是由于我的片面的理由吧?你对于他们怎么样呢?"

"什么?"萨木金问,觉得这谈话变成了苦刑。

"你为什么帮助他们呢?"马加洛夫问。

"我觉得必要。"萨木金回答,耸一耸肩。

"现在,关于这一点,我不了解你正如我不了解我自己一样。"马加洛夫说,沉静地,深思地,"或者我更不了解你。你和他们是毫不相像的。"他继续说,并不看着萨木金:"我想我们俩都是最服从的仆役——但是属于什么人的呢?这是我愿意明白的。一个最服从的仆役的任务是我所厌恶的。你记得我们在学校的时候怎样去访问作家卡丁吗?我老早就知道我是不能做一个最服从的仆役的。而且后来还不顾一切——"

就在窗子外面,尖锐的哨音响起来了。

"这是警察的哨音吗?"马加洛夫叫道,吃了一惊。克里跑到窗前,说:

"有什么事情发生了。人们都在跑呢。"

拉弗路士加冲进房里来了,乱蓬蓬的红头发,摇着他的帽子,并不吃惊,而且高兴地叫:

"军队前进了。安弗梅夫娜问你她是否要关起那窗板。"

马加洛夫也跳起来了。

"糟了——"

"要关吗?"拉弗路士加叫。萨木金把他推开,站着看马加洛夫的行动。马加洛夫急忙穿戴起他的衣帽,咕噜着:

"一个医生的职务——"

他跟着那锡匠的学徒跑出去了。萨木金擦一擦那正在流汗的窗玻璃,期待着听那熟悉的枪声。窗板砰地关上了。他战栗了一下,踉跄后退着。他急迫地需要宁静,但是许多细微的念头不断地搅扰着他。那些念头才一燃起来,即刻又死去了,其中只有一个是死了又重新燃起来的。

"对于那些在厨房里的人,我须得负责任。"

厨房里是安静的,街上也没有枪声;但是从那窗板里透进来一阵喋喋喃喃的激动的絮语。他竭全力抑制住他的最不愉快的敏感性,迟缓地开始穿上衣服,想要走出去。他的左手总是找不到那衣服的袖子。

"我把我自己当作敌人看待。"他烦恼地觉得,戴上他的帽子,愤愤地把脚插进套鞋里。他走到后门的石阶上,站着听那大门后面的嚷嚷,然后决然走到街上去了。

八

一个褪色的、暗淡的太阳像一件死东西似的装在一张云的灰羊皮中间,照着站在那雪铺的防御物旁边的十多个杂色衣服的人。寒冷的白色光斑从太阳上纷落在他们身上,他们显出冷透骨的形状,正如萨木金也觉得的一样。风正在奔忙，扫着人脚下的雪，把它吹到屋顶上，又抛在人头上。马加洛夫和拉弗路士加站在医生文诺加罗夫家的阶沿上，笑着，听着那红发孩子的发嘎的声音。有人在防御物后面奔忙着，转动着一只长沙发。那沙发里填塞着的东西缓缓地流出来，好像正在呕吐似的。克里走到那些人面前去。其中站着一个穿着连带头巾的衣服的人，他的小脸上有一部稀薄的胡子。一个戴着破的西伯利亚皮帽的人正在用响亮的声音和他说话：

"大约四十个人的一个混合部队，没有官长——"

"有市民吗？"那稀胡子的人问。

"大约七个，大略计算。"

"你应该确实计算，不要大略。"

"他们散开走着，不在一堆——"

"他们怕炸弹。"那锡匠高兴地叫。

穿连头巾的人摸着鼻子，说：

"那么，罗斯托夫团的孩子们并没有说谎，派来打我们的是义勇队。你看见其中有醉汉吗？"

"我没有注意。"

"你应该注意。你不是派出去散步的，同志。"

穿连头巾的人用沉静柔和而又最清楚的声音说。

"拉弗路士加，"他叫，拉着他的衣缘，转面对着那锡匠的学徒，"那么，吹哨子的是你了？"

"那学生从巷口来告诉说他们来了，亚可夫同志——"

"你应该吃一个耳光，心肝！把他的哨子拿过来，白拉辛同志，不要叫他去放哨。"

"一场虚惊，似乎。"马加洛夫说，来到萨木金前面，看他的表，"到我做工的时候了。再见。我不久又来看你。我说，"他放低了他的声音继续说，"留心那红发小孩，他是怪有趣的。"

一个有胡子的人推开马加洛夫。

"再见。"那医生说,为了某种理由他很快活。

萨木金只顾注意着那些防御者,连头也没有对他点一点。有些人他是早就在厨房里见过的。当他走过的时候,他们对他鞠躬,他也谦恭地报之以微笑。其中有一个红面颊、狮子鼻的人,叫作凡西亚,安弗梅夫娜曾经叫他在厨房里搬柴生火。这人常常特别恭敬地让路给萨木金。他所见过的一共大约十个人,现在在这里的是十九个,其中十一个拿着来复枪和毛瑟枪,其余的都是徒手。他们显然是在这穿着连头巾的细小的亚可夫同志指挥之下的。亚可夫的稀胡子似乎是故意粘在那好像没有鼻孔的瘦鼻子下面的,而他的蓝眼睛是深沉而且锐利的。大约一看,他的脸是灰的而且颇有些老了;他必定是住在监牢里很久了,干枯了。他或许是过了二十五岁,差不多是四十了。

"好,同志们,此刻不能离开防御物了,"他确定,每个人都静听着他说,"需要三十五个人在两个防御物后面,这个防御物就要二十个人。请到你们的位置上去。"

有五个人从这一群里分出来,走进小巷子里去。亚可夫并不提高声音,对着他们的后面说:

"今天你们可以得到两支来复枪和一支毛瑟枪。或者还有一些小炸弹。"

门房尼古拉从防御物后面出来。

"要是我有一支来复枪,那真是一件好事情,也是——"

"我们要给你一支的,同志,不要愁。"亚可夫咳嗽,发出沉重的喉音,继续说,"厢房里的墙拆倒了吗?我看。那一角的房顶上有一把梯子吗?那就好。那些炸弹在那里吗?那么各样事情都妥当了。白拉辛和加里丁负责发令。那么,现在,我所得到的消息是这样:出发攻击我们的部队有七支,他们都是兵士和黑百团组织起来的。他们的总数在三百五十至四百人之间。或许更多一些。黑百团大约有一百五十人。据说他们有三英寸口径的炮。总之,力量不大。但是他们自然会扩充的。罗斯托夫团并不会离开营房。这是真的。"

"很像一个店铺里的助理员。"萨木金认定他,当他检阅着那些杂色战士的时候。当时一同在场旁观的是这一条街上的一些居民:专治手足病的医士文诺加罗夫;退伍的中尉——色提索夫,一个高大的、钩鼻子的老人;聋工程师卓隆格罗夫,那训练猎鸽的专家。奇怪的是:这里还有少数学生和一些别的下等人——住在小屋子里替人修补茶炊、套鞋、自行车,总之,是以低价的劳动力谋生活的人们。

"他们必定也是防守这防御工事的。"萨木金推断。不错,在这些防守者之中萨木金认识那冷酷的五金匠;那房东兼结婚经纪人的儿子,一个学生;产婆的侄儿乌士班斯卡亚,也是一个学生;此外还有两个学生。大部分是手工业者,青年人,不过有五个有胡子的,除了门房尼古拉而外。一个有胡子的人的灰头发从那一直盖住脸的小帽子底下伸出来,他的耳朵里塞着棉花。

每样东西都是不自然的,而且不愉快的,正如那黯淡的天气、无色的太阳和刺人的冷风一样。用已经对人尽完了职务的零碎废物所造成的那厚墙似乎不自然地高大。那破沙发的腹部露出的那些填塞物和弹簧是特别刺眼的。长沙发背后系着一根扫帚柄,柄上飘扬着一面红旗。这街上的住户也是一些已经对生命尽完了他们的职务的人了。一面畏缩着寒风,一面看着门房尼古拉赤手解开那奇冷的电报线,萨木金想:

"拿这个来干什么用呢?"

耳里塞着棉花的那人走到他面前,用手揸着来复枪管,很客气地说:

"今天天气真好,对不对?"

萨木金不相信地看了他一眼:这家伙在笑他吗?

"你住在这街上吗?"他问。

"不。我是从布拉格沙派来的。"那人回答,还是拍着他的来复枪他叹气了:"我们短少弹药。"

"这防御物是防卫什么的?"克里问。他觉得惶惑了。这问话响得严重而且愚蠢。那人吃惊地看着他,答道:

"革命,做工的人,自然——还会防御别的什么呢?"挥着手,他开始解释:

"你看,那是加宁尼街——再过去,也是我们的孩子们——所以,我们是第三线,这样说——"

"我看。"萨木金说着,走过去了,恐怕他又会说出什么不体面的话。他觉得不好过——这生理上的不愉快好像是要害病似的,和两个月以前医生诊断说他的胃里酸素过多的时候一样。

"一个最服从的仆役——还有谁说过:'知识分子是拴在历史的车轮上的一名罪犯?'——捷吉那的车[1]吗?——胡闹——而且这防御物也是胡闹——"他企图扯落掉对于马加洛夫的回忆,于是加紧了他的脚步。但是这是无用的。

"他的问题是由于理性或由于感情而来的呢?他怎样处理这问题呢?这人因为无才能就简直是放纵他的幻想,如此而已。一个无才能的人——"

他回忆着马加洛夫鼓励着他自己。但是一些别的思想打断了那些回忆:

"自然,这些人都不过是非职的串演者。真的叛乱的艺术家们是在农村里。他们总是出在那里的——拉辛、普加乔夫[2]。而这亚可夫——他是什么呢?"

不知不觉之间,萨木金已经走得很远,到林荫道上去了,就站在那

---

[1] 印度神话《遍净天》:"微许尼神之第八化身克里许那之称号,每年之纪念日以巨车载其偶像游行各处,谓信徒有自伏地下被车辄死者得往天国。"借喻以人供其牺牲之信仰或制度。
[2] 俄国农民叛乱之著名领袖。

里看着那些光秃的树，一群叫花子似的，好像永远不会有新叶了。他没有回家的欲望。总之，和发尔发拉破裂之后，他早就应该立刻搬出去了。他看一看表，决定到戈金家里去完成鲁伯沙派他的差使去了。因为要温暖自己和避免思想，他加快了他的步伐。他愿意各样事体都快走到它的终点。加莫夫的成语忽然闪过他的心里：

"人与生命的关系依他在空间里的运动而决定。我们人世的空间是被那些辱没精神的界限所制定了的，但是甚至在这界限之中——"

加莫夫又莫名其妙地说到那些散处在英国、俄国、西西里的诺曼人。

九

当他沿着林荫道向阿巴特走去的时候，萨木金听见他的右边的远处一声枪响，一会儿又是一枪。这些枪声响得很温和，并不使他惊骇——因为防御工事既已造好，当然是要放枪的。但是当阿巴次卡亚广场在望的时候，他看见少数行人正在拼命地乱跑，有些人还躲进街车夫的酒馆的院子里去。只有一个拿着手杖的大个子，扶着一个孩子的肩头，以缓慢而郑重的步伐通过这广场的中央向阿巴特走去。这老人的姿态似乎是熟识的。而又因为那小孩和这人的步态，他认为他是那教堂的庶务；但是那庶务的步伐是沉重的、低着头的，而这人却昂然直立着，好像一个瞎子。

在波伐士卡亚街的旁边，有人在叫喊，又模糊地说话；同时有一个胖女人从教堂后面向萨木金冲来。她像一匹马似的摇着头而且像马似的嘶鸣着：

"噢，我的主！噢，我的主！"

一个穿黑外套的男人追着她，秽亵地咒骂着，从她后面抓住那包在她的头上的围巾，拉她转来，怒吼着：

"站在教堂后面,傻子——鬼!他们不会打教堂的。"

"散——开!"萨木金听见了阴郁的叫喊。他冲到教堂后面的角上,与那男人和女人一同靠墙站着。

"不要作声!"那男人低声命令,用他的脊背把女人挤在墙上,"一声不响。我们必须看他们走哪一条路——我们跑到什么地方去呢!"他猛烈地咒骂着,他的声音是热的。萨木金小心地窥看着这角落的周围。还有三个人在那广场里腾跳。那小孩已经离开老人向亚历山大维士奇跑去了,那老人是生根似的站在原地上,他的手杖抛在地上,嘴在咕噜着什么——人能够看见他的胡子在动。一个高大的士兵从波伐士卡亚街出来,双手持着一支来复枪。跟在他后面的是几个小士兵和十多个拿着枪的市民,一个离一个有十多步远,缓慢地前进着。在这队伍的中央有一只水龙那么大的一尊小炮向前滚动着。炮身稍稍向前倾斜,好像在嗅那放散着雪光的圆石——好像鸡蛋在糠秕里面似的。炮的旁边,一个锡兵似的军官,有着尼古拉皇帝那样一部胡须,骑在一匹全身姜色而好像穿着白袜子似的马上,懒怠地在马背上摇曳着。他的戴着白手套的手上拿着一条皮鞭,他把它举在他的戴着黑遮阳帽的白脸前面。他正在吸着一支烟。那些兵士,除了在先头的那一个而外,全都好像是锡做的,全都有一副哭丧的面容,而又各个不同,好像一些杂凑起来的纸牌。

在萨木金后面,那女人推着他,呼呼地喘哮着。几句咒骂悄悄地响着,然后是打着什么软东西的声音。当萨木金正在鬼迷似的呆看着的时候,那先头的兵士和别的两个拿枪的人开始射击了。那个向孚士维三加跑去的人首先倒下,两腿向上一踢。然后是那老人,他的膝部是弯曲的,沉重地倒下又蠕蠕地爬行,手臂支在路上,手杖跌落在圆石路上。他的蓬松的皮帽脱落了,萨木金才认出他是那教堂的庶务。

那些士兵放了八次枪。一粒子弹打碎了什么地方的玻璃。那先头的兵士阔步走过庶务的前面,毫不理会他的声嘶的号叫,甚至于似乎不看见他。别的几个走过他面前,也是同样地不理——而那步伐缓慢到使萨木金觉得痛苦。小炮滚过庶务前面，它的车轮几乎碰着了他。那老人还是在用手杖打着地面并且号哭；但是小炮过去了之后，一个肮脏枯朽的小士兵用枪托舂米似的打那老人的脊背。庶务跟跄了一下，跪起来了，双手握起手杖摇摆着。这时有一个穿着市民衣服而系着皮带的人跳到他面前，用一种锡似的声音叫道：

"啊，这脏狗！他在这里呢——"

跟着他一拱身就把刺刀戳进庶务的身体里面，好像插一把铁叉进火炉去似的。那老人倒下了，他的手杖落在那正在拔出刺刀的市民的脚下。全部事件进行得非常迅速。这时兵士们照旧不慌不忙地继续走去，小炮也缓缓地滚着——在一种异样的寂静之中；这寂静似乎拒绝吸收那些士兵们的安闲的步声，和小炮的嘎嘎之声，甚至于马蹄的嗒嗒声，以及那受伤者的不很高的哭声——他正在沿着木墙爬去，用拳头去敲那车夫院子的闭着的门。萨木金分明地听见那形容枯朽的小兵说：

"你不该这样做的。"

在萨木金后面，那男人用低声含糊地说：

"杀一个乞丐，一个瞎子，这些猪猡——看他们做的事。"

那女人沉重地呼吸着。

"啊，天呀！伊果沙，我们走吧，为上帝的缘故！那枪会——"

那个用刺刀刺杀庶务的市民，把枪靠在脚上，从他的袋里扯出一小片破布，用它去把那刺刀从头到尾擦了一回，又收起来，而且拍拍那小兵的屁股。那小兵像一个橡皮球似的反跳开了，把他的刺刀举回空中，说：

"这样戳——一，二！然后，一抽——你怎样抽出来的？"

那市民脱下他的帽子，眼望着教堂画了十字，然后用帽子去揩他的有胡须的脸。

"我们许久以前就认识这老人。他正是他们之中的一个——"那市民开口了。但是又响了几枪，那士兵跑开了，那市民提着枪也向枪响处跑去了。子弹打在铁器上的铮鸣,墙上泥灰崩碎下落的声音,似乎很近。

"看他们好像在向我们射击呢?"那穿黑外套的男子悄声说,急抓住萨木金的肩头,把他拉近他自己,"他们要到孚士维三加去。过来,先生,向右转去。快!"

他一手推着那女人的背,一手拉着萨木金转过教堂,温和地叹一口气:

"我的天,我们怎么办呢?"

"谢谢上帝,枪已经不响了。"那女人咽呜着,低声哭起来了。

"打死几个乞丐,唉?在光天化日之下?怎么会有这样的事发生呢,先生?"那人严厉地问,并且更严厉地说,"你应该知道。你的教育干什么的呢?"

"你自己知道,人民都怨愤了。"萨木金驳复他,咬着牙齿。但是这并不曾满足了那家伙。

"人民常常是怨愤的,我们全都知道。虽然,自由已经布告了。他们告诉我们,集合起来,让我们谈谈这些事——你怎样去理解这些事?合理吗?"

"我们走吧,伊果沙。"那女人恳求。

"等一等,妹妹,等一等。他们已经走了——"

伊果沙脱了帽子,用它去揩那出汗的、保养得很好的脸。他的鬈发的胡萝卜似的绒毛垂在腮上和额上——揩过了,他的窄小的亮眼睛期待地窥看着萨木金的眼镜。

"造成这些灾祸的是谁?我问你。前年在我们西伯利亚,士兵们就造了许多罪孽。但是现在是谁造成的呢?"

萨木金没有回答,注视着那广场,被它的空旷骇住了。他的腿渐渐沉重起来,好像冻结在地上一样。伊果沙沉静而激昂地谈着,用帽子扇着他的脸:

"这是没有目的的,好像一件皮衣在夏季——"

萨木金用肩头一推,强迫他自己离开了墙,向阿巴特走去了。他紧咬着牙齿,用鼻子沉重地呼吸着。一面走,他一面听着他的脚步逐渐沉重,发出太多响声。他的胸口和脊背流着很多汗。他觉得他是一只空瓶,风从瓶口里吹进去,又反吹出来,发出枭叫似的声音:"呜!呜呜!呜呜——"

离了那庶务大约二十步远,他回头一看。那老人弯着双膝躺在一块大红的破地毯上。从远处看来,那地毯的破片似乎丰厚而且沉重。

"一个人有多少血?"萨木金想。这是他一直走到戈金家的全部行程中所遇到的唯一清楚的思想。

第三章

一

有二十多个人在戈金的房间里站着和坐着。萨木金首先听见的是古图索夫的声音,沉闷而嘶哑,可是确实是他的。克里在许多人的脊背和头颅后面不能看见他,但是他的心里明白地摹想出那庄重的体格,和宽大而顽强的面孔上的一双嘲弄的眼睛,厚实的左手肘搁在桌上,以及右手的指挥若定的姿势。

"对不起,同志。"萨木金听见,"这是不合理的,非历史的,把工人运动失败的特殊事例看作——"

"自命为领袖的人的罪恶。"这样叫的是一个矮胖子,小黑胡子,钩鼻子上架着夹鼻眼镜,就站在萨木金旁边。

"更聪明的看法是把它看作历史的教训——"

推开萨木金和在他的前面的人,戴夹鼻眼镜的人尽力往前挤去,但是不成功，没人肯让开他，于是他就在人头上叫起来了：

"你要毁灭多少工人？"

"比每天和资本家斗争而毁灭的少得多。"古图索夫爽快地回答，好像扫开这问题，"那么，同志们——"

他的声音此刻被一种沉重而忧郁的低音所淹没，这是一个高大的、长脖子的人发出来的：

"你们的两个派别分裂了国民运动和它的领导权。一个单一的党才能指导一个叛乱。这是政治学的 ABC。"

"把这 ABC 教小孩去。"古图索夫立刻答复。

坡阿可夫的粗鲁的声音爆发了：

"秩序，同志们。"

但这并不曾抑制住那些人。萨木金虽然大受压迫，但是他不能不觉得，这些叫声是比平常集会中的议论更为动人的。

"自然他必须在这里。"萨木金闷闷地想着古图索夫，同时感觉到有解脱自己和把他在广场上所见的事情说出来的必要。他解开上衣的纽扣，而且为了某种无名的理由，他摘下眼镜，把它放进衣袋里，突然高声急叫起来了：

"我正在走过阿巴次卡亚广场的时候——"这一关头，他确信是要说得很长的，会把各个人都推进沉默里去，使他们踌躇于他所报告的事实；但是他叫不到十多句话的时候，他的声音已经不行了。他才一叫出他的最后的话，就听见坡阿可夫的咆哮：

"请停止歇斯底里病。我们和那教会庶务有什么鬼相干？我们并不是在这里开纪念会。秩序！"

克里觉得他的眼前的一切都黑了，他的脚一软，站不住了。以后他知道的事是他在一个小房间的角落里；戈金站在他前面，一只手端着一个杯子，另一只手放一条很冷的手巾在他的脸上。

"你是怎么一回事？你的鼻子正在流血。喝了这个——你说什么教堂庶务？"

那冰冷的水，还有一点醋味的东西，使萨木金清醒了。听了几句话之后，戈金想到那庶务是谁了。

"哦，是的，我记起了，那老均田论者。是的，自然。他们枪杀了他了？嗯——他们没有麻烦你。昨天我的妹妹出去，他们打她了。"戈金急促地说，漠然地。他忽然恼怒似的加添说："你要听从她的话。不要充胆大。不要欺瞒。"

坐下在长沙发上，他又急促地说，用一种事务家的声调：

"好，你现在觉得怎样？好一点了？你要回家吗？你听着，在你住的区域内有几个防御工事，那里必定有一个亚可夫同志，他是一个——嗯——"

戈金捏响他的手指，皱着他的脸。

"说他像什么样子是不容易的，但是你总可以看见他。这里有一个字条给他。你把它放在你的纸烟上节的空管里，点上纸烟头而且把它弄熄。好，要是遇见什么事——譬如你被抓住了，假设的话，你就把它咬断，嚼吃了。你明白吗？你留心，这字条绝不能落在别人的手里。好，那么——我预祝你的成功。"

他握了萨木金的手，不见了。

二

萨木金出来到阶沿上，四面看看又听听。这地方荒凉而且寂静，只有远一点的处所有人在院子里砍柴。白天快要完了，天上的红色云层一块堆在一块上，好像一架巨大的梯子，从地平线远到天顶。这光景使萨木金想到那荒凉的广场和那躺在血泊里的庶务的形体。

萨木金小心地走着，好像一个人走在春天的河冰上，偶然一瞥那些开着的门户以及那喑哑了的小教堂。莫斯科变得过分的沉默，那些林荫路和街道都缩短了。

"它们缩短是因为我走得快。"他自己推测。他默默思索着：在这城市里有一百多万人口，其中有六十万是男人；在这城里有几团兵，还有不过十万的工人，据说不过有五百个工人是武装起来了的。而这五百人现在把全城掌握在恐怖之中。更可悲的是：克里·萨木金，一个无所希求而且与人无患的人，正在街上走着，觉得随时都会被人无故地杀掉。

"工人们垂着手，生活就停顿了。是的，推动生活的力是工人的力——在圣彼得堡有些学生和邮政局的职工代替了罢工者的职务——"

这些思想在萨木金心里发展着，使他更痛切地认识了国家当局的无能力，和严重地感觉到个人的无保障。

"国家的无能力就因为不理解个人的重要——"

这并不是从萨木金的纷乱的感想中演绎出来的，而是自然出现的，好像是从他的性格的没有改变的那一方面涌出来的。他加紧脚步疾走着，尽力追赶那黄昏。

"我立刻就去见那亚可夫——我自由自愿地参加革命，并不希图什么好处，也不要做政治家。我明知道吉狄阿[1]的时代已经过去了。而且三百个战士是不会推翻资本主义的耶路撒冷的。"

《圣经》的故事又使他想到亚伯拉罕所献出的牺牲。[2]

"自然是如此的。工人阶级就是那被献出来作牺牲的以撒亚克。因为这理由，我不能够坚决地站在献出这牺牲的那些人的一面。"

他终于对他自己说明了他的行为，而可惜的是他和马加洛夫谈话的那一早上不曾发现这样的思想。

"不。我不是一个最服从的仆役。"

---

[1]《圣经》：以色列之英雄，曾率三百战士击败米地安尼士人，夺取巴勒斯坦之都今耶路撒冷。
[2] 亚伯拉罕以其独生子以撒亚克为牺牲奉事上帝。（见《圣经》）

当他走进他住的那一条街的时候,他觉得到了他自己的家里了,放缓了他的脚步。不久就有一个衔着纸烟的人出现在他前面,手里拿着一支毛瑟枪。

"是我,萨木金。"

那人默默地走开,用手指吹出两声响亮的哨音。防御工事上面是一片红光,好像一道蜃气——烟味刺激着鼻孔。工事的另一面,在一个小火炬前面,亚可夫同志坐在一只箱子上,毫不含糊地说:

"所以我们工人有三个目的:一、推倒贵族;二、立即释放监禁和流放的同志;三、组织我们工人自己的政府。"

他一面数着,一面用手掌拍着箱子,用穿着皮靴的脚踏着雪。那声音好像船桨敲着桨架,又柔和地溅起水来一样。亚可夫的听众有七人,其中有两个学生、小孩拉弗路士加,和那红脸的凡西亚——他倾听着,眉头打着结,眼睛闭着,下唇拖着露出了咬紧的牙齿。

"好,那么,反对沙皇的并不单是我们,还有别的每一个人。但是现在就单只有我们了,大家反对我们。为什么呢?"

萨木金走到火炬那里,递给他一支纸烟。

"里面有字条。"

亚可夫很小心地慢慢解开那字条。他弯下身子去就着火光,仔细地研究那字条,然后,把它抛在火里,说:

"对的。"

萨木金把双手伸到暖气里而且搓搓它们,虽然他并不冷,问:

"你们不怕他们射击这火吗?"

"夜里他们不会来的。"亚可夫确信地回答。"他们是不许可夜战的。"他又说,而他的声音是有点近于开玩笑的。

拉弗路士加开口了,骄傲地说:

"今天,在卡朗乞伏斯加亚街,他们像狗一样被赶跑了。"

萨木金坐在工事的突出的部分上,告诉他们他所遇见的事情,讲到那庶务,顺便提及丹那衣夫的名字。

"丹那衣夫吗?"亚可夫活泼地说,"他像个什么样子?"他听了萨木金的描写之后,他点点头,微笑着:

"就是这个人。他和我们在赤塔同做过革命工作。"

"倘若他们都彼此互相知道,他们的数目一定很少。"萨木金推测,又听见一声吹哨。

"我们的孩子们。"拉弗路士加说。

两个人进来了。一个戴大皮帽的——叫作加里丁——一个有一部长须,穿着长筒猎靴、短的冬衣。他负疚似的,急速地说:

"他滑脱了!"

"啊!"亚可夫叹息,吐口水在火上,把拉弗路士加拉到他自己身边,"好,那么,明天你告诉他你不敢在空场里和他说话,怕我们看见你,懂吗?"

"我知道。"

"然后你约他来到更夫的住处。你,巴朗德可夫同志,还有你,米沙,在那里等着。我就从侧面出来,潘菲洛夫和提里巴可夫跟着我。拿毛瑟枪去,同志们,来复枪留在后面。"

学生潘菲洛夫把他的来复枪交给加里丁。后者接到它,说:

"来复枪是工人的支柱。"

三

萨木金转回家来了,他饿得胃里发痛。在厨房里,一盏廉价的洋灯点在桌子上——在桌子的两旁,厨子和锡匠面对面地坐着。有一个人睡在挨近灶炉的地板上。从安弗梅夫娜的房里传来了两三声低沉的言语。锡匠不高兴地急促地说着,他的两只手在桌面上移动着。

"我有一个奖章,你这骇鸟的草人,还有一个圣乔治十字章,而且我——"

"总不过是一个傻子。"厨子用一种窒闷的声音说。在平常,即令是喝醉了的时候,他总是很恭敬地向萨木金鞠躬的,但是此刻他动也不动,单是翻起那突出的眼睛的眼白看着他。

那灯在这大厨房里放出一点可怜的光辉,把那里的东西全照得奇形怪状的。壁橱里的铜器显出了武器的容颜,白色的灶仿佛是一座纪念碑。在这暗淡的光波里面,两个老人仅仅隔着一个桌角对坐着。锡匠的腿好像是绿的,他好像完全饱和了的酸化铜。那厨子穿着纽扣一直扣到下颚的上衣,直挺挺地昂然坐着。他的帽子搁在膝上,用一只手压在它上面,另一只手扯着胡子。

"我正在和这犹大[1]辩论,萨木金同志。"那锡匠申明,用手掌拍着桌子。

"你自己才是一个犹大。"那厨子反驳,并且转面对着萨木金说,"请你命令那老蠢婆付清我的工钱。"

锡匠跳起来了,露出他的牙齿的黑斑块,咆哮着:

"枪杀你——就是这样付清你。你肯信吗?"他叫了,又跳,对着萨木金说,"他拥护沙皇这屠夫。他说沙皇有屠杀的权利。你想这是什么话?"

"是的,他有。"那厨子回答。他的眼睛更加突出来了,他的下巴在发抖。

"我是一个军人,你要知道!"锡匠大声叫,拍着他自己的胸膛。他更凶猛地说:"在平时我为他服役过两次。我做过班长。现在我要对他动手——"

"滚出去!"厨子叫。他把帽子抛在地板上,并且用脚去践踏它。

萨木金默默地看着这一对老朋友。他充分地欣赏了这争吵的喜剧方

---

[1] 出卖耶稣的门徒。

面,但是也看见而且觉得其中有着压迫他的某种东西。两个老人都一样高,一样瘦,一样被长年的劳作所枯槁。锡匠嘶哑地喘息着,好像他的全身的皮肤都发出碾轧的声音。厨子的小而通红的脸上已经染着一种暗灰色,而且痉挛地歪曲着。他的眼睛是疯狂的。锡匠的眼里泛溢着愤恨。他面对着厨子,两个拳头放在胸前,显然是准备着扑打他的对头。

萨木金走进他们两个中间,严重地说:

"我要你们停止吵闹。我付清你,伊果——今天。安弗梅夫娜在什么地方呢?"

那厨子离开他,坐下,并且把帽子从地板上拾起来,在膝盖上拍一拍,戴在头上。那锡匠恼怒地回答:

"安弗梅夫娜带东西坐着雪橇到太太那里去了。这茶炊早已为你预备好了,还有你的晚餐。"

"谢谢你,"萨木金说,"但是我请你不要吵了。"

"好。"那锡匠答应,颓唐地。

"他们正在他们的第二童年期。"萨木金分析着这件事,走进餐室里——但这句话使他皱眉了:因为这两个老人的争吵并不如此简单。

"自然,鲁伯沙就会说:大有深意——如此类推!这一类的事,有很深的意义——"

他站在房间中央,看着茶炊里发出的蒸汽包围着它上面的茶壶;注视着那不动的灯焰和用餐巾盖着的两个碟子与一个杯子。他站在那里,今天所遇见的事件和人物都在他眼前移动着,要求他的理性的解释和决定。要把他今天所经历的各样事物都放进一个特定的言语系统里面,这是极端困难的。他十分饥饿,但是不愿动弹。在厨房里,那锡匠的声音又在咕噜了。然后又听见轻软的脚步声。锡匠站在门边,说:

"请你不要辞退他,萨木金同志。他能到什么地方去呢?在这时候谁来做饭呢?也没有做饭的东西。自然,他固执着他的信仰——简直是一个白痴——然而他是一个做工的人——"

"他要你来对我说这个吗?"萨木金沉静地问,看着那老人的漆皮靴。

"他?"那锡匠讽刺地叫唤,"他才不要的——这脏狗。他是死也不屈服的。你看我和他争吵的时候。不。他是好像嚼不动的铜片似的。"

"好。"萨木金赞同,他知道这老人已经和他的不屈的敌人纠缠过许久了。锡匠的皮靴在地板上移动之后就不见了。萨木金小心地抬起头来,看着那人的弯曲的背面。然后,他吃着那冷而无味的牛肉,喝着那泡得过久的苦茶,并且尽力在记起普希金的古代编年记者毕门的话:"并不为了什么上帝要我做见证——"见证什么呢?记不起来了。是怎么写着的呢?疲倦、温暖和异常的寂寞使他软弱无力,不能到书房里去查看那一句话;而这寂寞似乎钻进了他的全身的毛孔里,不单是他的耳朵觉得,他的嘴也觉得刺而且痒。他尽在这寂寞中坐着不动,恐怕惊骇着他的理性的微睡,小心地看着这一天的各种印象沉入这微睡之中:这微睡正在把这一天掩盖起,好像雪掩盖一片耕过的地或一条凸凹不平的路一样。而那两个呆气的老人阻挠着它的工作。萨木金拿起灯,走到寝室里。一面脱衣服,他一面想他是天生来过独身生活的,他和发尔发拉的结合是一种错误,一个最不幸的事件。

"就单以这一点而论,我也很可以成为一个作家。我见过许多事而且看得清楚。不过我没有使它们具象化。我缺少文辞。谁曾说过'野蛮人和艺术家是用形象来思想的?'我愿意我能够描写这两个老人。"

是的,这两个老人搅扰了他。他去到书房里,摸索着抽出了一本书,又回到床上来。但是他弄错了。那本书并不是普希金的,而是《拿破仑的历史》。他刚看到荷拉士尾尼的画,而那两个纠缠的老人却还是排列在他的眼前。

"我不能经验强烈的刺激是当然的事。这是一个文明人的特征。"萨木金似乎在反驳谁。他把那书抛在发尔发拉的床上,熄了灯,把头藏在被窝下面。

四

  他被枪声惊醒了，那响声是这样逼近，每一枪响，那窗玻璃就反映出一种病的战栗的回声，而他的背上和腿上也应和着颤抖起来。萨木金从床上跳下来，抓起他的裤子，冲到凝霜的窗子前面：在朝阳的斜光里有些灰色的小形体在街上腾跳着。

  "他们忘记了关上那窗板。"萨木金愤恨地注意到了。他也用一只脚跳跃着，把另一只脚穿进那颤抖的裤子里去，而那裤子总是不肯就范。噼啪噼啪的声音继续在窗外响着。从凝霜的窗玻璃上，萨木金看见四条好像大鲟鱼似的形体横卧在铺石路上，他们的来复枪长伸在前面。其中一个的后面，那第五个人在跪着射击。每放一枪，那刺刀就一跳，好像要看出子弹射在什么地方似的。萨木金套着一只裤脚，跑到床边，从化妆台里急抽出一支勃朗宁手枪，把它抛在床上，穿上裤子、鞋子和衣服，再跑到窗前去。那跪射的兵士正在横卧着从铺石路向着步道滚过去，在他前面的那人已经不见了，别的三个还卧在地上放枪。萨木金很容易地就认出从左边来的枪声更多，更沉重，比之从右边的防御工事里发出去的。

  "自然他们把他们全都打倒了。"

  拿着手枪，他跑到厅堂里，穿上雪靴，披起外套，而且冲到厨房的阶沿上。他站住了，对他自己说：

  "他们躲起来了——逃跑了——"

  加里丁、潘菲洛夫以及别的三个人正在一个跟一个地向着那厢房直跑过院子。在后门的侧面，门房尼古拉站在那里，手里握着一根铁棍，从一个裂缝里窥看着街上，同时，安弗梅夫娜在院子的中央，仰望着杂色的天，正在身上画十字。

  "怎么样了？"萨木金跑到尼古拉面前悄声说。

"快了——他们就要到后方来了。"尼古拉背对着他悄声说。

在门外面枪响成一片轰鸣，而每一响之后萨木金就摇一摇头，想要从他的耳里摇掉那干燥而又紧张的声音。他也听见那子弹横飞去的尖锐的悲吟。他回头一看——那厢房的门大开着，后墙已经拉倒了。在缺口前面，对着青天站着一棵光秃的树。那厢房是空的。

"这里！"那门房闷声地叫。他打开后门，冲到街上去了。在不远的地方传来了一阵不和谐的呼声：

"哈啦！"

萨木金也被急扯到街上去了，好像有一条绳子把他拴在那门房身上一样。他看见尼古拉飞出他的铁棍，打在那最近的兵士的脚上，然后跑到他旁边，抢夺他的来复枪，急叫着：

"缴枪，你猪儿子。"

萨木金得了一个印象，仿佛尼古拉按住那兵士，夺过那来复枪。当兵士转过背来的时候，那门房就用枪托打他，并且推翻他，叫道：

"拿子弹来。"

那兵士俯伏着，又侧起身子，痉挛地用手去摸他的胸腹。正对面，在门旁面，有一个同样绿色的小兵正在扳动他的枪机，刺刀在空间摇动着。那枪没有打响。尼古拉挥舞着那来复枪，好像一根棍似的，抓住了他。那兵士蹬左腿，伸出来复枪，显得更小了，然而还在叫：

"走你的！"

尼古拉咒骂着，打落了他手上的武器，抓在手上，然后高举着两支来复枪，叫唤着：

"得到了！拿子弹来！"

那兵士张着嘴，慢慢地从门上滑倒在地上，坐在那里，用衣袖遮着脸，开始考察有什么东西在他的肚子上。尼古拉用脚推开他，并且向着工事走去了。有些人从工事后面跳起，向他跑来。拉弗路士加在先头叫着：

"拿下那弹药来。"

萨木金看着那小孩直奔到那门边的兵士前面并且向他咆哮。兵士抓住那小孩的脚,用力一拉。拉弗路士加跌倒在他上面。兵士就立刻翻身压在他上。拉弗路士加拼命地叫:

"尼古拉叔叔——"

那门房丢下一支来复枪在地上,跳到小孩旁边。萨木金闭上了他的眼睛。

五

他不知道射击已经停止了——在他的听觉的记忆上,那干燥而恼怒的枪声还在噼啪响着,但是他一会儿也就明白一切都已完事了。那些防御者从小巷里和林荫道上跑到工事前面,很吵闹而又很高兴。每个人都同时说起话来。

"打得不很差,同志们。"

"我们渐渐地学习这玩意儿——"

"亚可夫估量得正确。"

学生潘菲洛夫和那锡匠带着一个兵士走进庭院里来。那兵士饮泣着,锡匠愤愤地对他说:

"这是给你们一个教训。不该前进的地方就不要前进。"

在门旁边那个小兵俯卧着,头扭在一边,浸在一个正在腾起一股轻汽的血池里。亚可夫拖着脚,弯着腰,摸着膝,从工事后面出来,锐声地叫:

"请安静些,同志们。把那个兵和凡西亚抬到花园里去。快——"

那门房笑得好像喝醉了似的。克里从来没有听见他笑过,也从来没有听见过人这么狂笑过。

"我夺得两支来复枪。"他叫了又叫,"出色的工作,兄弟,是不是?"

他就这样重复着,奔到每个人面前,一会叫人作兄弟,一会又叫同志。

"好像他在问别人他们是同志还是兄弟似的。"

门房的行动使萨木金惊奇了。这人每礼拜天和礼拜六都到教堂去,而现在却过分地欢喜,因为杀了一个人——无辜的。别的人们也敬重地赞赏着尼古拉,拍着他的肩头。他狂笑地露着牙齿,叫唤着:

"要不是我,那小孩就算完了。"

住在这街上的人们都在他们的门边窥看着;有些还和这工事的防守者谈话——萨木金第一次看见这种情形,而他觉得邻人们也在微笑着,和他自己一样,带着那种同样的无限惶惑而又喜悦的心情。

亚可夫来了,站在萨木金旁边。他拿起萨木金手里的勃朗宁手枪,举到他的脸上,好像要嗅出它的味道。他说:

"这得拆开来用煤油洗一洗。在潮湿的地方搁得太久了。"

他把枪放还萨木金的衣袋里,沉默着,看着他的同志,摸着他的胡子。

"你受伤了吗?"

"伤了我的膝头,"亚可夫回答,同时笑着抓住拉弗路士加的肩头,"还活着吗,你猪儿子?我要割掉你的耳朵,要你听我的话。"

"亚可夫同志,"拉弗路士加撒娇地说,"给我一支来复枪。尼古拉有两支。我要用一支来学习,不行吗?我不会打人的。不过在林荫道上的灯柱旁边,天黑了的时候——"

亚可夫不回答。他把帽子拉到眼睛上,推开那孩子,严厉地叫着:

"安静,同志们!要跳舞还早着呢。到你们的位置上去。"

那士兵的尸体抬进院子里来了,经过萨木金面前。那耳里塞着棉花的人提着它的手,学生潘菲洛夫提着它的脚。

"到天黑了的时候,把它抬到林荫道上去。把凡西亚也搬出去。"亚可夫命令,当他们走过他面前的时候。他沉静地说着,从鼻子里发音,并且走出庭院去了。

萨木金从他的裤袋里拉出表来。正是十二点三十二分。他的手心感到那表的温热,使他有些愉快,总之,一切都是异常的、惊喜的。那瘦弱的、蜜色的太阳正在天上消融着。急救的医生文诺加罗夫拿着一个洋铁桶、一把铁铲出来了,撒一些灰在那血池上,把它铲进桶里。他做这事,和这街上所遭遇的那些异常可怕的事故同一简捷而爽快。

耸了一下肩头,萨木金走进院子里去了。

六

坐在厨房的阶沿上,萨木金看见那矮小的兵,一张焦黄的老脸,一双满是黑眸子的小眼睛。他摇着他的小头,薄嘴唇上露出牵强的微笑。并不提高一点他的有点可笑的音调,他对加里丁和那锡匠说:

"我是补充营的——这都不相干。有一个规矩:谁也不可对着兵士开枪——"

"而你可以对着我开枪?"恼怒的锡匠用抑制的声音质问。

亚可夫坐在阶沿旁边的一堆木头上,眼望着大门,静静地吸着烟。

"我可以对你开枪,因为我是一个士兵而且宣誓过消灭国内的敌人——"

那锡匠把来复枪递给左手,用右手掌推着那俘虏的头:

"要是我也是一个兵士呢?"

"你说谎。"

"说谎?"

"走吧,狄莫费衣夫——不要理他。"加里丁说,眼望着那俘虏。

但是狄莫费衣夫跳在一边,操演起来复枪来了,每一个动作之后就凶狠地问:

"你看见吗？你看见吗，脏鬼？看见吗？"

而且对着那兵士演了一个刺枪式之后，他对正他的脸叫道：

"滕金斯基团，第四连，兵士赛卡儿——"

亚可夫跳起来，用肩头推那锡匠，说：

"把你的住址也告诉他吧。"他回头又对那兵士说："像你这一类蠢材老是干着那罪恶的营生——"

那兵士摇摇头，叹一口气，回答：

"兵士不会是蠢材。你们才是背叛沙皇和国家的乱党，应该——"

锡匠用左手去打他，但是亚可夫用手把他拨开了，那一击就落空了。

"必须遵守纪律，同志——"

那兵士抬起他的黑眼睛望着亚可夫，他用更加平静而略带谦恭的语调说：

"市民们也能够操兵操的。譬如，那家伙，"——他从肩上反指出去——"抬进屋里去的那一个。他各样都会。"

"他是一个市民？"加里丁问，把皮帽拉在前额上。

"他是。"

"一个义勇兵？"[1]亚可夫沉静地讯问。

"一个店铺的助理员。卖菌子的。"

"我问你。他是在这一支队里做义勇兵的吗？"

"我们全是义勇兵。"那兵士承认，又叹了一口气，说，"叫我们出来，谁也不管我们了。"

那三个人都同时走近那兵士去。

"他们要杀他了。"萨木金认定。他用两步就走完了五步阶梯，进厨房里去了。

---

[1] 俄语"义勇兵"与"猎人"同音。故有下面的答话。

七

在厨房里，一个穿着格子花上衣和条纹裤子的青年坐在桌子前面。他的紧张的两腮上生着浓厚的黄茸毛。眼泪从他的大而亮的灰眼睛里奔流出来，沾湿了他的茸毛。他的一只手按住桌子，另一只手按住坐椅。

他的左腿裸露着，膝上用手巾包着，停放在一个木凳上。

"他们毁了我的腿了，老爷。"他对萨木金分明地说。

"他单就会哭。"尼古拉用一种喜欢而惶惑的音调叫，一面用小刀削着一条长棍，"就是一个女人也哭不得这么多。"

"老爷，请你救我。"那家伙哭着恳求，"你是一位律师。"

"他常卖熏鱼给我们。"尼古拉截断他的话，用同样的态度急促地说。但是萨木金不听他。

"他知道我。"从他的心里闪过。"当一切都完事了的时候，而我还留在这里——"不消说，这推测使他的内心沉重起来了。

学生潘菲洛夫拿着一副绷带，女仆娜沙端着一铜盆水，从安弗梅夫娜的房里进来了。那学生跪下去替那家伙解掉包在腿上的手巾，而那家伙紧紧闭着眼睛，咽呜起来了：

"呜——呜——呜！你是见证，律师先生——我要到法庭去告他们——"

"这白痴！"那学生叫，忍不住大笑了，"你叫些什么？并没有碰伤骨头。住口，你这蠢材。不到一个星期你就会跳舞了——"

而那家伙总是哭哭喊喊的。这厨房里充满了那学生的尖锐的训斥、娜沙的怒吼，以及那门房的不停的唠叨。萨木金紧靠在墙上，看着放在炉上的一支来复枪，枪上的刺刀突出在炉的边上，流着它下面的茶炊的汽汗。亮晶晶的水滴从刀尖上淋下来。

"给我那根棍子。"学生对尼古拉说。他又转面对着那受伤者，用命

令的语气说:"起来。扶着我。捏着这棍子。不是站起来了吗?好,你看。而你叫得见鬼似的。"那家伙噘着嘴,站着,含糊地说:

"啊,我的上帝,啊,我的上帝!"

对着庭院的门开了,进来了亚可夫、锡匠和那一个兵士。那兵士看了看厨房,说:

"你们顶好还给我来复枪。那就是的。"

亚可夫走到那受伤者面前,手指着这兵士,很客气地问:

"这一位就是指挥你们这一队的吗?"

"是的。"那人回答,摸着他的腿。

"单是他一个吗?"

"有一个在他上面的,可是他跑了。"

"你们这些人不能做我的裁判人,无论如何。"那兵士郑重宣言,"你们对我不能做任何事体,因为我是执行命令——"

"来,同志。"亚可夫对五金匠说。

萨木金走出去到餐室里。

"我必须告诉亚可夫那白痴知道我,因为——"

然而他想不出一个借口来说明这件事。

"何等愚蠢啊——这完全是。"他判定,坐下在窗子面前,"透顶的愚蠢。"

拉弗路士加带着一个茶炊冲进来了,把它嘭地放在桌上,并且嘴张得这样宽,差不多延长到两耳根,期待地看着萨木金。萨木金皱着眉从眼镜里看着他。期待得没有结果,拉弗路士加就低声说:

"他们确是要枪毙那兵士,我发誓。"

"单是他吗?"萨木金用漠然的口气问。

"我要枪毙两个。什么地狱?他们的人多,而我们不过是一把——"

"是的。"萨木金含糊答应。

拉弗路士加跑到门边,但是又转回来,高兴地说:

"一粒子弹打穿一块木板，木板倒下来打着亚可夫同志的腿。这一下使他跌倒了，真的。当凡西亚被打中的时候，我的头就碰在一只箱子上。那是因为害怕。当可塞里夫受伤的时候，他不是哼了吗？那学生——"

这小孩不见了。萨木金泡茶，看着沸水从茶炊的管口里跑出来，萨木金觉得他的皮肤下面流着一股冷气。

"小孩的话不错。斗争一定是无情的——"

亚可夫的异常清楚的声音从厨房里透进来了。

萨木金迟疑地站起来，走进厨房前面的那半黑的房间里，从袋里拉出那手枪，看着门外面。他听见亚可夫对娜沙说：

"所以工人们因为自己的愚蠢所受的损害正和——"

"你喝茶吗？"萨木金邀请。

"不。谢谢。太忙。"

萨木金把手枪给他看。

"或者你教我怎样洗，好吗？"

亚可夫拿起那手枪，放在他的衣袋里。

"我们有一个专门收拾枪的人。他会洗。"

萨木金正要关上门，但是亚可夫用脚把它推开，而且问：

"我听说那受伤的家伙知道你，是吗？"

"他知道，真怪——"

拴好他的连头巾的衣服的胸带，亚可夫深思地说：

"这会使你麻烦的——"

"会的。要是，自然，这叛乱失败了。"萨木金同意，他以为似乎已经用疑问的口气说出来了。亚可夫一瞥他，笑起来了，而且移动到院门边，一个字一个字地说：

"倘若不是这时候，那么其次——"

八

在餐室的后部，克里闷闷地踱到窗前。一群穴鸟正在红色的天空中翱翔。那街道是空虚的。一个学生拿着枪跑过。一只黑斑的白猫从门下爬出来。萨木金坐在桌子前面，倒了一杯茶。在他的内心里，很深的处所，他觉得有一块肿的东西——并不痛，可是沉重，而且似乎逐渐长大。与其看护它倒不如用言语来解剖它。

"那兵士自然是一个傻子，但是也是一个忠实的仆役。好像那厨子，或者安弗梅夫娜，或者台尼亚·古里科伐，或者鲁伯沙。只要一想就知道社会是依存于他们这一类人的。他们不为自己打算，把他们的生命、全部能力，都献出来。没有这一类人，一切组织都是不可能的。尼古拉是另一类型的——那受伤者，卖熏鱼的——"

他尤其不愿想到那卖熏鱼的，因为一想到他就觉得羞辱了自己。那肿块开始疼痛起来了，发生一种呕吐的感觉。克里·萨木金把两肘搁在桌子上，用手掌压着他的前额。

"生活是一件何等无意义的事——"

安弗梅夫娜走进房里来了，而且——还是扶着门的把手，坐在椅子上。

"伊果失踪了。"她用一种奇异的喘声说。扬起她的蓝眼皮，她用那红色网膜里的滞钝的眸子呆看着克里。"失踪了。"她重复说。

"骇人的眼睛。"萨木金觉得，然后很沉静地问，"他们决定怎么处置那几个——兵士呢？"

安弗梅夫娜笨重地站起来，走到食器架前面，站在那些陶器的响声之中，同样地问：

"是，会怎么处置呢？"她托着一个茶杯走到桌子前面，含糊地说，"他们要在夜里把他们弄到远一点的地方，然后枪毙他们。"

萨木金在椅子上把身子伸直,等候着她再说,但是这老妇人只是沉重地喘息着,倒了一杯茶给她自己。她的手是摇荡的,她的手指是笨拙的,正在尽力去拾起一块糖。

"我们全都在想法活下去。"她终于坐在桌子面前说,"这就是生活的意义。"

萨木金等候得不耐烦了,又坚决地问:

"两个一起吗?"

把糖破成小块,安弗梅夫娜开始慢慢地、漠然地,发起牢骚来了:

"我告诉亚可夫,同志,放这兵走了吧。他不是恶人。不过是一个傻子。杀傻子有什么好处?现在受伤的密哈罗——那又是另一回事。这附近的人他全知道。他知道文诺加罗夫,和伊里沙文台·孔士坦丁诺夫娜的侄儿,还有札谛索夫——其实是每一个人。你看,他是死了的狄米突里·彼得洛维支的儿子。你或许记得他,一个鲁莽的家伙,住在拉士坡坡夫家的厢房里,波里索夫是他的名字。他常常喝很多酒,但是他是聪明的,一个善良的灵魂。"

她一面说,一面一口一口地喝着茶;而且说完之后,用手指敲着杯子。

"你在这里是———一个上等人。而且这是一个新派。啊,娜沙,利用你的熊掌——"

萨木金听着她的严重的话。一种对这老妇人的尊重与感谢之情展开在他的内心,鼓动而且温暖了他。享受着这感谢,他甚至不能用言语来形容。

"况且,密哈罗已经受伤了,我告诉他。"安弗梅夫娜继续说,"亚可夫同志是一个好人。严肃。懂得一切。别的那些人全都责备伊果,但是他对他说得很简单——但是伊果到什么地方去了呢?我简直想不出来——"

"你常常和他争吵。"萨木金恳切地提醒她。

仍然注视着茶杯,用她的蓝指甲弹着它,安弗梅夫娜答道:

"一个丈夫。"

"什么?"萨木金问,以为那是偶然滑出来的话。但是那老妇人叹一口气,重复说:

"一个丈夫。我的命运。"

她的眼瞳这时似乎在发亮;但是灰色的眼泪立刻使它们昏暗了,似乎消融了。蒙眬的眼睛看着那桌子,一只颤抖的手摸索着它,她放下那茶杯,但是茶杯失落在茶碟外面。

"我和他同住了十一年。我们结过婚。我们分居了三十七年。我们再见的时候都不认识了。这一次遇着他以前,我已经九年不曾见他了。我当他死了呢。其实他正在赛克里维加用面饼喂养偷儿。好体面的,嗯嗯!"

用她的餐巾角揩着眼泪,她咽呜得好像一个年轻女人一样。

萨木金站起来,激动着,真诚地说:

"你是一个出色的女人,安弗梅夫娜。你真是一个伟大的女人。生命是由于像你这样的温顺而坚韧的力量才得以绵延的。是的,真的——"

他想要叫她的教名和父名[1],但是他不知道她的教名是什么。

"好,好。现在说你的发尔发拉吧——我爱她像一个女儿一样。修女们给上帝做的工作还没有我给她做得多。因为我把一些破旧的被单送了人,她就把我当作贼看待。叫啊,跳啊——在那黑百团的窝里——那老蠢材的家里。我不能不忍受这一切。因为那些被单是给了那些受伤的人们了的。仆人们全都罢工了,但是我,亲爱的——我做工,你想我听

---

[1] 在俄国农民中,老辈是以其父之第一名见称的。安弗梅夫娜意谓安弗梅之女。倘若她的教名叫安娜,萨木金就该叫她安娜·安弗梅夫娜了。要是用全名的时候,还要加上家名。

着那些话不是羞耻的吗？她对于你也是的。你在这地方，冒着生命的危险，但是她走掉了。是的，先生，走掉了。"

萨木金不愿再谈下去，看着这老妇人就觉得惶惑不安。

"啊，好。"她说，站起来了，"我有什么东西给你吃呢？这家里什么都没有。那些青年人也是饿着的，还要在冷风里站二十四点钟。我所有的钱全都已经用在伙食上，而娜沙也是的。或者你要拿一点出来吧——"

"自然。"萨木金急忙赞同，"不错。真的这里——"

"好的。我要做一点蛋饼。产婆家里的鸡还在下蛋。"

当安弗梅夫娜走了之后，他呼吸得更自由些。在地板上闲踱着，他内省着他是生活在一个秋千架上，可以这样说：上，下，上，下。

"这是何等真实呀，在梭洛古卜[1]——"

他愿意他能想出别人不曾用过的句子，但是一个也找不出；只有那些陈旧的、滥熟的字句总是滑到舌头上。

"真是一种神秘的人民。一种首先解答了道德问题的人民。马克思派是大错的——而她处置密哈罗的办法是何等简单呢——"

对于那老仆妇他又经验到一涌而来的感谢之情。但是这感情里面现在掺和着不安，很近于羞愧。他独自对着自己是有些难受的。萨木金穿衣戴帽，走出去到院子里。

九

尼古拉正在把后门关上又开开，吱吱咯咯地响着。他用铁棍把门板掀起，用手斧背钉一个钉在门枢里。他衔着几个钉子，钉头从嘴里伸出来。他照常工作，谁也不愿回忆起他曾经杀死一个兵。甚至这似乎是完

---

[1] 当时俄国神秘主义的作家。

全不会有的事。在街上一切也似乎照常,除了对面的门下面的新的红斑块而外——急救医士文诺加罗夫不能把它完全刮掉。太阳也是混浊的红。稀疏的雪花在空中飞驰着,闪射着太阳的红光,正如在冬天的晴明的落日里所常见的一样。

坐在邻屋的阶沿上的是拉弗路士加和一个肮脏的青年。后者系着一条绿肩带,胸前有一支木壳的毛瑟枪。他正在很高兴地吸着烟,拉弗路士加对他说:

"我喜欢被惊骇。奇异的是觉得背上发寒战。"

他的伙伴吐了一口口水,用手掌抓起一大片雪花,像抓苍蝇似的,放开手掌的时候什么也没有。

他带笑地说:

"我的主人使我习惯了害怕。他是一个扫烟囱的,而我是一个孤儿,和他住在一处。有时他怪叫:'爬进来,你脏小狗。'好,我就爬进一道砖墙里去——不仅是你们平常的任何地方。他也建造砖炉。看见我害怕就使他好笑。"

"他是一个坏脾气的人吗?"

"他清醒的时候,他是快活的。总是问:'怎么回事了?你这豆渣又怎么了?'不过他不常清醒。"

这家伙有一双小而发亮的眼睛,深藏着蓝色的光焰。

两个妇人走过来了。一个走过血斑,回头对另一个说:

"看——就好像谁在这里画了一匹马。"

那另一个并不看,拉紧她的披肩,当她们走到急救医士家的阶沿的时候,却回头说:

"在我们这街上打炮是不容易的。因为它太弯曲,炮会打中许多家宅的。"

加里丁在工事前面踱来踱去,安详地吹啸着。跟他踱着的是一个骨瘦的小男人,有着一双尖锐的眼睛和一部扫帚似的胡子,正在说:

"他们的射击是没有多大效果的。总之那些义勇队不过是马戏班罢了。那些哥萨克——也是乱打。当我们在巴里斯那的撒米谛工厂外面示威的时候——"

加里丁站住了，从他的怀里拉出一只黑表，叫着：

"拉弗路士加——现在该去了。正是时候。去，莫克也夫。"

萨木金想和加里丁谈话，总之，想要知道这些人们，看看他们对于他们的行动理解到什么程度。他觉得为了某种理由那学生对于他的感情不好——甚至于他相信这学生讥笑他，而那一群使用着安弗梅夫娜的厨房的人们也似乎全都漠视他。克里现在觉得，倘若不为迟疑于那学生对他的态度，他早已和这些工人更加亲密起来了。

拉弗路士加和那有胡子的人走了。天已渐渐黑了。那些人正在工事的另一面忙碌着。那五金匠的含怒的、熟悉的声音是听见了的：

"就在这附近。"

"他的父亲要抬他进来吗？"

"他的兄弟。"

"我可怜的凡西亚。"

加里丁在工事旁边走着，点起一支烟。萨木金走到他的旁边，问：

"那同志受伤很重吗？"

"他一声不哼。"加里丁答，吹出一串长烟，"子弹打中他的眼睛。"

"他从前在什么地方做工？"

"他是一个面包师。"

"还有别的受伤的吗？"

"三个，很轻。"

加里丁的简洁的回答使萨木金无心再和他谈下去。然而，停了一会儿之后，他问：

"你们真是希望得到什么呢？"

加里丁站住，说：

"很明白的。工人阶级的自由。"

并且立刻反问,他略带一点叹息:

"你是那些屠头的孟什维克的一分子吗?相信和自由主义者的联盟吗?如普列汉诺夫所鼓吹——同车到谛弗?"[1]

不是由于他的话,而是由于他的声调,萨木金知道这人已经明白他所要求的是什么。他急于要驳回,要辩论,就反问:

"你认真以为不能同车——"

但是加里丁停住了,竖起他的耳朵,含糊地说:

"半刻钟。"

从街上传来了一阵急促的脚步声,有人在拖着一件重东西。预感到一幕新活剧的发生,萨木金走回家去了。拉弗路士加从他面前飞过,很高兴地大声私语着:

"他们把他捉住了。"

萨木金站在后门上,听见喘息的声音:

"他们把他捉住了,加里丁同志。你看他和他们斗。噢,这样强的一个人。他们甚至于用手套塞住他的嘴——"

"把他拉到厢房里。"加里丁叫。

十

克里赶快转进院子里去,站在角落里。有两个人拖着一个人进后门来。那人屹立不动,和他们抵抗着,他的脚插在雪里,膝部一起一落的,发出零乱的响声。他的拘捕者在打他,一声切齿的咆哮:

"来——"

---

[1] 这是引用孟什维克的首领普列汉诺夫的比喻。他主张与自由主义者合作到推翻贵族政治为止,然后社会主义者再单独达成它自己的政治目的。

萨木金想要进厨房去，但是他听见从厢房里来了米托罗方诺夫的夹杂着咽呜的说话：

"唷！天呀——你们恐吓我，在我的灵魂上——"

带着一种好像沸水烫着嘴唇似的哭声，他更加急促地咕噜着：

"请——请。我不是抵抗。文件吗？好——我也是一个工人。这是钱——这是钱。我所有的全在这里了。听我说——"

加里丁和那五金匠经过院子走到那有一点灯火的厢房里。萨木金一面慢慢地跟随着他们，一面又自己对自己说不应该跟着去。他站在那半掩着的厢房门后面。一条光带从门缝里射在他的上衣上，把他划成了两半。他尽力用手去揩掉那黄色的光带，并且倾听着。

"真的，你们都不要紧的。"米托罗方诺夫说，声音逐渐提高，字句更加紧促，"你知道，人民——同志们，你不能做这样的事。我们生存在有法律的社会——"

"住口。"有人用低音命令他。

"不。你不能那样做。真的——真——啊，我的上帝呀！——"而且他忽然可怕地尖声叫起来，"救人——不，不，你能吗？不要动。"

啪的一声枪响，异常的短促而又沉闷。灯立刻熄灭了。

萨木金觉得好像有一种柔软而沉重的东西跌落在他上面，把他压到地上，使他的膝盖弯曲了。

几秒钟的沉默之后，灯又亮起来了，并且他听见加里丁的声音：

"你不应该这样做。这是不对的，同志。"

"为什么不？这就是那文件。"

"我们应该等待亚可夫——"

有人就像米托罗方诺夫那样急促地说：

"他问拉弗路士加我们的名字，不是吗？他问我——关于那律师——他在寻找什么？——宽容吗？"

"把他搬到花园里去。"加里丁说，"把他的纸片和其余的东西交给我——"

萨木金站在门上,说:

"他曾经做过那奸党的侦探——"

对于这,莫克也夫冲到他前面,用粗壮的声音猛烈地叫:

"一个秘密警察机关。确实好像一间药房一样。不必担心这个——"他又加添了一些话,但是萨木金不听他,看着那五金匠把米托罗方诺夫挟持着拖到墙后面去。米托罗方诺夫移动着,下颏搁在胸口上,隐藏着他的脸。他的上衣和衬衫是开着的,悬在裤子上面,而他的脚拖在地板上,脚趾露在外面。

侧身站在一个灯前面,加里丁正在考察着那几片纸,而且咕噜着:

"今天我们已经忙过了——看来这好像一个秘密警察机关的手折——"

"这是他的手枪。"莫克也夫说,转动着一片黑色的金属器在萨木金的眼前,"他几乎打中我——不过我先用这打中了他。"

萨木金闭着眼睛站在那里。

"这一场无谓的吵闹已经够了。"加里丁严厉地叫,"我们找亚可夫去,莫克也夫。总之,老伙伴——这是不对的,要是个个都动手打人——"

"喂,你们这些鬼,来帮忙我。"那五金匠在花园里叫。

但是加里丁和莫克也夫走出去了。萨木金转回家来,觉得那难堪的肿块在催起呕吐。从厢房到餐室的距离增加得很远。在他走完这一段路程之前,他有时间来回想米托罗方诺夫:在工人们的队列到了克里姆林宫的沙皇纪念牌前面的那一天,他遇见他在一个小酒馆里。一面在他自己身上画着小十字,这"深通世故"的人一面热烈地私语着:

"我已尽了我的心。我已说了我的话。我为了爱和忠诚曾经欺骗了别人。"

"杀一个人是这样简单。虽然,自然,他是一个密探,一个敌人——"

他想着米托罗方诺夫,并不怜悯或恼恨。但是代之而起的却是另一个狡猾和可怕的仇敌,闪烁而无名的。

"在我一生之中,什么力量使我做了这些惨痛的事件的见证呢?"他默想着,靠在那荷兰式的火炉的花砖上。然后,忽然好像有人在鼓励他:

"我必须到外国去,住在一个安静的小城市里。"

看着那一支烛的两色的火焰,他对自己含糊地说:"可怪的是以前我不曾想到这个。我要去看我的母亲——"

他的母亲住在巴黎附近。她很少写信给他,就写也只是些唠唠叨叨的牢骚:冬天房间里冷呀,以及"不知道在外国怎样生活的俄国人"所感受的种种不舒服;而且在她的自私的和琐碎的牢骚之中,他也感到这从省里来的老妇人的可笑的爱国主义。

十一

门慢慢地开了,而安弗梅夫娜的庞大的体格爬进来得更为慢,在昏暗的灯光里悄悄地溜到食器架前面,又铿铿锵锵地弄着锁匙,唱歌似的很慢地说:

"伊果自己吊死了——"

"啊,我的上帝!"萨木金轻声地说,感到一种近于失望的烦恼。

"他还挂在顶楼上。"那老妇人继续说,从一只瓶里倒了些什么给她自己。萨木金听见哗哗的水声。

"她要哭起来了。"

但是安弗梅夫娜响亮地咳着,仍然用歌唱的声调凄凉地说下去:

"我想法把他放下来,但是我太弱了。尼古拉又不肯来帮忙。说他害怕自己吊死了的人。这都害怕,他们还说他杀了一个兵咧。"

"怎么办呢?"萨木金问。

"怎么办呢？啊，不相干——你放心。我自己会办——真的，我会办。那锡匠会帮忙我。不过这些事体终归不好看。人们会问你为什么仆人自己吊死了呢。"

她沉默了，又是一阵玻璃杯的丁零和水从瓶里流出的哗哗声。

"她喝麦酒。"萨木金推测。

"一点吃的也没有了。"老太婆叹息，"唉！唉！不知道我怎么来喂养你——"

"我什么也不要。"萨木金抗议，禁不住叫起来，"你不要——你不要愁——"

"好，好。"安弗梅夫娜答应着出去了。她走着，好像迎面吹着一阵暴风似的。

"并且我把他放了下来之后，我把他放在什么地方去呢？"她在门上问。

萨木金双手蒙住他的脸。那炉上的花砖已经热而又热，炙着他的背，觉得不舒服。但是他没有离开那炉子的意思。安弗梅夫娜走了之后，室内的寂静逐渐沉重，浓厚起来，好像故意要使亚可夫的声音更容易听清楚些——那声音是连带着某种辛辣的苦味从厨房里透进来的。

"当着我们不懂得——"

萨木金批注："说得不正确。应该说'倘若'，而不是'当着'。"

"团体行动的时候，我们就什么鬼事也做不成。你说你临时不能阻止他。你早就该阻止他了，加里丁同志。这样的失败——"

萨木金用力把自己从炉子上拖开来，走进他的书房里，紧紧关上房门。

第四章

一

　　日子慢慢地拖延着，虽然每天还是照例带来些无稽的谣言、荒唐的故事，但是人们显然是习惯了那些警报和一种生活崩碎的声响，正如穴鸟和乌鸦照例从早到晚要飞过这城市一样。萨木金从他的窗里看着人们；他觉得他的疲倦逐渐增加，逐渐沉重，他已经陷入了一种精神破灭的状态之中。他不再那么留心地观察人们，他们所做的和所说的反映在他上好像在一个镜面上一样。

　　伺候他的是女仆娜沙，一个大眼睛的瘦姑娘。她的眼睛是灰色的，眼瞳里有一种金色的闪光；但是这眼睛显出一种神气，好像娜沙随时都在竖着她的耳朵听取某种单是她独自能够听见的东西。她比安弗梅夫娜还更尽力地供应茶水和食物给那些防御者。她把那厨房完全变作小旅馆了。

安弗梅夫娜受了凉,病卧在床上。萨木金看见她站着的最后一次是在那厨子自缢后一天的晚上。

厨房里没有一个人。工事上的那些人几乎全都在厢房里开会。萨木金听见顶楼上有沉重的响动,惶惑起来了。他拿着一盏灯,走到后面的门廊上,看见那老妇人从后面抱住那厨子的胸腹,把他的小形体从阶梯上一步一步地移下来。那厨子的头搁在他的左肩上,舌头伸在外面,身子还是直挺挺的,两条腿紧紧地并在一起。他似乎只有一条腿,固执地踏在阶梯上,好像活人的脚似的。他用那一条腿屹立着,不肯下那阶梯。他的灯光射着那突出在厨子的胸部的安弗梅夫娜的手上,萨木金照见她的脸,圆得好像西瓜似的,也像她的手臂一样紫涨着,而那厨子的小脸却是黑的,而且好像一个大马铃薯。

"你要把他搬到哪里去?"萨木金悄声说。那老妇人哼着喘着答道:

"这就好了。不要着急。我已经预备好一辆雪车。锡匠会把他搬运出去的。他是一个与人方便的人。"

到了阶梯上,她横抱住那身体,挣扎着要把他抬在她的肩上,但是不行,只好放他在地上。萨木金走开了,他自己想着:

"在别的时候我可以帮她。"

他的心已经如此迟钝,所以这情景全没有激动他。现在,安弗梅夫娜卧病在房里,哮喘着。她曾经去就诊于那不刮脸的、灰头发的急救医士文诺加罗夫,这人永久是清醒的,然而极端唠叨,虽则全街都尊重他。

"一个出名的正直的妇人,都这样说。"他干哑地说,"但是她支持不下去了。肺炎。真可怜。老人们是正在死去,青年们是正在闹乱子。俄罗斯病了,这是无疑的——"

兵队来了两次,但是只在远处放枪,而且放得很少。他们放了一些毫未伤人的枪弹就走了。防御工事里面并不回答他们。那锡匠在咕噜着:

"白费弹药,这些杂种——"

并且他还夸口说：

"要是在从前,他们还了得：'孩子们,上刺刀！杀！不到五分钟我们的灵魂就要安息了——'"

拉弗路士加却发明了"子弹的打击好像汤匙碰在头上"。

有一天一阵险恶的射击爆发在这街尾的林荫道上。拉弗路士加和他的脏朋友被派去巡查。大约二十分钟之后,那脏人扶着他回来,满身全是血：他的左膀打伤了。裸露着上身,拉弗路士加坐在一只凳上,他的胸腹上全是一条一条的血痕,好像被剥了皮似的。眼泪在他的苍白的脸上奔跑,他的下巴是颤抖的,他的牙齿嗒嗒地响。学生潘菲洛夫正在替他裹扎伤处,勉励他：

"镇静些。你羞吗？"

但是拉弗路士加的身体是摇荡的,吃惊的眼睛突出着,咽呜着说：

"啊,受伤了。啊,打伤了。啊,我的上帝！去吧,请——缺了一只手我怎么活呢？"他恐怖地问,用没有坏的那一只手抓住那学生的肩头。他睁大着眼睛看着那学生,摸摸他的肩头,又斜起眼睛一瞥受伤的那一只手,咕噜着：

"我只有一只手能做什么革命党呢？潘菲洛夫同志——他们会割掉这手吗？"

就在这一天的下晚,他带着那一只裹扎着的手,坐在桌子前面喝茶,他对亚可夫埋怨说：

"我们打得太慢了,应该赶快打败他们,同志。不要等待了,我们应该把他们成百上千地抓来,全都关起来。"

亚可夫用十分严肃的音调回答他：

"我们是要这样的,抓住他们,而且都完结了他们。不过你应该先医好你的手,小乖。"

萨木金第一次看见这人除去了他的头巾,而且吃惊地发现了亚可夫并无何种显著的特点。一张平常的面孔，好像人常在护路队里所见的，不过那眼睛有一种异常热切的表情。加里丁和其他工人们的脸是很能表现他们的特色的。

"那么，为什么他会做司令员呢？"萨木金思索。但是他并不寻求答案。他觉得被抛弃了，好像一个关在空房间里的俘虏。

现在，安弗梅夫娜好像一根烧着的木头，既不发出火光也不熄灭下去，终日终夜地哮喘着，不安地辗转着，使木床吱吱咯咯地响——娜沙不能按时供给他的茶水，给他吃的东西坏而又坏，也不留心整理他的房间和床铺。他知道她实在没有工夫伺候他。但是他觉得这损害了他，这是不方便的。

二

天气一天比一天冷。有一晚上，那些人，大约十个，集在那厨房里取暖。他们热烈地争辩着，吵嚷着，谈论各省所发生的事件，责骂圣彼得堡的工人，埋怨党缺乏明白的指导。萨木金并不听他们的演说，单是观看着那些人的面孔，觉得他们是中毒似的信仰着那不可能的事体，这种信仰他只能看作一种疯狂。他们对于他仍然和从前一样，把他看作一个他们所不需要然而也无碍于事的人。

许久没人来访问他了。发尔发拉的朋友显然是怕来到这建筑着防御物的街上的。鲁伯沙·梭莫伐也不见了。他觉得他的心一天比一天呆钝。他被疲倦销毁了。在夜深的时候，他走出去到街上，倾听着那异常的、莫测的寂静，那寂静一天比一天更浓厚，更紧张。确乎非炸不可了，否则人就要发疯了。在街上和巷里的那两个工事现在已经被雪凝固起来了。不管那锡匠的抗议，水总是往它们上面泼，现在它们已成了两只翻转着的小船似的冰块。居民也帮忙着泼水在它们上，而当那两次有事的时候，巷里的污水也倾倒在工事上了。

有一天晚上，大约五个带着来复枪的人上来了，开始低声地谈话。拉弗路士加正在听他们说，忽然愤恨地叫起来：

"啊，不。这是我们的工事，我们不能离开它。你们太聪明了。"

第二天早晨，娜沙供茶来的时候，说：

"安弗梅夫娜死了。"

萨木金默默地敞开两只手，做成一个绝望的姿势。那女仆继续说：

"怎么处置她呢？在夜里我害怕她，并且她不能搁在暖气里。你可以许可把她放在雪车里吗？"

"很好。"他赞同。他恍惚觉得那女子的声调有些不逊，但是他才一拱身在桌上就听见柔和的咽呜。

"啊，你不要哭。"他开口了，并不看着她，"安弗梅夫娜是——太老了。她是一个出色的模范人物——"

"克里·伊凡诺维奇，"他听见她的悲凉的声音，"我们的人说圣彼得堡的卫戍军已经派到这里来了，带着大炮——"

萨木金抬起他的头。娜沙用围裙掩着嘴，咽呜着，低声而分明地说：

"他们要用大炮打我们的人。我们的孩子们正在辩论是走开或是战斗。他们辩论了一个通宵。亚可夫同志主张到我们的人多的地方去。你告诉他们去吧。告诉加里丁、莫克也夫以及——全体。"

"是的，自然，我要告诉他们。"他很自信地预定了，他的自信使他自己惊奇了，"哦，是的，是的——反抗大炮——倘若真是——"

"真的。昨天在尼科拉也尾斯基车站枪毙了几个工程师。"娜沙诉说。

"啊，不会，不会。为什么枪毙工程师？"萨木金问，在思索着，"一定是你弄错了。但是这些人总得离开此地。你去吧。我要告诉他们——"

他急忙喝了一杯茶，点起一支烟，走进餐室去。这房里是凌乱的，使他不舒服。他看见在镜子里面闪现出一个体格匀称的约略三十多岁的男子，一张苍白的脸，微灰的额角，一道小而尖细的上髭。那脸是比较有趣的，也似乎有点新。穿上外衣，戴上帽子，萨木金走进厨房里。坐在那里的是亚可夫同志，正在看着他的光脚的大脚趾上的青色的伤痕。

"拉弗路士加偶然用枪托撞伤了的。"他回答萨木金的讯问，又摸摸那伤处，做了一个苦脸。"客人们来到了，就是西勉诺维斯基团。"他安详地陈说，"你问我们要怎么办吗？不消说，我们要战斗。"

"反抗大炮。"娜沙来提示，用刀划开了一只冰冻的白菜头在桌上。

"大炮是一种工具。谁抢到它谁就用它。"亚可夫教训地宣称，一面咬着嘴唇一面拉直他的长筒靴。然后他站起来，伸直了脚，仔细地看着它。"似乎他们调来对抗我们的是禁卫军，那有特——权——阶——级的部队。"他把那部队的形容词分开说出来，狡猾地一瞥萨木金。"所以，那么——"说到这里亚可夫把话吞下去了，"所以，那么，亲爱的房东，谢谢你，不要愁。我们今天就要走了。"

"我并不愁。"萨木金宣言。

"好，好，你怎么能够这样呢？每个人都正在愁咧。"

"那么，你们要到哪里去呢？"萨木金问。

"到巴里斯那。在那里我们要踢倒他们或者被踢倒。"

他闭起一只眼睛，用另一只眼睛沉思地看着娜沙的脖子。萨木金知道他没有在那里的必要，于是走出来到院子里。尼古拉正在那里用一把新扫帚努力扫地。他久已不看见他做这事了。街上是沉静的，但是拉弗路士加的声音在那冰冷的空气中凄然地响着：

"我不是说过吗：那些炮是在科登加广场的，所以我们要到那里去毁灭它们。而且我们还要住在这里。"

潘菲洛夫，穿着一件农民的短外褂，戴着一顶太大的皮帽子，从邻屋的门里走进来。

"你记得那住址吗？好，那么。去那里静静地住着。房东太太是一个医生。不久她就可以把你的手医好。再见。"

拉弗路士加急急向工事走去，在它后面消失了。那学生拉起帽子，用他的眼睛追随着那孩子，然后，吹着哨转回院子里来。

三

这一天是灰色的、寒冷的、沉寂的。那些家宅里面的银色的、陈旧的窗子仿佛是半闭了眼睛互相呆看着似的。一切家宅的面容都是蹙额的和焦急的。萨木金慢慢地向林荫道走去，同时抑制着那些不成形的而又纠缠的思想。

"他们分明是把拉弗路士加隐藏起来。这亚可夫，一个古怪的人物——"

当他走到街上的弯曲的地方的时候，他听见前面有人说话。那声音是喜悦而满足的：

"全是精兵。大约有四十个。一个骑马的官长。"

萨木金转回家去，当他走近家门的时候他就听见第一发的炮声。它响得沉闷而不分明，好像一道门突然被一阵疾风关上一样。萨木金甚至于站住怀疑道——这是不是炮呢？但是又有些熟悉而轻微的嘭嘭声。他竖起肩头，走进厨房里。娜沙正在灶上忙着，回头对着他，疑问地张着她的嘴。

"是的，他们刚才打了一炮。"他说，走进房里去了。在餐室里，上部的窗玻璃，还没有凝霜，发出恼人的泣声。风在烟囱里面怒吼着。屋顶的上空，穴鸟和乌鸦迅速地旋转着，像秋叶似的飞过。

"他们会把我的间接的——并非自愿的参加在这疯狂的事件里解释为直接的附和。"萨木金想，仿佛看见云层里的黑斑，并且陷入了微睡状态之中。

"我要走了,克里·伊凡诺维奇。请发给我工钱。"那门房的熟稔的恭敬的声音惊醒了他。这人像一个兵士似的直立在门口。他穿着他的礼拜日的最好的上衣。双股的银表链系在他的背心上。他的头发梳得光光的,像他的皮靴一样发亮。

"你要到哪里去?"萨木金瞌睡地问。

"回到乡里去。"

"去烧庄园。"萨木金漠然地想,好像这是尼古拉的常业似的。同时尼古拉郑重地说:

"他们正在打人咧。那里——"他伸出木头似的手,用指尖指着窗子——"他们枪杀了一个走在这街上的人——正打在眼睛上。一个万不应该的暴行。"

"但是你也曾经杀过人的。"萨木金想要说,但是他保持着沉默,注意地查看着那人的漂亮面孔,有一个时候这面孔是光滑而圆满的,现在却憔悴了,那粗壮而略有波纹的上髭已经成为松弛不齐的了。以同样郑重的语调,尼古拉继续说:

"应该赶快把安弗梅夫娜送到墓地去,因为耗子正在毁坏她身体。它们大概已经吃掉了她的面颊,所以她的样子很吓人。同志们早已把那侦探从花园里搬出去了,但是伊果也还在那厢房里。我已经修好了厢房的墙。各样都已经弄妥当了。不留一点痕迹。"

接到护照和工钱之后,他走了,鞠了一个躬,很简单地说:

"再见。"

"一个可怕的人。"萨木金想,回到窗子前面,又在倾听。好像有人在用一只看不见的靠枕打击着那些窗玻璃。他分明地知道这时有千百个别的人也像他自己一样站在窗子前面,打听着,等候着那结果。这里不会有什么意外。站着,等着吧。有一个长久的时间这家宅里充满了从未有过的沉寂。这家宅好像由于空气的轻轻地推挤而摇荡着,同时屋顶上的雪似乎窸窸窣窣地响,好像春天化雪的时候一样,雪在发响,在铁片上流走。

四

　　炮响得很稀少，很缓慢，而且显然是在这城市的不相同的地方。一炮与一炮相距的时间比炮响的那一瞬间更加难过。人愿意这炮放得更多些，更快些，那么正在等候结果的人们就免受许多苦痛。萨木金疲倦了，坐在桌前，喝着那不快的微温的茶，又踱来踱去，然后再回到窗前的他的瞭望台上。忽然，好像从房顶上落下来似的，鲁伯沙・梭莫伐进来了，她的声音惊异地响着，恼怒地倾倒出一串莫名其妙的话：

　　"出了什么事了？你怎么能够容许这个？为什么不把尼科拉也尾斯基的桥破坏了呢？"她向他一连提出这些问题，她的脸显得陌生了，老了，灰了。她的嘴唇也灰了。她的眯着的眼睛下面有着沉重的暗影，带着瞎眼的神气。

　　"离开了这防御工事了吗？执行委员会下的命令吗？你不知道吗？"

　　萨木金觉得有点可怜这憔悴的姑娘，穿着一件太长的冬衣，显然是借来的，一双沉重的灰靴子，她的头发是乱蓬蓬的，显然许久没有洗过了，伸出来在头巾下面。

　　"啊，你只要知道在各省里进行着的事体呀。我到了六个市镇。在杜拉——据说是有七百支来复枪，弹药——而我什么也没有看见。在戈龙那我差一点就给兵士捉住了——险些逃不出来——可怕！给我一点儿吃的东西——"

　　她捡起一块面包，咬下一小片，把其余的抛在桌上，闭着眼睛，摇着头。

　　"但是——这不行。我们必然胜利。亲爱的，我绝对需要见一见从执委会来的人——所以必须去到这右边的两个地方。你去一个地方，戈金的家——可以吗？"

萨木金不能拒绝。她点点头，一面嚼着面包一面咕噜着：

"在密塞他们正在打炮。街上的人异常稀少。我刚才躲在这里的一个角落里——有几个蠢材咒骂我，我们一同出去吧，好吗？"

"害怕吗？"萨木金问她——和他自己。

"我带着一支小勃朗宁手枪。"她回答，"我已经学会打，但是我只剩三粒子弹了。你有一支勃朗宁吗？"

"不。我把它交给别人去洗了。"

"走吧，克里。天快黑了——"

真的，窗玻璃上已经罩着锦缎的镀金的天幕。在街上，鲁伯沙看看天，听听，又说：

"他们此刻不打了。或者——唉，我们的武器是何等缺乏啊。但是，不要紧，工人们总是胜利的。克里，你看着。那些是什么人！你反对古图索夫吗？"

抬起她的头，注视着萨木金的眼睛，她微笑着，立刻年轻了许多，变成从前的、玫瑰脸色的鲁伯沙了。她说：

"你知道，他和我——我们或许——"

她的话还没有说完。从转角处跑出来三个人，最先的一个高个子，穿着黑外衣，拿着一根手杖。他抓住萨木金的后颈，低声咆哮：

"检查他。"

萨木金刚一抬眼，就看见一张满是麻子的肥脸，一部黑胡须，两只奇怪的小黑眼睛，圆而且亮得好像纽扣。他也看见鲁伯沙叫着跳着，用她的拳头打破了一块窗玻璃。

"捉住那姑娘。"黑胡须的人命令，一面推摇着萨木金。

萨木金的呼吸被阻住了，发出窒息的嘶喘。两只敏捷的手解开了他的衣服，搜索了他的钱包，摘下他的眼镜。然后，一只沉重的手掌打在萨木金的耳朵上，使他聋了。

"没有武器。"有人用清亮而高兴的语调说。又有一个干哑的声音惶恐而狞厉地怪叫：

"放手，贱货。赛沙！"

那麻子用力推开萨木金，使他的头碰在墙上，又举起手杖打了他两下——手上和肩上。萨木金跌倒了，几乎昏厥过去，但是他还能听见一声枪响和一声窒闷的叫喊：

"赛——沙！快来抓她！"

有人在叹息，发出打嗝似的声音。那麻子放出一串粗野的恶骂，踢了萨木金的肚子，于是跑开了。别的一个人像一个影子似的追随着他。

萨木金睁开眼睛，好像在雾里似的，看见鲁伯沙的灰色的雪靴靠在一道短墙的缘柱上，像一个小动物似的躲在那里，同时一个穿着毛蓬蓬的衣服的矮人背靠着那缘柱坐在地上，用一顶帽子按住他的肚子，移动着那穿着黑皮靴的脚。他的头总是摇摇摆摆的，又用清楚的声音悲哀地说：

"她杀了我了，这傻子——我算完了——"

然后他转过身子，仍然用帽子按住肚子，扶着那缘柱，站起来而且艰苦地走去，叫着：

"赛沙！伐西里——"然后是一阵女人似的尖锐的呼唤：

"啊，天上的神哪——"

刚刚那人才一转过一座绿色的单层屋，那屋子就摇动起来了，摇出了一群人。萨木金又闭上眼睛。许多声音好像从一个唧水筒里射出来一样：

"你不要管这个，鲁伯沙——"

"静静的。她要同我们住到明早。"

"你受伤了吗？"

"你们应该知道现在是何等危险呀——"

"你能够站起来吗？"

萨木金不知道能不能，但是他说：

"没有什么。"

他容易地站起来了,摇摆着,扶着墙,离开那一群人走去了。他觉得那绿色的、有四面窗子的单层屋,随时都在他的前面移动着,阻住着他的进行。

五

萨木金在他的书房里的长椅上醒来了,完全记不起他是怎样到了家的。站在他前面的是急救医士文诺加罗夫,正在拧着瓷盆里的手巾。

"是怎么一回事呀?"他问。他的声音似乎是从远方来的、朦胧的。萨木金不回答,默想着:

"我已经聋了吗?"

"让我检查一下——有什么损伤?"那急救医士问,侧身挨近那长椅。他动手摸他的胸部和腹部。他的手指是难堪的冷而且硬,像铁似的,并且尖锐。

"你跌倒了吗,或者是亲爱的邻人把你打倒了吗,譬如说?"

"请离开我吧。"萨木金请求。但是那医士仍然摸着他的头,咕噜着:

"唉,这些亲爱的邻人——伤了吗?"

咬着牙齿,萨木金仍然沉默着。他想要踢那医士的肚皮,但是那人站起来了,说:

"各部分都好好的,似乎。"

"离开我吧。"萨木金又请求。

"不错。"那医士赞同,"你需要休息。我已经派那女仆去叫你的妻来。"

他走了,这房里充满了沉寂。靠近墙的那吸烟的桌上燃着一支烛,照明了那戴着一条格子花的披肩的斯谛启登的画像。那严厉的有髯的面孔正在发愁，那睫毛正在移动，而这屋里的其余的各样东西也正在无声地移动着、摇摆着。萨木金觉得他自己也在飞快地奔跑，因为他的内部的一切都好像在一只管子里的水似的奔流着，在里面冲激着，使他更加摇荡起来。

"梭莫伐枪杀了那麻子了吧。"他揣测，"当那毛蓬蓬的衣服的家伙叫唤不应他的同伴之后，那呼喊上帝的声音是何等惨厉呀。但是要打杀我的却是那麻子少年。"

躺在长椅上是不舒服的、板硬的。他的腰受伤了，他的肩头疼得厉害。萨木金决定搬进寝室里去。他小心地用力站起来——一阵尖锐的疼痛穿过他的肩头。他的两腿发抖。扶着门枋，他在等候那疼痛的减轻。然后他走到寝室里，站在镜子前面。他的左脸是难看的臃肿，闭着一只眼睛。他的面孔好像喝醉了似的，已经失掉了常态，显出一种可厌的类似于那巡回法庭的书记官的脸相，这人是常常抬着一副肿脸的。

娜沙进来了。她说：

"女主人明早到此地来。"她又用不同的声音说：

"啊呀，他们把你弄成了可怕的样子。"

她又好像安慰他似的说：

"他们曾经动手打了每一个人。"

"预备洗澡水。"萨木金愤愤地命令。

一点钟以后，坐在暖和而舒适的水里，他用力去记起：鲁伯沙叫了吗，或者不曾叫呢？他所能记起的不过是她打碎了那绿房子的一面窗玻璃。帮助了她的是那房子里的人们，这是十分可能的。

"倘若她已经打中了那麻子，那么就不会有这样的结果了。那家伙自然不是一个强盗或者一个窃贼，而是一个报复者。"

细枝末节的思想纷纷落在他上，好像一群穴鸟似的。

六

　　第二天他早就醒来了，躺在床上默想着到国外去旅行一次。疼痛已经没有那么厉害，或许因为渐次习惯了吧；同时街上和厨房里的沉静却是不习惯的，恼人的。然而，这沉寂立刻就被淡红的窗玻璃的震撼所摇动了；每一震撼之后就有一种沉闷而有力的轰声，并不像雷声。一个人可以如此想象：蒙在天上的并不是云层，而是一张皮，紧紧地蒙在它上，像一面鼓似的，有人在用一个巨大的拳头敲它。

　　"这些是很大的炮。"萨木金结论，又低声说，抗议似的，"猪！"

　　他跳到地板上——这一下子几乎使他疼得叫起来——并且动手穿衣服，但是又躺下了，把自己包裹起来。

　　"这是疯狂而且卑怯的，开炮轰击家宅和城市。千百的市民是不能替少数人的行动负责的。"

　　愤怒的思想在他的内心激起一种奇异的、强烈的感情，这强力使他吃惊。但是他的肩上和腰上的剧痛使他难以思想，他饿了。他按铃叫了娜沙好几次，然后才听见她在餐室里怒吼：

　　"我在预备呢。"

　　当他走进餐室的时候，娜沙正在食物架上割面包，割得很凶猛，使他回想到安弗梅夫娜的杀鸡。那小刀是钝的，鸡又不肯死，叫着，拍着翅膀。

　　"啊，上帝佑汝。"安弗梅夫娜叫着，就一刀砍掉它的头。

　　"在哪里打？"萨木金问。

　　"在巴里斯那。"

　　娜沙好像吵嚷似的回答。她的脸是紫涨的，她的眼睛是红的。

　　"人们在那里被杀了，而他们还在这里扫清街道。好像从前的星期日似的——对于他们一切全是同样的。"她说，出去了，脚步很响。

萨木金在寝室里听见一种摩擦的声音，他从窗里看见急救医士文诺加罗夫。他的耳朵包在一条青帕子里，正在用一个铁刮子扫清街道，同时有一个戴便帽的高等学校的学生正在用扫帚把雪扫成堆。

在他们的左边，挨近那防御物的地方，有些人在那里工作。他们工作着，好像不曾听见那些轰声似的。但是炮又响了，而街上的扫刮的声音更加热闹起来。他的肩上和骨上的隐痛也愈加厉害。

"填街塞巷就是结局了？"

餐室里的钟正指着正午。炮又轰了两次，但是声势和以前不同，似乎是在别的地方。

"文诺加罗夫和那些——猪——自然要报告那些工人曾经在谁家屋里取暖的。"

好像一个橡皮球抛在流水里似的，一个纠缠的思想与言语的球飘浮在萨木金的记忆里打旋。

"子弹的打击好像汤匙碰着头。"拉弗路士加说过。

"倘若不是这时候，那么其次——"亚可夫提示过。而鲁伯沙曾经确定：

"我们必定胜利。"

伊夫可夫，退职的财政部员，一个秘密的高利贷者兼包揽词讼者，正站在他的家的门外——站在那里看天色，好像在嗅着什么气味。天空中的乌鸦和穴鸟愈加众多了。伊夫可夫用指头指着防御工事嚷嚷了几句什么，大笑起来了。他嚷嚷的对象是色提索夫中尉，中尉正在看着他的驼背的老门房把一块曾经被扯下来的木板钉在围栅上。

"他们相信一切都完结了。"

炮正在沉默着，但是那平静是很可疑的，使人想到过了沸点的水的颤动。而可怪的是厨房里的一切也是平静的。

七

萨木金几乎高兴起来了,当傍晚发尔发拉进来的时候,她的脸色是红润的、活泼的。她才一看见他的脸就微笑,并不讨厌。她一面在身上画十字,一面就对他提出些急迫的问题。

"啊,我的上帝——何等可怕呀!你叫人去打听梭莫伐怎么样了吗?"

"无人可叫。"

"你应该请求那急救医士。啊,好,我自己去请吧。啊,什么年头呀,亲爱的克里。"

由她的行动看来,好像他们之间并不曾争吵过似的;她甚至还温柔地、热情地亲近他,但是立刻跳起来了,迅速地在房里踱着,看看各个角落,不耐烦地做了一个苦脸。她咕噜着:

"我的天哪,乱七八糟,尘土,肮脏!虽然在里-里阿金家也是一样——"

她的脸红涨着,用手指摸着外罩衫上的纽扣,她的绿眼睛难看地大睁着,她走近萨木金:

"在他们那地方,有些可怕。忽然各个人都脱光了,胡行乱为——叫你战栗。你知道,我并不是感伤派,而这——这——"

她放低声音,屏息地说:

"——革命对于我是疏远的事体。但是他们全失了理性。谁还知道哪一面是更有理的呢?他们都在叫,打倒他们,枪杀他们,把他们丢进监牢里去。这样——复仇,你知道。那斯推拉托那夫也是——一个横暴的凶汉,一个完全不能理喻的人,一只野兽——"

她激昂得发热了,纵身坐在长椅上,闭着眼睛,用手巾扇着她的脸。萨木金懂得她的话的浅薄无聊,也不相信她的激昂是真诚的,但是他还是留心听着。

"还有那普里士——你记得——那小犹太人?"

"记得,当然。"克里说。

"那些犹太人啊。"她叫着,摇着她的手指,"我完全不相信他们。一种永远忘不掉坡格隆[1]的仇恨的人民。但是我要告诉你,那普里士是一个非常动人的好演说家。'我们必须感谢当局,'他说,'因为用刺刀保护我们来压伏群众的愤怒。'——你懂吗?还有那台格尔斯基,一个公诉庭的助理律师,办了一件古怪而秽亵的案子——洒香水在腐肉上,而又有些防腐剂的特殊臭味,这且不说——里-里阿金的那一位丑妹子说他是'一个小丑和刽子手的混血儿'。"

她摸索着她的衣袋,拿出一本小簿子。

"这就是的——我曾经记录下两三句他的怪话,例如:'社会正义的胜利就是人类精神死灭的开始。'你看怎么样?又如:'生命的始和终都是在于个体,而个性是不能重复的,历史也不重复它的自身。'你讨厌吗?"她突然问。

"不,恰恰相反。"克里回答。

但是她又对于房间发牢骚了:

"这里各样都是没人照管的,乱七八糟。可怜的安弗梅夫娜。终于死了。这倒更好。她老得那样不中用,又爱生气。把她留在这家里是困难的,送她到病院去又不好看。我去看看她。"

她出去了。不顾他的肩上的疼痛。萨木金摇摇他的头,好像要摇掉尘灰。

"不。她是不可能的。我不能和她同居。"

几分钟之后,发尔发拉转来了,她的长脸上带一种苍白的、苦痛的怪样。

---

[1] 沙皇的犹太屠杀政策。

"耗子咬吃她!哟!"她说,坐在长椅上,"你看见过吗?你要看看。真可怕。"

她跳着,摇着头。

"他们正在街上嚷什么——"

移近萨木金,她把手放在他的膝上:

"你知道,我要到外国去旅行一回。我是太疲倦了,克里,太疲倦了。"

"这意思不坏。"他批评,听着,想着,"她是一个何等可怜的东西。而且何等错误。因为要到外国去就柔媚起来了,我相信一定是带着一个爱人。"

"我已经不年轻了。"发尔发拉自白,叹了一口气。

"等一等。"

萨木金站起来,走到窗前。他看见兵士们正在从街上走来。先头的一个晃动着来复枪,叫喊着。

萨木金分明地听见:

"喂,这里!关上你们的门、窗!关起来!我们要射击了!"

克里移动到门的侧柱后面。

八

大约有二十个兵士。在他们中间进行着一群密集的救火队员,三个穿黑衣、戴铜盔,其余十个穿灰衣、戴便帽,腰带后面插着一柄手斧。一辆绿色的大车在他们的后面转动着,那些肥胖的马摇着它们的头。

"他们要到哪里去?"发尔发拉悄声问,紧紧地挨着萨木金。他退开,看见那些救火队员从大车上抽出一些铁棍,走到那防御工事前面。砰砰訇訇地响起来了,拖拉和剖毁木头的声音。

"啊,就是这么一回事。"发尔发拉叫。萨木金看着那些冰块的脱落,露出那工事的骨架。两个救火队员剖开那长椅的背,拉出一把草絮,递给第三个人,那人就在膝头上擦火柴。火柴总是熄掉,一直到最后一支才燃着了,那救火兵把它放进草絮里。狡狯的、卷曲的小火焰迅速地蔓延开了。不见了一会儿,忽然冲出一个红红的火头。然后有一个救火兵举起一只桶,从它里面倒出一些干草和木屑在那火上。浓厚的灰色的烟就从那堆上冒起来了。那救火兵把那桶也抛进火烟里,烟就愈加浓厚了,一道深红的火焰从那桶上冲出来。这街上变为热闹而高兴的了。对面的家宅反映出火光,似乎年轻了些。救火队员和兵士也更年轻了,更柔弱了,更挺直了。铜色的马匹像擦了油似的发亮。那些人很容易地就毁坏了这冰包住的小山,把那些椅子、一个箱子、一扇门、一辆雪车、一根大电线杆都抛在火里面。五六个兵士,把他们的枪交给他们的同伴,也在拆毁那些废物。其余的兵士都围拢那火。空间映出两种影子,烟青的和紫的,那些刺刀好像是细长的烛焰,向上飘动着。有些兵拿着两支来复枪,那些红色的刺刀似乎是从一个人的头上伸出来的。还有一个高大的汉子在那火的前面跳着、叫着而且舞着手。

那三个戴铜盔、穿黑衣的救火队兵站在文诺加罗夫家的门口,并不参加这工作。他们的铜帽似乎软化了。这几个屹然峙立的黑色形体连同那些古罗马的武士的头颅显出非常庄严的景象。

"美。"萨木金温柔地说。

发尔发拉用肩头轻轻地撞了他一下,问:

"是吗?"

她立刻反身跳开,讨厌似的说:

"真是少见多怪的。好恶心。"

萨木金走开了,呻吟着,回想着她曾经屡屡责骂他不懂得美,然而现却是她自己不能看出这光景是何等的美。他觉得被感动了。他觉得怜惜那工事,而同时又为了某种理由感谢着某些人。他走进他的书房,又在那里的窗前站了好久,悯然看着那熊熊的火炬,在它上面和周围的暮色渐次加深，消没了那沉重的灰色的烟；看着那火下面的漆黑的流水奔跑到马路上。这火炬开始衰弱了。那些救火兵走进院子里，把一些木头带出去添在火上。一分钟之间，烟愈加浓厚了，但火焰即刻用强力把烟吹灭了，火焰的光芒反映在那些家宅上，使它们瑟缩而且颤抖着。后来那些家宅逐渐黑暗了，那些红热的刺刀和铜盔也变冷了。一个高大的救火兵跑着跳过那一堆灰烬，没入黑暗中去了。

九

在早晨，炮又在一定的间隔时间中开火了。那轰声似乎更加强烈，好像一个铁锤把一个巨大的桩头钉进冻结的地里面去似的。

"这方法不一定能够巩固沙皇的权力。"萨木金很清醒地想，一面穿上他的衣服而立刻又吃惊于他会想得这样清楚。在餐室里，发尔发拉把那些陶器弄得很响。

"靠不住的！"她叫，当他走进餐室去的时候，"见鬼。陶器都打碎了。"

她顶着一片白布，穿着围裙，她的脸紧皱着，看来就好像一个婢女。

"唉，这位安弗梅夫娜。"她叹息着，跑到厨房里，又转来。

她似乎没有听见窗玻璃在惶恐地咽鸣，空气在墙上激撞，以及那烟囱的窒息而深沉的叹息。好像期待着某些好吹求的贵客的来临似的，她异常忙迫地打扫着尘灰，计算着那些陶器和银器，又莫名其妙地摸索着那些家具。萨木金以为这些扰攘的行动或者是她想要在他面前掩饰她的罪过。他不愿意因此而想到她，或她的罪过。他分明地想象到今天有千百个家庭主妇确乎像她一样忙碌着。

"娜沙还不回来。"发尔发拉发作了，"我要开除她。你为什么让那傻门房走了呢？我们对于下人的态度是错误的，克里。我们容许他们随随便便。我并不是反对民治主义,但是使一般人知道权威的厉害是必要的。"

"今天有千百人这样说。"萨木金知道,抚摸着他的疼痛的肩头。

傍晚的时候,她找到一个小老人来办理安弗梅夫娜的丧葬。这老家伙不自然地轻快和活泼,一张红色的小尖脸,一部整洁的灰胡子,一双耗子眼睛,一管鸟鼻子。他的手四方八面地挥舞着,触动着,摸擦着各样东西:门、墙、雪车,以及那老朽的马的缰绳。人可以想象他是一个小孩装成的老人,因为他有些不伦不类的东西。

"用大炮来教训,是吗?"他用一句听熟了的成语问萨木金。当他说的时候他仰望着天,好像炮是从天上打来的。炮连续地轰着。它们的回声散出一股腥臭的气味,好像打破了若干巨型的坏鸡蛋似的。

"你陪送她到教堂去吧。"发尔发拉请求,看着那雪车上的大棺材,用手巾擦着脸。

"我以为她并不真需要这样。"萨木金含糊地对他自己说,同时也就起身走了。发尔发拉牵着他的手臂。他看见她的眼泪、她的感伤、她咬着的嘴唇,同时也不相信她。那老人走在雪车旁边,用他的青色的手摸着那黄色的医院里的棺材。他告诉那车夫:

"我们全都要死了,兄弟——像鸟似的。"

急救医士文诺加罗夫在萨木金后面大步地赶来。因为要提示给他们他的到来,他一再说:

"她是一个正直的老妇人——显然是的。"

那老人站住了,等候着那医士赶到他面前,他一面急促地低声说,一面用鸡似的脚步慢慢地走着。

"你说怎么办呢?人民什么也不要。拒绝了。沙皇亲自对他们鞠躬,这样说:'原谅我,我知道我把那战争弄失败给一个不重要的国家[1],

---

[1] 指一九〇四至一九〇五年的日俄战争。

我是羞愧的。'但是人民不表同情。"

"你是个什么人?"那医士严厉地问。

"我?——我是一个教堂的更夫。为什么?"

"就因为你胡说。"医士回答,用低沉的音调。

"然而,都一样,我所说的还是对的。"那老人说,摇着他的手。他继续重复着那显然是他自己幻想的成语。

"那里——他们正在用枪炮教训人民——告诉他们:遵守秩序!几时莫斯科有过这样的事?莫斯科是沙皇宝座的所在地,竟敢在这里开火吗?"他用变音叫喊,摇着他的头。停了一会儿之后,他又说:"这是要明白的。"

萨木金回头一看,看见那歪斜的小脸上洋溢着喜气。

"原谅我。"那老人说,摸摸他的满是毛丛的黄脑壳,"自然,我的啰唆是因为我的灵魂不安。"

"我不去了。"萨木金悄声说,当他到了他曾经被打的那角落上的时候。发尔发拉仍然往前走,他却站着听那雪车的磨板在光石头上发响。他想他应该去到那小绿屋子里打听鲁伯沙的消息,但是他一直回家去了:

"发尔发拉会去打听的。"

十

炮在沉默着。灰色的天上装饰着两块红斑,一块在日落的地方,一块在巴里斯那的上空。一群穴鸟和乌鸦在这傍晚的时候照常在空中盘旋着。从一个巷口出来了一匹马和一辆雪车,在那雪车里弯着身子的是刘托夫。

"站住。"他锐声叫,车夫还来不及拉住那马他就敏捷地跳下车来了,跑来站在萨木金前面,他的宽弛的外衣的边幅飘动在萨木金的腿上。

"天哪,你累坏了!"他用一种异样的声调叫,似乎有些尊敬,"那些武装怎么样了?"

听了克里的简单叙述之后,他沉默了。一直到了萨木金的客厅,脱了他的外套之后,他才问:

"我们打国内的日本人倒是很精敏的,是不是?"

萨木金也问:

"你是说反话或是庆祝?"

他喜欢看见刘托夫,但是他不愿他知道这个,而且他自己也不明白他为什么喜欢。这时刘托夫搓搓手,说:

"我们正在这俄罗斯泥塘里打桩,要建造通到新路的桥梁——"

他的容貌异常坚定,穿着大礼服,黑领结上插着一枚钻石针,整洁而端庄,甚至可以说漂亮。连他的不宁静的眼睛也更清朗、更大了。

"今天我听见一句好成语:'用枪炮教训人民。'"萨木金说。

"不坏。"刘托夫同意,有意地注视着他。

"你为什么——那样看着我?"

"我有些不认识你了。"刘托夫答,连带一声长叹,他拉一拉他的上衣,更端重地坐在椅上,"我刚从省长公署来。我被传唤到那里,因为在我家里开设着收容那些死伤者的病室。都是阿连娜,自然——她干的——"

刘托夫拿起他的海獭帽,搁在他的拳头上,开始旋转它。"天哪,鬼才知道那病室。阿连娜弄了些无政府党来——孟那可夫、伊诺可夫[1]——这一类。一些名副其实的野兽——毫无可取。"

"伊诺可夫吗?我认识他。"萨木金漠然地说。

"她的一个老相识。还有一个许大可夫——他也已经受伤了。"

---

[1] 这两个名字是从修道士和修道僧两个名词变来的。

他又叹一口气，摇摇头。

"唉！"

"好了，在省长公署有什么事呢？"萨木金问。

"他们问我：是你组织的吗？是我干的。你为什么干？掩饰你们的丑行——"

"他在说谎吧。"萨木金想。

"我和他们热烈地辩论了一回。后来我具了不离开这城市的保证。并且我要把阿连娜弄到外国去。"

忽然一声炮响，好像就在这屋顶上面似的。那声音这样有力，两个人都跳起来了。刘托夫皱着脸，把帽子丢下，叫道：

"这些猪——他们又发作了吗？"

又是一炮。他俩都沉默着，等待着第三炮。萨木金吸着烟，觉得他的内心隐隐有一种哭声应和着那窗玻璃的呜咽。他们沉默了一两分钟，刘托夫拉着他的膝上的帽子，用低声继续说，疑难地：

"在省长公署里有一个人，一个无能的人，但是对于我是正直的——他给我的消息常常是正确的。好，据说你建筑那防御工作——"

他停住了，疑问地看着萨木金。萨木金隐在烟云里，说：

"瞎说。"

"不。我们要认真些才好。"刘托夫劝告，"他们现在一点也不含糊。医士——忘记了他的名字——文诺格拉朵夫，是吧，他的家被搜查了，检查员把他枪杀了。打在颈项上。是——是的。好像是科士提亚·马加洛夫也突然被捕了。他在我们住的地方医治那些人，并且和我们同住。但是我已经三天没有看见他了。你知道斯米谛，那家具商吗？"

"我会过他。"

"他们曾经捕了他，把二十个工人枪毙在他面前。是的，老爷，戈龙那已经成了地狱。在卢比兹街上——你听说吗？——人们都被打得像耗子似的——"

刘托夫用一种颇为沉思的语调安详地说了出来,又挤眉弄眼地看着他,把他弄得很惶恐,使他以为其中有什么愚弄的把戏。然而刘托夫没有错误的(痕迹)。他忽然满脸通红,把帽子抛在地上,大叫起来:

"这疯狂、卑怯的猪——这把人类拖进他的火炉里的畜生——"[1]

他狞野地、恶毒地咒骂起来了,用拳头拍打着长椅的手靠。但是任凭他怎样,似乎他只疯狂了一半,因为萨木金看见他的一只眼睛在眇着,而另一只眼睛却注视着他,萨木金。

"从来没有过这样恶劣的统治。"刘托夫嘶哟地叫骂,"伊凡这暴君,彼得——他们都有一个目的,一个方针。而这一位呢?他为什么这样干?一个无能的野兽——"

"叫骂是无用的。"萨木金含糊地说,当刘托夫被言语咽塞住的时候。

"不说也罢!"刘托夫叫,戴上他的帽子,"至于你呢,你走吧。邓娜沙也要你走。走吧老朋友。否则他们会完结了你的。"

他抓住萨木金的手,停一停,摇着它,并且注意窥看着他的眼睛,忽然恶意地轻声问:

"倘若那些炮忽然被抢去了,倘若卜洛可洛夫的工人得了胜利,那又怎么样呢?嗯?又会有怎么样的事体发生呢?"

萨木金含笑说:

"你总离不了翻花样。"

"不。你试想想会怎样,嗯?"刘托夫悄声说,披上他的皮外套。

用他自己的热手握了萨木金的手,他消失了。

---

[1] 骂沙皇。

十一

刘托夫的访问留给克里一种疑难的感觉：不能分辨出别人泼在他的头上的是热水或是冷水。在房里踱着，他尽力想把刘托夫的一切言辞、一切嚷叫，归纳为一句简单的成语。他做不到，虽然"走吧""走吧"这两个字比其余的话都更确切地响亮。他站在窗前，他的前额压在冷玻璃上。街道是荒凉的。只有一个妇人走着，弯着身子看那火炬遗留下的黑圈，捡了些炭块放在她的篮子里。

异常的寂静。萨木金不曾感到这样和平的沉寂已经许久了。他默默地想：

"事情必定是完结了——"

那沉寂扩大了，加深了——一种不快的感觉，好像脚下的地板正在陷落似的。他的背心的袋里的表嘀嗒得更加缓慢。一股咸鱼的恶味从厨房里飘进来。萨木金开了那小的窗玻璃，那冷气就吹进来一声命令：

"注——意！"

在黯淡的光线里摇摆着许多刺刀的冰影，一群兵士立定在地上。一些小而烈性的哥萨克马向着他们走来。在它们的中央阔步着一匹肥大的栗色白斑的马，高高地提起前脚，露着牙齿。那马背上塔似的坐着一个肥胖的、有着刺猬似的胡须的战士，一张红而鼓胀的脸，胸前饰着勋章。戴着白手套的手上拿着一根皮鞭，他把它举在胸前，好像教士举着一个十字架似的。他昂然驰了过去，并不看一看散在街上的兵士们，然后那些哥萨克骑兵又跟在他后面驰去，摇摇荡荡地坐在鞍上。其中一个有胡子的家伙在他的鞍上侧起身子从一个兵士的手肘下面拉出一包东西。那一包东西立刻就展开成为一条毛蓬蓬的蟒蛇，一条女人用的毛围巾。那兵士挥起他的来复枪，但是那有胡子的哥萨克和别的两个兵士就打起马飞跑了，而那些兵士散开了，又归入马的行列。那栗色白斑的马迟重地倒退回来，露出更多的牙齿，嘶鸣着：

"这是些什么流氓？谁在指挥？"

萨木金从窗帘后面窥看着，不能不好笑——这问话十分好像是从那栗色白斑的马发出来而不是那骑马的人。

发尔发拉的声音从餐室里冲出来了：

"强盗！还说是我们的保护者呢——"

从那门上萨木金看见她跑进餐室里，脱掉她的皮外衣，拉下她的帽子，像瞎了似的跌在椅子上。

"你知道吗？他们拉住我——搜查我——你简直不能想象何等的——他们夺去了我的围巾、我的毛皮——何消说，就是抢人！"

她又跑去扑在长椅上；咽呜着，异常之快地顿着她的脚。萨木金斜起眼睛尽看着她的解散了的衣领，长叹了一声，走出去放尿去了。

这几天空虚的日子以异常的寂静和缓慢拖挨过去了。萨木金有理由相信他已经饱受了一切不安的痛楚，他觉得很可以借此得到许多必要的休息。但是后来证明休息并非必要，而且在休息之中有一种他还不曾经验过的不安，使他感觉到突兀的激怒和伤心。这新的不安要求和人们交往，要求事故；但是人们不曾出现，而萨木金又害怕离开他的家宅，况且他的打坏了的脸走在街上也觉得不好看。事故自然是正在发生；夜间常有来复枪和手枪的响声，甚至白天也有。但是这些分明是那故事的最后的结语了。不时常有哥萨克的骑巡驰过窗前，小队的警察也不见许久之后又发现了。发尔发拉不断地嚷闹，又要求什么似的对着萨木金一瞥。

"这不是革命——是一些学生们的恶作剧，"她在餐室里和谁在说，"用手枪对抗大炮。"

萨木金觉得她想要辩论，要争吵，而他总是沉默着。静坐在他的书房里。

然而，这些全不能填满那些缓慢的日子的空虚；也不能满足那爱刺激的习惯，一种可厌而强固的习惯。报纸发着一些并无定向的牢骚，昏聩的唠叨。它们激动不起思想，而其中也并无什么思想。代替安弗梅夫娜的是一个看不出年纪的骨瘦的、平胸的女人。沉默得好像一名狱卒似的，行动是拘执的，而且那直视着人的脸的看法也令人不快；她的眼睛是混浊的，玻璃似的。当发尔发拉下命令的时候，她就用劲打开那紧闭着的薄嘴唇，答道：

"是，太太。知道了。"

出乎意料，而且讥笑着他自己，萨木金发现他自己想要再见一见那些防御工事的防守者，听一听亚可夫同志的清爽而柔和的声音。他留恋着安弗梅夫娜的形影，记起来就觉得难堪、羞愧，因为她的善良的脸曾经被耗子咬吃了。其实，他留恋着一般人，甚至于那些他从前觉得可厌的、多余的人。一种固执而比较平稳的风每日每夜在人家屋顶上逡巡着，竖起一些把家与家和人与人隔离开的墙壁。这些墙壁是不能见的，但是表现在那包围着居民的寂静里：他们怀疑地和含怒地互相窥看着，他们才见一会儿就赶快互相避开。有几晚上，萨木金出去街上呼吸新鲜空气，得到这样的印象：他所认识的居民并不全都招呼他，而招呼也不像先前那般敬重；他们对他的情感不好，好像他在牌桌上赢过他们一大笔钱似的。

"倘若我被捕了，这些人一定是关不住嘴的。"萨木金推想，并且决定了顶好是尽其可能地不和他们见面。

他中止了出外散步，也因为居民又在异常热心地扫清街心和用铁铲刮除步道。

发尔发拉也显然是在惨痛之中。她整天地在储藏室里和厢房里奔忙着，在顶楼上蹒跚着，吃饭或喝茶的时候，她就会咬着牙齿分明地说：

"谢谢全体那些人，把我们的生活弄到这样。简直不敢出街去。休假日、圣诞节——都已经挨近了——我只要一想到这应该是何等高兴呀——又一想到安弗梅夫娜把这家弄得何等乱七八糟呀——"

萨木金保持住他的沉默,到了觉得似乎太过或难为情的时候,就说:
"是的,她有些古怪——"

他觉得这些日子的空虚浸入了他的体内,把他吹胀起来了,使他的思想笨重。在早晨喝了茶之后,他把自己锁在他的书房里,尽力想把他在这两个月之间的一切经历翻成几句简单的话。可恼的是他所发现的话都不能表现给他,他所要看的——这些话不能够表现给他,为什么那尽忠职务的老兵士与门房尼古拉同样可恶,而亚可夫同志,或加里丁,又不引起憎恶呢。

"然而他们也必定被杀了——"

十二

有一天,当他正在删削他的文章的时候,他听见餐室里有说话的声音。用手巾揩着眼镜,他走出来,看见布拉金和发尔发拉坐在那长椅上,还有一个穿长礼服和皮靴的高个子的人,站在荷兰式的壁炉面前,用手掌摸着炉上的砖。

"第卜赛木士。"他自己介绍,对萨木金伸出一只红手。照例这样高大的人是说低音的,而这家伙却有一种几乎是小孩的最高音。他的头上装饰着一蓬缭乱的、微灰的头发。他的左颊上有一个很深的疤痕,把他的下眼皮直往下拉,使他的左眼显得比右眼更大。一部灰色的波纹的络腮胡分作两丛,几乎是裸露着他的下颔和肥厚的下唇。通报了他的名字之后,那人就用奇怪的眼睛大有深意地看着萨木金,然后仍然去摸那炉砖。他的眼睛是黑而发闪的。

布拉金正在愤愤地诉说给发尔发拉,他和第卜赛木士怎样两次被阻住受搜查。她已是愤愤的。

"可怕的日子。这政府真是想不到的麻烦——"
"当我要约桑卡·波里苏维奇到这里来的时候——"

第卜赛木士把身子一歪，用犹太小丑的腔调说：

"说'让我们躲一躲'的是我，因为我已经被打够了。谢谢你。"

他的钩鼻子、苍白的呆脸全都绯红起来。他把头偏在右肩上，用一种好性格的滑稽口吻问萨木金：

"你以为这作战的日子还有多久？你不知道吗？那么谁知道呢？"

他的手指迅速地在他的胡子上抹过去："啊，你是很喜欢'坡格隆,'[1] 的。"

布拉金正帮忙发尔发拉把碟子和瓶子从食物架上搬到桌上，用一种职业的口气说："知识分子没有组织过坡格隆。"

"你说没有过吗？你们的虚无主义者，你们的彼沙里夫主义者[2]，不曾组织过坡格隆反对普希金吗？不消说，这无异于对着太阳吐口水。"

"桑卡·波里苏维奇恭维普希金太过了。"布拉金说，用一种惶惑的腔调。

"好，是的，我恭维他太过了。"第卜赛木士同意，对布拉金摇着他的手，"不错。但是我告诉你，小耗子比你们还更爱俄国文学呢。你们所爱的是火、风暴、河里的冰块。你们跑到发生骚乱的每个街角里。不是真的吗？真的。因为要使你们生活，你们需要一个风暴的时期。你们是世界上最可怕的人群——"

萨木金得了这样的印象：这人用重音仔细地说出来而其中确有夸张的地方。

"你们爱看戏剧里的无赖汉，以为你们会在污泥里寻出黄金。但是那里没有黄金——不过是硫化铁，用它制成硫酸，以供嫉妒的女人们拿去洒在她们情敌的眼睛里——而你们的布尔什维克——不是一种坡格

---

[1] 沙皇的犹太屠杀政策。
[2] 犹米提里·彼沙里夫是十九世纪六十年代的文艺批评家。以反对普希金的诗，及拥护功利的艺术和唯物论的哲学著名。

隆吗？"

他突然笑了，那声音并不高，有点柔和，而萨木金对他自己说：

"他应该尖声笑才对——"

第卜赛木士的笑声和他的原来的尖音不和谐这一事实增强了萨木金对于这人的不信任。这时第卜赛木士用右眼一瞟，微笑了一下，继续说："布尔什维克是一种想要跑过历史前面一百俄里的人们。但是聪明的人们不跟他们跑。我所说的聪明的人们是谁呢？就是那些不需要革命的人，那些为自己而生活的人，因为没有人为了自己而需要革命的。但是时机一到，一点革命是要制造的，好，聪明的人们就拿出一点钱来说：'请把我算作有四十五个卢布的革命价值。'"他皱紧他的眼睛，笑得出乎意料地柔和，这又是和他自己不相和谐的。

"你是一个社会党吗？"萨木金讯问。

"我是一个犹太人。"第卜赛木士回答，"据林那[1]说，凡犹太人都是社会主义者。好，这不算是过分的恭维，因为凡人都是社会主义者。犹太人并不比别人更坏。"

"我相信桑卡·波里苏维奇是一个犹太建国运动者。"布拉金插说。

"谢谢你。"第卜赛木士再答辩，居然有意曲解布拉金的话，那神气更加同他破相的脸和灰头发不对了，"布拉金先生把犹太建国运动看作这样一个有趣的笑话：犹太建国运动就是一个犹太人派另一个犹太人到巴勒斯坦去，用第三个犹太人的钱。许多人是喜欢笑话甚于思想上的——"

发尔发拉请他们都到桌子上来。萨木金坐在那犹太人的对面，记起了台格尔斯基的话："在我们的生活中最可恶的现象之一，是一个污染了俄罗斯的虚无主义的犹太人。"但是这家伙并非虚无主义者，也不是普里士。

---

[1] 法国生物学家、讽刺家。

十三

萨木金是憎恶犹太人的,但是他知道一个人应该以这种憎恶为耻,所以他也和别的许多人一样,把憎恶掩饰在叫作"犹太思想爱好论"的一派言辞里。他觉得犹太人之于他比德国人和芬兰人更加疏远,而且他怀疑每个犹太人都有一种锐利的眼光,能够看出一个俄国人的明的或暗的缺点,比之别种人更为确切而清楚。他知道在俄国的犹太人种的命运是何等悲惨,因而怀疑这犹太人的心里必定是深染着和重载着一种仇视俄人的感情,一种报复他个人所受的屈辱和伤害的愿望。他正在期待着那唠叨的、尖声的叫嚣者发表这一类的情意。

"你想要一点革命吗?好,你就会得到全部革命,当你发动了俄国农民的脚的时候,他就会跑到各种极端的最极端,打破你的头颅和他自己的。"

"我不相信预言。"布拉金含糊地说。而发尔发拉却兴奋地点头,说:

"不。这是很、很正确的。"

第卜赛木士转面对着她;一支叉子在他的一只手上发亮;另一只手捏着一片面包——捏了许久了,总找不到吃它的时间。

"每个犹太人都有点像一个预言家。"他说,"因为他是反对流血而又认识流血和斗争是不能避免的——是——是的。"

萨木金发觉了这犹太人想要用父亲似的仁慈态度来说话,放弃他的谈锋——他的忧愁的眼睛里发着温柔的黑色闪光便是明证——但是他的尖声音和这情意不相调和,刺耳地响着。

"在你们这两个头的国家[1]里做一个预言家是很容易的。你看见

---

[1] 旧俄国徽是一只两个头的鹰。

吗,你们的鹰有一个农民式的大头看着右边,而看着左边的不过是一个小头——革命党的头?好,当你们把那个农民的大头转到左边来的时候,你就会知道农民要使他自己成为怎样一个沙皇来君临你们了。"

"国际座谈会。"萨木金想,听着他的演说——这些演说词是他自己的某些思想的再现,这是可厌的,"批评啊,演讲啊,用的都是外来的道理——海涅[1]派、马克思派——。"

萨木金的思想已经踌躇在"外来的道理"这几个字上,萨木金听不见什么了,他在想:"倘若社会不重视个人的价值,个人就用敌对道理来武装他自己——"

把这两句话发挥成为一种理论,那就暴露了他们之中所隐藏着的无政府主义。而他是不喜欢无政府主义的,第卜赛木士,摇着他的捏着一片面包的手,正在对发尔发拉说:

"犹太人是为全体而工作的人。罗斯柴尔得[2]像马克思似的,为全体而工作,不是吗?而罗斯柴尔得不是像一个门房似的把钱从街上扫起来成一个堆,使钱的尘灰不至于迷眼睛吗?你以为倘若没有罗斯柴尔得还有马克思吗?如何?"

发尔发拉觉得这很机智,笑起来了。而布拉金却向着萨木金一瞥,惶惑地微笑着,而且焦躁地在椅上摇摆着他的长身子。他似乎时常用眼睛示意,而终于开口问:"我有一句话要对你说,可以吗?"

他们走到书房里,布拉金就用压低的声音急促地说:"请原谅我带他到这里来。我想要来看你,而他不敢独自走去。他真是一个很有趣的、可爱的人。不过,你看见的,他总是谈论一切而且漫无限制。"

萨木金许久没有看见布拉金这样自足,这样衣冠崭新的了。

"我要来警告你——你应该离开莫斯科。我单独对你说。我不愿搅

---

[1] 德国诗人。
[2] 犹太富豪。

扰发尔发拉·吉里洛夫娜——但是在某些方面你有声名——"

他停了一会儿,等待萨木金问他,但是后者喷出他的烟,沉默着。布拉金又把声音更放低些继续说:"第卜赛木士是对的,那些社会主义者所做的事便宜了极端的反动派。这是事实。"

从餐室里来了第卜赛木士的高声的谈论。

"好,这就成了一只脚穿着新皮靴,另一只穿着旧草鞋——"

"你简直不能想象在莫斯科已经创造了怎样的风气。"布拉金悄声说,"莫斯科和那些防御工事——这使任何人都恼怒了,甚至于一般群众,街马车夫,例如——"

"我知道。"萨木金说,微笑着,"街马车夫尤其讨厌防御工事。"

"不,请不要开玩笑。"另一个请求,轻轻地摇着他的脚,"那些知道你的人,例如,里-里阿金、台格尔斯基、普里士——尤其是斯推拉托那夫——一个强固的人格,一个有伟大前途的政治家,请相信我——"

"我必须避开他们吗?"克里问,看着布拉金的愚蠢的而忽然红涨了的脸。一耸肩,布拉金用一种恼怒的声调,大声回答:"我尽到我的义务,由于同情,由于尊重——"

"我诚恳地谢谢你。"萨木金说着,急忙地握起布拉金的手。于是布拉金的双手就抓住萨木金的一只手,三只手都摇起来感激地私语着:

"想不到一个唯愿各方都好的人在这些日子做人是这等困难——相信我。"他屏息地又说:"他们以为你有重大任务——"

点着他的蛇似的小头,他溜进餐室里去了。萨木金看着他的轻快的长背脊在想:

"他不知道跟从谁,为谁服役。"

他想起了马加洛夫以及他们的不快的会话。在餐室里,第卜赛木士正在温和地笑着,而发尔发拉却热心地重复说:

"但是这是十分真实的,绝对真实的。"

萨木金从窗里窥看出去。天空被几个教堂钟塔戟指着,燃着夕阳的光辉。群鸟发狂地翱翔着,在红色的背景上交织成一片纠缠的黑斑。萨木金看着惊鸟,尽力地想从它们的忙乱中作出一些切当的名句。发尔发拉和布拉金手挽着手横过街去了。在他们后面阔步着那陌生的犹太人。

十四

天黑以后,阿里克先·戈金来访,穿着一件农民的皮外套和皮靴。他一面解开外套一面埋怨说:"你的女仆好古怪呀。她有一双侦探狗似的眼睛。"他受惊似的咳着,在桌子面前坐下,问:"有麦酒吗?"

喝了一大口麦酒之后,他撒许多盐在一片面包上,又倒出一大杯麦酒。

"好像在一个小酒店里似的。"萨木金觉得。

转着他的头,戈金说:"我们需要你,好人,到罗士戈洛得去旅行一次,向那里的一位姑姑取一笔款来——那是一位非凡的姑姑,我应该告诉你。异常地美丽而且精敏。那款子保存在法庭里,要经过一些官样文章的法律手续。你能去吗?"

"告诉我再详细些。"萨木金回答。阿里克先敞开手说:"再详细些?我一点都不知道。那位姑姑的名字是苏妥伐。这是她的住址。我相信她是斯徒班·古图索夫的一个亲戚和朋友。"

"离开此地的一个好机会。"萨木金想,"而且这一次算是我的最后的跑腿。"

"你们被一些流氓袭击的时候,鲁伯沙制服了一个无赖,是真的吗?"戈金问,当克里表示了他自己愿意去的时候,提起那袭击是不愉快的。

"是的。她开枪了。"萨木金干脆地承认。

"她打死了他吗?"

"他站起来走了。我忘记了带我的手枪。"当他这样说的时候,萨木金记起他的手枪是早已被亚可夫拿去了的。他自相矛盾了。他为什么要那样说呢?

"好,你们应该而且必须还击了。"戈金漠然地说,"鲁伯沙现在在我的家里。她完全在一种情绪纷乱的状态之中。"他用倦怠的声音继续说:"她有一只受伤的手,全身都受伤了。她到的时候是夜里,完全被她英勇的行为迷住了,随时都在唠叨着,该杀的是知之而为之者,不是不知而为之者。她认为一个人可以杀掉她,鲁伯沙,因为她的行动是有意识的,而她自己却没有权利杀掉那欲加害于她的无知的流氓。她是一个好同志,一个有价值的工作员,但是她不能避免那洛·多尼克的潜在的影响,她的思想系统里有基督教的成分。她和我的妹妹正在那里争论着,你应该逃开去,保全你的生活。莫斯科已经成为一个马戏场,如古图索夫所说。"

他站起来,走到镜子面前,伸出他的舌头,看了之后,牢骚地说:"我害病了,糟了。发热,头痛。或者我会病倒,嗯?"

他走回桌子前面,又喝下一大口麦酒,开始扣上他的外衣。克里问:"现在党在干些什么?"

"自然和以前一样。"戈金说,带着一种吃惊的神气,"莫斯科工人的行动已经证明一般小市民是以势力为转移的——不出所料。无产者自身必须准备一个新的叛乱。我们所需要的是武装起工人们,加紧在军队里面的宣传。我们需要钱和——军火,军火。"

他开始列举出各省工人的战斗活动、恐怖主义的事实和黑百团的冲突、农民运动的爆发。他说着这些好像是在提醒他自己似的,用手轻拍着桌子,好像在标点他的言语。萨木金想要问这种种事情会引出什么结果。他忽然明白地觉得他这一问并非必要,不过是头脑清楚的人应该尽到他的探索的义务而已。他在他自己内心不能发现所以提出这样一个问题的其他理由。

"在形式上有点像是无政府的状态,但是在实质上,也只是一种革命党员的试练，这确是必要的。我们需要钱，买军火的钱。就是这么一回事。"他重复着，叹息着。他走了。送他到门口之后，萨木金开始在房里踱来踱去，又站在窗前往外看，问他自己：

"戈金、古图索夫这一般人真是单纯地被他们所信从的理论的力量驱使着的吗？不。他们的意志是被显然与他们信为阶级心理的不可动摇的特质相反的某物所支配的。人能够理解那些工人们。古图索夫之流却是难以想象的。"

对面的街灯已经修好了。它辉煌地燃着，照明了它前面的连壁灰上的最近的裂痕都熟悉起来了的那家宅。

"有数百万人住在这一类的家宅里，预备着屈服于任何势力。这就是他们所有的全部价值。"

第五章

一

一天之后,萨木金发现他自己又陷落在意外事件的潮流里面。事情开始于夜间的空车里,当一个猛烈的震动把他从座位上摔下来的时候。他狠狠地一跳就正碰着一声直喷到他的脸上来的嘶喊的怪叫:"什么事?有意外吗?"跟着便是一推,这发问者把萨木金推跌在座位上,而且牛似的吼着:"火柴——见你的鬼!嗨,谁在这里?火柴呀!"客车摇晃着,震动着。机关车嘶嘘着。还有些嚷叫的声音。克里的同车的旅客都消失在黑暗里。有人撕开窗帘,露出了一方块亮蓝的天空,有两颗星在它上面。萨木金燃起一支火柴,看见一个宽阔的后背和一个多肉的脖子,一个肥厚的肩背。这些特色的所有者正在把他的前额压在窗玻璃上,用一种慌张的声音说:"嗯,什么事?我们已经停在信号桩前面了吗?嗯?"

间隔的门开了。一个守车拿着一盏灯，照明了那人问："都好吗？谁受伤了吗？"

"蠢——蠢材！"那人叫喊。他从守车的手里夺过灯来照一照萨木金，留心地看了他的脸几秒钟，又高声地咳嗽。他吐在桌子下面，说明：

"现在不能再睡了。"

那微弱的、摇动的灯光显示出一个肥大的黑脸和一双猫头鹰的眼睛。浓厚的灰胡须耸立在一管宽厚的大鼻子下面。圆圆的脑壳上满长着浣熊似的毛。这家伙垂手坐着，背对着车壁。他仰看着车顶，旋律地吸着鼻子。他穿着一件厚羊毛衬衣，裤子编在腰上，格子花的短裤。在间隔的角上挂着一件灰色的军用外套、一件上衣、一条腰带、一把指挥刀、一支手枪、一个草包的瓶子。

"我们停在这里见鬼吗？"他质问，并不动，"我们都不是活的吗？不是吗？所以我们应该出去，出去看个究竟——"

"顶好是你出去看。你是一位军人。"萨木金说。

"一位军人。"那军官愤愤地重复，"我必须穿上我的靴子，而我的脚是疼的。一个人应该客气些——"

他拿过那瓶子来，旋开盖子，狼吞了几大口之后，长叹了一声。萨木金恐怕那军官要发脾气，赶快穿起衣服，走出去到青色的冷空气里。夜是透明的。天顶上有几颗稀疏的星星，一个小得出奇的月亮闪射着朦胧的寒光。每样东西都显出梦幻的样子——雪野上刻画着一道浓密的树墙，在机关车上有些黑色的人形，另外有些更大一点儿的人们从客车上沉重地跳到雪里面。在远方，车站上的朦胧的小火，像金色的蜘蛛似的。

萨木金迈步向那机关车走去，有些同车的旅客和五六个快活的兵士也急进地跟着他赶来。在机关车上的那一群人中间站着一个戴眼镜的高大的宪兵，和两个带来复枪的兵士。一个戴着大皮帽的司机正在从水柜上弯下身子来和他们说话。他们谈话的音调是低的,而那字句却清澈地响着,萨木金觉得他们全都在害怕着什么。

"你不能把车开到站上去吗?"那宪兵问。

"我不能。"那司机说。

有人在叹气。

"有鬼!你的气还叹不完他们就要把你杀掉了。"

萨木金悠悠地问一个兵:

"遭遇什么事体了?"

"机关车有点毛病。"那兵士不耐烦地回答。另一个人插嘴说:

"不全为这个。岔道上的铁轨被破坏了。"

一个矮胖的兵士从萨木金后面蠕蠕地移动出来,看着他的脸高声说:

"那些魔鬼想要破坏的是我们,保安队。"

歇了一会儿,他又说:

"那戴眼镜的这样说。"

第一个兵和平地插嘴说:

"无人知道没有的事。"

但是矮胖的士兵不肯让步:

"那宪兵说的——有倾覆这列车的阴谋。"

那矮胖的士兵提高了他的声音,他的带点儿鼻音的声调有些激烈了。

"这样的声音会引起冲突的。"萨木金认定,走开了。他沿着轨道旁边的路,在高悬着沉重的积雪的枞树下面向车站走去。在他前面郑重地阔步走着一个人,穿着狐皮领的外衣,戴着有护耳的皮帽。有些旅客正在沿着轨道的枕木走去。那戴皮帽的谨慎地说:

"维持秩序有些困难了。"

"人心混乱。"一个声音在萨木金后面确定。

"人都无所畏惧了。"那戴皮帽的说。然后他回头一瞥克里的脸,跨过枕木去让路给他。

在机关车上有怒吼的声音:

"你们的官长在哪里?"

"你管不着。总之,你不能命令我们。"

"看着这里,你这家伙——"

"我为什么要看你?你又不是一个姑娘。我才不为你戴眼镜就理会什么混蛋呢。"

"他和那宪兵说话。"萨木金推测。他摘下他的眼镜,塞进他的衣袋里。

"秩序似乎不很好。"那穿狐皮外衣的说。

好像在一个梦里似的,萨木金瞭望着远方。在青色的积雪中间,朦胧现出一些茅舍的黑色小丘。还有一个火炬照明了一座教堂的白墙和窗上的红斑,闪射着钟塔上的金顶。在车站的月台上有二十多个旅客紧围着三个武装兵士,有人低声讯问兵士们:

"嗯,你们鞭打他们了吗?"

"打了又怎样呢?"

"只要有命令,我们也要同样鞭打你们的。"

"你们也鞭打过妇女吗?"那戴皮帽的问。不等回答,他用教训的、自信的腔调说:

"你们尤其应该使妇女们敬畏上帝。一个农妇比一个男人更贪得别人的东西。"

二

别的一群旅客走到月台上。在他们的前头跛行着那个军官。他穿着行军的制服,似乎更加胖而且更加圆了。

"什么事?"他锐声地叫。那戴皮帽的整一整他的衣服,挺直身子,然后讨好地说:

"大家疑心有倾覆列车的阴谋。"

"我并不问你。"那军官凶狠地叫,"站长在哪里?"

那戴眼镜的宪兵跑来了,用两肘推着挤进那群人里面,急喘着,报告那军官说:岔道的工头打电报来说轨道被破坏了,他需要工人去修理。

"我疑心有阴谋,官长。那岔道上的铁轨——"

"你的眼睛到哪里去了,你蠢材?"那军官问。他一只手摸着他的胡子,一只手摸着他的手枪。那些人离开了他,有些就回到列车上去。那宪兵用不平的声调说:

"我是昨天才派到这里来的,官长——"

"派来的,就该随时睁着眼睛。"那军官转背对着他,问,"那些兵是哪一个部队的?"

"有些是巴苏卢克补充营的,派来驻在那暴动的乡村里。"

"暴动,愚蠢。去吧。"

那军官从他的衣袋里拿出一个纸烟匣子。注视着那些正在走去的兵士们,他叫:

"你们走起路来好像一群土耳其鸡似的——"结尾是一句猥亵的咒骂。他转身走到萨木金前面。

"喂,看见吗?"他问。用萨木金的烟点燃了他的烟,他又说:

"图立孚诺夫中尉是我的名字。"

"萨木金。"

"教员?"

"律师。"

"一个代言人。"那中尉说,想了一想之后,点点头。"一个小家伙。"他继续说,冷笑了,"大家伙是肥胖的,而你也是在煽动革命咧、宪法咧——是不是?"

萨木金移步离开了他,但是中尉立刻拉着他的臂膀而且引着他走,不舒服地大步大步地走,跛行的左脚拖在雪上。他的声音是干哑的。他屡屡沉重地嘘气,那喷出的长气里充满了酒和烟草的臭味。

"又失败一次。"他说,用手肘推着萨木金,"我的朋友,你们的努力会有什么鬼结果。我们要打碎你们全体,把你们像一些鸡蛋似的捣毁了。"

"这畜生!"萨木金暗中咒骂。他愤愤地问:

"你为什么以为我是——"

"我不是以为。我是说笑。"那中尉说,吐了一口。那岔道的转辙人跑到他面前。

"你叫我吗?"

中尉停住了,看一看他,歇一会儿,摇着他的手:

"我不要你。"

用手肘紧挟着萨木金的手,他继续发着一些缩短了的牢骚:

"我自己是一个失败者。三次受伤。赏我一个十字章,但是无法维持生活。住在一个打鼾的偶人的家里,他穿着狐皮外衣。他要我一百五十个卢布。我有一个金烟盒,是一个同事送我的,在最末那一个车站上被人从我身上偷去了。"

他们走到列车面前。那军官站在客车的阶梯上,窥看着萨木金的脸,咕噜着:

"嗯,不——我把它当了,那烟盒。我要告诉我的姐姐说是被偷去了的。"

他的突出的、龙虾似的眼睛给予他的鼓胀的脸一种漫画的性质。他用戴着手套的手抓住那铜栏,问:

"你喜欢喝一点上等白兰地吗?这是法国——"

萨木金辞谢了。图立孚诺夫中尉直站在那车梯上不动。一切都很沉静,不过有人踏着雪的响声、电报线的呻吟,和中尉的喘息。这沉寂忽然被一阵高亢的声音戳穿了,在这沉寂上分明地铭记着囚徒的绝命歌词:

  今天是我的最后,我的末日
  我和你们享受了它吧,我的朋友们。

"狄尼索夫,这老混蛋。"中尉咕噜着,闭着他的眼睛,"一个音乐喜剧队的领唱者。当兵是完全不行的。无赖,醉鬼。但是他能唱——你听见吗?"

两个声音同唱起来了。第二个声音是低的、阴沉的,而第一个声音却高而又高。

"噢,不。你不能高过他呀。"中尉咕噜着,也就不见了。

在挨近月亮的天空里有一颗大星,闪闪地好像要落到地上来似的。慢慢地向列车的尾端走去,萨木金第一次十分紧张地觉得一首简单的俄国歌曲的悲苦。在这青色的、寒冷的寂静里,他听着这歌唱是完全自然的,只有在梦中才能如此深切。那宪兵走在他旁边,但这人和他的影子同样有一种神仙似的性质。其他景物也是同样的:被雪雕塑了的树、一只碟子似的月亮、在它旁边的那大星,以及那像一块蓝冰似的天,高悬在那乡村教堂外面的火炬的红斑和白色的山丘上面。一个人真不能相信住在那村里的人民是暴徒。

但是歌声突然停止了。立刻有几种高声的辩论同时发生,一个尖锐的、权威的声音叫着:

"你又是什么人呢?"

一阵哄笑。一种愤怒的叫喊穿透了这笑声:

"是这样的吗?"

有人在尖锐地吹哨,那机关车的受压抑的啸声也远远地应答着。萨

木金站住了倾听着,但是前面的人们的哄笑和吹哨更加高亢了。有人在叫:

"来呀。把他关起来。把每个人都关起来。"

离开了其余的人,向萨木金走来的是那宪兵,他的眼镜闪闪有光。他的一只手拿着一卷纸,另一只手的手指摸着挂在他的胸前的手枪带。在那宪兵的前侧面一两步,许大可夫一面走,一面用双手把一顶鸭舌帽按在他的乱蓬蓬的头上。月光分明地显露出他的干枯而高傲的脸和他的腹部上的黄铜纽扣。萨木金听见他的含怒的声音说:

"你顶好是省事些,停止了这无谓的干涉,老人。"

"走呀!走呀!"那宪兵严厉地叫。

不愿意许大可夫认识他,萨木金跳到一个客车的阶梯上,刚刚好看着那家伙走来。突然许大可夫的双手在那宪兵的肩上和胸上挥动着而且猛推了他一下。那宪兵跄跄地跌在一边,他的惊呼却被那正在岔道上滚着的机关车的呼啸所淹没了,它的两道红光分开了那宪兵和许大可夫。许大可夫立刻跳到客车的阶梯上来,同时有一件什么硬东西碰在萨木金的腰上。

失了身体的平衡,萨木金连跌带跳地落进两个列车中间的狭道里,而且发现他自己在一群正在从机关车上跳下来的工人们中间。他们推开了萨木金。从机关车那一面传来了那宪兵的叫喊和一阵清脆的呼声:

"不要管,兄弟。"

"不要胡闹,老人。这是不许的。"

"谁逃跑了?"

机关车向后移动,喷着汽,撒下许多燃着的煤块在铁轨上。铁锤在轮轴上旋回着。接合机铿锵地响着。摸着他的腰,萨木金慢慢地向着他所坐的那一节车厢走去,一面回忆着他在莫斯科车站上看见许大可夫的情景:他靠墙站着,低着头,在数着他的手里的银币;穿着黑上衣,系着一条有铜扣的皮带;他的手肘下面夹着一小卷东西;那鸭舌帽盖不住他的头发，乱蓬蓬地伸着和悬挂在他的面颊上，好像一些豆荚似的。

"一只没有舐过的小熊。"[1]萨木金曾经这样综合起他的当时的印象，现在他在想着他的野兽般的敏捷，"倘若再迟几秒钟，那宪兵就会被他推倒在机关车的车轮下面。"

"喂，这里，先生——上来一点。"有人在他后面叫。他并不回头看看那是谁，他跑开了。岔道上嘈杂了一会儿之后，钢铁的铿锵也就很快地消失在寒冷而富于吸收力的寂静里了。

三

在客车的走廊里，萨木金看见守车长和那宪兵一同站着，而图立孚诺夫中尉却用他的巨大的身体封锁着间隔的门。

"一个市民？"中尉用一种干哑的低音考问，"劫去了一支手枪？"

"是的，官长。"那宪兵低声回答。

他的垂头曲背的姿势在官长面前是不合适的，不过他的手还是垂直着的。

"缴械了？而且——溜走了？"

"是的，官长。他一定还在这列车里。"

"那些士兵正在搜查。"那守车长插嘴。

中尉发出三声单音的笑。

"呵！呵！呵！真有本事！"他说，翻动着眼睫毛而且咂着嘴唇，"你是一个蠢——蠢材！而且你要受罚的，怎样！——而且罪有应得——好，你现在要怎样呢？"

"官长——"

"派遣我的人吗？这不行。谢谢他们还没有把一粒子弹射进你的肚

---

[1] 传说：熊生子时，母熊舐之，使成熊形。

子里——呵——呵——呵！现在去你的吧。去。"

那宪兵隆重地行了一个举手礼，走去藏起来了。守车长跟在他后面。中尉抓住萨木金的臂膀，拉他进间隔里去，把他推到座位上，而且把门关起来。仍然笑着，他对着克里坐下，膝盖对膝盖。

"你以为如何？一个窃贼从一个宪兵手上抢去一支手枪而且逃走了，嗯？不。你想。光荣的任务咧，秩序的防护人咧——"他侃侃地宣称，继续说，"他们只能捉小耗子，捉革命党可不行。这是喜剧，我告诉你——呵——呵——呵！"

他被笑声咽塞住了，喘息着，他的圆眼睛更加突出，他的脸发紫而又发胀。他用一个拳头敲着他自己的膝盖，另一只手抓起那瓶子，大喝了一口，他把它推在萨木金的手里。克里觉得冷，于是高兴地喝了一点。

"一个出色的故事。革——革命——喔？那窃贼会把那手枪卖了，或者打破谁的脑袋——仅仅只是为好奇。我告诉你，用手枪打人是有趣的。"

"他醉了。"萨木金认定，更仔细地从眼镜里观察着中尉。同时中尉把声音放低了一点，几乎是私语似的很快地说：

"我要去保护一处财产，这工厂是属于一个参政官或者一个大阔佬的——总之一个上等人物。这是第四次了，今年。我是一个小犁头，所以他们不能派别人去的地方就派我去。西勉诺维斯基卫队——明、里曼，那些德国人为压制俄罗斯是得些外快的——好大数目的外快。我所得的总不过是迎头一棍——或者一个砖头——还有那些法国人[1]。"

他高声地叹气，垂下他的厚重的青眼皮，而且摇摇头。

"失眠症。一个半月了。我的头里满是榴霰弹。我能够看见它们，你知道——那些小弹丸在滚来滚去，我要你相信。你为什么不说话？你

---

[1] 所谓德国人、法国人，都是中尉称他的同僚的绰号。

不要害怕。我并不暴躁。你看这是明白得像白天似的。你起来，我就压下。'生命的给予是为了活下去的'，如麦加里那诗人所说。我不喜欢诗人、作家，以及你们的兄弟辈这一类——我不喜欢他们。"

他又从瓶子里吞了一大口，双手蒙住他的两只耳朵，用那上等白兰地在他的嘴里漱了几秒钟。然后，睮起他的眼睛，双手抱住后颈，他更高声地说起来：

"我压迫，但是我也被压迫。有一次我和一个老农夫面对面站着。一个容貌庄严的老人，他的脸上焕发着智慧和正直的光辉——真是一只鹰！我抓住他的胡子，把手枪对准他的鼻子。'你明白吗？'我说。'是的，官长，我明白。'他回答。'我自己曾经参加过土耳其战争，得过一个十字章和别的奖章。也曾经参加过讨伐的战役，而且鞭打过农民。那么枪毙我吧——这是应该的。不过无补于事罢了，官长。'他说，'生活对于农民是不可能的了。他们总要暴动。而且你不能把他们杀完。'是——是的。这样一个蠢材——呃？"

当他讲着这故事的时候，他不断地摇着他的头，好像有一只苍蝇正在他的熊一般的头上爬着似的。然后，他静静地窥看着萨木金的脸，一只手摸索着那瓶子，另一只拍着他的脖子。他抓起那瓶子，推在萨木金的膝上：

"喝吧——有鬼啊！"

"他也许有点疯吧。"萨木金想。他喝了一口酒，把那瓶子放在他旁边，横起眼睛看着那放在座位角上的手枪。

"一个堂堂的老家伙。一个乡村的头领。一个好汉。鬼把我诱惑到他的家里去喝了一杯牛奶。你知道，天气热——我那时又疲倦。那军士，那猪儿子，就去对那副官胡说了些什么。那副官，孚其，是一个德国人；团长的名字叫色里。于是那一杯牛奶就成了我的罪案了——"

图立孚诺夫中尉又拍了几下他自己的脖子。客车突然一震荡，中尉动摇了，叫喊着：

"猪！我们喝吧。而你为什么不说话呢？"

"我在想着你的戏剧。"萨木金说。

"戏剧？"中尉重复说，提着那瓶子的带子。"这不是戏剧。是服务。我不能演剧。马戏——那又是一回事。在马戏场上你看的是技巧和气力。你以为我不懂得什么是革命党吗？"他出乎意料地问，用他的拳头拍着膝盖，他的脸紧张得发青，"你们全都得下地狱。我已经为你们累够了——这就是所谓革命党——懂吗？一个罢工者——"

"自然。"萨木金和蔼地说。而中尉还是不平。用手指抓住萨木金的膝头，他粗声地私语着：

"你，一个市民，把这事看得很简单：鞭打十七个，或九个，或四个——不论什么数目——打了也就完了。你就可以睡在床上，一直睡到第二次讨伐。这样吗？不是的，老爷不是这样简单的事。在出发之前你得喝酒，喝了又喝，大喝特喝。对于明、里曼、林那卡卜夫那是顶简单的事。他们是——你怎么说？——禁卫军。他们服役于尼罗[1]，简直说，服役于拿破仑。但是对于我们步兵——坦台尼可夫上尉——你或者读过那新闻——枪杀了一些农民，据他自己说，而在某个时候某个地方就有一粒子弹穿过他的头。这是一件不名誉的事。于是发生这样一个问题：他的葬仪应该不应该用音乐呢？但是，在日俄战争的时候，他是一个营长，得过两个圣乔治十字章。一个很聪明的人，很有趣的。打弹子打得妙极了——"

列车又突然震动了。中尉沉重地翻了一个身，问：

"我们已经走了吗？"

当列车滚过车站的时候，他窥看着窗外，显然自满地说：

"那蠢宪兵还站在那里。唏，为那一支手枪他要受罚呢——"

在列车的铁的咆哮里，他的嘶沙的声音是很消沉的，他的字句变为

---

[1] 古罗马著名暴君。

模糊的了。他点起一支纸烟,躺平了他的身子,他的圆圆的肚皮像冻肉似的颤抖着,而他的言语在它里面咯咯地流动着:

"这步兵队的工作是不行的。你看有一天它会发表什么革——革命宣言那一类的东西——"

萨木金没有听见。他早已决定那中尉要说的话都说过了,不要再听了。

"这贵族政治的支柱。"他想,瞌睡着,看着那烛光把中尉的右眼反映成甲壳虫的一只翅膀似的。

"他正如别的许多人一样。而且,自然,他要去鞭打和枪杀。这就是大多数人怎样去完成他们的任务,而又并不相信他们所做的事情。"

这思想是顶不愉快的。萨木金把他自己包裹在一张格子花呢布里面,使他的身体降顺于那震动得适应了的惯性。

四

他惊醒了,因为那守车的打开门说:

"罗士戈洛得。"

那军官已经不在这间隔里。只有酒气和桌下的一条被握弯了的窗帘的铜棍,算是他留给萨木金的纪念品。

一个银色的太阳窥看着窗里。天是冷清清的,像在夜间一样,周围的各样东西和昨日一样阴郁而无生气,不过那颜色却比较鲜明了一点。在远方的一座小山顶上铺着一张华丽的银色锦缎。家宅的烟囱送出淡红的轻烟,那烟影蜿蜒在屋顶上。十字架和教堂的钟塔在天空中发光。一列货车伸展在白的原野上。黑色的小马摇着它们的头。穿羊皮裘的农民大步地走着——每件东西都小得像玩具似的而且悦目。

一匹古怪的栗色小花马迅速地而且从容地把萨木金从车站送到镇市里来了。街市上的人们,肥胖而且愚蠢,用冬天的急促的步态互相走过。被雪的毡毯压盖着的家宅,包围在栅栏里面,完全冻结了站住着。栅栏上的粉红色的广告上写着一行黑字:"忧患始于知识。"白色的广告上也写着黑字,宣布厄弗多克亚·斯推许娜伐主演的第二次音乐会。

对于这人名,萨木金是无话可说的。但是当他走下那旅馆的走廊的时候,一个房间的门闪开了,一个穿着钟形外衣和戴着皮帽的小妇人欢悦地叫了:

"我好运气!你吗?这里?"

萨木金后退了一步,认出了那尖的、狐狸似的邓娜沙的小脸。她的晶莹的、化妆了的眼睛,她的洁白的小牙齿。她的双手平举在他前面,好像就要拥抱他似的。萨木金急急地吻了她的手。她吻了他的前额,用一种高兴的、母牛似的声音含糊地说:

"亲——亲爱——"

她又愉快地、急忙地说:

"所以这是真的:要是你梦见雀鸟,你就会遇见想不到的人。我正要回去——"

萨木金觉得荣幸:邓娜沙接待他好像一个她久候不到的情人似的。一点钟以后他坐在一个茶炊前面。她一面倒茶一面急促地说:

"为什么叫斯推许娜伐呢?这是我的家名。我的父亲是巴伐·斯推许那夫,一个舞台的木匠。我和我的丈夫分离了。他不是一个人——而是一个宣教士;也不是一个律师——而是一个医生——总是那么讲究卫生,甚至于夜里——讲究卫生——简直使我发疯。我可以依靠我的喉咙好好地过活——"

萨木金高兴地而且贪馋地看着她,极其温柔地微笑着。她的烟灰色的天鹅绒衣服显得她是一个圆圆的、软软的小东西。她的平平地梳着的头发发出金红色的闪光。她的冻得通红的双颊,她的玫瑰色的小耳朵、化了妆的明亮的眼睛、轻灵的举动使她成为一个遇见意中人而喜形于色的淘气的少女的样子。

"你知道,亲爱的克里,我已经得到成功了。已经成功而又成功。"她说,带着一种吃惊甚至于畏惧的神气,"而且这完全应该谢谢阿连娜,上帝给她幸福。她鼓动我。她和刘托夫教了我很多。'好,这就够了,邓娜沙,'她说,'到各省去收获好的批评去。'她自己是没有才能的,但是她懂得各样事体,以至细枝末节——怎样穿衣服和脱衣服。她爱才能,而她和刘托夫同居也单是为了他的才能。"

在这干净的房间里是温暖而且安乐的。那茶炊正在善良地咕噜着。茶和邓娜沙身上的香气使鼻孔觉得酥痒而且愉快。邓娜沙一面谈着一面轻咬着一片脆饼,又从一只厚重的绿杯子里喝着葡萄酒。

"我认识此地一个商人的寡妇——她也曾经帮助我。她是美的,克里,比阿连娜更美。整个市镇都爱她。"她举起她的两个小拳头,在她的金色的头上摇着,"啊,倘若我是美的呀!我将何等快活——"

她跳到克里的膝上,双手搂住他脖颈子,问:

"我们要留在这里一些时,你和我——我们要不要?"

"自然。"克里慨然同意。

有敲门的声音。

"必定是新闻记者。"邓娜沙厌烦地悄声说。开了门,她愤愤地问:"谁呀?——啊——我就来——"

她丢一个吻给萨木金,转身不见了。他站起来,双手插在衣袋里,横过那房间,在镜子前面照一照自己,点起一支纸烟,并且微笑着想到这女人使他很容易地就忘却了那噩梦似的军官。然而朦胧出现在窗外的小广场中央的沙皇亚历山大二世的铜像使他记起了图立孚诺夫中尉。这沙皇的帽檐上和胡须上粉饰着雪花。太阳正照着他的左侧面,使他的凝霜的、突出的眼珠发出一种令人不快的闪光。这纪念像是用铁连环围绕着的,威武地突立在地面上,周围散布着像白花球似的修剪齐整的小树。

"啊,祖父?"萨木金惊疑地问而且跳起来,同时吃惊于他的动作的奇突，这样异乎寻常。他站住看着那沙皇的死眼睛。

"神经过敏——"

在走廊里突然来了些声音。门开了，一个高大的妇人和邓娜沙进来了。她对着太阳站住，用丰富而明朗的声音和邓娜沙说：

"他不认识我。"

但是克里已经认识她了。她是马利娜·普里米洛伐，依然和她做少女时代一样，一座纪念碑似的，不过更高了，轮廓更分明了。

"你已经老了——老得超过了必然的限度。"她说，用倦怠的音调拖长着字句。然后，用温暖而戴着指环的手抓起萨木金的一只手，她又推开他，从头顶到脚尖仔细地观察着他，批评说："好，依然完全是那么一个人。我们不见面已经多少年了？不。还是不要计算它吧。"

她的微笑比从前在圣彼得堡的时候是减少了肉感的，而更宽阔得可怕。她的举动是温柔而无声的，而特点是由于精力充实所焕发的一种光辉。

"一个典型的商人的妻。"萨木金匆促地认定她，当他答复她的问题的时候。

"狄米徒里呢？"马利娜问。"你不知道吗？我看。哦，是的，是的。图洛波伊夫已经被枪杀了。一直干到底。"她漠然地又说，"你记得尼卡叶伐吗？"

她的眼睫毛颤动着，现出一种集中思想的表情。萨木金觉得她在估量他，测算他。叹了一口气，她说：

"我们还有别的熟人吗？"

"古图索夫。"萨木金提醒她。

"我偶尔看见过他——为什么你不说话？"她问邓娜沙，并且抚摸着她的平整的头发。邓娜沙紧挨着她好像少女挨着她的母亲似的。马利娜又在仔细地考察。

"你和你的兄弟的政治见解不合吗？"

他漠然回答：

"不合。我们简直走着不同的路——我们离得很远，很少见面。"

"你是什么——一个社会民主党吗？"

"是的。"

"不是布尔什维克？"

"我没有在那一党。"

"嗯，那就更好了。结婚了？"

"是的。"萨木金稍稍踌躇之后回答，"而你——怎么样呢？"

"到现在我已经做了三年多的寡妇了。"她的眉头打着结，她像一个农妇似的说，"我的丈夫留给我的不是孩子，而只是对于他的丧失的忧愁。"低着头思索了一会儿，她站起来了：

"好，来看我——五点钟前后。我们可以喝茶，谈天。"

这两个女人出去了，斯推许娜伐在前，马利娜随后，后者的身体完全把前者遮住了。

五

嘴里衔着一支纸烟，萨木金在地板上踱着，思索着马利娜。她的丰满的身体的行动，她的声音的抑扬动听，她的金色眼睛的持重而温柔的凝视——这一切在她都是配合适宜的，似乎自然的。

"她令人尊重——我相信她是如此的。"

但是克里·萨木金是惯于把寻求矛盾之点作为他的义务的，这一种研究的态度早已成为他的放肆的心的必然的过程。他想找出她的行为的根据和虚饰的明证。

"讯问政治见解。和古图索夫会见。"他估计着。

古图索夫这名字往往把萨木金的思想引入某种一定的方向，而且必然使他的内心发生猛烈的争执。

"一个粗野的、狭隘的人,他们这一类知识分子全是同样的。把这国家的政治的知识的力量立刻分裂成若干派别的就是他们这一类人。假设我们承认:只有他们是行动的,他们的政策并不根源于自卫的本能,而根源于工人群众的阶级的本能。然而欧洲的社会主义者却怀疑于所谓阶级本能的存在。只有资产阶级的上层具有一种阶级的意识——在俄国或者有五百个,或一千个像亚可夫同志那样的人——自然,他们是一种破坏的力量——但是我忧虑着唯恐丧失掉的是什么东西呢?"他突然问他自己,这问题踢倒了他曾经思索过十多次的那些思想。他觉得他近来从他寻常自负的高度上滑跌到这问题上的次数更加多了。

"我并不系属于任何人或者任何物。"他提示他自己,"实际的生活是与我为敌的。我走在它上面好像走在一条绳上似的。"

这走绳者的譬喻是突如其来的,而且伤害了他的自尊心。

"没有什么值得忧虑着唯恐丧失掉的东西。"他重复着,好像是用还没有形成言语的某种新思想的眼光从某一方面来观察他似的。这新思想的出现,虽然还模糊,但是最有力量,住在他的旧思想后面监视着它们:这新思想在萨木金内心激起一种觉得自己的多样性、独创性的快感——一种内容丰富的感觉。他站在房间中央,吸着烟,凝视着他的脚,看着那光线的玫瑰色的斑点,而且忽然记起一个东方的寓言:一个人从他的太阳照着的地位上走到十字路口,痛哭起来了;过路人问他为什么哭,他答道:"我的影子已经抛弃了我,而单只有它才知道我应该走的路。"这寓言中的哭泣者是被看作一个蠢人的。萨木金把他的纸烟掷入一个角落里,并且看一看时钟。正是四点。太阳正在落下,沙皇纪念像上的雪闪着红玉色的光。高等学校的男女学生迅速地走过,提着溜冰鞋。两匹灰色马拉着一辆雪车走过,马上披着青色的细工织品,一个高大的军官坐在车里,两个警察骑马跟在后面,那两匹黑马好像擦过靴油似的光滑。街上的声音透不过双重的窗玻璃。街上的各样东西似乎是不真的,活动在记忆里面。

邓娜沙跑进来了，急促地说：

"走，走。苏妥伐正在等候——"

"苏妥伐？"萨木金问。邓娜沙一面擦着唇膏一面点点头，而萨木金皱着眉头。那么，马利娜就是戈金叫他来访问的那一位太太了。他的差使虽然因此简便了些，同时也被蒙上一层不快的暗影。

"这商人的妻子能够以秘密的革命的行动来娱乐她自己吗？"

六

在街上，一切都具有孩童时代所习见的光景，而又失掉那真切性，好像是从过去的记忆中发生出来似的。

邓娜沙紧挨着萨木金，说：

"此地各样事都过去了。他们现在所争执的唯一事件是谁去出席议会。此地的人民是很善良的。你会看见他们如何款待我。每一个节目他们至少要我重演三次。必然是害了歌曲的饥荒了——"

在一间漂亮的商店的窗前，他们站住了。窗玻璃后面，在那些装金和镶珠的《圣经》中间，对着黑色的天鹅绒幕立着一顶主教的礼帽，用玻璃罩罩着，放着祭坛的十字架、几座七星灯架。

"这是她的。"邓娜沙说。"她富得厉害。"她悄声说，打开了通到那满是教堂用具的商店的门。银的烛台发着炫目的光辉。镀金的神龛在陈列箱的玻璃后面炫耀着。天花板下面悬挂着一些香炉。在这白的和黄的光彩之中站着一个高大的妇人，裹在合身的黑绸衣里。

"这面，请。"她邀请，敏捷地穿过那些烛台和洗礼盆中间。"关好店门，回家去。"她命令一个漂亮的少年——这美男子使萨木金记起狄欧米多夫。

在商店后面，两盏灯燃在一间充满了淡红的暮色的小房间里。地板上铺着厚重的地毡，壁上悬着绒幕。一幅黑框镶银的画像挂在墙上。角落里有一张半圆形的阔沙发，在它前面的桌上有一个铜茶炊正在沸着。玻璃和瓷器温柔地辉煌着。那满是金银俗气的店面似乎离得很远了。

"我从早到晚都在这里，有时也睡在这里。在我的家里有一种空虚而又太多悲愁。"马利娜说，用一种故交的语调。记起了她往年的野性，萨木金不相信她的话。

"现在告诉我们——你怎样生活过来，依赖什么而生活。"她提议。克里答道：

"那是一个冗长无味的故事。"

"不要谦虚。关于你的事情我知道得不多。听说你还是像从前一样倔强。看见这画像吗？这是我的丈夫。"

一个有才能的艺术家用阔大的笔法画出一个巨大而光秃的头颅，搁在不相称的窄肩头上，一张有着高鼻子的黄脸，亮蓝的眼睛，红的厚嘴唇——一个不健康的男人的面孔，令人怀疑到他的性情的执拗。

"一个有趣的面孔。"萨木金说。觉得这话还不够，他又说："一个新异的面孔。"

"他是罗得金一族的。听见过这名字吗？不，自然不会。你们知识分子所知道的全是什么作家，什么斯拉夫主义者，或者十二月党这一类。但是从民众中自行崛起的精神的领袖，和大学校不相干的——你们是不知道的。"

"罗得金？"克里问，她的讽刺引起了他的好奇心。

"不必勉强去记忆你所不知道的事。"她反驳，同时转向邓娜沙。

"厌烦了吗，邓娜？"

邓娜沙坐在椅上，像一个穷亲戚似的僵直地挺着身子，正在呆看着那角落里好像一些无头侍卫似的放在架上的皮衣服。

"哦，不，不——"她惶恐起来了，"我并不觉得厌烦——"

"不要紧。耐心坐一小会儿。"她允许，抚摩着邓娜沙，好像她是一只猫似的。"我想,狄米徒里是完全被书籍吃掉了的,是吗?"她问的时候露出她的大的白牙齿,"我很记得他怎样向我求婚。现在是觉得有趣的,而当时却以为可厌。女子是火热的,拼命想结婚,而他总是对她谈着那些没有听见过的人物,提文兹、乌格里区,以及什么东方对于西欧叙事诗的影响之类。有时我真想忽然打他的脑门心几下——"

她的字句响得这样有味,以至萨木金疑心她单是以她的音调为乐而不顾它们的意义,并且近于玩弄它们。她似乎具有一个商人的妻的,一个营养良好的康健妇人的优点。自然她曾经有过一些情人而且常常变换他们。

马利娜搂住邓娜沙,继续说:

"那时男人在我面前小心地摆来摆去,炫示他的两种性质,一会儿是肉的,一会儿是灵的。我像常人一样说话,说着平常的事物,但是我的思想是不平常的,而我不能用言语表现它们——"

"说谎。"萨木金觉得,私自品味着那异香的小点心而且回忆着马利娜与古图索夫之间的情景,"也急急想要表现她的特异之点。"

在半明的光景之中,在那些绒幕和温柔的家具里面,马利娜好像一个法国人用丰富的笔触所绘成的土耳其王妃的婢女。环绕着她的气味也是东方的:绸绸、檀香、绒幕。

"你记得利沙·斯庇伐克吗?那样一个清净的、无翼的灵魂。她劝我开始研究歌唱。我觉得在那些歌词里妇人们总是发牢骚——"

"她们发牢骚,而音乐就是这样的。"邓娜沙叹息着并且立刻笑起来,"男人也爱唱:'在远方,在风暴之外,有一片光明的福地——'"

马利娜也微笑了,倦怠地说:

"唱这歌的是那些政治家——像萨木金似的。像旧时代的信徒一样,由于对于现实生活的畏惧,他们为他们自己发明了那'天国'。"

"你说得真奇怪。"萨木金说,好奇地看着她,"我以为我们似乎生存在无所畏惧的时代。总之,我们无所畏惧地生活着。"

马利娜摇着她的手,好像在驱逐一只蚊子似的。

"我的丈夫的前妻的一个亲戚在日俄战争时代得过两次圣乔治十字章。他是一个醉汉,可是很聪明。他常说:'他们给我奖章是因为我的怯懦。我不敢后退,因为后退他们就会枪毙我,所以我前进。'"

她啜一点酒,喝一杯茶,用舌尖舔着嘴唇,不慌不忙地继续说:

"你们知识分子,非国教徒,也是同样的。你们委身于政治也是由于畏惧。你们说你们要拯救人民。但是'人民'是什么呢?对于你们'人民'似乎是一个远方的亲戚。你们是如此渺小,它甚至于看不见你们。倘若你能够救他们全体,那么你就不能相信无神论了。民众主义必然是宗教的。现世是合理的。即使没有你们的帮助人民也会夺回现世的,但是除此而外它还需要一个地上的奇迹——它渴求郁山[1]的美丽的城——"

她全用低音说着,并不看萨木金,用一张小手巾扇着她的红涨的脸。克里觉得她并不希望被了解。他看见邓娜沙在马利娜后面乞怜地窥看着——她已经厌烦了。

"你是这样的看法吗?"他问,微笑着,"古图索夫知道这些思想吗?"

"斯徒班是和这些不相通的。"马利娜懒怠地回答,微皱着眉头,"但是他比别人较为接近。他不需要一个宪法。"

她沉入了寂默之中。萨木金也觉得没有要谈的意思。他疑心马利娜在讽示他,想激发他,使他吐露他的心事。在邓娜沙面前,他觉得要讨论戈金的使命是不可能的。半点钟之后他和邓娜沙起身回旅馆去了。

---

[1] 耶路撒冷之山名,经以色列人征服之后,大卫王及其嗣君居之,为希伯来政教及国民生活之中心。

七

和邓娜沙手挽手地缓步在一条被月光照着的宽阔的街道上，萨木金听着她的急促的谈话：

"我不喜欢她，但是你知道我觉得被她所吸引，好像由寒冷而进于温暖，由炎热而进于荫凉似的。真怪，是不是？她有一点丈夫气。你不以为然吗？"

"她说得很含糊。"萨木金愤愤地说，"她的商人的丈夫把一些胡说塞满在她的头脑里。你在什么地方第一次会见她？"

邓娜沙解说：她的丈夫曾经做过马利娜的一个诉讼案件的法律顾问，所以马利娜常到莫斯科去访问他。

"他很赞扬她，而且随时，你知道，他都尾随着她，好像一只雄鸡似的——"

一阵笑声爆发了，又是一阵"哈啦"在他们前面。一群人从一道门里涌出来。一阵上低音在唱：

"一个美好的宪法，
我们的伟大的沙皇所赐予——"
接着是一阵很和谐的合唱：
"像那慷慨的罗马人，缪塞
他显示了他的善心——"
"为什么呢？"那上低音问。那合唱回答：
"因此他的全体人民将遵循着
一条精神的大道。"
"他们唱得好。"邓娜沙说，放缓了脚步。
"他削减了他的权力——"
那上低音唱。那合唱接着：

"因此我们停止了悲号。
他保持着麦酒的专卖
因为王室的安宁。"

"又为什么呢?"那上低音再问。那合唱回答:

"因为伟大的俄罗斯民族
可以尽量地奠酒酬神呀。"

"很有趣。"邓娜沙低声地叫喊。同时那上低音又起来了:

"这真正的好时光
一个伟大的祝典——"

合唱继续着:

"围绕着每个桌子
坐着我们的酒徒。"

"又为什么呢?"

"举杯祝贺俄罗斯的大众——

神圣的格言:进!"

邓娜沙笑了。唱歌的人们成群地沿着步道走去,为首的是一个戴野猫皮帽的高大的学生。在他的旁边跳跃着一个矮小的人,像一只皮球似的旋舞着。当邓娜沙和克里走到他面前的时候,他就像一只山羊似的唱起来,敲着他的喉结:

"恋爱各样年纪的人表明服从——"

立刻就有几个男女的声音叫起来了:

"制止他。"

"不要捣乱,米式加。"

"扯拉得太远了。"

同时一个矮胖的少女,她的鬈发上戴着一顶小帽子,高兴而近于敬畏地招呼:

"看啊,伙计们——这是斯推许娜伐,我敢说准是她。"

那高大的学生摘下他的帽子,道歉:

"他真是一个端正的少年。你必须原谅他。"

那端正的少年就来仰卧在邓娜沙的脚下,拍打着他自己的胸膛,并且咕噜着:

"米海洛·克里洛夫就是这样被他自己的顽劣杀害了的。"

那些少女们自愿来陪送邓娜沙。她欢笑着辞谢了她们。一个拖着一条长发辫的女孩叫:

"市民们!我提议我们要表示更多的智慧。"

邓娜沙从那一群年轻人中间滑脱出来了,克里尾随在她后面。她回头来高兴地说:

"他们不是很喜欢吗?那黑眼睛的女孩说得何等伶俐呀。你听见了吗?'我提议我们要表示更多的智慧。'"

"一个合时的提议。"萨木金勉强地回答。

那高大的学生又唱:

"为了这理由
我们的自由主义者演绎真与善——"

那合唱仍然继续着。

这个歌使萨木金记起有一次一群青年人用挽歌的音调唱着:"打倒贵族政治。自由万岁。"

"我喜欢这些青年人爱我——为了我的简单的小曲。你知道我的生活从前是——"

"他们扮演革命而同时又嘲笑它。"萨木金悄声说。

"我的生活从前是很苦的,但是比现在简单,那时的欢乐和哀愁都是简单的。"

"不要说话。你的喉咙会受凉的。"萨木金劝告,一面听着那歌声:

"为了人民不如退休。
人民以为他们应该退休!"

"我们的伶俐的新闻记者。"那上低音唱,但是旅馆的门砰地关上了,截断了那歌声。

八

邓娜沙主张他们到餐室里吃晚饭。萨木金赞成了。觉得好像中了马利娜的点心的毒似的,他吃得很少。邓娜沙惊讶地问:

"你不好过吗?"

晚饭之后,她来到他的房里。一点钟之后,她悄声说,热烈地:

"我爱你,因为你知道一切而又保持着沉默。"

萨木金自己觉得她并不是说这样话的第一个人。发尔发拉也曾说过这一类的话。他躺在床上,而邓娜沙半裸着伏在他上,用一只温柔的手抚摩着他的前额和面颊。在窗玻璃的上部的方块里闪烁着月亮的涂抹过的面孔。桌上的蜡烛的黄色光焰似乎是冻僵了的。

"受过教育的人谈起话来又冗长又无趣。"邓娜沙说,"上帝是没有的。沙皇是无用的。人们是互相敌对的。一切都不对。但是还有什么呢?什么是对的呢?"

萨木金厌倦了,温和地笑起来。这女人的唠叨慰藉了他,虽然也搅扰了他。

"那么什么才是真的呢?"她固执地问。

"对于女人——小孩。"他懒怠地回答,只说了这几个字。

"小孩?"邓娜沙重复说,用惶恐的音调,"噢,不。我不能想象我自己有小孩。我也能够感觉到他们的麻烦。我很记得我从前是怎样一个孩子。我对于他们也会觉得惭愧——因为,我不能把我自己的事情全都告诉他们,而他们必定是要问许多问题的。"

"这一位也讲起哲学来了。"萨木金漠然觉得。

邓娜沙还在继续说着,她的地位变更了,月光落在她的头上、脸上，燃起她的明亮的眼睛里的金光，使它们好像是马利娜的了。

"不。孩子是一种负累的和可怕的东西。他们于我不相宜。我活不长。我会碰见意外的事。那事是十分荒唐——可怕的。"

萨木金闭起眼睛，问他自己：马利娜是什么呢？

"我相信凡我所欲求的、所爱的就是真的。上帝、沙皇以及一切。今天这样，明天那样。你想要睡吗？好，睡吧。"

她吻他，跳着离开了床并且吹熄了烛。然后她消失了。她留下一股香味，和一只镶着红宝石的手镯在寝台上。萨木金把手镯放进抽屉里，点起一支烟并且开始整理他今天所得的那些印象。他立刻认识邓娜沙在它们之中所占的地位是无足轻重的。这一认识倒确使他惶惑不安，他觉得为了他自己有把这事实弄明白的必要。

"一个空虚的、轻浮的女性的狂想。"他判定。由于他的经验，由于他所读过的小说，他久已不知不觉地得到一个妇女们不太高兴的结论：除了在寝室里而外，在各个地方她们都妨碍着男人的生活，而即令在寝室里，她们的可喜也只是一个短时间。他曾经读过叔本华、尼采、维林格——而且知道他们对于妇女的意见是不能认为适当的。马加洛夫把这些德国人的妇女观叫作"印度化的德国的悲观论的最坏的怪物之一"。但是依据马加洛夫自己的"语汇"，女人把男人看作一个时装店的助理员：他必须把最精致的情感和思想陈列给她看，而她对于这一切所付给他的代价往往是这同样的货币——孩子。

这一夜，在一个陌生的城市的一个旅馆的一间平常房间里，萨木金觉得那些关于妇女的思想以一种他从未经验过的强力压迫着他。他起来，走到门边，旋开锁上的钥匙，而且遥望着那月亮——照明了这房间，它似乎完全是多余的，令人想要消灭了它。已经是半裸着的了，此刻他开始脱光了，当他脱的时候，感觉到怀着和那一次在诊断室里恐怕医生会看出他有重病的同样心情。他整一整枕头，使他看不见那月亮的傲慢的光华的面孔，点起一支烟，于是沉没进猜疑、自解、矛盾、斥责的青烟里面去了。

九

"马加洛夫认定女人要求男子方面的无限的真诚。"他沉思着，转面对着墙，闭起眼睛——而他不能想象有任何人对于邓娜沙或发尔发拉是无限真诚的。只有一个女人，他对于她比之别的女人是更为坦白的，那便是妮戈诺伐，而那理由是她从来不问他任何事体。

"和秘密警察的关系——自然那是由于驱迫而违反她本意的——由于不得已。宪兵们利用各个人——他们也曾同样对付过我。"

他鲜活地回忆着妮戈诺伐，切肤地体味着。比之邓娜沙，他觉得她是更方便的，而在肉的行乐的技巧上邓娜沙是更为优长的。

"我有些变坏了。"他自己承认。

一方认识自己是肉欲的，而即令在毫不自欺的时候他也疑心着他确具有一点冷静的性的好奇心，对于这的解释是已经得到过的，而且他曾经说服了他自己：这好奇心比之单纯的兽性冲动是更为清洁、更为智慧的。这一夜萨木金却发现了不同的解释，更少错误而又更不舒服。

"年纪冷却了感情。我曾经花费了太多的精力在和别人的思想、定形的观念相争斗。"他想，当他擦着火柴点起另一支烟的时候。近来他更加屡屡觉得几乎他的每一个思想都有它的暗影，或它的反响，而且这两者都是敌对着它的。今夜也遇见了这同样的情形。

"以思想研究思想比之以事实研究事实是更为容易、更为简便的。"

这一条不快意的修正需要解释。萨木金立刻发现：

"这正是知识阶级的特性。或者，说得更正确些，知识的特性——这特性还不曾被生活的迹象所污染、压坏。"

同时他想到：

"我疲倦了，无能力地丧失了我自己在这些身边琐事的纠葛里。和那烂醉的军官,或邓娜沙,或马利娜的偶然遇合对于我能有什么重要的意义呢?"

那马利娜的纪念碑似的形影突然变更了他的思想的进程:

"这女性能够是真正宗教的吗?我不能相信那样顽强的一个肉体会是真诚地在需要上帝的。"

在他的内心发生一种非把马利娜认清不可的急需。他聚精会神地尽在思量她,把她和他在圣彼得堡认识她的时候相比较。他忽然记起阿契尔·狄士尼辛,里斯可夫的小说里的一个人物,以及这角色的呼声:

"我被刺伤了,我被刺伤了——"

这无意的回想,固然是胡扯,然而使萨木金恼怒了。

"到了她的老年她也要像安弗梅夫娜一样可怕——而且一样可怜——"

这预测并不曾为他摧毁了那教堂用具店的女财主。在金银的灿烂之中,在许多烛台、香炉和洗礼盆之中,一个古代的金眼的偶像似乎活起来了;在她的旁边的是一个很像狄欧米多夫的天使似的少年,好像一个儿子。

"这是我所见过的最稀奇而最愚蠢的假排场。"萨木金想,在尽力平静他自己。但是在他的记忆中爆发了狄欧米多夫的歇斯底里的叫喊:

"你不相信任何事物。但是你为什么不信呢?你不敢相信,因为害怕,你曾经抛弃了信仰。你曾经嘲笑一切,而又徒然活着,破败得好像烂醉的乞丐——"

这一夜的回忆的行列转进了一场沮丧的噩梦。以只在梦中才有的突进的速度,萨木金看见了他自己徘徊在两行老桦树中间的一条荒废了的、踏坏了的道路上;在他的旁边阔步着另一个克里·萨木金。天气是晴明的,太阳灼炙人的脊背。但是既不是克里自己也不是他的幽灵,更不是那些树,映成了许多影子——一幅动乱的幻象。那幽灵沉默着,用他肩头推他进那道路的坑里和洞里,或者使他撞在树上——克里的前进是这样受着妨碍，以至于克里也推挤着他。他跌落在克里的脚下，双手抱着它们狂叫。觉得自己也跌下了，克里抓住他的同伴，把他举起来，才知道他的幽灵是影子似的毫无重量的。但是他穿戴得确乎恰如真的、活的萨木金一样，所以应该是有点重量的。萨木金把他高举起来，摔在地上——这家伙破成了碎片，而这十多个碎片各自完全和他自己相像，立刻跳起来围住萨木金。他们包围着他，冲突着他。虽然是轻飘的、透明的像影子一样，他们却凶猛地群集着推挤他，用头顶撞他。他们的数目逐渐增加。他们是狂热的，而萨木金被窒息于他们的无言无声的推撞之中。他摆脱他们，抓捏他们，用手撕毁他们。他们像胰子泡似的炸裂在他的手里。有一个时间萨木金看见他自己胜利了，但是不久那些形影又是无数的了，又包围着他，而且在那丧失了影子的空场上驱逐他到一个烟雾的天空。这天空以一团浓厚的、深蓝的云层停歇在地面上，在云的中央燃烧着一个新的太阳，无光线的、巨大的、不规则的、平面形的，好像一个炉子的口。在那太阳上面腾跳着一些小黑球。

十

当萨木金被敲门的声音惊醒了的时候，那些小黑球还在他的眼睛里腾跳着。这房间里充满了那冬日的寒冷的、不能忍受的亮光——这光辉是这样充足，它的效力推广了窗户而且扩大了墙壁。披着一条毯子，萨木金打开了门。回答邓娜沙的问候，他说：

"我相信我要害病呢。"

"我敲了三次——你是怎么一回事呢？"

"我在焦急中醒来了。"

她问是否要她去找医生。他仓促地、忽略地答应着，好像他寻常和发尔发拉说话似的。他觉得他自己是生理地被那一群他的幽灵的斗争伤害了。他的脊背沉闷地作痛,他的腿上的筋肉发酸,好像他曾经跑了很久似的。邓娜沙出去取阿司匹林。萨木金走到镜子前面,长久地注视着那不熟识的脸,枯黄而且长,眼睛是浑浊的,带着一种可以说是绝望或恐怖的呆滞的、不快的、暧昧的表情。他摸摸他的鬓上的灰色的发,又抚摩着他的眼睛下面的暗影,并且读到了用钻石刻在镜上的两句诗:

"伊诺肯谛·加布鲁可夫

住了些时又走了。"

"'伊诺肯谛'这字写落了一个字母。是吗?总之,这是无聊的混话。"

窗外的数百万雪花灿烂得发亮。不远的处所一个军队的乐声砰砰地响着。人们正在向着这乐音奔去——小孩们在跑,一个赶在一个前面。这些全是不相干的,不必要的,正如邓娜沙也是不必要的一样。她像一只鸟似的飞进房里来了,强迫他吃阿司匹林,又从她的房里带了些点心来——酒、糖果。她也拿了些花来,把桌面装饰好。然后对着穿着杂色和服的萨木金坐着,摇摆着她的梳光了的头,耸动着她的眉,她低声地、兴奋地,以一种意外和动听的音调,一直说下去了。

"今晚我唱歌。噢,克里,这使我恐慌。你要来,不来吗?你在公共场所演说过吗?你恐慌吗?那一定比唱歌更令人恐慌。当我走到听众前面的时候,我不感觉得我有脚,我的背脊发冷,在我的胸部下面有什么东西紧紧地压着。我只看见眼睛,眼睛,眼睛——"她用她的手指在空中标点着她的话,"女人们作出鄙视的样子,就好像在诅咒我,期待着我的声音的破裂,期待着我忽然发出雄鸡的叫声。她们所以如此,是因为每一个男人都现出要强奸我的欲求,而她们是嫉妒的。"

她平静地、敏感地吃吃笑着。

"我说得无意思吗?"

"是。"萨木金承认,注视着她的动人色情的奶子和热切的嘴唇。

"要学有意思是不容易的。"邓娜沙叹息,"从前我是一个唱诗女孩的时候，我想我真是比现在聪明得多了。因为我的丈夫，我越长越糊涂了。他是不可能的。你和他说三句，他就回答你三百五十句。有一夜他说得太多了，我就肆口谩骂——"

涨红了脸，邓娜沙突然爆发了如此富于感染性的笑声，以至于轻易不笑的萨木金也欣然加入了，心想着她的丈夫的吃惊的光景。

"不。正经地！你试想。一个男人和他的妻睡在床上，骂她不关心法兰西大革命。又说一个什么太太[1]，参加这革命，因此被人砍掉了她的头——真是稀奇的经历，是吗？又说那时巴黎的时尚是杀头，而且我的丈夫计算出杀掉的人们，总是谈，谈着他们——有时我觉得他想要恐吓我，用那——砍头人——叫什么名字？"

"断头台。"克里指教她。

"而且他好像说过那革命的起源似乎不过是因为法兰西妇女的品行不端。"

她把餐巾抛在桌上，跳起来，头偏偏地挺立在右肩上，手搁在背后，而且像一个兵士似的阔步着，鼻子里吹出一口长气，然后用一种感伤的、懒怠的声音说：

"现在你就明白我的丈夫马利·安东尼谛对于推翻专制有多大贡献了——"

她是很好玩的，她的可笑的顽皮样娱乐了萨木金。她的和服敞开着，显露了她的穿着黑裤的美好的大腿，以及一个几乎漏出奶来的蓝的短乳褡。这光景在萨木金内心引起一种强烈的欲望，想要对邓娜沙表示他的感谢，但是当他拉拢她的时候，她敏捷地从他的手臂中滑脱了。

"在音乐会之前我不能。"她镇定地说，"在那里，当公众之前，我必须像水晶似的。"

---

[1] 罗兰夫人。

"好无聊。"萨木金驳斥,多半由于吃惊而不是生气。

"我不能,"邓娜沙又说,敲开她的手,"你知道——"

她迟疑了一会儿,眼望着天花板,说:

"不友谊的女人们,傲慢的男人们——这是真的,但是他们就坐在头几排。或者他们倒不喜欢听善良的话,那些暴发户!但是往往有别的一类人,在他们面前一个人必须正经地用好心唱歌。你明白吗?"

"完全不。"萨木金说,"什么意思——正经地歌唱?"

她又想了一想,用手掌摸着她的脸腮,然后急促地解释着:

"我的父亲打牌的运气不好,而且当他输了的时候,他常常叫我的母亲掺水在牛奶里面——我们有两头母牛。母亲卖牛奶——她是正经的,每个人都喜欢而且信实她。你试想,当她掺水在牛奶里的时候,她是何等地痛苦,何等地号哭呀。当我唱得不好的时候,我觉得羞耻。现在你明白了吗?"

萨木金高尚地拍着她的背。他甚至说:

"那是很孩子气的,你说出这样的故事。"

"是的,我是一个小傻子,我是。"她急促地承认,吻着他的前额,"音乐会之后我们再会,是吗?"

她排遣了他的一些烦恼,但是她刚刚消失在门外,他就立刻忘记她已经应许了他自己,觉得有一种懊恼在他的内心增长着。

"我疲乏了。我要害病了。"

十一

萨木金拾起一张报纸,而且躺在那长沙发上。报纸以粗劣的印刷和问号与惊叹号的滥用,《我们的话》这主要题目愤愤地呵斥着那些"对于国家,对于历史没有责任心"的人们。

"我们是真实的民主主义者。这是由于我们数年来反专制的斗争证明了的,由于我们的文化工作证明了的。我们反对冒牌的无政府主义,反对'从必然的王国跳到自由的王国'[1]的狂妄。我们主张文化的改革。他们一方反对意志自由而同时教无知的人民:'跳!'这除了自相矛盾的罪过而外,我们不能明白它是可能的。"

"在各省里,"萨木金想,"他们的思想往往是更粗俗的。这样的废话对于我们常常觉得滑稽可笑,但是对于各省的人也就只有这样写法。"他立刻问他自己:"对于我们?我们是谁?"但是他立刻把报纸弄得沙沙地响,压制住这问题。在这一页的背面他的眼睛接到一个讣告,那人名很古怪——乌坡伐也夫[2]。他的讣告上说:"伊凡·加里斯推托维奇·乌坡伐也夫,学问渊深,具有真正人道主义者之客观精神,洞见人生矛盾之关键,故其识力足以调和似乎各不相容之诸多矛盾。"

在戏剧栏里,一位自署为"杜洛诺"的写道:

"今晚又要得听斯推许娜伐的民歌的绝妙表演了。她又要把声音的虹彩的花朵掷入商人的俱乐部了。她又要以她所倾听过的抒情诗的哀怨与无所顾忌的号叫,使我们激动于这真正乡土艺术的不竭的源泉了。"

萨木金把报纸摔在地板上,而且闭起他的眼睛。他的眼前立刻出现了他的噩梦中的景象——他的幽灵成群地围绕着他。但是他们此刻已经不是影子,而是穿戴得和他自己一样的人,他们在他的周围慢慢地环绕着,并不推撞。他们没有脸面,这叫人看着难受。替代脸面的是好像一只手掌似的那样东西。他们似乎是三只手的。这半梦使他害怕了。他睁开眼睛,站起来环顾着四方:

"我的想象是可怕地过度发展了。"

决定了他必须呼吸些新鲜空气,他走出去到街里。一个出丧的行列

---

[1] 列宁语。
[2] 意云"希望"——"希望先生"。

正从远处向他走来。

"或者是埋葬乌坡伐也夫吧。"他猜测。他转进一道小巷,巷底有一座曲背形的绿色教堂,屋顶上有三座钟楼。两行蹲在地上的、大肚子的小家宅,戴着厚重的雪帽子,向着那教堂的屋顶倾斜着。萨木金觉得它们好像穿着皮衣的人们,它们的窗子和门户就好像衣袋。一层浓厚的、灰色的、寒冷的厌倦悬垂在这城市上面。从远方飘来那教堂唱诗班的忧郁的歌声。

"这一切是何等熟悉、何等单调呀。它也将要延长下去。它已经把强固的根深入地里面了。"

以同样的漠然之情,他设想要是他委身于文艺作业,他会写出生活的厌倦的那种平静的凯歌,不会比契诃夫更坏,而且,自然比安特列夫更痛切。

在教堂后面,在一个小方场的角上,一块黄绿色的招牌盘踞在一个单层屋的门廊上,写着:"北京饭馆。"他走进一个温暖的小房间里,挨着一个角落的门边坐下,在一株巨大的老橡树下面。那里有一面镜子表明有七个人坐在两张桌子上,而且他听见:

"对于那些狡猾的骗子你应该来得更勇猛一点,伊凡·伐西里维奇,否则在选举的时候他们会跳到我们前头去的。"

那声音是很大而不平的。一个细瘦而恼怒的声音同时说起来了:

"鬼才知道他自命为社会革命党,他一生从小就一直卖着柠檬到现在。"

"他们全都冒充本地的无产者。"第三个说。

看着那些人在镜子里面的模糊的反映,萨木金在其中认出了伊凡·杜洛诺夫的那有着大耳朵的头。他想站起来就走,但是侍者送咖啡来了。萨木金低头在杯子上,听着。

"活了这么多年,而忽然全都变作社会革命党了——想想看!"

"那死了的乌坡伐也夫是一个耶稣会员,但是他们的牙齿剔得很干净[1]。记得那市立公园吗，嗯？"

"我得说几句。以为光明太多了吗？这是你们绅士们熄灭文化的园地的火炬的时候吗？事情是很明白的。大家都知道贪心、嫉妒、仇恨等的原始力量的破坏作用——你们曾经兴起了那些力量的作用。"

"唏，你真有记性，格里沙。"

"说一句好话——"

"不过那死者十足的是一个流氓。"

"我们全都走着上帝下面的路。"

那家伙热心地笑起来了。趁这机会，萨木金用汤匙敲着盘子，急急想要离开，不愿和杜洛诺夫相见。但是就在这时候杜洛诺夫说：

"好，我们也应该到办公室去了。"用他的短脚走了短短的几步，他走到萨木金的桌子前面，当侍者正在算账的时候。

"哈喽！从哪里来？"

他不曾伸手给萨木金，或者因为他已经有些醉意了吧。两只手支在桌面上，翻起眼睛，他毫不客气地看着萨木金，喘息着，然后用一种响亮的音声开始盘问他并且告诉他：

"你住在弗尔加吗？我要来看你。歌人斯推许娜伐，很著名的，也住在那里。至于我，老朋友，我在这里做编辑。《我们的园地》《我们的话》——全是我们的，老朋友。"

穿着他的漂亮的新衣服，他好像是一个卖现成衣服的商店的助理员。他穿得很厚重。他的吃饱了的面孔在发光。他的小鼻子展开在他的红面孔上。他的鼻孔张开着。

"你来煽动啊，我猜想。为社会民主党？"

萨木金诚实地答复，他来办一件诉讼。但是杜洛诺夫呻吟着，窥看着而且跳开了，重复说：

---

[1] 剔牙齿，比喻粉饰，不留吃的痕迹也。

"我要来看你。"

目送着他,痛苦地退缩着,萨木金想:

"碰来碰去总是这些不必要的和不愉快的人物——连带着那过去。"

第六章

一

萨木金走到的时候,音乐会早已开幕了,只好站在门旁边。长形的大厅,紧排着两行宽大的纵列,塞满了人众。那密集的人群似乎是斩平的,一直延展到舞台前面,在一种紧迫的拥挤之下,有许多人站在纵列后面,椅子后面,有些人甚至于站在那大得像门似的窗台上。从厢楼上悬出成堆的青年人的头面;设置于纵列里的枝形灯架上的灯光从下面照射着他们的脸,显出许多巨大的眼睛。邓娜沙在舞台上动荡着,好像飘在空中似的。在她后面,在镀金的框子里直立着沙皇亚历山大二世的画像,他似乎把他的剃光的下颌搁置在她的金发的头上。在钢琴前面,一个秃头的矮胖子缓慢地和勉强地从键上弹出降低的合音。

穿着合适的黑衣服,戴着花边的领子,胸前有一朵红玫瑰,邓娜沙缩小得好像一个少女似的,用简单得像她自己一样的歌词充满了这大厅。她的声音不强,但是明朗,源源不竭地响着,造成一种紧张的寂静。对于并不要听那单调的歌曲的萨木金,在那寂静中有着可喜的某物。他想要知道那理由而且容易地发现了:几百人正在静静地,甚至感谢地,倾听着他随意占有了的一个女人的声音。他微笑着,摘下他的眼镜,揩揩它们,颇为骄傲地想着邓娜沙是有才能的。那寂静忽然被一阵突发的喝彩破灭了——厢楼上的青年人们尤其狂放。在萨木金的左近一个最低沉的声音显出了它的力量:

"多谢!"

异样地动荡着,邓娜沙摇着她的手,点着她的红铜似的头。她的红涨的脸放射着喜悦。她捏起手指,摇着拳头,吻着它,又把手张开,分散那吻在听众上面。这姿态激发了更狂的呼叫和欢笑在厅里和厢里。萨木金也笑了,好奇地一瞥他左近的人们,尤其是那穿着交通部制服的胖子。那胖子正在用看歌剧的镜子看着邓娜沙,而且咂着嘴唇,高声地说:

"她真够甜的,这小猫——甜得要命——"

许久的时间,他们总是呼号,使她不能再唱。然后她对着听众说了几句话,十分自然地又在完全寂静之中唱起来了。萨木金忽然觉得这一切都是可厌的。他甚至于离开了群众,走到两个大理石阶梯中间的平面上,置身于数百人群之外。他鲜活地回想着邓娜沙怎样裸体躺在床上,蓬松的头发,热切地露齿微笑着。而现在这风骚的、放荡的女人正在使数百人倾听着她,赞赏着她,单就因为她会唱一些愚昧的歌,和能够把渴望男性的农妇们的淫贱的哼哼重演出来。

"有些人强项得像磨石似的毫不疲倦地活着,磨化着生活的种种苦痛的印象,因此而于其中有所发现或把它们化为乌有。这样的人是并不为这一群白痴而存在的。她却存在了。"

萨木金正在思索着的时候,他听到一个不欢的歌曲的造作的情词,觉得更加痛恶邓娜沙,而且当那寂静又被喝彩声破裂了的时候,他吃了一惊,重复说:"这些白痴。"

在厅堂里似乎有几百只母鸡正在拍它们的翅膀。厢楼上有人在叫:"这乌克兰的歌。"

两个青年人,提着一只花篮,跑上台阶。他们跑进正在从厅堂里流出来的人群里去了。一个穿着农民式的衣服,有一部大灰胡子的人,说:

"真妙。这是我们的。这是俄罗斯的。"

马利娜走到萨木金面前。她穿着深红的衣服,披着一条颜色鲜亮的围巾在她的肩上。

"我们下去吧。我们到那边去喝茶。"她提议。一面下阶梯,她一面高声感叹:

"她用歌曲把她自己装饰得何等可爱啊,好纯净的声音。真可以说——一种明朗的声音。"

她的眼睫毛颤动着,当她说的时候。酬答着许多鞠躬,她庄严地点着她的头。

"我是一个民歌的不良的评判人。"萨木金生硬地说。

"歌是一件事,唱是另一件事。"马利娜说。

二

走在马利娜的旁边,萨木金有些不安。人家用盘问的眼光探视着他,毫不客气地推撞着他。在楼下的一个大房间里他们拥挤得好像在车站里似的,密集着急急向酒吧间走去。酒吧间辉煌着各种颜色的瓶子。在那些瓶子中间,在介于两壁之间的一道小门上面,设着一座厚重的神龛,装饰着镀金的葡萄,里面供着一尊黑人似的神像。在神像前面一个小火焰摇曳在水晶灯里,使这酒吧间的外貌奇异得好像一个小教堂的祭坛似的。而且当人们扬起他们的眼睛的时候,他们似乎在画十字。紧邻

的处所,有象牙球撞击的声音,好像在标点那一个农民服装的秃顶汉子的言语:

"在现时把旧的、恒久的美唤回到我们的心上是一件功德。"

那开着的门的左边,有些阔绰模样的人们正在三张桌子上打牌。他们正在议论什么,但是那嘈杂淹没了他们的声音,而他们的手的动作是如此固定,这十二个形体全好像自动机器似的。

马利娜低声赞赏了那歌人,深思地坐在那角落里的桌子上。当她叫茶的时候,她触动萨木金的手肘:

"为什么这样忧郁?"

"我在看,在听。"

"呵,看见那家伙吗?他是本地的唐璜[1]——"

离克里几步远的地方,一个穿着夜服的细长而体格匀称的人,背对着他们,正在滔滔地对两个胖子谈着,挥舞着他的手,好像在导演似的:

"是的,革命是过去了的。但是我们不要埋怨革命。对于我们知识分子,它有许多好处。它从我们身上刮掉了、撕掉了一切阻碍我们生活的那些多余的、书本的东西。这些东西就好像船底下的介壳和蔓草一样,妨碍着它的进行——"

"尽了他的任务,他现在可以脱掉他的衣服了。"马利娜冷笑着插言。

"现在我们前面有一个重要的工作——"

"这一区的贵族长的儿子。"马利娜悄声说。

"这国家的好政府——"

"住口!"一个嘶沙的声音嚷起来了。萨木金一惊,站了起来。所有的人头都转向酒吧间。各样腔调的闲话逐渐沉静,打象牙球的声音却增

---

[1] 风流才子。

高了。当完全静了的时候,就听见有人抑郁地说:

"嗯,那时——我们在打牌。"

在酒吧间里站着图立孚诺夫中尉,他的右手捏着他的佩剑的柄,左手抓住比他自己高一个头的秃顶的人的领子。中尉把那人拉拢来又推出去,喘哮着:

"保卫这样的废料,而他却开心——"

那秃顶含糊地哼哼着,摇荡着,他的两手是垂直的,军人似的。

"叫俱乐部的职员来。"那穿夜服的人叫,然后跑到打牌间里去了。

"那样一张脸——哟!"马利娜有些漠然地说。

萨木金不能把他的眼睛从中尉的臃肿的紫脸上和胸上拉开。那中尉呼吸得如此猛烈而又急促,他的胸上的小白十字章旋律地跳跃着。那些看客迅速地不见了。只有那农民服装的人大步走到中尉前面,把拿着纸烟的手藏在背后,问道:

"原谅我。是怎么一回事?"

"走开。"中尉用厌烦的声音命令,推开那秃头。他勉力从锡盘里举起一只杯子,倾斜了它,用拳头敲着那发问的人,斥责着:

"而你——你为什么装作一个农民呢,蠢材?"他对着那农民服装的人叫喊:"我鞭打农民。明白吗?你在听唱歌、打球、玩纸牌,而我的人们却在挨冻,滚你的蛋。我须得对他们负责——"

中尉把手宽阔地一挥,打在他的胸上,而且恶骂起来。

"打电话给司令官。"那有胡子的人叫,抓起一只椅子,他用它来抵挡中尉。中尉捏着他的剑,并不用左手去把它抽出鞘。

"现在我们走吧。"马利娜提示。萨木金摇着他的头,但是她拉起他的手引他出去了。从球房里冲出一个高的、细腿的军官,用手巾揩着他的手。他走到酒吧间,那步伐这样细碎,以至马利娜说:

"他是跑而不是急走。"

"你们制造一个革命,然后又祈求防御,混蛋!"中尉叫。

那军官正对着中尉走去，严厉地吹着鼻子好像要压住那狂叫。

"你的脸很难看。怎么一回事？"马利娜对着萨木金的耳朵悄声说。他含糊说：

"我和他同在一个列车的间隔里。他去讨伐。他是疯癫的。"

"啊，你不行，很不行。"马利娜说，走近了楼梯。

铃响了。有人在呼唤：

"太太们和先生们，音乐会的第二部开始了——"

在楼梯上，马利娜放了萨木金的手。他立刻走进更衣室里，穿上外衣，独自回去了。

三

雪正在迅速地降落着。风轻柔地飒飒着，使那寂静更加凝固。

"我为什么害怕呢？"萨木金回想，慢慢地走着。"你不行，她说——什么意思？一只毫无同情的母牛。"他骂马利娜，但是立刻明白他的激怒是和这女人无关的。

"中尉不是醉了便是疯了，但是他的叫喊是不错的。我或许也要叫喊。凡是灵敏的人都要叫喊，不能侵犯我。"

和中尉的醉骂混在一起，在萨木金的记忆中还有其他的言语：旧的、恒久的美，船底下的介壳和蔓草，革命已经过去了。

"谎话！"萨木金在他的思想中叫喊，"它并不曾过去。在他们停止了刑苦我的内在的自我之前它是不会过去的——"

他看见了他的思想的粗直的本质，更加烦恼起来了。在恼恨自己以及人们的情调中，在不能理解的愁苦的情调中，他到家了，燃起灯，坐在远离着灯的角落里的椅子上，在那阴暗之中尽坐了许久，好像在准备着什么事情。他以平常的姿态坐在那里，回想着从他面前经过的一切，以及其他常常烦恼他的一切。他提醒他自己：像他这样陷于孤独的人或许是成千累万的,而他或许是在他们之中受苦最深的一个。这时间,重载着许多回忆,极度迟缓地拖延着。时钟早已打过十二点,忽然有一个思想闪过萨木金的心里:

"那些旧时代的赞颂者必定是在什么饭店里喂着她呢。"

这才明白了他是在等候邓娜沙,这使他厌烦了。

"我所等候的并不是她。我不是一个情人。不是一个仆役。"

但是当他听见走廊里的窸窣的声音,好像一阵风吹过似的,而且邓娜沙轻轻跳进房里来,用她的冷的小手摸他的脸,吻他的眉心的时候,萨木金觉得有些快活了。

"等候着?"她急促地悄声问。"小心肝。我正在想:他准是在等候着。快来。到我的房里去。你的邻室里住着一个可厌的人,和我有些面熟。他还在醒着。他刚才在门上瞻望了一下。"她私语着,拉着他走了。

"不要顿脚。"邓娜沙在走廊里请求。"自然,他们又请我吃晚餐。这是常常有的。他们总是异常客气的那么一套——但是他们是些脏猪。"她说,叹息着走进她的房间里,脱掉她的外衣,"我能够觉察出来。对于这些人,一个歌人、一个看护、一个婢女——一样的——总不过是一个仆役。"

"你昨天说的又不同。"萨木金提醒她。

"一个人每天都要说同样的事吗?那样,你自己和别人都要觉得无聊的。"

一只茶炊正在桌上潺潺地沸着,一盏粗陋的洋灯正在冒烟。萨木金熟悉地调整了那火焰。

"啊,这是一件坏东西。"邓娜沙说,对着那灯摇着她的手,"现在告诉我——我唱得怎么样?不。等一等。我要先去洗我的手——那些鬼吻吸过它们。"

她消失在帷幕后面,金属的洗脸盆里叮咚哗啦地响着,她诅咒:

"唉,糟透了——"

那灯又在冒烟了。萨木金把它灭了,另点起两支烛来。

"这样就更隐秘些。"邓娜沙赞成,穿着镶皮的长衣从帷幕后面走出来。她已经解散了她的发髻,她的赤发飘洒地散在她的背上和肩上,而她的脸变得更尖了,萨木金觉得好像一只狐狸的小脸。虽然邓娜沙并不曾微笑,而她的晶莹的、活动的眼睛充满着幸福,比平常大了两倍。她坐在长沙发上,把她的头靠在萨木金的肩上。

"亲爱的,我好快乐。快乐得好像醉了似的,我几乎要叫起来。噢,克里,当你觉得你的工作做得真好的时候,那是多么奇异啊。试想想,我究竟算个什么呢?母亲是卖牛奶的,父亲是木匠——而忽然我能够做。低头一看,在眼前的是些蠢材的肚子,但是我唱,觉得好像我的心会炸裂,好像我会死。这是——奇异的。"

她的身上没有酒气,只有香气。她的高兴激动克里记起他在音乐会里想到他自己和她的那种苦味。她的高兴使他厌恶。现在她已经跳到他的膝上来了,摘下他的眼镜,把它放在桌上。她窥看着他的眼睛。

"现在告诉我,你喜欢我唱的吗?"

萨木金伸手去拿他的眼镜,倾斜着他的身子,以至她从他的膝上滑下来。他站起来,手里拿着一杯酒,在地板上闲踱着。他开口了,完全不知道他自己在说些什么。

"我去迟了,站在门边,听得不很清楚,而当着休息的时候——"

他开始详详细细地告诉她他和那中尉的偶然的相识,以及那中尉如何虐待那老宪兵。但是那宪兵的不幸并不曾感动了邓娜沙,而且当他描写给她那匪徒如何夺取宪兵的手枪的时候,他听见她说:

"这家伙真能干。"

当他告诉她那中尉在俱乐部里闹乱子的时候,萨木金瞟着她的侧面,觉得讨厌了。邓娜沙听着他说,她的嘴像小孩似的张开着,眯着眼睛,用她握在手里的头发摩擦着她的面颊。

"在那乱子之后,我就走了开始想到你。"萨木金放低声音说,看着那纸烟的烟云,凭空发现其中有八个人形,"你在上面唱,想象着你的声音能够使那些畜生高贵起来;而那些畜生在下面——"

"但是为什么那军官是一只畜生呢?"邓娜沙吃惊地问,皱着她的眉头,"他不过是愚蠢而没有决心罢了。他或许会跑到革命党那一面去对他们说:我和你们是一起的。这就完了。"

她倒一杯马德里酒给自己,又说:

"我完全想不到这些事。"

"自然那中尉对于你是无趣的,但是当我想到你的前途的时候——"

站在邓娜沙面前,他开始描画她的前途:

"你的声音是小而不能经久的。艺术家的社会是由于那些被俗人、蠢材用愚陋的道德和淫秽所损坏了的人们组织而成的。他们的东西,譬如阿连娜的,或者已经污染了你了。"

他看见邓娜沙的脸逐渐延长,失掉了高兴的颜色,由杂色而变为苍白。她半闭着她的眼睛。

"那些供人开心的丑角,他们生来是娱乐阔人们的。"

"哦,我的天!"邓娜沙叫,她的手握着手,"我绝想不到你会说出这样的话!你说得和我的丈夫一模一样。"

"要是他是这样说的呢,他说的并不愚蠢。"萨木金说着,离开她几步。她的脸红涨到颈上,她把头发抛在背上,继续说:

"不。他说的愚蠢。他是一个洞。在他,各样东西都有一个定律,各样东西都是从书本上来的;但是在他的心里什么也没有——完全是空的。不。等我说!"她叫,当萨木金要答复她的时候,"他像叫花子一样的卑贱。他不喜欢任何事物,人,或者狗,或者猫——除了小牛的脑子而外。但是我是这样生活的:你有欢乐吗?给予人。享受它。我想要为快乐而生活——我知道我能够。"

说到这里,她的眼泪滚出来了,而萨木金觉得她并不知道怎样哭:她的眼睛是圆睁着而且发亮的,她的嘴是微笑着的,她用她的拳头打着膝部，她完全是挑战地兴奋着。她的眼泪是假的，不必要的，并非激怒或痛苦的眼泪。她说，用一种低声：

"他是一个傻子。总是一个傻子：站着，坐着或者睡着。他这一类人是该鞭打的——甚至于应该枪毙：不会比一个垃圾堆更多一点烟，更多一点臭气——你蠢材。"

萨木金，听着，觉得怒从心起。把他的纸烟熄灭在一小片柠檬上，他切齿地说：

"等我说。停止你的胡扯。"

她不等。她靠在沙发的背上，两手紧张地支在座位上，疯狂地注视着萨木金，说：

"我这一辈子都不会明白你怎么会唱出他的腔调。你甚至并不认识他。而忽然你，这样一个聪明人——鬼才知道这是怎么一回事。"

萨木金耸一耸肩头。他说：

"你唱甜蜜的歌，使那些白痴觉得一切都是好的——"

他觉得他说得不好，他的话不能打动她。他想叫喊，顿脚，威吓这小女人，使她哭出别样的眼泪。他对于她的这敌意陶醉了他，使他兴奋，引起一种报仇的欲求。他走过她旁边，想象着他自己要怎样对她发泄他的热烈的愤怒，准备着要去抓住她，捶打她，伤害她，使她哭，使她呻吟。他已经听不见她在说些什么，单是注视着她的几乎裸露出来的奶子，而且知道现在——

但是她抓住他的手，她使他坐在她自己旁边。摸着他的头，她用一种急促的、惊吓的私语问：

"你有什么不舒服，亲爱的？谁伤了你的感情？告诉我。我的天呀，你的眼睛这样疯狂，这样可怜——"

这是愚蠢的、可笑的、羞辱的。出乎意料的，他不能想象邓娜沙或任何女人能够用这种腔调和他说话。被气坏了，他的头就好像碰在一个柔软的、沉重的东西上似的，他挣扎着想要脱离她的强力的手，但是她抵抗而且抱得更紧，热烈地对着他的耳朵悄声说：

"我知道这时期对于你是困难的，但是这不过是一个短时期。革命就要来的——它就要来，它就要来的。"

"听着。"他命令，想要说些严厉的、讽刺的、践踏的话。但是他仅仅说出："我很不舒服。"

他真是不舒服的：邓娜沙摇着他的头，他的衬衣的硬领梗着他的颈子的皮肤，邓娜沙的指环压痛了他的耳壳。

"你是聪明的。"她说，"我说这话因为我知道许多关于你的事。我听见阿连娜和刘托夫、马加洛夫谈论你，而刘托夫也说你很好。"

"刘托夫不会说我好，或任何人好，为了那回事。"

他觉得他说得不对，行动也不对，必定现出可笑的样子来了。

"现在，不，这是不确的。"邓娜沙急促地叫喊，而且是自信地，"在我面前他告诉马加洛夫：'萨木金从顶楼上观望着街市，等待着他的时机，节制着他的能力。但是时机一到，他就会出来，我们全都要受到生活的威胁。'但是他们说你是很小心的而且秘密的。"

她站在他前面，她的双手搁在他的肩上——她的两臂是沉重的，而她的眼睛茫然地发光。

"一场鄙俗的活剧。"萨木金尽力想说服他自己。但是他仍然在听。

"刘托夫是明白的。他好像阿肯·阿里克山得洛维奇·尼克丁——你知道，那马戏班的导演，他看透了一切艺术家、动物和人们。"

他抓住那女人的手腕，但是她的手臂更加沉重而又沉重，以至毁灭了他的残酷的企图，冷却了他的报复的欲念。然而，这女人是必须处置妥当的。

"好了，已经够了。"他说。凶猛地抱住她，带着有意的莽撞，他把她举起来了。她挣脱了他的环抱，跑到桌子后面去了。

"不，等一等。你以为我是一个糊涂人，好像街上的痴呆的叫花子女孩似的吗？你以为我不认识人吗？昨天，那本地的新闻记者，那塌鼻子,那还在吃奶的胖小猪——不过也不值得谈论。"

并且,她拉好了胸上的衣襟,高声说:

"一个人必须分给人们的是他的快乐,而不是他的污垢。"

"已经够了。"萨木金重复,走到她前面。

"请吧。你逗恼了我了——而且我疲倦了。"

她叹息,并且以一种厌恶的表情瞅着他的肩上和脸上。

"我希望和你同乐,然而不行。——你去吧。我的心绪太不好,而时间也晚了。去吧,请。"

萨木金一言不发地走了,希冀着这会使她难受或使她知道他的难受。他确乎恼恨他自己不该在这一幕新奇的活剧里表演了一个愚蠢的角色。

"魔鬼引诱我去和她谈论。她并不是可以讨论的人。一个很平庸的妇女。"他愤恨地想着,脱了衣服,带着明天就去和马利娜谈论那一件事而且同日就起身到克里米亚去的决心,爬上床去了。然而,在早晨,当他正在喝茶的时候,杜洛诺夫出现了。

四

杜洛诺夫满身透露着喜气。他张嘴笑着,现出他的镶金的牙齿。他的小眼球迅速地滚过萨木金的脸上和身上。像一只苍蝇似的盘着他的腿,又这样用力地搓着他的双手,以至它们的皮肤发响。他的擦光了的脸使萨木金记起他在梦中所见的那些用手掌作脸的人们。

"你已经老了,萨木金。你的头发灰白而且稀少。"他说,而又加添几句友谊的责备,"未免老得太早了一点。这样的时代,一个人甚至应该变得更年轻些才对。"

萨木金奉茶给他,但是杜洛诺夫要酒。

"他们这里有一种白酒,一种格里弗,很淡而有味。要一点乳饼,然后再要咖啡。"他高兴地提出意见,"你需要原谅我。事实是,昨夜我没有睡好。音乐会之后是晚餐,而那一幕活剧——那军官发疯胡闹,用他的剑戳伤了警察。他伤了马车夫和一个守夜人,而且他有过一场堂堂的战斗。"

"你真说得高兴。"萨木金说,呻吟着。杜洛诺夫从侧面用半闭的眼睛看着他,然后搔着他的剃光了的下颌,很直率地说:

"我快要变成一个玩世者了,老朋友。在教授玩世主义这一点上生命是最成功的。"

他吸鼻子,并呻吟着,又说:

"现在玩世主义已经动摇了,它有一种腐臭的气味。你不觉得吗?"

"不。"萨木金回答,心里想着倘若他把那中尉的言语和行动告诉杜洛诺夫,这家伙会把它写下来而且弄糟了的。

"你不觉得吗?"杜洛诺夫重复地问,并且叫仆役送酒、乳饼、咖啡——他做得好像一个亲戚故旧似的——之后,他打哈欠,说:

"那么,你知道里狄·伐拉夫加住在这里吗?她买了一所房子。这证明她结了婚,又做了寡妇,而且——而且——你可以想象到——她已经变得异常的虔诚,正在从事于民众的宗教的和道德的复兴——她,一个吉卜赛的妇人和伐拉夫加所生的女儿。一个好故事,是不是,我的朋友?然而,一个富裕的女人。她跟那商人的寡妇苏妥伐做事。苏妥伐卖教堂的法物,而且,据他们说,也是属于另一宗派的,虽然它是一个异常美丽的高大的女人。"

萨木金不愿知道里狄也住在这城市里。然而他却愿意多知道一些关于马利娜的事。

"'做事',什么意思?"他问,"是皈依那一个宗派吗?"

"鬼才知道是怎样的。她怂恿里狄从她那里买了一所房子。"杜洛诺夫勉强地说,又打哈欠。然后他伸开他的脚,把双手插进他的裤袋里,于是急剧地开始提出问题了:

"好，以你的立场而论，你看事情是怎样的呢？从报纸上看不出什么来：有的说还在革命，有的说已经反动了。自然，我并不是问人们所谈的和写的，而是问你的意见如何。看他们所写的，那不过是把人弄得更愚蠢罢了。有人在命令，在煽火——有人却在扑灭它。有人又在用干草邀请你，要你去灭火。"

"而你自己又怎么看法呢？"克里问，他不愿意谈政治，尽在猜想，当马利娜说出他们的熟人的时候，为什么不提到里狄呢。

"你怎么看法呢？"杜洛诺夫重复那问题。他又倒些酒给他自己喝了，用手巾迅速地揩着他的嘴唇。他的原来快活的神气的一切表征现在都从他的平脸上消失掉了。他翻起眼睛看着克里，同时吃得嘴唇发响，东西塞住他的喉咙好像是要呕吐似的。萨木金趁这机会，说：

"但是，苏妥伐怎样呢？"

"她和你有什么关系？"

克里回答：他代理一个当事人到这城里来对苏妥伐起诉。

"喂！"杜洛诺夫答应，"你的当事人找到了正是诉讼的时机。来，我们碰杯吧！"

舒服地闭起他的眼睛，杜洛诺夫喝了酒，叹息着：

"苏妥伐？她是美丽的、富裕的、精敏的，他们说，而且据说是禁欲的。在这城里她是被尊重的。然而，总之，她是一个隐秘的妇人。他们说她的丈夫是一位天生的哲学家、分教派、高利贷者，曾经把一个人弄到破产，以致那人自杀了。关于她的事你问里狄去吧。"他说，好像发冷似的瑟缩着，"她确是在剪里狄的羊毛。你知道，自然，里狄是富裕的——呸！我问她拿些钱给我去办出版事业——那是我的梦——发行一些书报。她赞成了，允许了，——但是那苏妥伐阻止她。好，见她们的鬼。我要去取那钱。不。顶好你告诉我：我们要有宪法了吗？"

"是的。"萨木金应允，并不看着他。

"我看——"

杜洛诺夫提起半个身子,把一只腿弯曲在身子下面,坐在它上。约略有几秒钟之久,他注意看着萨木金的脸,咬着他的嘴唇,玩弄着他的表链。然后,他问:

"你自己需要它吗,那宪法?"

"一个奇怪的问题。"

"不,认真的。"

"前进了一步。"萨木金勉强地说,耸一耸肩头。

"前进得很远吗?"杜洛诺夫不放松。克里倒酒在他们的杯子里,并不即刻回答他。然后他说:

"我们看着吧。"

"慎重地说,"杜洛诺夫感叹,"至于我老朋友,我有些不能相信将来的安全和稳定。俄罗斯不是一个安全和稳定的国家,她彻底的是不安全和不稳定的。而她并非统治于罗曼诺夫氏,而是统治于卡拉马索夫氏。魔鬼们在统治着她。"

"他醉了。"萨木金觉得。

杜洛诺夫的脸失掉了它的原有的轮廓。他喘息着,他的鼻孔发颤,他的耳朵紫胀了。

"你记得托米林吗?一个预言家。他来此地讲演:'理想,现实,与陀思妥耶夫斯基的《迷惘》。'全都呵斥他。而在杜拉,或者是在阿里,人们甚至于要打他。你为什么装出苦脸呢?"

"我头疼。"

"你是一个布尔什维克或是一个孟什维克?"

"我早已停止了政治活动。"

他的答话,或者他的答话的冷淡显然有着一种使杜洛诺夫清醒了一些的效力。他拉出一只金表,看着它,很清楚而直率地说:

"不。你不是一条用一只苍蝇就钓得起来的鱼。而我也不是的。托米林,自然,不过是一本没有人要读的图书目录,一个自满的白痴。预言出于恐怕，一切预言家都一样。好，滚他的蛋。"

摇着他的表链，深思地看着萨木金的脸，他继续说：

"然而，汩进哪一流去呢？这是我的问题，坦白地说吧。我不相信任何人，兄弟，连你也在内。你不参加政治。凡是戴眼镜的人都参加政治。况且，你是一个律师，而且每个律师都志愿成为一个甘比大或一个局里浮尔。"

"这是俏皮话。"萨木金说，觉得他必须说话了。

杜洛诺夫站起来，看着他的套着鞋套的脚。

"我看你的神气并没有开诚恳谈的意思。"他含笑地说，"而且我没时间来搅混你。自然，我懂得那——地下层的——秘密。有一天我遇见伊诺可夫在街上，我招呼他，可是他装作不认识我。是——是的。关于我和他之间，绑起伐西里夫的是他——一个事实。噢，好了，克里·伊凡诺维奇。我祝你的成功。"

杜洛诺夫似乎走出去不多远就消融在一阵灰色的、油腻的烟雾里了。

"这小无赖想要变作大无赖而又有些害怕。"萨木金判定，用膝盖推开杜洛诺夫坐过的椅子。他开始很用心地穿好他的衣服，预备去访马利娜。

"她也说过关于害怕生活那一类的话。"他回想着，阔步在银灰色的太阳下面。这城市，装饰着昨夜的雪，是可惊的洁净而又异常的可厌。

五

马利娜的商店里充满了更加炫目的光辉，好像那些教堂的法物全都用白灰仔细地擦净了似的，尤其灿烂的是基督像，被日光欣悦地照明了，俏丽地钉在一个黑大理石的十字架上。马利娜正在出卖一座小的金十字架给一个穿短皮上衣的老人。那老人仔细地把它们从这只手掂到那

只手,她就和蔼而郑重地对他说:

"掂量圣物是不好的。"

"但是我的顾客要和我掂量的,不是吗?"那老人问,摇着他的头,"他也是急于要得一个顶便宜的圣物。"

用对于她的顾客的同样和蔼的语调,她对萨木金说:

"请过那间房里去。"

这房间在商店的后部,萨木金对于它似乎熟悉到最细微的部分。这可奇怪了,以至于需要一个解释。但是萨木金找不出。

"我的视觉的记忆不会好到这样程度。"他想。一个漂亮的少年来把通到商店的门关严了,使这房间有了一种更加不愉快的隐秘意味。那温暖而又有些窒闷的暗光也是不愉快的。

"一个隐秘的妇人。"他回忆着杜洛诺夫的话而且轻蔑地想,"好像一只苍蝇。他总要留一点肮脏的痕迹在任何东西上。"

马利娜进来了,她的钥匙丁零地响着。他立刻告诉了她访问的目的。注意地倾听了之后,她倦怠地说:

"阿里克先·戈金显然不知道因为古图索夫的请求,我已经把那款子放在留置权的项下,不过,我将要整理这款子,而且你能够帮助我。这件事我不愿去找我的律师。那么你和斯徒班·古图索夫是在同一路线上的了,是吗?"

"完全不是。"萨木金说,"我能够帮忙的地方我帮忙。"

"你同情。"她说,好像是把这几个字用大写字母刻下来似的,然后加以解释,"同情就是中道徘徊。我们喝茶吗?"

她摸一摸那茶炊的边,又用手指去按叫铃,当那少年出现在门上的时候,她说:

"把它烧热,米式加。"

她转向萨木金说:

"那么,你自己在什么真理上取暖呢?你是一个马克思主义者,是不是?"

"我承认那经济学说——"

"斯徒班说一个人必须承认整个的马克思,否则就完全不必搅动他。"

萨木金笑着问:

"你没有搅动他吗?"

她还来不及答复之前,那商店的铃焦急地响着。萨木金,使他自己坐得更稳定些,思索着:

"她想要我自白。女性的好奇心。"

他又强迫着他自己回想从前马利娜穿着黄色的宽厚的上衣以及她的蠢话:"我穿这衣服因为我受不住托尔斯泰的说教。"古图索夫叫她作"一座游戏的城"。萨木金于是违反了自己的意思,不得不承认这妇人有着某种可喜的压迫性、温柔的沉重性。

"天真?诚实?一个有趣的典型。奇怪的是她对古图索夫保持着良好的关系。"

在商店里一个柔和的低音讨好地歌吟着:

"上帝给了我们一个何等荣欣的日子,天时与市民的欢乐何等和谐,发扬着自由的精神——"

然后这低音才更为沉静地说了些别的话,而马利娜却坚决地说:

"一百三十五。我不能再减了。"

"敝处是一个小城市,太太。人民都不是富足的。那里的周围全是异端的莫得维。"

"我不能再减了。"马利娜重复说。

"一个大数目——一百卢布!"

萨木金听着,微笑了。那漂亮少年,米式加,送进来了个蒸汽沸腾的茶炊,用黑眉毛下面的眼睛恼怒地看着这访客——他显然想要问或骂,但是马利娜进来了,说:

"教士们真是可怕的挑剔家。他来过这里四次了,而他是从远方来的。他住在这市里要花很多的钱。"

当她泡茶的时候,她继续说:

"我很愿意和你谈谈——一个坦白的谈话,一无遗漏的。这在我是很有意义的,但是你看他们总是来妨碍我。你选定个晚上到这里来吧,或者到我家去。"

"很好。"萨木金同意。

"明天吧——星期日。这商店一直营业到下午两点钟。我记得你是一个和我的意见不合的人,而这样是最有趣的。"

萨木金以为必须警告她要想从他身上找兴趣是不容易的。

"这是怎么的呢?"她温婉地驳回,"这人已经活过了半辈子——"

"正确地说,生命已经缩小到那人只为了他的自我奔忙了。"萨木金出乎他自己意料地说出来,又几乎是愤恨的,这使他觉得更加愤恨。

"这是真的。"马利娜轻易地和坦直地承认了,好像是她听见过的最平常的话。

"她不理解。"他想,皱着眉头,摸着他的胡子,欣喜着她对于他的偶然的自白看得这样平淡。但是马利娜继续说:

"'两万个联盟环绕着他自己。'这是格里布・伊凡诺维奇・乌斯班斯基[1]谈到列夫・托尔斯泰的话。而且,或者,这真是成为定论了:地球绕日而行,而人环绕着他的精神。"

萨木金疑问地看着她,预防有什么狡计。但是她递一杯茶给萨木金,然后叹息说:

"格里布・伊凡诺维奇是一个很可爱的人。我看见他的时候他已经精神颓唐了,但是我的丈夫早就和他交好了。他们是酒友,而格里布・伊凡诺维奇常常读他的小说给他听。后来他们因为理论不同而分离了。"

---

[1] 俄国农民生活短篇小说作家,享盛名于十九世纪八九十年代,晚年害精神病甚剧。

她笑起来了，用她的手掌拍着她的膝盖：

"在他的小说《他把它放进他的圆屋里》的一份抄本上，他写给我的丈夫：'你求平衡而得到了狂躁的偏执。'"

"'理论不同而分离了'，这是什么意思？"萨木金问，当她沉默着开始喝茶的时候。

"嗯，在思想的习惯上，在思想的倾向上。"马利娜说，这时她的眉毛抖颤着，一个暗影闪过他的眼睛上，"如你所知，乌斯班斯基是一个殉道者，觉得他是一个献给世界的牺牲品，而我的丈夫是一个乐利主义者——不是物欲的享受的意思，而是精神的。"

看着她的有暗影的眼睛，萨木金断然地说：

"我不懂得那个。"

"不——这于你是不容易懂得的。"马利娜同意，"在你的脸上也有一点与乌斯班斯基相同的某物，这不是毫无意义的。"

"我？"萨木金问，带着一种吃惊的神气，"也在脸上？为什么'也？'你以为我也是一个献给世界的牺牲品吗？"

"而谁又不是呢？"马利娜问，而且忽然很有趣地笑起来，她的头是这样地摇摆着，以至她的丰富的栗色头发激动得好像烟云似的。在她的笑声中她说：

"你害怕什么呢？你不要以为我还是你在圣彼得堡所认识的那小傻子。我现在是一个异样的小傻子。"

"我没有害怕过什么。"他咕噜着，移开了一点，"但是你必须承认——"

马利娜站起来，伸手给他。

"那么到明天？两点钟？好，再见。"

送他到门前，她在商店里说：

"你听说了吗？那军官刺伤了人。真可怕！"

"是的。"萨木金答应。"一个隐秘的妇人，真的。"他想，当他在寒冷的黄昏中走过那街心的时候。在懊恼的回忆中,他觉得他对于这妇人的敌意的好奇心已经转变为一种严重的和不安的情趣。

他宽解他自己说:

"任何人都会对于她有兴趣的。乐利主义。真是胡扯!显然是读过很多的书。说起话来俨然是里斯可夫的小说里的女英雄的姿态。最后又漠然提到那中尉。别的女人也会害怕得许久的——感伤地。知识分子的恐怖往往而且必然是感伤的——我似乎没有被恐骇的感受性。不知道是怎样的。这是一个优点?或者一个弱点?"

六

不愿会见邓娜沙,萨木金去到一个饭馆里吃晚餐,尽在咖啡面前坐了许久;吸着烟,悬想着马利娜,反复思索着她,而终于不能使她更容易了解一些。到旅馆里,他看见邓娜沙的一封信,通知他她到一个陶器制造厂去开音乐会,一天之内可以转回来。在那封信的角上,用很小的字附加着:"住在你的邻室的人是很可疑的,许大可夫曾经来访过他。你记得许大可夫吗?"

萨木金把那字条撒成碎片,把它们烧在一只烟缸里,而且听了一听。在那邻室里一切都是寂静的。许大可夫和那"可疑的人"妨碍了他对于马利娜的悬想。他按铃,一个侍者,一个穿白衣的小老人,进来了。

"什么——一个非实有的人物。"萨木金觉得,"我要一只茶炊,一瓶红酒。请问有人住在邻室里吗?"

"那位绅士在正午的时候到车站去了,先生。"那老人客气地回答。这消息是可喜的,于是萨木金的思想立刻转到马利娜了。

"一个异样的小傻子?相信上帝,又似乎是讥笑的。那是教堂里的上帝吗?正确地说,不论她的形体如何,她也是非实有的。但是不平常的。"他让步，好像是在和与他相反的人说话。

烧纸的气味使他不能不打开窗子。在这城市的什么处所有些狗在叫，对着站在瞭望台上的月亮狂吠。"好像加点在 i 上似的。"萨木金回想，想到缪塞的一行诗，并且立刻分明地想象着这光亮的小球环绕着地球，地球又循着轨道环绕着太阳。太阳曾经飞速地落进无穷的空间里，也在旋转着。而在这地球上，在它的最不重要的一点上，在一个有些狗在空街的木笼里叫着的小城里站着看那月亮的死脸的，是这克里·萨木金。

渐渐冷起来了。缩瑟着，他关下窗子。那一幅天文学的图画不见了，但是克里·萨木金还存留着。显然地这也是一个非实有的人。这非实有的人对于正在忧郁可怕的狗吠声中思索着他的那人是极不愉快而又很陌生的。

"事情的真谛是：我不能在生活中发现可以吸引住我的全人格的一点。"

他不能不怜悯他自己而且想：

"这是禀赋异常而有多样才能的人们的一个特点。"

"但是也或许是于现实的打击之下被粉碎了的人的特点。"

"没有才能吗？不。缺乏才能是模糊的、浑浊的。而我是十足的、分明的。"

另一个萨木金答辩了，含怒而严厉地，几乎是鲁莽地：

"你不必来到这城里做这样的蠢事。你在执行着一群梦想社会革命的人所给予你的使命。你并不需要任何革命而且不相信社会革命的必然性。还有什么比一个无神论者去到教堂里受洗礼更荒谬、更可笑的事吗？"

这辩论即刻成为辛辣的了。第三萨木金，那专记琐事的萨木金，插嘴说：

"邓娜沙说过关于洗礼的事——"

第一萨木金在寻求着更深的意义：

"接受洗礼就是说承认而且感觉自己是某个全体的一部分。否定了自我。"

"这或许是想象如此的，但是感觉如此是不容易的。另一种自欺——譬如'爱民众''阶级团结'。"

"而斯徒班·古图索夫又是怎样的呢？"

"他说他自己：资本主义的社会毁灭了人的社会的本能。"

"他做事，而且'他做他所信的'。"

"他不做大家所做的，而反对大家。你做你所不相信的事。你甚至于不大求救于遗忘。在你的思想的全部纠结的网下面，潜伏着一种对于生活的畏惧，一种孩子气的怕黑暗，你不能也无力照明的黑暗。你的思想也不真正是你的。找出一个，命名一个，那才是你的，在你不会表现她以前她是没有表现过的。"

这新的萨木金显然鄙薄另一个萨木金，而这一个把他自己看作真真实实的萨木金的人并不反抗，不过倦怠地想道：

"我病了吗，或者好了呢？"

那无声的辩论仍然继续着。这时是静止的沉寂，而这沉寂要求那人思索他自己，而且他已经思索了。他喝酒。他连续不断地吸着纸烟。他在房里徘徊了，坐在桌子前面，又站起来走。他逐渐脱了他的上衣、他的背心，解开他的领结，打开他的衬衣的领口，脱了他的靴子。

他的种种思想继续着在一种单调的过程里重复他们自己，变得沉闷而又沉闷。它们就好像一些把一个不自由的、狭隘的空隙作为游戏场的侏儒。一点钟之后，萨木金灭了灯躺在床上。这时环绕着他的各样东西变为更沉静、更虚空而且更可厌。这厌恶的感觉扩张了，而且逐渐变形为一种很像是害怕的感情。瞌睡在不快的波动中进行着，但是他不能入睡。内心的推撞使他颤抖，使他醒着。这一夜，荒凉而且厌恶无穷地拖延下去。教堂的钟声在号召早晨的弥撒——那铜钟歌唱得这样圆润而明朗，窗玻璃吟哦似的回应着。那声音好像是一种牙痛的开始。

"到两点钟还有七小时。"萨木金愤愤地估计着。当他起来穿衣、洗脸的时候，天还是黑的。他尽力慢慢地做着各样事情，但是总禁不住他自己的慌忙。他很懊恼了。而那茶也激怒了他，太热了。还有一个使他懊恼的原因，那主要的原因：他不愿说出她的名字，但是当他的手指被热水烫伤的时候，他无法抑制住一个辛辣的思想：

"我的行为好像是在考试临头的时候似的——或者好像是在恋爱中。"

艰难地支持到正午之后，萨木金穿好衣服，走到街上去了。

七

一个柔和的、银色的白天欢迎着他。雪片在空中闪烁着，停留在电话线上。一个浑浊的太阳照射着那些雪片。赶到他前面去的是一个穿着新的浅灰上衣的人，一顶灰呢帽戴得如此低下，两只耳朵难看地突出着。

这人走得很快，低着头，他的手搁在衣袋里面。看着他的步态，萨木金知道他曾经看见他在旅馆的走廊里，而且看到他的弯曲的背面和瘦削的脖子，以及涂抹光滑的黑头发。

"或许就是邓娜沙所说的'可疑的人'。他不像一个侦探，但是那可疑人昨天已经离开这城市了，不是走了吗？"

那人到了转角上，站住了，弯着身子，提起一只脚在整理他的套鞋。然后，他把他的帽子再拉下来一点，转背就不见了。

萨木金由冷静的街转到大街。这两条街都通到一个广场上，成为直角三角形。对着他冲来一对披着青色铁物的灰色马。它们在阳光里好像是擦过油似的，它们的腿活动得这样骄傲，这样美观，以至萨木金站住呆看着它们的敏捷而庄重的步伐。一个戴皮帽的高大的车夫坐在车厢上伸着他的手。在雪车里的是一位衣冠楚楚的将军。他的戴着青色平圆顶的帽子的头包裹在一个海獭皮领里面，而且这将军看来就好像是一座铅铸的钟。雪车后面两个黑衣白手套的警察俨然骑在栗色白斑的马上。

忽然，萨木金看见像扫帚似的一片火光爆发在雪车后面，一个迅雷的响声打破了空间，扬起一阵雪和绿烟的云。周围的各样就摇动了；窗户吱吱地响着；一阵风猛扑在萨木金的脸上和胸上，他一踉跄，倾跌在转角的墙上。他看见一顶帽子在那烟和雪的青云里翻筋斗。它首先落地，其次是木片和灰红的布条，互相竞走似的——其中有两件飞得很高，落得可怕的慢，好像故意要把它们自己永远铭记在他的记忆中似的。萨木金也看见红的点滴出现在这里那里的雪上。一滴落在他旁边，在一个被雪花粉饰着的短栅的柱顶上。这是如此难受，他简直紧紧地抵在那墙上。

他不曾注意到从什么地方冲出来一匹黑的、细腿的马，突然停住在那转角上。勒住这马的是许大可夫。他靠在车厢上，紧拉着缰绳。那穿着浅灰上衣的人从转角上跑出来，跳进雪车里面。那黑马就驰过萨木金前面，而且他看见那灰色人穿上皮外衣，戴起一顶毛便帽。

这一对灰色人现在已经跑得很远了，那车夫在雪上滚着跟在他们后面。一匹栗色白斑马，它的脖子不自然地直伸着，用三只脚走着，哗啦哗啦地响着。代替它的第四只脚，一股浓厚的血流直冲进雪里面。另一匹马缓缓地跑在那灰色人后面。骑在它上面的人抱住它的脖子。他正在叫喊。当马的身子擦过一根广告柱的时候，那骑马的人就跌倒在地上，而那匹马就靠在那柱子上，破声地嘶鸣着。

第二个警察露着他的秃头，坐在雪里。一半破雪车压在他的两腿上。他摇着一只手臂，摔脱了那手套和手——手臂上涌出了血流。他用另一只手蒙住他的脸，用一种羊叫似的非人的声音怪喊着。

萨木金站着，两只脚在动摇着，昏迷了，焦急着要想逃走，但是不能，好像他的上衣的背部凝结在那墙上似的，使他不能移动。

而他的眼睛也不能闭起——那些白的飞尘、炸起的皮毛碎片还在纷落着。那受伤的警察仰着他的脸，正在把一片熊皮拉来盖在自己身上。人们全都莫名其妙地渺小，摇摇荡荡的——他们从各式的门里奔出来，站成一个半圆圈。有几个人站在萨木金旁边，有一个说：

"现在，我们有它，也——"

没人敢走近那灰而红的破片的不成形的堆——它缓缓地流着血，血上腾起一股轻汽。看着那一个堆，毫无人形，又凌乱又渺小，真是可怕。萨木金的眼睛有意地在它里面寻求人的东西。他不能闭起他的眼睛，一直到他在破皮片下面看出了一边黄面皮、一只耳朵，还有一只手掌。人们的声音越响越高。两个人走到那警察前面，弯起身子看着他。一个高大的女孩，手里提着溜冰鞋，问萨木金：

"你受伤了吗？"

他摇摇头，把他自己从墙上撕下来而且走开了。他觉得走得吃力，好像踏在沙上似的。人们也总是拦着他的路。走在他旁的是一个穿着围裙，头上扎着一条皮带的人，也像他自己似的戴着眼镜，不过那眼镜是烟灰色的。

"爵爷受了这么多——"他沉静地说。拉起萨木金的手，他悄声说："揩掉你脸上的血，否则他们要拉你去做见证的。"

从衣袋里扯出一条手帕，萨木金揩着他的右脸，觉到一种尖锐的刺痛。大吃了一惊，他竖起他的领子。面颊上的痛是不厉害的，但是这痛散布到他的全身，使他觉得衰弱。他站在那角落上回头一看：那匹伤马躺在广告柱前面，一个警察站在它旁边，用一只手套扫掉他的上衣上的雪，另一个警察正在由一些人扶持着。在街的中央朦胧现出那雪车的残余，太阳照着那红灰色的堆。太阳的光线从那堆上吸取了大量的血，而且它似乎在融解。萨木金觉得那天、那雪、那窗玻璃全部发挥着一种炫目的、无耻的亮光。他起身了，小心地走着——他相信他会跌倒，倘若再走快一点。

第七章

一

无疑地,萨木金会走过马利娜的商店而不知道的,倘若她不曾站在那步道上。

"是省长吗?"她沉静地问他。抓住他的衣袖,她把他推进那商店里去。

"啊,什么事?你的脸?噢,克里,这是可能的吗,你——"

她一面低声私语着,一面推着他,萨木金因此猜想她害怕了,而且分明地怀疑他。他立刻咕噜了几句话,而马利娜把他推到后面的房里,才用更高一点的、职业的声音说:

"现在,给我看。有什么损伤了?坐下。"她跑到房间的角上,问:"他们抓住了那抛炸弹的人吗?没有吗?"

她用药水烫他的面颊,又用一个尖指甲把他掐得很痛,并且十分镇静地说：

"一点铁屑在里面。没有关系。嗯，要是打在眼睛上——好，完全告诉我吧。"

但是他不能说话。一团燥热的东西在他的喉咙里移动着，使他难以呼吸。马利娜也是这样的，当贴好一个圆膏药在他的面部的伤处的时候。萨木金推开她，跳起来——他想要叫，但是又恐怕他会像一个妇人似的哭泣起来。在房里踱着，他听见：

"我的上帝，他们怎样打你了，这里，喝吧，快。而且振作起来——幸而米式加这蠢材出去了。他跑到别处去了，否则他会——他想象这就好了，克里。坐下。"

萨木金顺从地坐下，闭着眼睛，恢复了他的呼吸，然后开始讲他的故事，痉挛地喝着茶，牙齿碰在杯子上。他的故事是忽促的、不相连的。他觉得他说了些他不愿说出来的话，到他制止自己的时候已经太迟了。

"我不该说出许大可夫。"

马利娜听着，竖着她的眉头，把她的大睁着的眼里的琥珀色的双瞳盯在他脸上，用她的舌头舔着他的嘴唇。一道冷的暗影突然出现在她的玫瑰色的脸上，好像是从里面现出来的。

"当那少年来的时候，你不要说什么。"她警告他。

她的眼睛还是盯住在他的脸上，一面双手去整理她的厚重的栗色的头发，她继续用低音说：

"天哪！你的神经给打碎了。我断想不到你会这样。你常是这样——平心静气的。像你这样的人，会有什么意外呢？"

萨木金耸一下眉头。她的声调使他烦恼。她开始有些严厉地问他，好像她是他的长辈似的：

"你已经完全和你的妻脱离了吗？你和邓娜沙的关系是认真的吗？你打算在什么地方，怎样生活？"他答复得简单而又坦白，而且有些吃惊于他自己的坦白,逐渐清醒起来了。

"你现在是正在你自己的河里游泳着吗?"她沉思地问,而且立刻笑起来,说,"那么他所遗留下的不过是一堆破片吗?好,他是——一个无用的人。他们三个——他、那区贵族长和皇家土地局长,都喜欢奸污青年女子的。关于他们的事主教已经报告了圣彼得堡。他们把教区学校里的一个女子从他手里夺了去。那女子是他留着自己用的。现在她是此地最奢侈的娼妇。那么,这恶汉是背景了。"

她站起来,走进商店里去,她的严厉的问话就从那里沉重地回响过来了:

"你忘记了你应该关店门吗,白痴?那与你何干呢?他们不会拘捕他们吗?好,那与你何干呢?"

当她再走进房里来的时候,她低声说:

"他们没有拘捕任何人。你顶好回到你的旅馆去,克里·伊凡诺维奇,表示你自己——"

萨木金站起来,惊疑地问:

"或许你会以为——?"

"我以为没有事,但是我也不愿意别人以为。不过,等一会儿吧。我要敷一点药粉在你的小小的伤处——"

当她用那温热的手指敷药粉在他的脸上的时候,她说:

"倘若你闷了,就在六点钟到我的家里去。好吗?"

她叹息。

"我们的常规的生活已经从头到尾崩成碎片了。"

她迟疑着,好像在倾听什么,摸着她的胸上的表链,然后坚定地说:

"好,这是不要紧的。当我们忍耐不住恶劣地活着的时候,我们就会开始好好地过活了。让人们抢掠吧——让他们剥掉他们的情欲。你知道这前辈人常说的话吗?——'没有罪,你就没有悔;没有悔,你就不能得救。'在这话里是隐藏着大智慧的,我的朋友。而且在别的任何地方你不能发现如此的人道。那么——晚上见吗?"

萨木金悠悠地走回家去,用一种闲游的步态,而他的心却为这妇人忙碌着。

"她不会相信我和这恐怖行为是有关系的。这不过是她关心我或者恐怕连累她自己的表现,而那恐怕是因为我说到许大可夫。但是她何等从容地承认了这谋杀!"他惊异地想着,觉得那从容也已经影响了他。

虽然是星期日,这城市异常的寂静。溜冰场里没有音乐,在街上走的人也很少。而街车和私家车却很多。它们载着富裕的、忧闷的人们向四方驰去。萨木金注意到这些乘客几乎全都瑟缩地坐着,把他们的脸包裹在外套的领子里面,虽然天气并不冷。在对着省长被炸的地方的家宅里,一道窗子已经塞上青色的坐垫。窗框被炸破了一片。那砖墙上的血肉难看地显露着。在街心里已经看不见爆炸的痕迹。只有那雪地却似乎更新鲜更洁白了,而且崛起了一个小丘。萨木金斜看了那小丘一眼,加快脚步走开了。

在旅馆的过厅里,他遇着了苹果和干菌的家常的、舒适的气味。那女店主,一个诚恳的老妇人,带着一种分明的负疚的表情说:

"你听见了那可怕的事吗?这是什么世道?我们的城市一向是很安静的。我们从来没有过伤害人的事——"

"是的,这是一个艰难的时候。"萨木金附和。在他的房间里,他躺在一只沙发上,点起一支烟,又在联想着马利娜。他觉得稀奇。他的头里似乎充满了一种温柔的薄雾,使他觉得身体软弱,好像洗了一次热水澡之后似的。他看见马利娜在他的眼前,分明得好像他就坐在桌子前面的椅子上似的。

"为什么她没有小孩呢?她似乎不像一个用理性抑制住感情的女人,况且有这样的女人吗?或者她不愿亏损她的形体,或者她害怕痛苦?她的言辞是独创的,但是这并不是说她的思想。然而,我可以说,她并不像我所认识的任何女人。"

他的一切推测都不能使他对于马利娜更了解一些,而最不易了解的是她对于这暗杀的镇静的态度。

二

在一个月明的晚上,萨木金走在排列着两行单层小屋的街上。那些家宅都用长的栅栏互相分隔着。密集的树叶被雪积压着,使那些家宅分离得更远,好像它们隐藏在那些小雪山之间似的。苏妥伐的家也是单层的。她的五个窗子都闭着百叶窗,在两个窗子里从空隙中漏出这些成组的光亮的斑块,落在那家宅的浓厚的暗影上。外面没有门廊,萨木金拉了门上的铃。那铃是大而且响的,在这冻结的寂静里发出太高的声音。铃响了四次。一个穿背心的阔肩的农民来开了侧门。他的头发是黑的。他的脸包在一部宽厚的胡须里面,而且他发散着烟的气味。默默地退在旁边,他让这访客走在通到有两步台阶的门廊去。那门廊好像一个衣橱似的靠在家宅的墙上。一条像一只大羯羊似的大黑狗吠着,摇响了它的链子。在那塞满了箱子的厅堂里,一个高个子的、大眼睛的瘦女人帮着萨木金脱掉他的外衣。

"真守时间。"马利娜评论,看着手上的一个画框似的透明的方块,"送一个茶炊来,格拉非路希卡。"

在一个大房间里,黑的条形的地毯交叉地铺在漆过的地板上。弯腿的旧式椅子疏散地站着,还有两张形式相同的桌子。在一张桌上有一只铜熊抱着一个灯柱,另一张上是一个黑的音乐箱。门边有一架有簧的小风琴靠着墙。在角落里立着一座杂色花砖的火炉,它旁边是一道白色的门。萨木金以为这门必定是通到那寒冷的、积雪的郊野的。这房间裱着紫的描金的壁纸,似乎庄严而乏味。壁上是光秃的,不过在底边的角落里有一个小神像闪烁着它的边缘的银光,还有那三枝的铜烛台从两窗之间的空墙上难看地伸出来。

"一个沉闷的房间,是不是?"马利娜问,从厅堂里进来,站在地毯的交点上。穿着山羊毛织披肩的长袍,她显得更大——更高而且更阔了。两条粗发辫悬在她的胸上。"这是我的丈夫的趣味。他喜欢空旷,不摆东西。"她告诉他,环顾着墙壁,"他也喜欢音乐。他有许多像那样的音乐箱子,甚至于在夜间,有时他会起来玩乐器。他玩有簧的小风琴,但是他讨厌留声机和手风琴。他很赞美《可凡切娜》而且特意到首都去听它。"

萨木金注意到她用那种出身于兴盛的中产家庭的女孩的声调谈着她的丈夫。好像在未婚以前她住在一个为神所弃的小城里,后来幸而嫁了一个省城的富厚的、著名的商人,而现在是在以感谢和骄傲之情回忆着她的成功。他热切地倾听着,想要看出在她的话里面隐藏着什么反语。

三

那白色的门通到一间有着几个窗子面对着街市和花园的小房子。这妇人就住在这里。在房间的角落里,在许多花中间,有一面大镜子放在一个木框里——一条木龙用它的栗色的爪从上面抓住这镜框。桌子前面摆着三把很深的扶椅;门里有一把宽大的长靠椅,椅上搁着许多各色的垫褥。在它上边的墙上悬着高贵的丝绒幕。再远一点是一个堆满了书籍的书架,书架旁边是一幅尼士特洛夫所画的《在魔术者的家里》的良好的印版。

一个镍制的茶炊正在一张小圆的桌面上活泼地沸腾着。瓷器、花瓶、酒瓶都显现在一个宽阔的红的洋灯罩下面。

"这是我的白天的休息室,那是我的寝室。"马利娜说,用手指着书架旁边的不甚显眼的一道窄门,"在商店里我执行我的营业;在这里,我享受一个上流妇女的生活——知识的生活。"她倦怠地笑着，然后平静地继续说："我的社会服务是在商店里办理的，至于这里，只有新年和复活节——和我的生日，自然——人们才来这里访问我的。"

萨木金想要知道她所谓社会服务是什么。

"你看，我是'孤女扶助会'的副会长。我有一个学校。一个很好的学校，我们训练女孩们做手工，替她们寻配偶，防备她们受诱惑。我也是一个监狱委员会的委员。妇女这一翼全部在我的手里。"扬起她的浓眉，她又笑了，这回更加锋利。

"像你、古图索夫，或阿里克先·戈金这一流人是想法破坏这国家的，而我却是要修补它里面的裂缝。所以你和我是反对的，走着不同的道路。"

因为应该说话了，萨木金提示她：

"天下道路都通到罗马。我可以吸烟吗？"

"可以。我读书的时候我也吸烟。"

沉默了一小会儿之后，她倒茶，忽然问：

"到什么罗马？"

"到未来。"萨木金耸一下肩头回答。

"哦，那可不一定。我以为你说'到坟墓'。看你的眼睛，你是一个悲观主义者。"

萨木金期待着她会问他什么，然后他可以反问她在她的生活里发现了什么意义。

"我是三十五。她比我小三四岁。"他在估计着，这时马利娜显然自足地品味着香茶，轻咬着家制的饼干，而且屡屡用餐巾去揩她的明亮的嘴唇，似乎那嘴唇因此而更明亮了，而且那眼睛也更加炯炯了。

"你单独住在郊外，你不害怕吗？"

"这是郊外吗？因为下边就是贵族女子学院。远一点的小山上是军械储藏所，那里有步哨。而我也不是单独的。我有一个门房、一个婢女、一个厨子。在院子里的木屋里住着做银匠的两兄弟，一个已经结婚——他的妻是我的婢女。但是在女人的意义上——我是单独的。"她说得意想不到的简明。

"你不觉得厌烦吗？"萨木金问，并不看着她。

"还不。许多人向我求婚，因为我是一个有才干的上流妇女而且并不是没有别的优点。可厌的就是那些求婚。总之我生活得不坏。我读书学英文——我要到英格兰去。"

"为什么专要到英国呢？"

她笑了。她的大的、细密的牙齿在发光，而幽默的火星闪射在她的眼睛里。

"你看，我的丈夫去过那里两次，住过那里五年多。我得到这印象：他们是最有趣的、最天真而且可爱的人民。他们相信柏拉凡次基和安尼比生，而不信彼得·克鲁包特金亲王，一个鲁里克士的后裔。弗里德里希·尼采并没有惊动英国人，而在俄国，甚至于在陀思妥耶夫斯基之后，尼采是被看作一个先知的。或者以他们的科学家来说——克洛克士，例如——欧里文·洛奇——不仅只是他们俩。他们做了六十多年的无神论者然后发现了上帝。虽然这是由于爱秩序的一种习惯。因为在什么地方你能够找到比在教堂里的上帝之下更有秩序呢？这不是真的吗？"

"你有一种说笑话的新奇的方法。"萨木金说，他的心里既讨厌又赞美她的卖弄聪明，她的熟悉文献。

"为什么新奇？"她立刻回问，扬起她的眉毛，"况且，我并不是说笑话。这并不是说笑话。这不过是我说话的方法罢了。我常常惯于把人心的大问题谈论得简单平易，好像一个人讲家常似的。我很注意这样的人们：他们寻求精神的自由并且似乎终于寻到了——然而那自由到底不过是无目的而已，一种超世间的空虚——人在其中并没有一点可依据的东西，除了他自己的心的捏造而外。"

"你是一个——我以为你是一个信仰者。"萨木金说,不信任地一瞥她的脸,她的阴沉的眼睛。她继续说,流畅地:

"可悲的是一个人集中注意于他的肉体和理性——撇开或抑厌了他的属于宇宙原理的精神。亚里士多德在他的《政治学》里说:社会以外的人不是一个神便是一个兽。像神一样的人我不曾遇见过。但是人群里面的兽是一些小的啮齿动物,或者穴熊,它们用发恶臭的方法来保护它们的生命和巢穴。"

她说得如此流利,萨木金猜想这些话她说过好多回了,而且觉得在她的话里有着引起他的疑心的某物,于是他采取了防御的姿势。

"你读了许多书吗?"他质问。

"是的,我读了许多。"她回答,微笑着,她的琥珀色的瞳子因生气而张大了,"但是我不同意亚里士多德或马克思:我不否认社会或理性及现实对于意识的压迫性,但是我的精神是不受限制的。精神不是一种地上的力量,而是一种宇宙的力量,我可以说。"

她平静地说着,并没有一个说教者的姿态,似乎把她自己看作比她的听者更多经验而用了友谊的声调说了出来的,而且也无意于使那听者赞同她。她的美丽而又近于沉重的形体更美了,更出色了。"出现在报纸和杂志上的我们的亚里士多德们,这些小小的暴君和凶汉,把社会几乎看作一个崇拜的对象,要我无保留地承认它所加于我的权威。"萨木金听见她说。

这是他久已熟悉了的,而且能够引起他许多回忆,但是他撇开了他的记忆,仍然沉默着,等候马利娜发表她的谈话的终结的意义。她的均匀的、丰满的声音有些催眠的效力,好像在预告一个熟睡和一个好梦。虽然也时常被怀疑所搅扰。她似乎急于向他表白她自己,这也是可怪的。

"她爱谈话,而且懂得谈话的方法。"他想。这时她停止了,伸开脚,把双手交叉在她的耸起的胸部上。他也沉默着,在他的心里翻转着许多念头。

"究竟她说了些什么呢?根本没有一点创见。"

他问:

"'精神'这个字你是怎样理解的呢?"

"我不能解释给任何还不曾复活的人。"她告诉他,垂下她的眼皮,"而且当他复活的时候,那就无须解释了。"

他想要问她别的事情,但是马利娜抢先改变了话题。

四

马利娜问:

"你知道里狄·伐拉夫加住在这里吗?不?你记得——不记得?——在圣彼得堡她住在我的姑母家。我们常常一同去听一个哲学会的讨论。在那里,主教们和宣教士们教授我们的著作家们恺色洛的罗马教——是的,有过这样一个滑稽的宗教团体。在那里我初次会见我的丈夫,米恺尔·斯徒班诺维奇——"

她第一次说出她的丈夫的名字,而且俨然显出一个省会商人的妻子的神气了。

"好,里狄怎么样呢?"

"她今天从圣彼得堡到此地,差一点逃不脱炸弹。她说她看见那恐怖党。他穿着皮外衣,戴着哥萨克帽,坐在由一匹灰色马拉着的雪车里。我相信这完全是幻觉——那不是那恐怖党。在那时候她似乎也不能向着炸弹跑去。那省长是她的丈夫的叔父。我看过她——她睡在床上,觉得不舒服,疲劳了。"

马利娜举起一杯葡萄酒,喝了一口,然后用她的指甲敲着杯子,继续说:

"她不是一个坏女人,但是她被毁坏了。她破碎了。她的生活是沉闷的，所以她从事于人民的宗教的和道德的教育——她组织了一个团体。他们愚弄她。她应该结婚，真的。在悲哀的时候，她告诉过我她和你的恋爱故事。"

"我能够想象出她是怎么告诉你的。"萨木金含糊地说。

"你错了。她说得很好。"马利娜有点儿严肃地说，"一个动人的恋爱故事，而且双方都没有罪。不该归咎于谁——那时你俩都还年轻——她完全明白这一点。"

"奇怪的是她也没有而你也没有任何孩子。"萨木金说，意外地和挑战地。马利娜立刻反攻了：

"而你也没有。"

他们沉默了几分钟。然后她问：

"你似乎不以为小孩是他们的父母的最陌生的人吗？"

她毫无同情地谈论着里狄，那淡漠的神气和她谈论到小孩的时候一样。其实谈论这些事是应该有些感情的，或惊异，或忧愁，或讽刺。

"你看我的朋友和邻人都不会说我不该这样生活，但是孩子们就一定会的。在我们的时代，你听见过吗，孩子们呵斥他们的父母：'这不行——那才对！'记得马克思主义者怎么批驳国粹党吗？好，这是政治问题。但是那些颓废派呢，颓废派是不满意于每日的生活的。他们呵斥他们的父亲：你住错误的房子，你坐错误的椅子，你读错误的书。而也可注意的是无神论的父母却有了信仰教会的孩子们。"

萨木金以为这说得太过，或者好像是由于羞辱或惊异；但是她的话好像是故意捉弄谁似的。她说了之后，她打哈欠：

"噢，原谅我。"

萨木金站起来，敏感地搓着他的手，握响他的手指。

"你是一个有趣的人——"

"谢谢你。"她说，微笑着。

"但是我不了解你。"

"我们还要谈,而且你也要谈。至于里狄,你必须去看她。我告诉过她你在这里。再见。"

在严寒的月光里,在萧索的寂静里,围栏的木头发出吱吱的响声,好像这些沉静的小屋子要站得更稳些,紧紧地压住地面。霜风刮在人的脸上,阻碍着呼吸,压缩了身体。大步地急走着,萨木金在计算:

"出售教堂法物而又以自由思想卖弄风情。炫耀博学。讲究吃喝。有些粗俗。扯谎说'在女人的意义上'是单独的——或者有一个情人吧。"

此外他没有发现什么,或许因为他研究得太匆促了。但是这妇人在他心目中并未被小视,然而他的厌恶并没有减轻,反而增加了。而且他想道:在这二十年间他曾经在这生活的伟大的横断面上思索过来,汲取了各种繁杂的印象,看过各样的人,读过各样的书,在数量上自然比她多得多;但是他不会得到这高大的、饱足的女人所分明具有的那种果断,那种内部的平衡。

"倘若她读的比我更多,这并不能解释什么。她所说的精神是瞎扯的。"

结果他不能不承认马利娜所引起他的兴趣是过去任何女人所不能比拟的,而这兴趣正在不愉快地激发着。

五

第二天他去访里狄。

她住在两条街的接合点上的一座屋里,屋角上有一个古旧的、肮脏的小神庙。在神庙里面有一个修女正在祭坛前面摇荡着;在她的好像木头雕成的黑色形体上面,隐在银雕的神灯里面的一朵烈焰正在飘动着。那神庙是连接在里狄家的墙上的。那家宅的下层租给一个卖文具和农民手工的商店。通到这店的门旁有三步石台阶突出在步道上,在那石阶上面有一个干榭树的门，没有金属的旋柄，可是中间有一面铜牌，上面显出一行黑字：莫洛木斯卡亚。

萨木金拉铃，并且问他自己：

"我为什么注意这些琐事，弄乱了我的头脑呢？"

一个女仆开了门。她是一个中年妇人，戴着一顶白小帽，系着浆硬了的围裙。她的脸是苍白而且长的，她的嘴唇很薄，以至于她的嘴好像是缝合了似的。但是当她问"你找谁？"的时候，那嘴就变成宽大的了，而且满是大牙齿。

阶梯上的光线很暗淡。每上去一步，那女仆就好像更延长了一些，所以萨木金觉得好像并不是走上而是走下似的。

"好像在达勒尔山谷里面——"厅堂里的光线更加暗淡了。那女仆替他脱了外衣，严厉地说：

"走右边。"

萨木金走进了只有一个窗子的小房间。窗上的网幕透漏进来那正在消融的、覆盆子色的太阳。在角落里有两个金色的周比德神像抬着一面圆镜。在它里面萨木金看见他自己脸的暗淡的映像。

"我像格里布·乌斯班斯基，这或许是真的。"他想摘下他的眼镜，用手去擦他的脸。和乌斯班斯基的相像综合起了一个可怕的感想：

"在这样的人群里面真容易发疯哟。"

在他的左边，他没有注意到的一幅帷幕敞开了，悄然进来了一个妇人，黑衣白领，穿得好像一个修女似的。她戴着墨青的眼镜。她的鬓发包在珍珠发网里面，而她的头还是大得和她的肩臂不相称。听见了她的声音，萨木金才认出来这就是里狄。

"我的天，好奇怪！虽然马利娜已经告诉我你在这里。"

把她的手套抛在椅子上，她用她的瘦的、温暖的手指紧紧握住萨木金的手。

"我正在要去赴省长的安魂祭。但是我还有时间。我们坐下。你听，克里，我什么都不懂了。那想法已经允许了，是不是？那么他们还要求什么呢？你已经老了一点了——鬓发是白的，一张受苦的脸。我懂得这个——什么时代呀！自然，他惩罚那些工人太残酷了一点，但是叫人怎么办呢——怎么办呢？"

他用一种低的鼻音不停地说着，有些字是从她的那三个金牙齿上尖锐地迸发出来的。萨木金想：她说话好像一个省会地方的女伶表演一个社会活动的女人似的。

他看不见在她的眼镜片后面的她的眼睛，但是发现了她的脸的吉卜赛型更加分明了。那晒焦了的纸似的颜色。细微的皱纹围绕着她的眼睛，使她的脸上显现出一个微笑，一个和她的话不相和谐的表情。

"而且他甚至于还是一个自由主义者咧。但是因为他的殉职，上帝会原恕他的对于君主专制主义的不忠的。"

弯起身子去取纸烟，萨木金借此隐藏住他的微笑。地板上铺着大红的地毯，摆着许多加里林式的桦木家具，青铜器发着沉闷的光，陈旧的石印画悬在墙上，不愉快的、甜腻的气味充满了这房间。里狄显得这样细，好像她周围的各种东西挤住了她，硬使她向着那天花板伸长了似的。

"你也是拥护宪法的，自然。"

萨木金点头，等待着她的言语的泉源自行干涸掉吧。

"我懂得——你是一个无神论者。只有信神的才会是专制主义者的。维持人民的道德是一种神圣的事业——"

不行，她不会停止的。萨木金点起一支烟，并且向各方寻找烟缸，而终于故意把火柴放在他的张开着的手掌心里面，想要里狄注意到他。但是不行，她仍然在谈着专制主义。萨木金就故意张扬地把烟灰摇落在地毯上，而且问，差不多是生气地：

"为什么你这样急忙地告诉我你的政治意见呢？"

"我们需要清楚，克里。"她立刻回答。她把一个镶银的珠母壳放在桌上：

"这里有烟缸。"

"我担延了你吗？"

"不，不。我说到安魂祭是因为它刺激了我。那里也会有许多恨他的人，但是他是很快活而且机智的。而且很——"

想不出话，她握着她的手指，然后摘了她的眼镜，整理她的发网。她的黑的眼瞳是动乱的，那眼睛显现着不安。这样使她似乎年轻了些。趁了沉默的机会，萨木金问：

"你和苏妥伐很亲近吗？"

"专是为了她我才决定住在这里的——由此你就可以明白一切了。"里狄郑重地回答，"她替我找到这房子——舒适，是不是？而且她也替我找到这些家具——各样都很安静而且牢固。我讨厌新的东西。它们在夜里会响。我爱寂静。你记得狄欧米多夫吗？'只有在绝对的寂静中人才更接近他自己。'你一点都不知道关于狄欧米多夫的事吗？"

"不。"萨木金干巴巴地回答，却想要多知道一点关于马利娜的事，于是又谈到她。

"但是我和你都是差不多同时认识她的。"里狄说，显然惊异了。她戴上眼镜："据我的意见她并没有改变。"

萨木金听着她的语调有些不对，而且她的挺直的姿势是这样紧张，她似乎预备着想辩论，要反驳。

"她所谓的马利娜是她自己的心的捏造物，像一只手套似的拉来套在借来的思想上。"萨木金认定。她叹了一口气，说：

"是的，她和她从前做女孩的时候一样——聪明，诚恳，自重。我说的是她的内心的自由。"她急忙加添说，显然注意到他的怀疑的微笑。然后她问："你愿意把我的父亲的书从我这里拿去吗？我不知道怎样处置它们？它们装订得很好看的。把它们捐给市立图书馆是可惜的，而且也不可能。他有好加旁批的习惯,他无情地批评俄罗斯、宗教——以及各样。我的孝心使我把他的许多旁批都擦掉了——"

"这样的啊!"萨木金讽刺地叫。

"但是你自己是一个怀疑派,所以那些旁批不会搅扰你的。"她说。他想要尖锐地回答她,但是当他正在寻找适当的反驳的时候,她又说了:

"在克里米亚我遇见鲁伯沙在一个女医生的家里——自然,一个犹太女人。她的样子很可怜——病了。她必定是流产了。"

"在莫斯科她被流氓打了。"萨木金惶惑地说。

"打了吗?难怪她激烈地反对各样事情。她到我的别墅里来看我,但是我们差不多争吵起来了。"

萨木金觉得倘若他再留在这里一会儿,他也会和他的女主人争吵的。他站起来:

"好,现在是你去赴那安魂祭的时候了。"

"是的,很抱歉。但是你还要来吗?"

"倘若我不走。"

"来。来吧。"她说,用劲握着他的手。

他带着一种连他自己也吃惊的激怒之情走进街里去。

"什么事伤害了我呢?为什么呢?她总不过是可厌、愚蠢、荒谬罢了。我生什么气呢?"

尽力寻求着他生气的原因,他慢慢地走着,不能不看清那些迎面走来的人们,在他的心里和他们争吵着。其中有许多外国人:他们的大多数是乘着马车向省长的宅邸驰去的。

"被那暗杀轰动了。"他记起了米托罗方诺夫的话。这是当莫斯科庆祝普里夫大臣的死亡的时候,那"精通世故"的人,那侦探,随便说的。而且又想到里狄。

"她不愿谈苏妥伐——这是显然的。但是为什么呢?"

六

在旅馆里,他还来不及脱掉衣服,邓娜沙就冲进来了,搂住他的脖子,默默地把她的脸贴在他的胸上。他踉跄了一下,用手摸摸她的头、她的肩,然后小心地推开她。他自己不禁好笑:

"妇女日,真是!"

但是他喜欢看见邓娜沙,几乎是温柔地问:

"好,你好?你驯服了那些悍夫了吗?"

从他面前跑开了,她把她自己抛在长沙发上,而且她的有斑点的脸上立刻眼泪汪汪的了。喘着,泣着,她用一只手挥动着手巾,另一只手捶打着她自己的胸膛,咽呜着,咬着她的嘴唇。

"醉了吗?"萨木金惊奇。他转身去倒了一杯水。邓娜沙用抽噎的声音急促地、继续地说:

"你没有权取笑我——你应该害羞,你,一个聪明人。我怎么能够预先知道呢?"

他从侧面看了她一眼。不,她是清醒的。她的泪洗过的眼睛是明亮的,她的言语是清楚的。

"而且即使我知道了,我又有什么法呢?"

"我不明白。"萨木金说,递水给她,"有什么事?"

"鬼才知道那里出了什么事。"邓娜沙说,推开他的手。"一个铁匠打破了背脊,不能走路,四个枪毙了,九个受伤了。我,像一个傻子似的,正在唱。忽然哨子响了。真骇人。"她恐怖地说,大睁着眼睛,闭起眼睛,她摇着头,"嗯,你知道,那时我觉得好像大地张开口把我吞吃了。完全是胡闹。从前你说得不错。他们是些脏猪。而且你预先告诉了我。那里有些兵士,一个上尉。——在工人的宿舍里窗玻璃都打碎了。窗上塞着些红套的枕头,好像血肉似的。我到的时候是晚间，什么也看不见——"

　　萨木金吸着烟，他的脸在痉挛着。他忽然看见他自己细长得好像一根线似的——这线长伸在地上，一只看不见的魔手打一些紧结在它上。

　　"你自己要镇静。"萨木金自己咕噜着怜惜他自己。但是邓娜沙用湿手巾扇着她的红涨的脸而且摇着另一只手的拳头，继续说：

　　"我对他说，那鼓眼的野兽——他叫什么名字？——那醉鬼——你要干什么？我对他说，你们已经宣布过集会自由，而你们又枪杀人民？而他这猪儿子，露着他的牙齿。他说，正是因为宣布了这个，所以杀得更容易些。你明白吗？斯推拉托那夫——这是他的名字——他有一个老婆——一张饼脸，一条母牛，两只奶就像这样——"

　　邓娜沙伸出两只手，画成一个圆圈，两个指尖又凑在一处。

　　"他说，我的父亲是一个农民的儿子，穿席草鞋，而死的时候是一个商业顾问官。他说，他亲自动手打那些工人，而他们尊敬他。啊，我想，那是你们这一类的人，你——"她用一句恶骂完成了这一句话，然后又说，"请原谅我，克里。"

　　她又在沉静地骂着，这时萨木金正在惶恐地紧张着，觉得这些印象的一个新结又拴在他的内心。在他前面异常鲜明地现出了马利娜的家、里狄的家、莫斯科的街道、那防御工事、米托罗方诺夫被枪杀的厢房、那省长的在空中翻筋斗的帽子、马利娜的辉煌的教堂法物的商店。

　　"现在，现在，请停止叫骂吧。"他机械地请求，虽然邓娜沙并没有妨碍着他，况且他看见她远立在那纸烟的烟云之后。他觉得病了，疲敝了，塌倒了。他又想：

　　"我会发疯啊。"

　　邓娜沙中止了她的热骂，说：

　　"我想要吃。我想要醉。"

　　萨木金顺从地去按了铃，而且当他走过邓娜沙面前的时候，他轻轻地拍了她的肩头一下。这又引起她的愤怒来了：

"他们在那里喝酒，欢呼——好像日本人似的——这些胜利的拿破仑们，你知道——而在那厢房里关着许多人，二十七个，在那样冷的天气，各样东西都冻裂了。而且那厢房里的人们还有几个是受伤的。告诉我这些话的是阿连娜的一个熟人——伊诺可夫。"

"伊诺可夫？他在那里干什么？"萨木金问，站在房间中央。

"我不知道。我相信他在那里工作。这样一个讨厌的人。你知道他吗？"

"不。那是另一个人。"萨木金说。

"当省长被刺的时候他住在这城里——"

"不要这样大声。"萨木金警告她，"你看见许大可夫在那里吗？"

"不。"

萨木金沉默了，觉得问讯伊诺可夫和许大可夫的似乎是另一个人而不是他自己，因为他自己对于这两个人是毫无兴趣的。

"你为什么不说话？"邓娜沙断然质问。这时旅馆的侍役来通知："晚餐已经预备在这位太太的房里了。"这解除了萨木金答复她的必要。

"送到这里来。"邓娜沙愤愤地叫。

七

酒和菜刚一送进来，邓娜沙立刻就喝了一杯麦酒，皱起眉头向旁边看一看，抱怨地说：

"鬼才知道是怎么回事。倘若我替医院缝衬衫和尸衣或者还要更好些——告诉我——会更好一点吗？"

"吃，"萨木金说，"牢骚是无用的。各样事情都有它的原因。"

"那么，这一杯算你的！我们喝吧。"她说，带着一种挑战的兴奋。

萨木金看着她好笑。

"好，怎么样呢？"她问，而且把餐巾抛在他上叫道，"而你也要把你的眼镜摘掉！它好像是戴在你的灵魂上似的，真是的。你单是从它里面来看而且笑。你不如摘掉那眼镜看看，否则别人要笑你了。放松你自己一点儿吧，就只今夜晚。明天我要走了。谁知道我们什么时候再会呢？在莫斯科你有一个妻，你不需要我。"

"她要想吵架。"萨木金认定，摘了他的眼镜，"以前我并想不到她是歇斯底里的。"

勉强他自己温和地微笑着，他以一种惊异之情看着邓娜沙：她的脸苍白了，她的眉打着结。咬着她的嘴唇，半闭着她的眼睛，她看着那灯火，而且小小的泪珠从她的眼里滚出来。她痉挛地用一个茶匙敲着酒瓶。

"好阴狠的脸相。"萨木金想，叹了一口气，把酒倒在两个杯子里。邓娜沙用她的发颤的手的小指去解开她的罩衫。他想去帮助她，但是她推开了他。

"我热。"

看着他的脸，她沉静地又说：

"那一次你伤了我的心了。在音乐会之后。"

萨木金离开她，问：

"我做什么伤了你的心呢？"

"不。你不曾伤了我的心。你惊骇了我。你这样和谁都不同，突然说出好像我的丈夫似的话来。"

她真正吃惊地说着，而且她的肩膀好像冷似的抽搐着，捏起两个拳头，她用它们互相打击着：

"当我和苏妥伐谈到我的丈夫的时候，她立刻明白，而且正确地。她说，他是一个革命家，由于忧愁——不是吧？由于别的——什么呢？——就是一个人恨每个人。"

此刻她把她的拳头痛打在萨木金的肩膀上——他指教她：

"恨世主义?"

"就是这个。恨世主义。一个人恨警察、教士——以及,官吏,这我是懂得的。但是他恨每个人,甚至于恨莫沙,我们的女仆。我和她好像朋友似的生活着,但是他常说:仆役限制了你。要用机器来代替仆役。又说:我的这些思想限制了你,就只因为你不明白它们。只要你明白它们,它们就不再限制你了。"

她跳起来,在房间里急速地走来走去,一半是生气地笑着。她继续说:

"莫沙有一个少年朋友——一个工匠——在山尼亚维斯奇大学读过书——一个执拗的家伙,粗暴、轻蔑地看着我。忽然我明白他有——是的,他有一个很温柔的灵魂,但是他害羞。所以我对他说:不要装出那野兽似的样子,巴阔莫夫。我能够完全看透了你。当初他发脾气:他说,你看不见什么,你也不能看。但是后来他自己说:是的,那是真的。我有一种温柔的情意,而他和我的心在交战。我的心教我不同的事。他真是很聪明——也受过教育,而且,让我告诉你,他是一个革命家,因为他爱他的工人的兄弟。在加朗乞维斯卡亚广场和加林提尼街上他打过仗——一个军官打穿了他的肩头,莫沙把他藏在我的家里,但是我的丈夫——"

她停住了,旋起她的眼睛,看着那角落后走到桌子前面,喝了些酒而且拍着她的脸。

"好,滚他的蛋,不谈我的丈夫。尝过了的就吐出去吧。"

急促地,断续地,她开始谈论这机匠的一个豪爽的朋友把这受伤者搬到隐蔽的地方去了。萨木金听着,防备着新的爆发。她的话越说越快,这显然是急急想要达到她所要告诉他的主要的事物。情形十分紧张,萨木金的头上正流着汗。

"据我的意见,人活一天就爱一天,倘若他不爱别人,他有什么用呢?"

她弯着头，双手捧着萨木金的头，把他前后摇摆着，热情地正对着他的脸说：

"你也是默默地爱着每个人，不过你害羞，所以装出不高兴和严正的样子。你沉默着，默默地在怜惜每一个人。你就是这样的人——对了！"

萨木金已经在期待着别样的事。第二次她使他昏迷了，把他翻转了。她的灼热的、明亮的眼睛直看着他的。她吻他的眉而且不停地说话。但是他的双手围抱着她的腰，并不听她的话。她觉得，连带着她的身体的物理的温暖，他的两手还吸收了别样的温暖。他也是温暖的，但是使人迷乱而且引起一种类似羞怯之情——是负疚之情吧？这强逼着他悄声说：

"你误会了——"

"不。我好像狗似的知道谁是谁。我是不聪明的。但是我知道。"

八

一点钟以后，这疲倦的萨木金坐在一只扶手椅里，吸着烟，喝着酒。邓娜沙在那一个时间所告诉他的那些傻话，他的记忆里就只保存了这一句。

"此地是我变成一个真的村妇的地方。"她说，在一种瞌睡的、半迷的状态之中躺了五分钟之后。他也有好几次很想以不寻常的言辞告诉她某些事，但是一件也找不出来。

现在他看着她的裸露的肩膀和散在枕头上的红头发，并且惊疑着她怎样能够把这样一蓬头发梳理得如此光滑呢？然而这样散乱着是异常好看的。

"她真有些单纯——女性的——率真的、友谊的女性。"他发现了这些适当的字。"明天她要走了——"他沉闷地想着，喝完了他的酒，站起来走到窗前。红铜色的云很可厌地、很沉重地悬挂在这城市上面,克里·萨木金不能不承认再没有另一个女人曾经像这红头发似的激动过他的了。这有点儿伤着他的自尊心,因为这不曾经验过的激动是由一个他不很看得起的女人所引起的。

"这妇女日,真是,"他重复着,"有趣——"

哼了一声,邓娜沙翻了一个身。萨木金悄悄地问她:

"或者你到你自己的地方去吧。"

"这就是我自己的地方。"她回答,睡着了。

萨木金微笑了,倒些酒给他自己。

"是这样的:在任何人的床上,她是以各个地方为她自己的地方的。"

这思想是有些羞辱的,但是比较起来,萨木金不能决定哪一个是更可耻的。他躺在一只短的、窄的沙发上,觉得很不舒服。这不舒服增强了他对于他自己的怜悯。

"她是以各个地方为她自己的地方,而我是各个地方都成为我的对头——所以如此。为什么呢?'二万个联盟围绕着他自己?'这是有趣的但是不是真的。'人围绕着他的精神而行,好像地球围绕着太阳似的。'——倘若马利娜有这一个的一半的坦白——"

他恍惚入睡了。他被一种声音惊醒。那是邓娜沙在移动椅子,当她穿鞋子的时候。他半闭着眼睛,看着那女人把她的东西收集起来挟在手臂底下,吹熄了灯,向门走去。她停止了一会儿,萨木金猜想她是在看他。他期待着她会来到他面前。然而她并不来,而是无声地开了门,不见了。

他喜欢这个。因为躺在这不舒服的地方,他的筋肉有些痛了。他一直等到她的房门的锁响了,才移到他的床上去。他点起一支烛,然后很快活地伸开他的手脚。他看他的表。差不多是半夜了。在寝台上他看见一个小皮夹子,从它里面露出一片纸。机械地,他抽出它来,读了那些像小孩写的又大又圆的字:"噢,亲爱的阿连娜,他们全是这样的脏猪,而已达到他们的深处,但是最讨厌的是一个大家伙,一个无耻的蠢材——"

萨木金不再读下去。他把这信放回皮夹里,吹灭了烛,想道:

"有一天,她会惹出麻烦来的。太随便了。究竟她是一个可爱的。"

九

早晨他正在洗脸的时候,邓娜沙进来了,穿着旅行的衣服。

"我已经把我的东西都包裹好了。"

她的脸是紧张的。她的眉头打着结,而且眼色很阴沉。

"好——倘若你什么时候想要看我,刘托夫他们总知道我的地方的——

"自然我要看你的。"

"过了喝茶的时候了——你睡得太多了。"她说,叹气。她咬着嘴唇而且不高兴地问:"你不害怕他们要逮捕你吗?"

"我?为什么?"萨木金问,吃惊了。

"为什么?不要装作无事人儿似的。我想你们全都会枪毙掉的。"

"好,好。"萨木金说,吻了她的手。他不由自主地问:"你把你自己的事都告诉过苏妥伐吗?"

"告诉她?不过把她所要知道的告诉她罢了。她是那样好像一只——唧水筒似的。"

她走到他面前,摘掉他的眼镜。她看着他的眼睛而且猫似的呜呜着,悄声说:

"我可怜你,你不必多心。真的,并没有损害你的意思。我完全不知道怎样说话。你是孤独的,是不是?很孤独?"

萨木金羞愧了。这是别人用这样的感情和他说话的第一次。他的手

自然地抱住这妇人,而且含糊地说:

"你不必担心我。为什么呢?——"

他沉默了,决定不了让她说下去或者用接吻使她沉默。她热诚地悄声说:

"不要以为我把我自己献给你做后十年的情妇。我老实说出我的真心话。你以为我不知道什么是沉默吗?有的人沉默着是因为没有话说,有的人是因为没有人可以说话。"

用她的手掌紧按着他的额部,她更低声地说:

"而且这,也是慢慢地去和苏妥伐——"

"她嫉妒了吗?"闪过萨木金的心里。各样事都变为更简单明白了。

"不要和她说得太多。"

他笑着,敲着她的头问:

"为什么?"

"他们说她的坏话。"

"谁?"

"许多人。"

有人敲门,旅馆里的老侍役伸进他的头来,说:

"人们来送你了,小姐。"

"好,再见。"邓娜沙说。萨木金觉得她的接吻似乎是异乎寻常的,更加温柔的。他也悄声说:

"谢谢你。我不会忘掉你。"

用手巾揩掉她的眼泪,她走出去了。萨木金走到那流汗的窗子前面,揩揩那玻璃,把他的前额贴在它上,尽在回想他以前在什么时候曾经这样感动过。当发尔发拉那一次小产的时候吗?

"但是那时我是惊骇,而现在——?"他分明地忧愁着,因为邓娜沙已经走了。

"她嫉妒——?这是我的愚蠢的念头。"

在旅馆入口地方停着两辆马车，每一辆有三匹马。一个灰胡子的军官扶着邓娜沙上车，有五六个壮健的男子围绕着。一个穿灰衣的飘逸人物同马利娜共坐在一辆车里。萨木金等到那两辆车都走了，然后才决定他也要去到车站上并且在那里吃早餐。

站在车站小食堂里，靠近窗子旁边，他从那窗子后面窥看着站台。邓娜沙被隐藏在围着她的一群人中间。萨木金机械地数着那些来送她的人。马利娜在这一群人中是最出色的了。

"三十七个。"他重复说给他自己，"这是名誉。"

那灰毛的军官敏捷地把邓娜沙举到列车的台阶上，而这一举似乎推动了列车。邓娜沙的朋友拍着他们的手。她朝他们投下一些花。萨木金目送着她，记起那熟悉的成语："生命的书的另一页已经读过了。"他感觉很悲哀而又责备他自己：

"我看我还是一个小感伤派。"

十

对着一面镜子，他坐着喝咖啡，在镜子的深处他看见他的脸，疲敝而且苍白。在他的肩头后面他看见一个大头，宽阔的眉毛，一些像麻屑似的白发的团。那头弯在桌子上，那肥胖的红手操纵着一只叉子在一个盘子里，把油煎的肉块送进嘴里。那手是可厌的。

当马利娜的声音丰富地在食堂门里响着的时候，那乱头发一惊动，装出一副有趣的、呆板的脸相，还有那宽大的鼻子，特别的眼睛——很大的眼白和小的、天青色的虹彩。这个面孔的所有者急忙站起来，看一看镜子，用一只手去理平他的头发，另一只手拿着餐巾当作手巾去揩他的脸——腮，额，发。然后坐下，他不安地眨着眼。他的眉毛是白的，像他的小胡子一样——这一撮毛在那呆的、肿的脸的苍白皮肤上是不显著的。马利娜走到他面前。他站起来，狠狠地推倒了他的椅子。马利娜趁机抓住那椅子,并且用她的手掌拍着椅背,沉静地和那乱头说了几句话。在回答的时候他摇头而且粗气地咳着。马利娜走到萨木金面前:

"你来迟了。送不着邓娜沙吗?"她问,审察着他,"天气虽冷,你还是保持着暖和。到商店里来,关于那项钱。"

"什么时候我可以来?"

她说在半点钟之内她在商店里。萨木金得到这印象:她对他说话的态度有些干硬,她的眼睛也有一点粗糙。

在镜子里他看见那乱头发以一种不友善的态度看着他,似乎就要冲到他身上来了。这些全是很难受的。

"一两天吧,我就要离开此地。"他决定了,而立刻又想象到发尔发拉,"好,我要到克里米亚去。"

当他走进马利娜的商店的时候,那漂亮少年米式加对他鞠躬,默默地指着走进后部房间的门。在茶炊后面,马利娜坐在那长沙发上,手里拿着一个银十字架,正在用一根发针去剔它,又用一片羊皮去擦它。她倒茶,并不问他要不要。然后她问:

"你没有去赴那省长的葬仪吗?"

"没有。"

"那公诉律师作了一番骇人的演说,反对你们这一流人。告诉我,你暗中同情于恐怖主义吗?"

"既不同情于红的也不同情于白的。"

"昨天一个高等学校的男孩子自杀了,他是一个富商的独生儿子。父亲是一个简单的俄国人,母亲是德国人。他们说,这孩子是一个恐怖主义者。你等着。"她说,并不看着克里,热心地剔着那十字架。他问:

"你在做什么?"

"一个教士卖给我这十字架——一个好的、旧的德国造的。他说他发现它在地里面。我想他是说谎的。我相信它是那些农民从某个邸宅的墙上取下来的。"

"我看过里狄了。"萨木金说，而这句话出乎意料地响出挑战的音调。

"我知道你问她关于我的事情。"

萨木金注意到她的耳朵变红了。他更加温婉地说：

"相信我，这并不是平常的好奇。"

"我信。倘若不到'平常'的，那就很好了。"

她沉默着。稍等了一小会儿之后，萨木金妥协地提议：

"你不必生气——这是你自己的错。你把你自己隐藏在神秘里面。"

"停止吧，否则你就要说出蠢话了，你自己会害羞的。"她警告他，看着那十字架，"我不生气。我懂得——那是有趣的。那女子原来预备她自己到戏院里去唱歌，以艺术来娱乐她自己，而忽然嫁了一个商人——现在她卖教堂的用具。或许其中甚至于有些可笑的事情——"

"有些不平常的事情。"萨木金修正。同时她悠闲地继续说：

"我相信你的好奇是由于你的灵魂的需要——然而更简单的是简直就问，你信仰什么呢？"

她挺直了她自己，听着，把十字架随手抛在那长沙发上，无声地走到商店门口，严厉地说：

"你在干什么？关起店门回家去。什——什么？"

她消失在那商店里了，而当她在嘲弄那漂亮少年的时候，萨木金站起来，问他自己：

"我想要从她那得到什么呢？"

十一

在角落里，有一套同样的皮装的书直立在一个小台子上。他读了它们的背面：《克尼战栗着》，布尔维·赖顿著；《一个近代人的忏悔》，缪塞著;《没有信条》,显克微支著;《门徒》,波然著;《尼采的哲学》,里克提堡著;《沉闷的故事》,契诃夫著。萨木金耸了一下肩头。奇怪!

"这些书你有兴趣吗?"马利娜问,她的声音显然是嘲弄地响着,"奇怪吗,是不是?它们全都是关于同一论旨的——关于那些精神的贫乏者——那些人的'果敢的天然色泽被损伤于思想的苍白的面影',如莎士比亚所说。我的丈夫尤其喜欢布尔维和《沉闷的故事》。"

"我想,你是在读宗教的、哲学的问题,是吗?"

"我读了一些,但是那是太沉闷了。"她说,退回到长沙发上。玩着那一个发针,她加上:

"文人的哲学化比之神学家和哲学家的哲学化更为透明。文人的思想是以具象人物的形态表现出来的,于是那些人物的思想的贫乏更为明显。"

用发针工作着,她温柔地叹息,继续说:

"你想要知道我是否相信上帝。我相信。但是我相信的是古代所谓'普洛巴托''普洛亚克''倭俄'——你认识诺士谛克派[1]吗?"

"不。那是——"

"你不会知道的。好,现在——他们教说'倭俄'是无始的,但是有人主张'倭俄'是可以理解的——这不是理性,而是推动理性的力,此种力发生于离开地面及肉体而存在的精神的深处——"

茶炊嗡嗡地响着,好像满是蚊子似的。马利娜说得很低,好像是对她自己说似的,并不看着萨木金,同时还细心地剔着那十字架。萨木金听着,迷乱着,疑惑着,但是在等候着某种极简单的、认真的话。同时他想这女商人的合适的黑衣服并未改变了她的美好的、苗条的形态。

---

[1] 一世纪至六世纪间所行之宗教哲学派,应用波斯、希腊之神学哲学以说明基督教教理者。

她说出一些异教徒、正教徒、基督教的使徒、哲学家的名字——全是萨木金所不知道或不大知道的,他也毫不关心于他们的差别。她仍然在说,但是萨木金并不留心听,她的关于精神的玄谈从他面前滑过,消散在他的纸烟的烟云里,他的记忆所捉住的不过是不相联系的几句。

"灵魂是与肉欲有关的,而那精神是非肉欲的,它的目的是清净,使灵魂精神化,因为世上充满了非精神的灵魂。"

把那十字架推到沙发的角上,用一条餐巾揩着她的手指,她继续在讲,更加缓慢,更加淡漠;这种淡漠激起萨木金一种厌恶的感觉。

"为什么这康健的、大奶的、无疑肉感的女人需要这特殊的言语的服装呢?"他思索,"对于她更自然、更适合的是用那甜腻的声音谈论那教堂的上帝,那传教士、修道士、农妇的上帝——"

他看见那十字架倒立在沙发角上,而且马利娜已经不说话,正在小心地把果酱抹在一块饼上。这些琐事使萨木金失望了。好像马利娜曾经劫夺了他的某种渺茫的希望似的。

"这些都是太抽象了,于我也很生疏——"他说着,想要笑而不曾发出笑声。马利娜谦虚地笑着说:

"我看你已经厌烦了。"

"好,严格地说,你已经真实地说了什么关于你自己的事了吗?"

"我说了我需要说的。"

他曾经轻蔑地、嘲弄地问了那问题,因为他想要使她恼怒,但是她的答话的音调是不愿辩论的或懒于说明的。萨木金觉得她所加在她的言语里面的轻蔑的意味比之他加在他的问话里的更多,而他的轻蔑是更无效的。吃完了那饼,她舔着她的嘴唇。她的谈话的气焰又翻腾起来了。

"你们知识分子发现信仰在统计学里面:数目、面积、重量。这好像崇拜小鬼而忘记了撒旦。"

"谁是撒旦?"

"理性,用不着说。"

"噢，马利娜，你总该知道这全是何等陈旧而且肤浅的。"萨木金说，叹息着。

"这是不朽的、俄罗斯的、俄罗斯的人民的。而你又想出了什么呢？那宪法吗？那宪法怎么能够帮助你解脱了无聊得要死呢？"

"我并不想死。"

"无聊就是死。你并不想死，就是因为你并不活着。"说了之后，她拿起了十字架走进商店去了。

"自然她并不依据这些胡说而生活。"萨木金愤愤地决定，目送着她的挺直的形体。他观察着她的整洁的休息室，那铁包的通到后院的门。他鲜活地想象出马利娜睡在那里，开门给她的情人。

"现在这是十分可信的事。"

他毅然决定明天到莫斯科，然后到克里米亚去。

"听着，我的朋友，我有话告诉你。"马利娜说，同时她站在萨木金前面，响着她的那些钥匙。她的每一个字都惊吓着他，她用最为职业的声势提议他居住在她的城市里——她相信他是居住在哪里都可以的。

"你为什么想到这个？"

"这城市是安静的，"她继续说，并不回答他，"这里的生活是便宜的。我要把我所有的法律事件交给你，并且替你介绍其他的案件，替你租房子——好，你以为怎样？"

"你的提议是很意外的——我需要想一想。"萨木金说，觉得他的惊异变为很近于害怕了。

"想一想吧。那么现在你要原谅我。我要到省长的家里去安慰他的太太。其实她是他的妹妹——他是一个鳏夫——而她和他有一小点纠缠。"

她一面说一面穿上她的外套。他们同走出去到后院里。马利娜用一个古旧的大钥匙锁起那铁门，然后把它放在她的暖手筒里。这后院是小而窄的，四面都有窗子，这使萨木金发生一种奇异的、被拘束的感觉。

"那么你想一想吧。你可以住在这里一些时日，休养你自己，整理你的思想。"

他们分别了，各走各的路。萨木金缓慢地大步走着，思量着马利娜的提议，而且承认这种办法于他是颇为适宜的。

"我将要安静地、孤独地、面对着我自己地生活下去。"

记起他常是他自己的伴侣，他也就减轻了他的寂寞。

"邓娜沙会来看我——有时。一个淫荡的孩子。生命创造了这些奇异的族类。这苏妥伐又有她的'普洛巴托'。她的讲演结束得好稀奇呀。我不至于使她讨厌我自己吧。"

第二天他把他的决心告诉马利娜。

"那很好。"她慨然地说，"把钱带去。替我问候阿里克先·戈金。"

"你知道他吗？"

"自然。他在这里住了两个月，总是很奔忙的。但是在我们这城市里，社会革命党正在得势，所以他们把他挤出去了。"

"你是一个最有趣的人物。"萨木金真正惊异地叫起来，"你怎样能够把神秘主义联合到——"

"第一因为诺士谛克派并非神秘主义，第二有一句谚语：'一个大皮包不是一个硬土瓶，小心放在它里面的东西总会平安地存在着的。'现在你能够取它去——不错，但是不要摇动它。"

"这是夏娃的好奇心吗？"

马利娜笑着回答：

"夏娃是只有趣味于一种罪的，而我是——或许——有趣味于各种的。"

"你不能长久生活于好奇心。"萨木金感叹。

"你已经厌倦了吗？"

他们俩都笑了一笑。

第八章

一

莫斯科的各样显然是很疲敝的。发尔发拉接待萨木金好像一个住在远方而又愿意相见的旧相识。在这两周之间她已然瘦了,衰弱了。她的闪烁的眼睛,被暗影围绕着,是扰乱的、疑问的。她的黑衣服没有装饰,使她有一种一个忧郁的寡妇的神气。当萨木金告诉她他要去住在省城里的时候,她的头垂下了,她也没有即刻回答。他想:"某种不如意的、错误的事将要开始了。"

他错了。发尔发拉叹息,说:

"我明白你。共同生活现在是没有意思的了。而我也不能住在省城里,我是固定地生根在莫斯科了的。经过那一场悲剧之后,现在我倒觉得和它更加密切起来了。"

发尔发拉冗长地、抒情诗地、书本式地读着对于莫斯科的留恋。并不听她的话，萨木金在想：

"'此爱已不欢'——但是我还不曾想到：'分离将无忧。'"

发尔发拉的眼睛是镇定的，她用最为职业的态度又开始谈起来。这时他终于觉得对于这"无忧"有些感伤了。

"我想我要到外国去——一直住到春天——保养我的身体——总之调理我自己。我想那议会对于文化事业将要开创广大的机会。若非我们提高国民的文化水平，那么我们的知识的力量都是白费了的——这是我在过去一年中所得到的结论。因此，我感谢这一年，原恕了其间所有的恐怖。"

萨木金滑稽地默想：

"她说得油嘴滑舌的了。她已经被教好了，也更加愚蠢了。"

他希望她的单调得像秋雨似的谈话会停止，但是她继续又用言语粉饰了她自己二十分钟。萨木金不能在那些言语之中发现一个他所不熟悉的思想。她终于走了，留在桌上一张发散着刺鼻的香气的手巾。萨木金退到他的书房里去整理他的书籍——他的唯一的财产。

他发现一本收集着违禁的明信片、警句、小诗的簿子——他皱眉看着那些纸片。他惘然觉得这些全是平板的、琐碎的、无才能的，比之现在讽刺的刊物上所发表的那些。

"这过去。"他想，并未加上"我的过去"，于是他把他的自由思想的和青年热情的纪念品撕成碎片了。

"噢，沙皇尼古拉

有一天你会统治的，

记住那一天

警察放下了他们的拳头！"

萨木金皱着一副苦脸读过这诗句——现在这样东西好像一套破衣服似的，连施舍给一个叫花子也叫人难为情的。

"很多人都胡诌过这一类东西的。"他试行安慰他自己，更加急促地撕毁那些纸片。当他完成了毁灭他的过去的连带的时候，他用脚把那些纸片踏进废纸篓里。觉得放心了，他点起一支纸烟。

二

一点钟以后，萨木金坐在戈金的家里，面对着台谛亚娜。他从前很少和这位少妇见面，并且记得她是一个快乐的生物，好说讥诮的话，而一双蓝的、顽皮的眼睛有一种锋利的光芒。她的嘲弄的态度使他对她没有同情，引不起他愿意交好的欲望。现在她的眼睛疲倦地隐藏在睫毛下面，她的脸是更瘦、更长，她的两颊显出病态的发烧的颜色。间断地咳着，她躺在一张长沙发上，腿上盖着棋盘花的毯子。她的容貌老了十年了。用一个肺痨病者的沉闷的、无色的音调，她说：

"这钱来得太迟了。阿里克先已经在洛士托夫被捕，鲁伯沙·梭莫伐和他一起。你知道伊立沙弗它·斯庇伐克吗？她也被捕了，她的印刷所也被封了，虽然她还没有开始营业。她的儿子阿尔加狄是和我们一起的。"

"你病了吗？"萨木金问。

"你看见的。有一个彼得乌索夫，是一个瞎子。他在一个集会上演说，当他回家的时候他被谋害了，真正是打死的。我们绝对需要组织战斗单位，然后——'以眼还眼，以牙还牙'。为了这恐怖的问题，社会革命党是要分裂的。"

她断续地说着。她的眼睛的光芒却令人难堪。

"你似乎发着高热。"

"不要紧。你等一等。"

萨木金回答说他没有时间。台谛亚娜伸手给他，问：

"你打算干什么呢？"

"我还没有决定。"萨木金干巴巴地回答，急忙走了。"她已经残留在真实生活的圈外——生活在她的梦幻的过去之中。"他默想着走进街里去。可惊的,差不多是不可信的,他突然觉得:他离开莫斯科的这十多天已经把他推开,远离了这城市和台谛亚娜这一流人。一个新奇的环境,需要分析。显然地,以意志的一种努力,一个人是能够脱离现实的恶劣的包围的。

"从琐碎的必然的王国进入自由的王国。"他含笑地想着,想着他的这一跳并不曾费过丝毫的力量。这是更为新奇的。他怀疑到他的性格的坚定,使他感觉不安。

"世间各种事物都竞争着趋向于一种或多或少的固定的平衡。"他提醒他自己,"现实受了一种革命的震撼。它曾经摇荡着,向前移动,而现在——"

"哈喽,萨木金同志。"

这低声召唤是从拉弗路士加那来的。他来到萨木金旁边,和他紧挨着,看着他的脸,微笑着。这少年穿着一件长的青上衣,对于他的体格这实在太大了;长靴子,戴着一顶露出许多秃块的野猫皮帽。

萨木金打量了他两次。拉起他的外衣的领子,他向后看着而且急走了几步。这时,拉弗路士加却好像作报告似的,急促地、低声地、快活地说:

"我的手已经医好了。不过还有一个疤——痘疤似的。现在我念书。还有巴弗·米海洛维奇——他死了。"

"他是谁?"萨木金问。

"嗯,那锡匠。你忘记了那锡匠吗?"

"哦,我看——"

"他受了凉,一下就死了。"

"好,祝你好运道。"萨木金说,转向一辆街车。而且又忽然站住了,他悄悄地问:

"亚可夫呢?"

"他很好。"拉弗路士加也悄悄地回答,看看周围,"他像平安一样平安。他现在不是亚可夫。他现在实在是——"

"好,再见。"

坐在雪车里,萨木金想:

"为什么我要问亚可夫呢?记忆中的一个奇异的斑纹。自然,它不会是别的东西——不过是一个狂想罢了。"而同时他又想到:

"我似乎是在竭力说服我自己。"

放低他的衣领,他严厉地命令那车夫:

"赶快些。"

他觉得他想要当天就离开莫斯科——立刻。

三

雪已经开始融化。道路是姜色的。潮湿的空气里充满着马粪的气味。家宅都有一副流汗的面容。人们的声音怨恨地响着,雪车轮子擦过光石头的尖声刺穿了人的耳朵。因为避免和发尔发拉谈话或遇见她的朋友,萨木金白天就到博物院去,夜间就在戏院里。后来他的书籍和别的东西都已经装好在箱子里了。他几乎是以一种感谢之情吻着发尔发拉的手。她把头转在一边,用手巾蒙住她的眼睛。和这妇人毫无痛苦地分离了,萨木金完成了他的生活的这一章。以一种自由的新感觉,在一种温柔的、抒情诗的情调之中,萨木金又——现在是第几次?——坐在二等车里,在一群久已熟悉而毫无例外的人们中间。然而,这一次他对于他们有点儿新感触,他们所引起他的思想并不全是平常的。

靠近窗子,坐在他旁边的是一个红面颊的小男人,一管塌鼻子,一双圆得好像纽扣似的深蓝眼睛,正在看着一种讽刺的刊物。他所穿着的每样东西——从领带到鞋子——都是崭新的,而且他每动一下他的身上就有什么在响——或许是他的浆硬的衬衫,或者他的青上衣的衣缘。在萨木金的另一边是一个穿着羊毛衣、戴着圆眼镜的胖女人，她带着一个三叠的圆帽盒，盒里的一些小猫在爬动而且咪咪地叫。

面对萨木金坐着一个红萝卜似的男人，一张麻子脸上有一部散乱的小胡子，一双快活的黑眼睛——这似乎是不属于他的干枯而霉烂的脸的。在这人旁边坐着一个高大的、怀孕的女人，显然是他的妻。她穿着黑绒外衣，一条长的金链装饰在她的颈上和胸前。她的脸是宽大而善良的，她的眼睛是活泼而高兴的。占据着那角落的是一个尖鼻子的男人，他戴着海豹皮的帽子，弯腰坐着，他的双手搁在衣袋里，闭着他的眼睛。他的外表没有什么有趣的东西。

萨木金想着，他看着这样子的人们这并不是第一次了。在火车上他们是平常得好像车窗外面习见了的闪烁的电报柱、电线交错的天空、转动着的雪铺的地面、像赘疣似的散布在雪上的农村的小屋。一切是惯熟的，一切是平常的。照例，这些人们吸了很多的烟，大声咀嚼着。

严格地说，有许多理由来相信：只有这些人们才是历史原料，其他一切人文都是从这原料制造出来的。他们——还有农民。这是民主主义的，这真的平民是一种生命的坚韧的力量，不会衰歇的力量。它历尽了一切社会的和自然的劫难而存在，并且不倦地、顺从地织成生命的网。社会主义者忽略了民主主义的重要。

这些新思想很容易地形成在萨木金的心里，好像是他自己久已感觉到的东西。真的，它们来得魔术似的容易。但是环绕着他的嘈杂妨碍着他的思想。在他后面，在邻接的间隔里，一个铁道会议已经十分紧张了。许多声音同时起来，个个都是显然想要压倒这有毒的甜蜜的尖声：

"后来又怎么样呢？分权——什么意义？分权就是分裂主权。好，那些犹太律师做了我们的主人，会比我们的老贵族和商人——昨天穿草鞋今天变为百万富翁的商人，更聪明吗？"

在一两分钟之间无人能压倒这声音。它响得好像一座钟似的。然后一个丰润的低音高起来了：

"政府的权力实际已经微弱了,而这是因为教士们已经被剥夺了说教的自由。安东尼大主教正确地、勇敢地说过:'在报纸的狂叫的莫名其妙的吵闹之中上帝的言语是听不见的了,而这是大罪恶!'"

"这是事实。俄罗斯已经被言语搅混成一团粉糊了。"

"这是真理。"那麻子快活地叫道,闭起他的眼睛,摇着他的头。又睁开他的眼睛,他喜悦地看着萨木金的脸,说:

"而且因此——人民已经变得十分鲁莽了——他们想什么就说什么。"

他的妻用一只手抓着她的臂下面,另一只手从袋里取出一片用亮纸包着的糖块递给他。

"吃这个。我相信你想要吸烟了,是不是?哈,这里好多烟——就像在酒馆里似的。"

"不是酒馆,而是筛子。"那尖鼻子对着她的耳朵说,"人们都已经被抛在一个筛子里,而他们的愚蠢都被筛出来了。"

当他说的时候,他也看看萨木金。那女人把一片糖丢进她的嘴里,慨然答道:

"没有愚蠢我们不能生活,也——"

"这就是我们开始——"她的丈夫赞成。

四

邻接间隔里的声音来得高而又高,急而又急,好像要迎合列车的铿铿锵锵。萨木金逐渐有趣于那尖鼻子的家伙:他的憔悴的脸,罩着好像一张细线网子似的皱纹,是很活动的,一会儿辛苦而讽刺,一会儿恼怒。他有一张歪曲的嘴,干枯的嘴唇的右边半开着,好像是衔着一支看不见的纸烟似的。在黑眉毛下面,从枯瘦的眼窝里,他的蓝眼睛闪射着高傲的光辉。

"有这样一副面孔的人应该是守住沉默的。"萨木金认定。但是这人既不能也不愿守住沉默。他的话,挑战而又不至于激怒响应着这嘈杂的车厢里的各种说话。他的无色的、干燥的声音,那第二间隔里的有毒的甜声音,和那低音,征服了别的一切声音。有人在走廊里说:

"生命是短的。在你还来不及造好一座房子以前你已经需要一具棺材了。"

那尖鼻子立刻插嘴:

"商人先生,你应该想的不是棺材,而是对德商约,那是屈辱而且损害我们的。你自然有一具棺材。"

在克里后面,那低音又可厌地朦胧出现了:

"我们的思想家们好比一个少妇。在一个宗教的行列里有人踩着她的脚,她就跑开,歇斯底里叫起来——啊,好横暴哇!我们的著名的作家,里翁尼·安特列夫也是如此的。俄罗斯民族正要突出到太平洋去,而这位作家却向全世界叫喊:"噢,一个军官打断了一条腿了。""

那尖鼻子站起来,从萨木金的头上叫过去:

"大批的钱是献给了《红笑》了的。安特列夫甚至把一个教士变为无神论者。"

机关车吹啸着,推动着,而且摇摆着车厢和旅客,然后嘶嘘着停住在一阵浓厚的雪云里。那尖鼻子的声音更加响亮了。摘下他的帽子,他把它夹在左手肘下面,或许因此他不能摇动这一只手了。他挥舞着他的右手,而且倾倒出像钉在木箱上似的言语。

"大作家,流氓,贫民窟的住客,醉汉,花柳病患者,总之这一切文化的渣滓和粪土都要求他们自己的自由,已经硬造了一个宪法要决定我们的命运,而我们却在玩弄字句,发明言辞,喝茶——是的,这就是我们所干的——单就是这个。而他们那说法,"他说着,转向那带着小猫的妇人,"听着他们谈话是有趣的——谈论各样事——但是不能做任何事。"

这演说家把他的帽子从肘下拉出来，把它捏在手里。他拍着他的胸膛。

"我游历过全俄罗斯，经过了它的长度、宽度、圆的、交叉的。我到过许多外国——"

机关车又叫了，拉动着车厢，把它推过雪地；但是列车的响声已经微弱，逐渐衰歇了。那尖鼻子这时得了胜利——旅客们默默地看着他，或者站在走廊里吸着烟。萨木金看着皱纹的网改变了那尖鼻子的脸相，当那网张开或缩紧的时候；看着那灰色的鬓毛在那小圆头上动着；看着那眉毛移动。这人的脸皮并没有红，但是他的头上和额上全是汗津津的了，他用那帽子去揩汗，说了又说。

"他们曾经诅咒和鄙视一切。这些作家已经漆黑了俄罗斯，好像一个人漆黑一道门似的——"

"这是毁谤罪。"那一个讽刺刊物的小读者吃吃地说。

这演说家向那一个方向挥舞着他的瘦拳头。

"自由思想。你爱怎么想就怎么想，鬼才来管它，但是闭着你的嘴——不要引诱——"

"这是对的。"一个声音从走廊里叫起来，但是另一个声音在笑。有人在吹哨，而这卷鼻子的小男人，他的脸隐藏在一张报纸后面，恼怒地说：

"什——什——什么胡——胡说。"

"他说的是不错的。"那麻子对萨木金说，"一个人必须像一只茶炊似的：里面沸腾着，但是不把热水泼出来。现在我不泼，而且——"

"而且要进疯人院三个月。"他的妻说道，轻轻地放一片糖在他的伸着的手里。但是那演说家很热烈地继续说着，揩着他的流汗而不红的脸的次数也更加多了。

"人民并不要求自由。俄罗斯的人民是些农夫，他们所需要的唯一的自由是多长羊毛——"

"这——这样他们才好被剪吗?"那讽刺报的读者问。弯起腰对着他,那尖鼻子凶狠地叫:

"是的,是的,就为这个。国家能够从你这样的人身上剪下多少来呢?你单会用国家的钱吃、喝,国家教育你花了多少钱呢?你们学了十多年——工程师用政府的钱来造反——刺杀省长、大臣——"

"可怜他们。"从走廊里高叫过来。又有人在吹哨。

"我不可怜他们。我说可怜是无用的。我们有一件事要做。我们必须雪了日俄战争的耻辱——而我们怎么办呢?"

萨木金想,在两年前这些人是不敢说得这样明白或讨论这样问题的。他注意到他们说了许多蠢话,但是那蠢是在于形式而不在于意义。

"自然,那意义也是——丑的,但是重要的是人民已经来思索政治,他们对于生活的趣味已经扩张了。生命在适当的时机会改正那些错误——"

机关车又叫起来了,这一次很厉害,好像它撞在什么上,制动机尖锐地叫着,缓冲机铿锵着,那些站着的旅客摇摆着而且互相冲撞着。那怀孕的妇人在她的座位上一振摇,紧抓住萨木金的膝盖,而且叫:

"啊,怎么了!"

"司机喝醉了。"那尖鼻子推测,从架上取下一只篮子。

窗外许多看不见的手正在交织着一幅细密的白纱罩,好像要隐藏起站台上的那一列兵。

"欢迎贵宾。"那尖鼻子说。一个守车走在他后面改正他:

"他们不欢迎什么人。我们都要被拘留了。"

那女人放心地叹一口气,微笑着说:

"看那些刺刀——就好像梳子的齿似的。这些兵士,上帝的光荣,正在梳清那些叛乱的虱子,他们确乎是——"

她画着十字,对她的丈夫说:

"我们出去吧。这里有一个小食堂。"

那个带着小猫的沉默的妇人沉重地叹息着，站起来，也出去了。

"可怕的——的人们。"那口吃人抱怨。他也似乎想要说出他的话。他在他的座位上不安宁地动摇着，卷起他的报纸，在他的脸前面摇摆着它们。他努着嘴唇，他的小蓝眼睛放着愤怒的光。

"人要去——去——到——到修道院里避开这样的人们。"他说。

萨木金点头，觉得有些同情这结巴说话的辛苦。那人松动了他的嘴唇，微笑着，又说：

"或者单独住在一个洞里，像一只穴熊似的——"

一个没有剃过的、有髭的头从后面伸出来在椅背上，而且从那髭须里说出来：

"穴熊常常把它的洞分给狐狸住。"

那人以一种责难的神气通知了这个之后就不见了。那结巴好像害怕似的一惊。

不知不觉地那列车停了许久了。那麻子和他的女人已经从车站上回来。这女人的表被偷了，她恼怒地吸着鼻子，用她的手从她的红眼睛里开掘出几滴眼泪。

"那表是旧的，不值什么钱，但是它是我祖母在我结婚时候给我的赠品。"

现在，在车厢的那一头，又发觉一个旅行皮包和一管藏在套子里的竖笛不见了。这件偶然的事使邻接的间隔里的那低音胜利地咕噜起来了：

"相信我，那饶舌准是一个普通的窃贼，而他在这里有联手。他用魔术医治我们的牙痛，好叫别的人动手。"

"一种惯技。"那麻子欣然赞同，更激动了那低音的所有者。

"只要想一想——为什么那人，无缘无故地、翻来覆去地说呢？"

"但是你也说的，神父。"

"我是一个教士。"

五

一个大汉沉重地挤进萨木金的间隔里来。他的一只手提着一个大黑箱子，另一只手拿着一包书，还有两包书是用一条皮带围在颈上悬挂在胸前的。喉里呼呼地喘着，他把箱子抬到行李架上，把那两包书也放在那里。然而第三包书散开了，有几本就跌落在那小结巴的腿上。

"留——留心些。"那结巴叫，把书推倒在地板上，缩进他的角落里。

这一位新客竖起他的灰色的刷子似的眉毛，看了那结巴几秒钟，然后用一种奇怪的声音问：

"你为什么把它们抛在地板上？现在拾起来？你愿意吗？"

"我不是你的仆役。"

"这是不确的。一个人常常做别人的仆役，这样或者那样。现在拾起来。"

那结巴更加把他自己挤紧在那角落里，但是那书的主人把一只手放在结巴的肩上，沉静地说：

"拾起来。"

邻接的间隔里的人们都站起来，默默看着这活剧。

"我被强迫做这样的事。"那结巴抗议，脸变白了，眯着眼睛。他弯腰下去把书拾起来，抛在座位上。

"这，"别的那一个满足地说，坐下在他旁边，"谁能够糟蹋书呢？尤其是那一本穆勒的《名学纲要》，乌尔弗公司发行，一八六五年版。你没有读过它，我想，可是你糟蹋它。"

这人有一张满是剃过的灰胡子的圆脸，上唇上的胡子比之下颚的和腮上的更长一点。他的嘴唇是厚的；而耳朵也是厚的，突出在一顶厚重的鸭舌帽下面。在那刷子似的眉毛下面有一双浑浊的灰眼睛。他有意地窥看着萨木金的脸,审察着那麻子和他的妻,然后从他的厚重的上衣的袋里取出一个纸包,打开它,用指头去摸摸那点心而且皱着眉。他说:

"蠢材!我要火腿,而他给我香肠。"

他用他的厚重的手指把面包包在纸里,抛在行李架上。

周围的人们都保持住他们的沉默看着他,那麻子是第一个等不得的。他说:

"你贩卖书吗?"

"我买书。"

"读吗?"

"盖屋顶。"

那麻子笑了,红着脸,说:

"可是也有些人是卖书的。"

"有吗?"

"人们现在越来越无礼了。"那女人叹了一口气说,"从前人们说话多么客气。"

并不睬她,这读书人从他的怀里拉出一个小木盒子,取出一支纸烟。那些不高兴的旅客更不友谊地看着他,而那麻子放肆起来了:

"这里不准吸马可尔卡[1]。"

"谁不准?"那读书人质问,"我不吸好烟,而且不论从什么烟上出来的烟总是烟。马可尔卡的烟是很卫生的,其中的尼古丁毒素比较少些——懂吗?"

"然而你并不是一个医生。"那麻子坚持着。

他的妻拿了一片糖给他,说:

"停止吧,不要辩论了。吃这个。快!"

从那些人的皱着眉的脸上看起来,萨木金相信要发生一场活剧。那

---

[1] 多数俄国农民所吸的一种很粗劣的烟草。

小结巴恶意地微笑着,翻起他的眼睛,动着他的嘴唇,分明是在准备着加入这一场言语的战争。

那读书人的脸隐约在青烟里面。他回答那麻子说:

"不错,我不是医人的——但是我是医兽的。我是一个兽的医生。"

"人都看得出你是兽的。"那低音又朦胧出现在萨木金上面,然后寂静了。几分钟之后,那兽医高声叹息了,说:

"农民已经用猛烈的扫帚扫荡了这区域——"

他自信地和响亮地说着,好像他相信那些人们全都是在等候着听讲一个关于农民的故事似的。

"索莫诺夫庄园就只剩下冒烟的木头和灰烬,以及破炉子。而且那本是一个好庄园——全部都耕作了的。"

他全无恶意地、凄凉地说着,而且他的响亮的声音使大家都沉静了。

"但是,自然,这耕作超过了农民的能力,使他很吃苦,虽然这里的农民是一个好的、精敏的农民。我彻底地知道他,他在这里工作了八年了。这农民是这样的:他越精敏就越坏。这是他的生活的定律。"

"他还没有被打够。"有人说。

"该打的不是他,而是你,市民。"那兽医沉静地回答,连看也不看那插嘴的人,也不看其他任何人,"总之,农民已经被压迫得这般愤怒,即使俄罗斯发生像德国曾经有过的那样农民战争,也毫不足奇。"

"不。这真是说得太远了。"那麻子叫喊,急促而又尖锐地,"现在我问你们,朋友们,哪里会有虐待或残害人民的事呢?况且这是错的,因为不会如此的。没有来复枪就没有战争,而农村里是没有来复枪的,没有的。"

"农民会用他的肚子撞碎他前面的各样东西,好像阿里克先·托尔斯泰的诗里的米提加一样。"那兽医微笑着说,显然他喜欢有机会从事辩论。

"无人相信托尔斯泰的著作。它们并不是普留索夫的《历书》,不过是些长篇小说——是的,先生。"那麻子确定,小小的大红斑点密布在他的脸上。

"我并不是说列夫·托尔斯泰——"

"哪个托尔斯泰对于我们都是一样的。而且我告诉你,在德国就从没有过什么农民战争,而且也不会有。德国人都是进过学校的。我知道他们。而且这种战争也是你自己发明出来的。用来蒙混和威吓像我们这些不大看书的人。"

这人歇斯底里地叫嚷着,一个拳头搁在他的胸前,身子向前倾斜着,好像快就要用他的头去撞那兽医的肚子似的。而那兽医却仰着头,他的毛髭髭的喉结突出在前面,热心地笑起来了,从他的圆嘴里掷出一阵震聋耳朵的响声:

"哦——呵——呵!"

"你可以停止了吧——我的天啊!"那女人惊惶地请求着,用拳头去打她的丈夫的肩和腰。"不要理他先生。你为什么捉弄他呢?"她说,转面对着那正在笑着,揩着眼泪的兽医。

萨木金出去到走廊里,那妇人的怨言跟在他后面:

"你们先生们弄得两只公鸡打架,你们在旁边好咂嘴唇。羞你们。"

在走廊里也有辩论。有人说:

"我们的时代信仰进步这观念。而唯物论者把它归结、紧缩到技术的进步这观念——"

萨木金站在通到过道的门前面,倾听着以宗法的农村生活被工厂破坏为话题的一番议论,跟着又说到果戈理所说的"三驾马车"[1]是一个不祥的预言。他走进过道里,在列车的冷酷的摩擦和呻吟声中。在远方

---

[1]《死灵魂》第一部结尾,果戈理把俄罗斯比喻为三驾马车,大胆地飞驰着,奔赴它的未来的光荣。

有一个不愉快的橘似的落日开始照耀在一片雪的荒原上。那列车正向着它滚去。车里的谈话厌倦了他，搅乱了他的心情，损伤了他的内心的某物。他觉得这列车好像是把他运回到遥远的过去，到他的父亲、伐拉夫加和面目可怕的马利亚·罗曼诺夫娜之间的争论。

"我的神经是在一种可怕的状态之中——"

他忽然想到：在这车厢里，在这列车里，在这世界上，每一个人都是被关闭在一个经济的——根本是动物的——利益的囚笼里。每个人从他的囚笼的栅栏里面看出来，这世界好像确乎是划分了的；而当着某种外来的力量压弯了栅栏的时候，这世界就显见得是歪曲的了。戏剧就从这里开始。但是这不是他自己的思想。"笼里的鸣禽"，他记起了马利娜的话，而且觉得懊恼的是他自己并不会想过囚笼这观念。

落日迅速地改变了它的颜色，现在它用一种陈旧的、贱价的石印画品的色调点染着那天空。雪好像被烟灰盖着，没有光彩了。

"但是我可以用自杀来完结一切。"这观念忽然来临到他。这似乎也有别人指示过。

"马利娜自然也是在一个囚笼里的。"他急忙推想，"她也是被限制的。但是我是不被限制的。"然而他不明白这是疑问呢还是确定。天气很冷，但是他不愿回到那烟雾弥漫而满是辩论的车厢里。在车站上他问守车换乘了头等车，在那里他躺在他的座位上，避开思想，应和着车轮擦过轨道的旋律，作起诗来了。

第九章

一

马利娜的城市以一种融雪的天气迎接萨木金。空气里似乎充满了某种温和的物质。大滴的水点悠悠地从屋顶上落下来,每一滴都分明地想要打在电报线上。萨木金正在烦恼着,好像一个人扣不上领扣或纽子似的烦恼。像从前一样,他坐在那旅馆的同一普通房间的窗下,看着那玻璃似的水滴在浑浊的空气中淋落,默想着他刚才和马利娜的会晤。在那会晤中有点儿太职业化,伤了他的自尊心。

"你已经转来了吗?"她曾经问他,好像惊奇似的,而又立刻用职业的声调告诉他他必须即刻找到一个寓所,又说她知道一个地方,她相信,是很适合的。

"两点钟前后我坐车来看你,我们去看看她。好吗?"

总之,她以店主和雇员谈话的同一职业的形式接待他,她也没有请他到她的商店后面的房间里。

现在已经两点半了,但是她还不来。然而就在这时候,侍役开门,说:

"马利娜·彼得洛夫娜·苏妥伐请你下去。"

萨木金暗中观察,她并不道歉她的迟到。

"你已经完全结束了莫斯科的事情了吗?"

"我已经结束了。"

"那就好。"

他们的车在薄雾中小心地慢慢进行着,然后停在一座单层屋的前面。屋子四面有窗,一道大门通到街上。在新的铁屋顶下面,在两窗之间的凸雕的圆形里,塑着奇形的鸟像,而且这屋子的前面全装饰着粗劣的泥塑的花环。他们俩走进前庭,那里有一间三道窗子的木造的耳房,它的顶楼连着那屋子。这庭院也是蒙在一些雪的小丘的假面之下的,院子的另一端有几株被雪盖着的树。来开这耳房的门的是一个矮小的老妇人,戴着眼镜,穿着棕色衣服。

"午安,非里柴太·那色洛夫娜。我带一个房客来。伐里亭在哪里?"马利娜高声说。那妇人默默地而且神秘地用她的灰手指指着上面。

"叫他——她是聋的。"马利娜低声解释,当她引萨木金进一个很亮的小房间的时候。有三间这样的房子,马利娜说一间做办事室,一间做书房,后一间做寝室。

"窗子都向着花园,你看。从前一个医生住在这里,现在一个律师要来住。"

"他早已安排好了。"萨木金想。他不喜欢那前庭,也不喜欢这太亮的房间,于是他暗自恼恨马利娜。他觉得完全失望了,当一个大汉弯着头,像一头公牛似的走进房里来的时候。这人穿着温暖的上衣,系着一条宽皮带,皮靴子,而且从头到脚满是绒毛和草屑。他捏着马利娜的手掌,把他的毛蓬蓬的头凑近她,吻她,而且咕噜着好像一头病小牛似的。

"比士比妥夫，伐里亭·伐西里维奇。"马利娜介绍，很容易地推开了他。比士比妥夫挺直了身子，萨木金就看见一张前额宽大的脸，眼白难看地显露着，瞳子上有着小而洁的冷光。

马利娜郑重说明比士比妥夫能够供给家具，伙食也可以——价钱合宜。

"免费。"比士比妥夫说，用一种害喉头火的人的声音，"你喜欢免费吗？"

"为什么要免费呢？"萨木金干巴巴地问。那人敞开手，眼睛放着光，答道：

"就为优待。不为别的。"

"不要蠢了，伐里亭。"马利娜厉害地训诫。几秒钟之后，她告诉他："明天我叫我的米式加来，你和他把各样东西都弄好，两天的时间就够了。够吗？"

比士比妥夫又抓住她的手，吻她，咕噜着：

"到明天下晚我就可以办好。"

他这样用力地握着萨木金的手，以至后者痛得顿脚。当他们出来之后，马利娜和萨木金同车到她的商店里。

二

一只茶炊照例在这商店的后房里煮沸着，萨木金也照例觉得舒服，好像他躺在床上快要沉入一个轻微的熟睡里似的。

"你的兴头被伐里亭阻害了，是吗？"她问，微笑着，"他是有些乖僻，不过这于你无碍的。他有一个弱点——鸽子。因为鸽子他丧失了他的妻——她和他的房客，一个医生，跑了。他有点不快活，而且也发作出来。在他这一等人之中妻子脱离丈夫是稀罕的事，而且一件丑事使这人越加出名了。"

歇了一会儿之后,她告诉萨木金,第二天就要他接收她的律师的事务,并且凑近他面前,用她的温暖的手掌捧着他的脸,窥看着他的眼睛。沉静而温柔地,但是有一种权威的神气说:

"嗯,怎么了?为什么这样不高兴?你有什么苦痛吗?叫喊呀!这会使你轻松些。"

他并不想把他的脸从她的强有力的手里解脱出来,虽然他的脖子向后弯着是不舒服的,而且在她的眼光前面也觉得有些狼狈。从来没有别的女人这样对待过他。他记不起发尔发拉曾经这样激动地看过他没有。马利娜把手从他的脸上收回来,坐在他旁边。整理着她的头发,她重复说:

"好,说话。你需要讲一讲你自己的事,不讲吗?那么,为什么沉默着呢?"

他并不想讲他自己的任何事,他想即便他愿讲,他也不能使这个女人了解那些连他自己也不明白的事。所以他把他的情绪隐藏在一种滑稽的微笑后面,他问:

"你要我自白吗?一个奇异的愿望。这于你会有什么好处吗?"

他耸一耸肩头。把她的手放在他的肩上,马利娜轻轻地叹息,答道:

"你不想讲,就不必讲。但是我们女人有时能够帮助人放下他的肩上的负担。"

"而又加上另一种负担。"他插嘴。

马利娜窥看着他的眼睛,笑起来了:

"我并不想要你做我的丈夫,我也并不献出我自己做你的情妇。"

在她的柔和而深沉的声音里有着魔惑的力量。她的姣好的面容的微笑是善良的,而她的金眼睛在放射着温情。

"谈论自己是不容易的。"萨木金警戒她。

"但是我们谈论别的什么呢？即使讨论天气，我们也是在谈论我们自己呀。"

"你把各样事情都看得太简单。"

"我吗？"

萨木金斜看了她的脸一眼，谨慎地说：

"我只能讲事实、插话——但是这些还不是我。"他沉静地说，"生活是一串愚蠢、卑鄙的无穷的连续，总不过是戏剧的插话而已。它们硬闯入你的心里，激动你，以不必要的负担加之于你的记忆，于是人被它们拖累了，被它们压迫了，以至不能感觉他自己——他的内在的自我——他所经验的生活成为苦痛的刺激——"

马利娜默默地敲着他的肩头，但是他不看她。他说：

"我相信大多数知识分子都是这样感觉的，而且自然，我把我自己看作一个典型的知识分子，虽然我是不能冲破我自己的。我不能强迫我自己相信社会主义的正在长成的力量——以及这一类的事情。一个没有野心的人，我重视我的内在的自由——"

他沉默了几秒钟，估量着"内在的自由"这几个字，然后站起来。在地板上从这一角踱到那一角，他更急促地继续说：

"因为这理由，在那些加入了党派、团体的人们——总之，那些规范了、限制了自己的人们——之中，我是一个陌生者。"他觉得他的话说来有些生涩、不愉快，好像在回想一本读过多次而且已经厌弃了的书。

"在最后分析，每样事情都被归纳于这样或那样术语的系统，但是事实却与任何系统不相符合。除了我见过这样，见过那样之外，关于我自己我能够讲什么呢？"

站在房间中央，看着他的纸烟上冒起来的青烟，他检阅了一串插话的连续——波里士·伐拉夫加的死，马加洛夫的企图自杀；农民们以全体的力量举起一座教堂的钟；另一些农民打毁了谷仓的锁；血的星期日；莫斯科的防御工事——他亲身经历过的各样事情，连带那省长的被刺。他忽然觉得有点儿足以自慰的东西在这事实之中：记忆把这些全部情节排列为一个没有含义的时间的连续——这可以自慰，甚至于有点儿滑稽。他无意识地一动，把他的表拉出来，但是并不看那指针，立刻又把它放回去了。觉察到马利娜正在用一种敏锐的、期待的眼光注视着他，他勉强地、机械地继续说：

"我尊敬古图索夫那一类人——好像尊重外科医生似的。但是我的骨头没有断，我也没有生恶性的瘤子。"

他又在这温柔的、微暗的光线里踱来踱去，而且记起了他的噩梦，他的多重人格的纷扰的经验。这些东西似乎又包围起他来了。其中一个在看着一个全副武装的骑兵用他的佩刀打图洛波伊夫；另一个完全不同的是妮戈诺伐的情人；第三个，完全和前两个不同，亲切地和高兴地正在倾听着历史家可索洛夫的讲演。同时还有许多他的多重人格全都是和克里·萨木金很生疏的。它们可以称为分裂者。

"可怕！"他想，从他的眼镜上面瞅着马利娜，"我为什么对她这样坦白？我不了解她。我觉得她有些不高兴。那么，我为什么坦白呢？"

他沉默着。马利娜交叉着她的双手，幽静地说：

"你对于古图索夫有一个很错误的观念。我知道他比你知道的更清楚。并不是因为我和他同住过，而是因为——"

她没有说完这一句，显然不能找到适当的言辞，于是她变了腔调说：

"你似乎曾经过度地思索着你自己，你的思想里面生霉了。"

"我并没有思索得太多。"

"你停滞在同一点上太长久了。你必须移动到另一角里。"

"为什么要到'角'里呢？"

"和简单的人们在一起生活。"

"你说工人、农民吗？"

不理睬他的问题，她问：

"你已经结束了和你的妻的关系了吗？"

"已经结束。"

"好，那就更好了。这使你得以自由一段时间。"

"她和我谈话好像——好像一个姐姐似的。"

马利娜用舌尖舔着她的嘴唇，半闭着她的眼睛，呆看着那天花板。他靠近她，想要问她关于古图索夫的事，但是她摇着她自己，说：

"那么我们立刻就办理事务吧，明天。访问我的律师，和他讨论。我已经告诉过他。"

她说得很温和，但是萨木金听她的声调就懂得已经是他走的时候了。所以他走了，默默地握了她的强健的、温暖的手。

"一个强项的女人。不容易观察她。但是观察她是必要的吗？"他问他自己。

他对于这女人的态度还不曾确定。她的难堪的自信和专横激怒了他。而且她曾经强迫他暴露了他的心事。这是尤其不能容忍的。萨木金知道，他从来没有对其他任何女人说过他刚才对她所说的话。

三

第二天早上，萨木金坐在一间陈列着黑色家具的明亮的大书房里。书脊的金字辉煌在那些巨大的书架上。有着厚重的、凸肚形的脚（像钢琴的脚似的）的一张桌子分开着萨木金和他所访问的主人。这人有黑的眉毛和一个秃头。他的苍白的圆脸鼓涨得好像一个吹大了的尿泡，一部尖形的小胡子，一个灰色和黑色的混合物。在蓝色的眼白中间闪耀着黑色的小瞳子。他的声音是响亮的、固执的，他的发音每个字都分明得像一个外国人说俄国话似的，而又互相紧接着。

"我的当事人，"他恭敬地说，并不提出那当事人的名字，"关于此案——吾人根据此种事实——依据上述理由——"似乎故意说些呈请书上的术语。他的恭敬伴随着他的厚嘴唇的微动和眼光灼灼的尖刻的微笑。他的手一动,他似乎把什么东西从他自己身上推脱掉似的。这些脸相和姿势使萨木金觉得,这人有些怨恨马利娜而又害怕她。他把他对于她的态度同样地转移到萨木金。

"同——事。"他说,好像在这两个字之间加上了连音符号似的。

"第二项:再申请恢复商人波塔坡夫财产案,该犯系属克里斯提派,判罚流刑至西伯利亚。该犯财产已经部分没收归公。我的当事人对于该项财产的权利尚未充分证明,但是她应承再提出他项文件。关于这案子,我觉得,我的当事人的利益似乎不在于那财产的本身,而在于人道主义的意义,比如说。倘若我没有错,那么她的目的是获得该案的再审。然而,还是要你自己看——"

他提到马利娜的人道主义,他的声调显然是愁苦的,但是,总之,他的综合马利娜的各案件具有一种十足的辩护士的性格,所以萨木金就觉得:同事孚尔兹使他认识案件,不如使他认识他的可敬的当事人那么多。这黑书房里有一种不愉快的气味,使人想要打喷嚏。窗外大风正在呼吼着,雪的云雾正在奔驰着。坐了两小时之后,萨木金几乎是高兴地投身在街上的雪白的大风里。他被推动,被打击;黑色的人的形体从旋风里奔出来,冲撞着他,赶到他的前面。当他走着的时候他觉得:是的,生活的一个新的瞬间正在开始了。他必须小心地对付马利娜。他也必须加紧操持着他自己——"把他自己放在那些不能动摇的结论的圆心里。"他记起了布拉金的这一句格言,而又觉得痛恨他自己的混乱的记忆。

几天之后,他和比士比妥夫同在他的新寓所的房间里闲踱着。这些房间里陈设着古旧的、牢固的家具,或者是从乡下的富人家搬来的。把这财产交托给克里,比士比妥夫用一种轻蔑的音调淡漠地说:

"倘若不够,到厢房里去取——那里乌烟瘴气地有一大堆这类废物——一个书架、一个有键的乐器。你喜欢花吗？在我的厢房里有许多。那里的地上发着坟墓似的臭气。"

他吸着一个德国的土烟斗，烟从他的大鼻孔里、嘴里冒出来。那烟斗悬在他的最新式的上衣的胸襟上，烟也从这里冒出来。然而比士比妥夫并不像一个德国人；却像一个暴富的俄国的马车夫，而且还没有穿惯时髦衣服。他的头发是乱的，他的脸是红肿的。他走在克里旁边，用他的突出的眼睛粗鲁地窥看着他的脸——他的靴子可怕地咯吱着。他咳嗽，喘息，吸烟，用手肘撞着萨木金。他忽然问：

"你看过一段有趣的故事吗？"

"什么故事？"

"一些君主专制派的工人的代表从伊凡诺孚-孚士尼桑斯基去进谒沙皇。他对他们认真地说：'我的贵族还是要照旧保存着。'他已经疯了吗？"

"是的，奇怪。"萨木金回答。

比士比妥夫紧紧抓住他的手肘。

"好，让你自己舒服吧。"

他走了，咯吱咯吱地响着。但是门才刚一关上，他又立刻把它推开，用干哑的声音说：

"沙皇到莫斯科去了。哟！"

挥开那浓厚的烟云，萨木金问他自己：

"这动物也会有政治活动吗？"

像一切不平凡的人物一样，比士比妥夫引起了萨木金的好奇心。这一回，由于某种暧昧的、不愉快的感觉，那好奇心更加紧张。萨木金在比士比妥夫的家里吃饭，那餐室里塞满了花，还有两架子书。那些书几乎全是翻译的：潘提里夫编辑的外国著作一百四十四卷，马尼里德上尉、卜里米、格士塔夫·阿马、苦柏·狄更斯等的著作，以及伊里西·立克鲁士的《世界地理》。这些书大部分是没有装订好的，随便那么乱放着。

"一个高级中学生的图书室。"萨木金确定他自己的印象。比士比妥夫立刻承认了他的结论。

"我在高等学校的时候收集了它们。"他说,用不友谊的眼光看着那些书,"全是些废物。谢谢它们,我未能在那学校毕业。"

四

比士比妥夫的各样东西就像他自己一样污浊,乱头发上和衣服上常常沾染着鸟粪。他是一个胡乱大嚼的老饕,摆着一张苦脸急促地吃着,好像那些食物是太咸,或太酸,或太苦,虽然聋子非里柴太是一个好厨师。减轻了他的饥饿之后,比士比妥夫就呆看着萨木金的嘴讲些离奇的新闻——可以说是他自己发明的。

"圣彼得堡的副主教塞乞替奇米得中尉[1]做了一次安魂弥撒——神学院的学生命令他做——所以他做了。"

"你从哪里听来的?"

"莫洛木斯卡亚,里狄·提莫菲夫娜告诉我的。她知道各样事。她有很多朋友在圣彼得堡。"

舔着他的下嘴唇,他疑问地歇了一会儿,好像在等待着什么。然后他负疚地说:

"我经营着她的森林。你知道她吗?"

"知道。"

"她是可厌的。你不怪我这样说吗?"

"完全不。"

"她不是一个女人。她是这市政府的附属法令。你注意到人们一天比一天更加可厌起来了吗?"

---

[1] 奇米得中尉于一九〇五年在西巴士托坡率兵叛变,被政府捕杀。

"人并不都是一个可喜的生物。"萨木金哲学地说。

比士比妥夫承认这种观察:

"完全正确。"

他的政治新闻和街谈巷议对于萨木金的食欲有一种坏影响。但是不久萨木金就明白这人的谈论政治是由于客气,把它当作他款待他的房客的一种义务。有一次晚餐的时候,比士比妥夫说:

"莫斯科的革命党抢一个银行,劫去了一百多万卢布。"然后沉重地呼吸着,他显然厌恨地说:

"我真讨厌死了。他们谈起政治来好像在忏悔节的时候谈论薄饼似的。"

萨木金不相信地瞅了他一眼,看见他正在把烟草装进烟斗里,他的嘴唇突兀着,做出一种侮辱人的表情。经过了这样两三次啰唆之后,萨木金认定:他的房东是愚蠢的,而他自己也知道它,他的愚蠢并未扰乱了他,而恰恰相反,似乎使他自尊起来。

"一个俄罗斯式的傻子,带一点放肆的性质。因为愚蠢他有点鲁莽,但是并不横霸,却是好性格的。"萨木金认定他,而且几乎每天都觉得这认定是妥当的。

有一天晚餐的时候,比士比妥夫吃得津津有味,吞了几杯杜松白兰地酒,涨红着脸,从他的德国烟斗上喷着烟云,忽然以一种悲苦的情感叫起来:

"一个白痴的时代,糟透了!"

他用手掌打着他自己的耳光,摇着他的蓬头。萨木金镇静地等待着政治消息,但是比士比妥夫愤愤地说:

"现在是三月,看会有什么事情。"

"你说什么?"

"我说天气。我的鸽子已经肥了。"他用一种意气消沉的声音说,他的红指头指着天花板,"它们是这城里的最好的一群,得过两次奖,把俄罗斯人打得一败涂地。这里有一个流氓,叫作比林诺夫,一个小店主,我的敌人。他枪杀了我的乞路卜,全俄罗斯最好的鸽子——那些子弹总有一天会回到这凶手的肚子里去的——"

萨木金看见他的房东的脸已经充血,眼白突了出来,他的红手指猛烈地揉着餐巾。他的心里闪过一个思想——这些一切会完结在一场酒疯里,或者甚至于中风病里。假装着有趣,他问:

"那是一种很兴奋的玩意吗?"

比士比妥夫被言辞咽住了喉咙,一面摇手一面倒出一些格瓦斯[1],两口吞完了它,吐出一大口气来:

"你不能想象那是何等的兴奋哪!"

他从桌子旁边站起来,好像要走了似的,又站在窗子面前的花丛中,用餐巾揩着他脸上的汗,随手把餐巾抛在地板上,敞开着两只手干哑地说:

"那是不能想象的!"

他把两只手像翅膀似的张开着,摇着头,闭着眼,咕噜着:

"想象看,天空——很深很深,纯蓝色,清净——还有太阳。而我站在那里。我算什么呢? 一个不存在的微物,一个傻子。那时我放了鸽子。它们飞翔着,高,高,高而又高,白的斑点在蓝色里。而我的不幸的灵魂跟着它们飞去了。这是在紧张的那瞬间——你几乎会昏去。而且有点恐怕——倘若它们不回来呢?但是——你懂得吗?——你不想要它们回来,你懂得吗?"

比士比妥夫的柔软的大身体动摇着,好像他的内部在发笑。他的脸柔软了,松弛了,和汗一起融化了;在他的半醉的眼睛里萨木金看见了畏惧与欢欣。明知道比士比妥夫的愚蠢可笑,他还是对于他感觉同情。比士比妥夫的手摆动得疲乏了,他喘息着,跌落在椅子里面,当他倒格

---

[1] 类似汽水的一种俄国饮料。

瓦斯的时候，泼洒了一些，同时咕噜着：

"那一个伟大的瞬间。而且，荣耀的光明，它不干涉任何人，不依赖任何人——一切废料都滚蛋。请，我们来喝一杯。"

和他碰了杯，萨木金想：

"这一回，蠢得大有诗意了。"

比士比妥夫倒麦酒在他的格瓦斯杯里，继续谈着。他的模样越发乱七八糟了，这时，他脱掉外衣，解开他的青缎内衣的领子，用餐巾扇着他自己，那灰头发可笑地动弹着。萨木金很高兴：比士比妥夫是这样容易了解，并不需要防备他——他是一本开着的书，他也不像他的趣味广博的舅母似的问许多问题。因此，他似乎是不喜欢她的。

这一晚，他们分别的时候，萨木金以异常的温情握着比士比妥夫的手，而且甚至于想到自己对于这家伙未免过于缄默了。自己应该对他说些话，表示同情。自然，不要鼓励他的唠叨。一个孤独而显然不幸的家伙。听着他的唠叨是并不碍事的。

五

其实比士比妥夫既不需要同情也不需要鼓励。几乎每天晚上，他谈这城市，谈他自己，很随便而且无穷尽地。萨木金听着而且等待着他谈论马利娜。萨木金屡屡发现他的故事是夸张的、胡凑的，而可惊的是，这人虽然不爱惜他自己，而在他的言语中却听不出一点儿他在生活中的失败的哀音。消解着他心头的负担，比士比妥夫并不像是在做一番忏悔，而好像是在谈着某一个他有点儿讨厌而又无论如何不是坏人的邻居。

有一次，在一个风雨凄凉的下晚，比士比妥夫谈论到他的妻子。

"为鸽子的缘故我失掉了她。"他说，把两肘搁在桌上，手指插进乱头发里面，使他的头有点儿古怪，他的脸似乎渺小，"一个好女人我必须承认,但是,你知道,她有些社会的本能之类,而这一类事情于我是无趣的——"

他用重鼻音说出"社会的本能",做了一个苦恼的脸相。他的双手滑到脖子后面,他愤愤地问:

"为什么鬼理由我要麻烦着去帮助蠢人们生活得更聪明些,或改良一点儿呢?聪明的人们,自然,能够办理生活,无须我的帮助。我知道,你有一个不同的意见,但是依我看来,蠢人正好是蠢人。我不赞成我的妻就因为这一点。而且,还因为那些鸽子。她尽可以养母鸡以自娱呀,但是鸽子——不行。鸽子伤了她的自尊心。总之,她觉得被欺骗了。当初向她求婚的不是我自己,而是我的名字——伐里亭。她或许以为这名字后面会隐藏着什么不平凡的东西。一个把小说和诗读得太多了的女学生——书虫之类,而且全是——"

萨木金听着,微笑了。他喜欢伐里亭说话的那无忧无愁的样子,好像在回忆着遥远的过去似的,虽然他的妻子离弃他不过是最近的事。

"她或许不会抛弃我,倘若我有法子使她喜欢某种生物——比如母鸡、母牛,或者狗,"比士比妥夫说,而且更加活泼地继续下去,"我不是已经在放鸽里发现了我自己吗?我不是已经发现了我的命运决定我该唱的歌了吗?生活的真意在于发现这样的歌而且把它从心里唱了出来。普希金、柴可夫斯基、米克留海-马克来——全都把他们自己消磨在他们所爱的工作里——是不是?"

萨木金点头赞成,并且开始更注意地倾听着那干哑的言语,默想着比士比妥夫的故事里的新鲜的调子。

"你是被法律的事务牵引着的,别人被纸牌牵引着,我是被鸽子牵引着的。我预料我会死在屋顶上——被快乐咽住了呼吸,从房顶上滚到地下来。"比士比妥夫叫着,笑出一种难听的流水似的笑声。"当我是一个小孩的时候,我是有才能的。"他继续说,把烟灰摇落在他的茶杯里,虽然桌上有一只烟缸,"正确地说,我是毫无才能的,但是我的母亲和神父硬要把它加在我上：伐里亭，你是有才能的。这自然使我不能不表示一些小聪明。他们对于我期待着不平常的事情，于是我就发明它，说谎话——此外我能够做什么呢？我必须满足他们的期望。"

他瞅着萨木金，而后者在想：

"我从来没有发明过。"

"说谎话的习惯现在还附着在我上。我有时发明一些不会有的事，秘密地把它告诉人。你只消告诉一个人，然后那谎话自然就会流行起来了。越是不会有的事，人就越容易相信它。"

他露着牙齿傻笑了。紧闭着他的眼睛，他默想着，然后叹息道：

"然而，在我们这时代，不会有的事变成了平常事了。我说谎，并不为娱乐自己，讨好别人，而不过是——好，鬼才知道为什么。当你的最好的经验是在屋顶上的时候，站在地面上是可厌的。在高等学校的时候我也是被看作一个有才能的少年——那神父已经在那里把我描画得神气十足。为满足他们的期望，我就扮演一个无赖汉。他们把我从第五级里逐出来。那时我又扮演一个纨绔子弟，穿着最奢华的衣服，戴着白痴的帽子。年轻的太太们喜欢这个。我自以为我能够成为一个打台球的专家。我每天打五点钟——自然是初学。总之，我是一个绝对无才能的人。"

显然高兴地说了最后一句，比士比妥夫感叹着，他的脸消失在一阵烟云里。萨木金也吸烟沉默着，想着他对于这家伙感觉同情或许是太急促了。

"很好像他不过是装傻作戏，而我好像弄错了。"

当比士比妥夫讲着他卖弄聪明的把戏的时候，萨木金立刻就明白了这错误。不知不觉之间在比士比妥夫的唠叨里现出不愉快的某物。萨木金尤其难受的是记起他自己曾经想过：

"我从来没有发明过。"

一想到和这人有什么相同之点就觉得有些羞辱。萨木金从眼镜里疑惑地窥看着那呆板的、浮肿的脸，瓷似的眼白和蓝色的瞳孔，松弛的、厚重的下嘴唇，以及大鼻子下面的上唇上的那些许白毛。一副十足的蠢脸。

吹着猛烈的鼻息，比士比妥夫问：

"那么，你有点嗜好年轻的妇女吗？离此地不远住着两姐妹——很有情意而又快活——你有意吗？"

萨木金干脆地拒绝了，但心里想，看着这胖家伙怎样对付妇人们或者会有些趣味的。当他喝着酸味红酒的时候他又说：

"自然我不相信你说你没有任何才能。"

"那是天公地道的话。"比士比妥夫叫着，把双手举到脸前面，好像防备着打退什么东西，"我是一个一无所有的人，一个贫乏的人，不能有所裨益于任何人或任何事。"他说着，像小丑似的装出一副沓啬的小贩的可怜的鬼脸。

萨木金进逼说：

"但是可怪的是你说到这一点的时候似乎很高兴——"

"但是，自然是高兴的。"比士比妥夫叫，毫无道理地摇着他的手，"我怎么能够解释它呢？——啊，见鬼！"

用手掌摩擦着他的前额，眼睛突出着，他瞅了萨木金几秒钟，而萨木金看见他的厚嘴唇、他的流汗的面颊，展开了化为一个胜利的微笑。

"我是一个聋哑子。"他终于清楚而高声地说，"你不能强迫一个聋哑子去说教——懂吗？"

"你自认装假。"萨木金恼怒地说。

"'装假'吗？那是我的信仰。你相信我们需要一部宪法、一次革命，而且，总之，扰乱秩序，但是我不需要像这样的任何事物。我不需要它。至于要说明我为什么不需要——我也不需要。我不需要就是了。我也不反对革命对于工人之类是有用的、必要的。必要吗？对的。往前干。制造革命。但是我不需要它。我要放鸽子。一个聋哑子——"拍着他的肥大的胸膛,他胜利地爆发出一阵干哑的哄笑。

"畜生。"萨木金暗自咒骂,迅速地在他的心里检取可以反驳比士比妥夫的信条的东西。然而,反驳分明是无用的。比士比妥夫会用他的简单的公式"我不需要它"来挡住一切的。

或许他有那不需要的权利的吧。而萨木金终于咕噜着:

"无政府主义。那是陈旧的废物。"

"就像这世界一样陈旧。"比士比妥夫附和说,微笑着。"就像这文化一样。"他又说,用他的瓷眼睛瞅了一眼,"养育无政府主义的就是这文化。文化的领袖们——或者你叫他们作什么——把人们看作一群羊。但是我是我自己的羊,不愿为文化而被杀掉,在某种哲学的烹调之下被烧烤出来。"

听了这浅薄的滥调一两分钟之后,萨木金无意中脱口说出了他不敢高声明白说出的话:

"你所能说的和已经说过的最强的理由是'我不需要它'。"

"自然。"比士比妥夫承认,搓着他的红的肥手掌。"千人想着;一人说出。"他又说,露出牙齿傻笑着,然后又唠叨了一些"年轻的妇女"的话。萨木金又听了一分钟,走开了,觉得他自己好像中了毒似的。

第十章

一

回到他的书房里,萨木金点起灯,穿上拖鞋,又坐在桌子旁边,打算做点事情。然而,一瞥那厚厚的蓝皮包裹上标着"苏妥伐控坡素加村农民案"之后,他就闭起眼睛坐了许久,好像是陷落在黑暗里面似的,看见那肥胖的身体,乱头发,瓷眼睛,听着那干哑的咯咯的笑声。

"恶心的野兽。"

他的纸烟在炽热着,他走进没有灯光的那邻室里,在暗中闲踱着,在两道灰暗的窗子前面思索着。比士比妥夫的话里含有来自马利娜的成分。她也是超然于"动乱"之外的,即令身在被动乱的旋风所席卷的人们之中。萨木金在他的记忆里再现了一群自称为"天堂的寻求者"的集会。他曾经被里狄邀请到那集会。

穿着各色衣服而一致镇静的人们小心地默默走进一座标着"妇人时

装"的屋子。他们把他们的外衣交到柜台上，或挂在空架子上。他们排成单行，走下四步阶梯，进了一间大而狭长的房间。四面光墙壁，后墙上有两道窗子，入口的旁边有两只火炉。这显然是一间工作室。室内是阴暗的，墙壁发散着胶漆和潮湿的气味。三四十个男女默默地呆坐在黑黄色的维也纳式的椅子上，他们的脸面被暗影掩没了。有些是弯弓似的坐着，手肘支在膝头上，其中有一个人的身子是那样地向前倾着，他能够不倒下去实在是一种奇迹。许多人好像没有头似的。在前面，在两道窗子中间，在一张铺着绿油布的桌子后面，里狄瘦而且呆板，穿着白衣服，鬈发上罩着一个发网，戴着蓝眼镜，坐在那里。在她前面有一盏白罩的洋灯、两支脂油烛、一本黄皮的厚书。她的脸上反映着油布的绿色，烛光在她的眼镜里闪动着。她的样子好像是有意要吓人而装作出来的。她的体态有点戏剧的意味，而又是可厌的。她不时看一看那一本书，弯下头去又仰起来，终于用鼻音念着：

"不可诽谤讲究精神的人，因为说教不是肉体的事而是精神的事，而诽谤精神是一个大罪。别的一切罪都可以赦免，只有这个罪不能宽恕。"

她从那本书里拉出一长条纸片，拿到灯旁边，默默地动着她的嘴唇。马利娜坐在离里狄不远的一个角落里，交叉着两手在她的胸前，仰着头，反衬着那烟灰色的墙壁的背景，她的光华的面容显得异常出色了。

"开讲吧，苏非亚姐姐，以天父、圣子及圣灵之名。"里狄命令，卷起了那一条纸。

马利娜旁边坐着戈米里青，一个教会分派问题的著作家，一张柔嫩的、女性的脸上有一部灰色的长胡子——那种脸相常带着一种孤独的、不幸的鳏夫的忧愁的表情。他的突出的胸部完成了他和一个女人的相像。

萨木金在莫斯科屡次遇见他，有一次还为了他获得了萨木金所爱好的东西而嫉妒他了。他知道,这著作家也曾经收集了大批的违禁的诗、明信片以及不准发表的论文。他是以熟悉大臣、主教、省长、作家们的逸事轶闻而著名的,他勤恳地去采集各种表现人们的卑污、愚蠢、残忍、罪恶的材料。听着这人所说的故事,萨木金有时觉得这人是以他的博闻自豪的,好像一个科学家很愿意把自己的知识传授给人而后快的样子,虽然这人讲故事的时候常带一种惊讶的神气。

一个中年妇人应了里狄的召唤,走到桌子旁边。她穿着黑衣服,有一个小头和一管尖鼻子。拿起那一本黄色的《圣经》,她用一种出乎意料的含怒的低声通告:

"先知伊塞亚。第二十四章。"

她翻开那本大书,把她的尖鼻子凑近它。书页窸窣地响着,那些"天堂寻求者"在动弹,椅子咯吱地响着,脚在拖曳着,还有小心咳嗽的声音。那穿黑衣的妇人昂着头,胜利地和报复地念起来了:

"'留心,上帝使地空虚,使它荒废,把它翻转,驱散住在它上面的居民。'"

从有炉子的那一角上来了一声哑嘶的呐喊:

"'地将要由衰颓而毁灭,被劫掠所蹂躏。'"

那妇人更加报仇似的用劲念着:

"'这地将要痛哭——'"

火炉那边又在嘈杂。马利娜弯身凑近里狄,对她说了几句。里狄用一把钥匙敲着桌子,严厉地叫:

"安静。"

椅子的排列中间走过来一个人,高声嚷着:

"但是我一点也不懂。最初说,'使地空虚',后来又说'驱散居民'……这样说法,全无一点新意。这地正在哭泣,因为经济的方法的破灭——"

这人是一个瘦削的小矮子,穿着农民的服装,然而他的长筒靴子刷

得很亮。一蓬剪短了的黑头发耸立在低的前额上,一部太大的胡须纷披在他的剃光了的圆脸上。他用一种响亮的声音责难说:

"谁也不明白这抢掠是谁许可的,而且为什么沙皇不肯治理人民——"

弯弓似的坐着的那男人忽然竖直了他自己,而且伸手去抓那黑头发的肩膀。后者就愤愤地叫:

"你为什么要抓?"

"人们都会集在这里——"

"我看这些人是——"

"你又扯拉到别的事上去了,兄弟——"

"怎样——别的事吗?"

有人在笑。人群里面有喃喃的怨声。里狄摇着那不很响的铃铎。阻止了黑头发的那男人一瞥马利娜,她屹然静坐在那一个角落里。

"一尊偶像。"萨木金想。

在前排的一个妇人站起来,欢喜地叫着:

"这是路金,警察局的书记。他是出名的假胡子。"

"赶他出去。"里狄歇斯底里地叫喊。

萨木金幻想着他看见马利娜的眼睛里有微笑的表情。他又确乎看见许多男女呆看着她,他们的眼睛谦卑地固定在她上,而且分明地赞赏着她。那些男人们或许是被她的庄严的美丽所诱惑吧。但是她的什么引动了那些女人呢?或许她在这里说教过?萨木金不耐烦地等待着。

二

潮湿的气味逐渐温暖而且加浓。把那警察局的书记送出去的人回来了,靠在桌子上和里狄说话。她连连点头,眼镜里跃动着青色的光亮。

"不错,撒卡里兄弟。"她说。撒卡里挺直了他自己。他是高的,窄肩头，有点伛偻，有一张呆滞的、很苍白的脸，一部浓厚的黑胡子。

"伐西里兄弟。"里狄叫。

一个秃头的小男人，有一部稀疏的红胡子，从阴暗里跳出来，奔到桌子前面。他拉着一个妇人的手。她穿着棋盘花的上衣，红裙子，一条漂亮的披肩。

"来，来——不要害怕。"他催促她，一面拖着她的手，虽然她和他走得一样快。"各位兄弟姐妹。这是新来的。"他叫着，向左向右掷出一些热辣的言辞，"一个肉欲的殉难者，呃——怎样的一个殉难者呀！她要告诉我们一些可怕的事——肉欲能够把我们牵引到怎样的地步，这魔鬼的玩物。"

当他把那妇人送到桌子前面的时候，他严厉地指着她说：

"你老实说，台西亚。完全说出来。不要害羞。这里的人们都是奉事上帝的——上帝面前是没有羞耻的。"

他站开一边，他的小脸上闪动着恐慌和喜悦，同时他摇着手，顿着脚，好像就要跳舞起来似的。他的长衣服的两边飘动着，好像鹅的两只翅膀，并且他的干而小的声音一串地响下去。

"兄弟姐妹们，她将要揭示这样一种——"找不出他所需要的话，他叫，"好，开讲吧！告诉他们！说呀，台西亚——"

那妇人站着，一只手搁在桌上，另一只摸着她的下颚、喉咙，而且拍着她的短辫子。她的脸是浅黑的、胖胖的、女娃儿气的。她的眼睛是圆圆的、猫似的。她的嘴唇弯而且薄。她转身背对着里狄，两只手在她的背后摇荡着，又用手撑着桌子边把她自己挺直起来。她显出要倒下来的样子，她的胸部和腹部显著地凸出来。萨木金觉得这姿势有些不自然，不舒服，装模作样。

"我的父亲是伏尔加河的一个舵工。"她叫，而且她的声音的尖锐使她自己有些惶恐，于是急促地含糊说下去。

"我们什么也听不见。"那尖鼻子的苏非亚姐姐严厉地埋怨，同时局促不安的伐西里兄弟也简直吼起来了：

"你把一切都弄糟了，台西亚，糟透了。"

著作家戈米里青站起来，而且小心地放一只椅子在台西亚前面。台西亚就用双手捏住那椅子背。她的头一摇，她的辫子在她的肩上一摆。

"我二十岁的时候，我的养母把我送到修道院里去学针黹，以及读书和写字，"她用高声慢慢地道，"在那一番沉醉的生活之后，我觉得那修道院是一个好地方，我就在那里住了五年。"

她的微黑的脸是呆板的，只有她的好看的孩子气的突出的嘴唇在动着。她忽然用破裂的声音恼怒地叫起来。她的手指在椅背上痉挛地滑来滑去，她的身体渐渐伸直，好像她正在长高似的。

"我的未婚夫不过是腥臭的、阿谀的——一只脏狗。"她突然尖声叫喊。

"对了，就是这个。"伐西里兄弟显然高兴地、讨好地叫了。

别的人全都安静地、默默地坐着——萨木金此刻觉得有一种温热的潮湿的气味也从同坐的听众身上发散出来。但是在台西亚未讲演以前的那种憎恶之情现在已经消失了。他发现这女人的身段好像邓娜沙的：结实，匀称。她也有着一张同样好看的小嘴。他一瞥马利娜，看见那位作家正在对她咕噜些什么，而她却照旧庄严地坐着。

"一尊十足的偶像。"他又想，恼怒着他自己不能从马利娜的态度上有所发现。

"结婚不久之后他就怂恿我——倘若那主人要求你，你不要拒绝他——我并不责备你，而且这对于我们的生活是有好处的。"台西亚叙述，与其说是埋怨不如说是滑稽。"而且他们俩搅扰我——那主人和他的女婿。怎么了呢？"她叫了，摇动着她的头，她的猫似的眼睛里燃着愤怒的光，"依了我的丈夫的命令我和那主人睡觉了，而那女婿甚至于和我的丈夫——"

"我知道。"从阴暗里来了滑稽的声音。听众咕噜着，激动着。里狄提起半身，摇摆着她的拿着钥匙的手。黑胡子的撒卡里站起来看着那插言的地方，嘘了一下。萨木金以为马利娜微笑了。但是那些私语已经淹没在台西亚的锐叫的急流里，此刻她的演说几乎是歇斯底里的了：

"因为那女婿，他的妻把我拘留在花园的亭子里。这些魔鬼们，他们亲身剥夺了我的一切羞耻，然后商量着用羞耻来惩罚我。"

她喘着，沉默着，移动着那椅子，用脚敲着地板。她的眼睛放着鬼火似的闪光。她一回一回地动着她的嘴，但是显然不能说出话来。她把她的头向后一扬，好像有一只不能见的手打在她的下颚上似的。恢复了她自己，她用一种嘶哑的声音接着说，好像是从牙缝里吹出来似的：

"他们把我驱逐到树林里，把我脱得精光，把我的脚和手都捆绑在挨近蚂蚁堆的一棵桦树上，用糖水涂满我的全身，而且他们自己坐在对面，他们三个——我的丈夫、那主人、他的女婿，喝着麦酒，吸着烟，对着我的光身子哄笑着——唉，这些恶鬼！同时，胡蜂和蜜蜂螫我——蚂蚁和苍蝇叮我，舔我的血，吸我的泪。那些蚂蚁——你试想一下——它们爬进鼻孔以及各处，而我连两腿都合不拢来——它们都被捆绑着，使我不能弯曲它们。这就是那理由——"

萨木金旁边有人低声说：

"唉，这无耻的女人——"

萨木金看见台西亚的手指变白了，无血了，她的脸不自然地延长着。室内是很寂静的，好像各个人都睡着了，除了这女人而外并不想看一看任何人，虽然听着她所说的话是叫人恶心的，她的嘶哑的声音是引起憎恶的。

"当初我默默地哭泣。我不愿那些野兽以我的耻辱为享乐。但是当那些小动物开始爬到我的脸上、眼上的时候——为了我的眼睛我才害怕起来。它们会弄瞎我，我怕，使我下半生成为一个瞎子。于是我竭力大骂一切人，骂上帝，骂那些护卫的天使。我叫骂着，而那些昆虫咬我，烧着我的内部，叮我，舔我的泪——我的泪。我叫骂并不因为疼痛，也不因为耻辱——在他们面前还有什么羞耻呢？他们都在哄笑着哩。我为没有公道而叫骂。他们凭什么能够施刑于一个同类呢？我只能叫骂，我不知道为什么当时我不死掉。后来我的丈夫也哭了，急忙来释放了我。他已经醉了。而我——我是一团火。"

台西亚站不住了。黑胡子的撒卡里即刻就抓住她，把她放在椅子上。她用她的发辫揩着她的嘴，高声叹息着把那男人推开了。

"他们打他。"她说，用她的手掌拍着她的面颊。看着那手掌，她痉挛地笑起来了，"到第二天早晨他对我说：饶恕我。他们是些脏猪，而且倘若你不饶恕我，我要把我自己吊死在那一棵桦树上。不，我说。不要污秽了那棵树，你不敢，犹大[1]。我在那棵树上受难。为了我的不公道的受难我将要永远不饶恕你——你或者这世间，或者上帝——不，我绝不饶恕他。有十七个月之久他劝解着我，喝着酒，后来在冬天受了冷——"

放心地叹了一口气，她坚决地大声说：

"他像一只狗似的死掉了。"

听众并不动，仍然呆坐着。沉寂继续了好几秒钟，一秒比一秒更沉重，更浓厚。

然后伐西里兄弟跳起来，而且摇着他的手。他的话铿锵地响了：

"听见了吗，兄弟姐妹们？她并不悔恨。她在说教。我们这些人全是被肉欲的黑暗的火，被魔鬼扇动着，烧焦了的。全都在受苦于——"

里狄站起来，敲着她的钥匙，她的眉头恼怒地打着结。她尖锐地说：

"等一等，伐西里兄弟——兄弟姐妹们，这不幸的妇人来到我们这里是偶然的。伐西里兄弟并不曾通知我们她要说些什么——"

台西亚也站起来，但是站不稳，又跌落在椅子上，而且从椅上滑到

---

[1] 耶稣的门徒，后来出卖耶稣给罗马人。

地板上。两三个人在叹气了,有几个"天堂的寻求者"也立起了半身。撒卡里把身子变成一个直角,容易地举起了台西亚,好像她是一个垫褥似的,把她搬运到门边。有一个声音说:

"这妇人昏倒了——流泪了。"

立刻就有人含恨地反驳说:

"这是活该受罪的,因为卖弄风骚,因为诱惑她的主人们。"

三

男男女女走到里狄面前,对她鞠躬,吻着她的手。她用低音和他们说话,耸着她的肩。她的面颊和耳朵都是通红的。马利娜站在角落里,倾听着戈米里青说话。把两只脚交叉着,他在玩弄一个烟盒。当萨木金向他们走去的时候,他听见这柔软而迟疑的话:

"在农村的动乱中各宗派并未实际参加。"

"我不知道这些事。"马利娜说,"你要吸烟吗?我想现在你可以吸烟了。你们彼此相识吗?"

"我们曾经会过。"萨木金提醒他们。那著作家把他从头到脚看了一眼,然后承认说:

"哦,是的,自然。"小心地点着一支烟,好像怕烧着他的胡子似的,他说:

"我以为它是这样的——他们和克里斯提派是同一路线的。"

"克里斯提派是教士们捏造的。没有这样一个宗派。"马利娜冷淡地说。而又温柔地、同情地微笑着,她问里狄:

"今天你觉得不十分舒服吗?"

"这是那——得令提夫。"里狄悄声说,愤怒地吞下了几个字,"他总是,总是想出一些意外的、肮脏的事情。"

"一件丑事。"马利娜迅速地慨然承认,又温婉地说,"一个流氓。"

"但是好可怕的一个妇人。"

"不是一个好人。"马利娜附和,示威地挥开那纸烟的烟雾。那著作家道歉之后把纸烟藏在他的背后。

里狄叹息说:

"她的故事讲得还好。"

"人们总是很会讲恐怖的事件的。"马利娜懒怠地说,把双手放在里狄的肩上,引着她到门前去。

"那是很真切的。"戈米里青赞同,并且对于小说家的不接触分派运动而避开它表示遗憾。

"不一定避开它——有几个接触它了。"马利娜说,以分明的讽刺的语气说出"接触"。同时萨木金在想,她不论说什么都是想得十分仔细,很有分寸的。对于戈米里青,她使他明白,在这无聊的集会里她也和他一样不过是一个宾客。当那著作家和里狄在那商店里穿上外衣的时候,她告诉萨木金,她要和他坐车送他回家。然后她和那伺候着她的撒卡里悄声说了几句。

在街上她对车夫说:

"跟着我走。"

"她应该说'我们'。"萨木金觉得。他们一直走着。马利娜说:

"我不喜欢那著作家。他钻到各个地方,知道各样事情——而实际是冒充博学的昏人。他所写的论文的风格是毫无生气的。我的丈夫是一个诚实的人。在他的热情中他常把每个人都当作朋友。好,关于那些'天堂的寻求者'你怎么说呢?"

萨木金回答,他一点也不能了解它。

"是的,它是有些暧昧。他们读而且听一些可怕的预言。扒搔他们自己。扒搔他们的灵魂。他们之中有一些人的灵魂是夹在他们的胳肢窝下面的。"冷笑着,她用手肘撞了一下萨木金,讥笑地又说,"那妇人把他们的灵魂弄得更加低了。"

皱着眉,他说他所能了解她的很少很少。

"你了解里狄吗?"她问。

"我当然不了解。难以了解的是一个吉卜赛的女人和一个煽动家所生的女儿,一个破落贵族的妻,何以能够变为一个英国风的顽固者呢。"

"你觉得不平。"马利娜嬉笑地说,"还有比这更坏的转变呢,我的亲爱的朋友。例如,里维·提公米洛夫[1]曾经尽力于谋杀那父亲,后来又在那儿子面前忏悔他的行为,说是那是青年时代的一种错误;而那儿子送他一只金墨水瓶。这故事是里狄告诉我的。"

四

和萨木金走到他的家之后,马利娜进去和比士比妥夫喝茶。她的外甥丰盛地款待着她,恭敬之中洋溢着喜气,好像一个迷恋着女主人的仆役欣喜着她的来访似的。对于萨木金,这高兴是觉得不伦的,而马利娜却是好性格地和她的外甥说笑。奇怪,她这样精敏,却看不出他的虚伪。说是要看看萨木金怎样布置他的新家,她就走过他的房间。她的批评是:

"好,各样都齐备了!只缺少一个女人。伐里亭吵闹你吗?"

"一点也不。"

"我看。好,倘若他吵闹,只消告诉我,我要他安静。在这里你觉得沉闷吗?"

她的讯问的温情和关切使萨木金感到舒服了。他回答说虽然他并不觉沉闷,可是他对于他的新环境还没有习惯。

"嗯,当然。"马利娜点头,"你长久生活在各样都熟悉而无须注意

---

[1] 一八八一年革命运动领袖之一,曾参加暗杀亚历山大二世,及至亚历山大三世统治时期,公开抛弃革命的意见,变为出名的贵族政治的辩护者。

的环境里，现在各样都是新异的，摆在你眼面前，问你：'你要怎样安排我们呢？'"

"你的话是作为一种讽喻的吗？"他问，微笑着。

"随你的便吧。"她回答，也微笑了一个。

她的镇静的仪容、自信的言辞把萨木金在一点钟以前所见闻的一切都斥逐走了。

"各个地方都是黑暗而拥挤的，我的朋友。"她说。她叹息着，而又立刻说：

"只有在个人的内心里是明亮而适意的。"

萨木金此刻却怨恨地说："生命繁殖着像台西亚的受苦的故事的那样情节，每一情节都闯入了灵魂。穿进记忆里面，引起——"

"这些问题都是除了书本而外我们没有解答的。"她用一种冷酷的神气完结了他的那一句话。"好，放弃你的问题吧。塞住它们。"她训诫，笑起来了，翻起她的眼睛，"你们知识分子之类是惯于用许多问题来装饰自己，向别人炫耀的。你们卖弄复杂——好像是说，'看谁更复杂些？'而你们不过是把彼此弄得纠缠不清罢了。因为问题的解决并不由于理性，而由于意志——法国人学习着腾空。好的。但是问题的解决是由于意志，理性不过是从旁帮忙罢了。也只有意志才能教导人在地上怎样自由地行走。"她温和地笑着，又说："关于那受难的女人的问题我解决得很简单：我要把她送到一个远离别人而规矩很严的修道院里去。"

"一个严酷而适当的解决。"萨木金同意。记起了苏非亚姐姐的仇怨的声音，他问她是什么人。

"一个矿水制造家的女儿。为了一个嫌疑的案子她曾经被法庭审问过。她是被疑为毒杀她的丈夫和她的家翁的。她被关在牢里几乎一年，但是终于无罪开释了。后来证明，犯毒杀罪的是她的丈夫的兄弟，一个醉鬼。"

坐在萨木金的书桌前面，她又开始讲到别的故事，也是嫌疑案。萨

萨木金热心地看着她,并不留心听她的话。他不愉快地吃了一惊,当她站起来用实事求是的语调说这话的时候:

"支付的时间是定在六月尾。所以到那时你须用里狄·莫洛木斯卡亚的名义来收买那些期票。对吗?那么我们再见吧。明天我要走了,大约要去十多天。"

当他弯腰去吻她的手的时候,她吻了他的前额。她抚摸着他的肩头,像一个妻子和她的丈夫说话似的说:

"不要自讨烦恼。"

她的嘴唇上有一种特异的温柔,它接触着他的皮肤的那感觉残留了许久。

回忆着这全部的事件,萨木金慢慢地在房里游走着,狂吸着纸烟。月亮照明了窗户;街上的雪正在融解:大的金色水滴,等距离地一滴跟一滴沿着电报线滚下去,滚到看不见的某一点上,破裂了,堕落下去。萨木金闲逸地观看了它们许久。他数了四十七滴之后,发出一句骂声:

"还是在同一点上。"

他走进寝室里,脱了衣服,忘记了熄灯。好像一个久病虚弱的人似的,他横躺在床上,注视着那灯焰的金色光芒,默想着马利娜所说的理性的无约束是何等正确呀。

"著作家、社会评论家所倡导的'批评的思辨的人格'早已尽了它的任务,已经滥熟了,已经过了它的生存期间了。它的思想酸化着各样事物,把批评主义的尘锈沾染在各样事物上。它从完全具体的事实上所得到的结论不是直接的而是乌托邦的——例如社会的理论——正确地说社会主义者——要在像'天堂的寻求者'这样半开化的人民的国家里实行社会革命。"称这些人们为半开化的之后,他责备他自己,"我对于人们的态度太苛刻,并且不是历史的。在判断上对于历史缺乏感觉是知识分子的通常的错误。他谈论历史而不感觉历史。"

他以为他对于邓娜沙的态度是错误的,他不能赏鉴她的单纯的价值。糟的是甚至和女人在一处的时候他也不能忘却他自己不能放松对于他自己和她的观察力。有一个法国作家曾经埋怨过专门的分析的过甚。那是谁?不能记起他的名字,萨木金睡着了。

五

马利娜去了三个星期还不回来。这段时间照料商店事务的是那黑眉毛的撒卡里,一个沉默的人,有着一张苍白的呆脸。他的黑眼睛是忧郁的。他回答问题简单而沉静。他的厚重的头发里掺杂着早衰的灰发。萨木金认为撒卡里太像一个穿着俗人衣服的修道士,作为马利娜的情人是未免太呆钝、太无生气的。

"'伺候'是真的。她的丈夫也必定伺候过她。"

他的心里闪过一个观念:马利娜也会强迫我做律师以外的事的吧。但是他立刻否定了这意思,不能把他自己想象为马利娜的情人。虽然她引起他发生一个为年龄和经验所陶铸了的人所有的那种好奇心,却并未诱起性的情绪。对于她他没有固定的同情,只觉得每一次和她相见之后一次比一次的趣味更加深切而已。她有某种奇异的力量。在吸引和推拒之间,这力量使他怀抱着会有什么异常的发现的朦胧的希望。

总而言之,他是欣喜于和这女人的相识的,她帮助着他消解了偏执着他自己的苦闷。他也欣喜于他现在的处境给予了他充分的闲适和独立,他现在能够休息而不为过去的经历所苦了。他也更加屡次觉得:在他的生活的这一安静的期间他就快要有一种重大的发现,疗治他的内心的不安,而且使他的脚跟安全地立定在某种巩固的基础上。

当马利娜回来的时候,萨木金以一种连自己也觉得惊异的欣喜之情来迎接她。

她显然是很疲劳的。暗影留在她的眼睛下面,使它们更深,甚至于更美。分明地有什么事激动了她——她的丰满的声音里有一种新的尖锐的调子,她的眼睛里所含的笑意是更加尖刻而且嘲弄的。

"要我告诉你什么新闻呢?"她笑着问,用她的舌尖润湿着她的嘴唇,"看报纸你就知道'克狄士'派占了优势。所以都庆祝了,欢呼了。帝国会议是由你的同事们,律师们组织成的。有一个省长被杀死在提维——你看报了吗?据说沙皇下命令不承认农民的代表。唐诺孚大臣训告各省长不要枪毙太多的人。还有什么呢?我遇见最近和沙皇谈过话的一个主教。他说沙皇是俄国最明白的人。他说的时候叹息,悲哀——"

她歇了一会儿,在思想着,皱着眉头。然后她问:

"给我一支烟,可以吗?"

点着了烟,用她的手巾挥开烟云,她半闭着眼睛又说:

"那些旧教徒[1]正在激起一个风潮。看来好像我们可以有两种教堂:一个胡闹,另一个号泣。我们是些对于宗教思想没有才能的人民,而我们的教堂也是无才能的——"

萨木金小心地说:

"我不懂得像你这样一个高大而美丽的妇人为什么有兴味于这些问题。"

"你以为宗教是肺痨病者的事业吗?这样,你就想错了。唯有康健的肉体才需要圣洁。希腊人完全懂得这个。"

把纸烟抛在吐盂里,她皱着眉头继续说:

"依我的见解,宗教是女人的事业。一切宗教的圣母都是一个女人。是的。可怪的是几乎一切宗教都把女人看作罪恶之源,轻蔑和污辱她。俄国教堂甚至把生小孩当作邪淫的事,把产妇逐出教堂之外六个星期。你曾经以为奇怪吗?"

"不。"萨木金回答,并且开始告诉她马加洛夫的事。马利娜喝了一

---

[1] 不承认十七世纪中叶俄国教堂改革案的一个宗派。

点儿马德里酒,用它漱着口,又把它吐在吐盂里,道歉说:

"对不起,这两天以来我的嘴里有着铁的气味。"

她用手巾揩她的嘴唇,轻蔑地挥动着手巾说:

"女性主义,妇女参政论——这些全是精神贫弱者的发明,我的亲爱的。"

萨木金陷入了沉默里,这时她开始谈到她的讼案、她的律师:

"一个十足的蠢材,想要做骗子。一个自由主义者——他们为什么而奋斗呢?不过是保守派而已。他们自以为并不见得如此。但是他们终于跟在什么人后面呢——你不以为然吗?"

"或许如此。"萨木金承认。

马利娜笑了。他每次和她谈话,萨木金都羡妒她的措辞适当和条理井然的才能。但是谈话之后,马利娜似乎就更加不能被理解了,他还是捉摸不住她的中心思想。

他并不重视她的关于宗教的谈话,那不过是一套"成语的系列"而已。马利娜把她自己装饰在这些成语里面,而在它们的异样的形式之中隐藏着更重要的某物,她的自卫的真实的武器。她相信这武器的权能,而这信仰就说明了她对于现实的镇静的态度,和她对于人们的专横的态度。但是那武器是什么呢?

从她的诉讼案件看起来,他知道她的丈夫曾经巧妙地和无情地追求着财富。他曾经买卖地皮、森林、房产,经营不动产抵押借款,他的许多行动都是高利贷的凭据。

"一个乐利主义者。"萨木金冷笑,当他读着那些案件的时候。

马利娜不但是不被这些行动所烦扰,反而推进它们,得到许多成功。

"她为了什么鬼要弄那些钱呢?"萨木金揣想,"她是足够富有的了,生活也舒服了;她不过用一小部分在慈善事业上——"

他正在办理一个要求偿还的案件,抵押品是一个乡警察查官的庄园——这庄园已经被农民烧毁了。马利娜说：

"这监察官没有钱。他是一个赌徒，一个淫棍。他曾经从圣彼得堡得到一些津贴，但是已经浪费了。我想要那地皮，而那些农民想和我买。"

用手指拍着萨木金的肩头，马利娜笑着说：

"你看农民和地主争斗，而商人的妻子获得了奖金。而且常常是如此的。"

萨木金觉得她的话里并没有反语的意味，颇以为奇。

她常常说商人获得的奖金，常常是玩笑地，好像在嘲弄克里。

"倘若商人和教士都进了帝国议会，这对于你们知识分子是一个执行死刑前的短期的犹豫。"

"议会里也有一些工人。"他提醒她。

"有了吗？将来才会有的。但是那还是辽远的事哩。"

他觉得马利娜旅行回来之后，她待他更温柔了，在一种更友好的形式之中，已经没有从前那种常常伤害他的自尊心的讽刺了。她的这种新态度增强了他的朦胧的希望，和他对于她的兴味。

六

几天之后，他去到伏尔加河岸的一个城市里，去确认一个老处女所遗留给马利娜的财产继承权。

"是这样的，克里·伊凡诺维奇，"她说，"几十年前，那里有一个名叫波士坡夫的商人因为系属于某一宗派被判罪了。当审判的时候读了几封信，那是克拉夫提亚·士维亚几娜寄来的——有这么一个人在彭沙。在审判前二十年她就死了。在法庭上也读了一个叫作亚可夫·托波尔斯基的人的手稿。我要求你替我取得这些文件——'不为义务，但是为友谊'。这些文件，自然，是在法院的档案室里，你可以请求那保管吏，奢拉非·坡隆马利夫。谢谢他的帮忙，给他五十个卢布——或者再多些。我对于这些文件很有兴味。我正在作一个集子——将来我给你看。我已经收集了许多信件，弗拉得米·梭洛维略夫的、阿卜提那的隐士桑得金的，还有一些关于'亡命'派的。我的丈夫就已经开始收集——那是很有趣的。你告诉那位奢拉非，这些文件对于学术工作是很必要的。"

照例，她的甜蜜的声音谈着那他所不熟悉的事情，又使萨木金降顺于这妇人的魔力了，他毫不想一想这请求的意义，因为这请求是以谈论某种娱乐——某种幻想的声调说出来的。一直到他已经住在那不熟悉的、不愉快的、商业的城市里，快要到法院去的时候，他才明白他曾经同意过参加偷窃某些文件。这使他恼怒了。

"嘻！这鬼东西！好一个强盗。"

但是他终于坐在保管吏的半明的、不洁的房间里。他的眼前是一个红面颊的小老头，正在客气地微笑着，踮着脚尖闲踱着，用柔和的音调愉快地说话。萨木金不知道用什么说法才能鉴定这小老头的抵抗力。遵照马利娜的嘱咐，他说他是从事于宗教派别的研究的。那老家伙显然是好行方便的。留心听了那提议之后，他慨然说：

"当然可以，因为这些文件并不是关于财政的诉讼。倘若没有被教士们取去，我能够把它们找出来。照例这类文件是要送到圣总会去的，送到它的图书馆里。"

两天之后，他给萨木金看一束信件和一本皮装的手记，并且傲昂地窥看着萨木金的脸，说：

"这一篇的题名是《诱惑》——看，'亚可夫·托波尔斯基，他的默想录，关于精神、肉体、魔鬼'。这必定是很有趣的。"

然后，把那一本手记放在桌上，压在他的粉红的、肥胖的小手下面，他毫不迟疑地要求：

"还要二十五。"

萨木金照给了，而且在此时此地，他决定了，当他见着马利娜的时候非给她一点颜色看看不可，以保证他自己以后不再干这一类差使。然而，立刻他又更镇静地想道：

"难道偶然叫我干这么一回，就能断定以后还有一些这类差使吗？"

在回到马利娜的城市的路上的火车里，他抽出那一本手记，读着那带青色的纸片上的腐臭的文字：

"而且那是错误的思想：爱人的上帝也爱他的肉体和他的产物。我们的上帝是精神，并不爱那肉体，而是把肉体扫除去。有什么证据呢？第一，我们的肉体是不洁的、可恶的，而且是必然要生病、死亡、衰朽的——"

翻了几页写着单调的书法的文字，萨木金的注意被突出于密行里的一句话吸引住了："所以在圣父和圣子之前，精神是被推为首位的，因为圣父圣子是精神所产生，而不是圣父产生精神。"

"好胡说。"萨木金想，把那一本手记装进他的皮匣里，"我不相信马利娜会真有兴趣于这个。关于这一种行为的法律的意义，马利娜简直就不懂得。"

七

到了城市的时候，驱车到比士比妥夫的家里，萨木金看见一群爱热闹的人们站在街中间：一个夹着一大本收据簿的警察；一个穿格子花布衣的老太婆，手里拿着一根棍子；一个有胡须的修道士，胸前悬着一个锡杯；三个衣服褴褛的乞丐；一个穿白制服的教员——全都默默地呆看着那家宅的厢房的屋顶。在那里的烟囱旁边颤巍巍地直立着比士比妥夫，穿着青罩衫，条子花裤子，没有系带子——两片猩猩脚似的光脚板紧紧地踏在屋顶的最高处。摇摆着一把破布做的长扫帚，他吹啸着，咆哮着，咳呛着——在他的乱头发上面的是暗蓝色的天空，一群鸽子像闪动的雪花似的飞翔着,而且落在屋顶上。

"它们都鬼似的懒而且肥起来了。"比士比妥夫吼叫,当萨木金走进庭院的时候,"好,我把它赶起来。我把它们赶起来。你看。你会微笑起来哩。"

萨木金对着他摇着他的帽子并且想:

"他们说他的话是真的,他是异常可笑的。"

在晚茶之前,比士比妥夫曾经到河里去游泳,现在坐在茶桌前面,他的头发是湿的,就好像一顶旧帽子似的,他的脸上流着汗他一面用饭巾去揩一面咕噜着:

"莫洛木斯卡亚回来了。她说沙皇预备逃到伦敦去,被克狄士派骇坏了,而克狄士又害怕急进派,总之鬼才知道要出什么事。"

他突然大咳了一通。他的脸和脖子都因为充血而膨胀了。他的眼白发红而且突出。他耳朵在颤动着。以前萨木金从没见过他这样虚火上冲。

"还有那新的大臣,斯托里宾——叫他一个懦夫和一个蠢材吧。"

不注意地听着,萨木金问:

"他叫谁懦夫?"

"谁也不是。"比士比妥夫试探地回答,"说这话的是莫洛木斯卡亚,不是他。她是歇斯底里的——她见鬼——像风似的扬起尘灰。"

他扫清他的喉咙,把痰吐在他放在桌上的一张手巾上,而立刻以一种厌恶的表情把它摔在地板上。又用饭巾去揩他的前额和额角,他恼怒地含糊说:

"她叫喊——卖掉那森林,我要到外国去。鬼才要买它,谁也不知道它是怎么一回事。农民焚烧森林,人人都害怕。而我,我害怕比林诺夫。他在想法谋害我,或者他要放火烧掉我的鸽舍。前些时候在骑兵学校里开了一个俄罗斯人民联合会。他在那里大发议论:炸了!这白痴的鼻子甚至流血了。"

他点起他的烟斗,稍微平静了些,露着他的不整齐的大牙齿。

"他叫喊——芬兰要独立——瑞典向我们宣战——总之鱼塘沸腾了。"

他分明地急急要除去这些新闻所加于他的记忆上的负担。萨木金笑起来了。

"是的,这是有趣的。"比士比妥夫说,"沙皇穿长袍去开帝国会议,而全体代表却穿着燕尾服——或者僧侣的法衣——你知道吗?"

"不,我不知道。"

"真是怪透了。我们要怎么办呢?呃?——见鬼!有点像英国。他穿长袍,而他们带尾巴。带上尾巴人就像燕子了。他们应该穿上土耳其人那样的长衫。衣服穿得好的人看来不大像一个傻子。"

萨木金扶正了他的眼镜看着他。比士比妥夫的嘴上的这些名言伟论使人疑心这人是蠢的,也增强了萨木金对于他的憎恶。萨木金机械地听着这人的新闻,好像一个人在听风响似的。他的心并不思索它,好像一个人不再用心去看某艺术家所作的画幅,当他的若干画幅的色彩和技术的单调的一致已经使眼睛倦怠了的时候。他觉得他的新闻的传奇的性质并引不起他去鉴赏它的意义。这或许有点可怪,但是他立刻发现了一种解释:

"比士比妥夫超然站在鸽舍的高处,以一种不能不说些无味的琐事的腔调谈论着政治。千百人为了这些问题毁坏了他们的生命、他们的事业——而这蠢材却——"

萨木金觉得很不高兴,走开了。

第十五章

一

马利娜离开这城市,一直去了八天还不回来。萨木金发现他自己在计算着这些日子,觉得吃惊而且不高兴了。当他把那一束信件和那一本"默想录"交给她的时候,她随手把它们抛置在沙发上,而且冷淡地说:

"谢谢。"

萨木金以为这商人的寡妇真是不懂得他依照她的请求而完成了的行为的意义的。他没有时间把这意义解释给她,因为马利娜疲倦地坐着,双手反抱着她的后颈,又开始告诉他最近的新闻:

"好,亲爱的人,圣彼得堡完全发疯了。里狄带我去访问各个政治机关——"

"你们一起在那里吗?"

"是的,当然。"

萨木金想到比士比妥夫并没有告诉他这事实。她的眉毛在活动，她的眼睛在微笑，马利娜叙述沙皇的举动怎样轻躁；他接待帝国会议的议长怎样无礼；当他听见水兵暗杀海军大将的时候，他怎样顿脚，怎样叫骂自由党要求特赦政治犯为荒唐，说他们并不能制止暗杀。她又说契尔斯省长枪杀了他的情妇，安然无事；又说某几方面不高兴斯托里宾，因为不关闭那议会；在公众集会上急进派占了克狄士派的优势，因此克狄士派愤而右倾了。

"我曾经会见那作诗的有名的律师。他很尊重斯托里宾，热烈地替他辩护。他说斯托里宾巧妙地使急进派反对宪法派，想要逼迫后者更右倾些。那律师是一个快活的人，和气得好像一个理发匠似的——不过太惯于辩护罪犯了。"

她实际是复述她的侄儿所有的新闻。萨木金认定她的谈话的音调好像一个游历了外国的人在赞赏国外的生活，那超然的神气也仿佛是站在鸽舍的高处。

"你说得好像是在讲小孩的恶作剧似的。"他说。马利娜笑了。

"我吗？像一个老太婆吗？像幼稚园的老保姆吗？冷却了你的革命的热情了吗？给我一支烟。"把烟盒递给她，萨木金注意到他的手在发抖。他的心里恼恨着这善于装假的女人。他立刻告诉她那白痴的"默想录"，以及关于那文件的经过情形，但是她已经有了预防。点起她的烟，对着天花板喷了一阵烟云，看着那缭绕的青烟，她开始用低音慢慢地说：

"克里·伊凡诺维奇，你在我面前装作刺猬是没有用的——你的刺骇不着我，也刺不中我。你枉费工夫去燃起你心头的理性之火——你的心是不会燃烧的。它干枯掉了。你已经因分析而毁坏了你自己，或者我不知道的什么。但是我知道这个——狄米图里·比色里夫所崇尚的'批评的思辨的人格'在生活上早已变成多余的了，已经不合时宜了——批评主义已经堕落为思想的一种可厌的习惯，就是这么一回事。"

她把这意思发挥了两三分钟。萨木金忍耐地听着。她的思想几乎全是他所熟悉的，但是这时候它们响得更丰富、更柔和，比之以前。在她的演说的冗长的流里，他想要找出什么多余的言语，沉静地在寻找着，但是不能。于是他觉悟，她正在用她的言辞尖锐化了他自己的某些思想。他觉得他是不能把它们表现得如此简单而有力的。

"当她说话的时候她的外貌确是比她的年龄更老了。"他想，看着她的强烈的眼光——同时马利娜的睫毛下垂了，研究着她的右手掌心。萨木金觉得她正在解除他的武装，这时她的双手交叉在她的胸前，伸出了她的脚，她长叹着说：

"我疲倦了，或许说得太粗疏，没有条理，但是我是好意和你说的。你并非我所见过的你们这一流的第一个。我曾经会见过许多这样的。我的丈夫很赞颂努力把生活改变为另一形式的人们。我自己也并不漠视他们。我是一个女人。我记得我说过女人是一切宗教的圣母，我喜欢信仰的宗教是无神的。"

萨木金觉得他自己在一道许多细小的思想的气流里面。它们奔驰着，好像被风吹起的尘灰通过一间窗户洞开的房子似的。他以为马利娜的脸色已经稍微和缓了些，她的光华的嘴总是那么谦卑而讽刺地微笑着。她的脸的主要特点是那眉毛的表演，一会都扬起又放下，一会单是右边在活动——那时她的左眼放着狡猾的光辉。马利娜所说的话并不如使她说出这些话的那动机那样感动人。

"亲爱的朋友，一个革命者是一个'恨世间'者而不是'恨人类'者——他爱人民，他为他们而生活。"萨木金听见。

"这是浪漫主义。"他确定。

"真的吗？"

"是的。浪漫主义。你不能成为革命者。"

她以一种惊异的表情答道：

"我说过我自己是革命者吗？"

"我也并不曾把我当作一个革命者。"萨木金急遽地说,觉得热血汹涌到他的脸上。

"那是真的。"她承认,"你并不曾把你自己当作这样。但是——你不讨厌我这样说法吗?——依我的意见,大多数知识分子暂时都不能不是革命者,一直到那宪法成立,一直到共和成立。你不讨厌吗?"

"不。"萨木金说,觉得他是在说谎。他的思想是相反的,而又逃避着她的言辞,但是他觉得他恼恨她的心情逐渐消失了,没有驳斥她的话的意思,或者因为听她比驳她更有趣些吧。他记起发尔发拉和马加洛夫也曾以马利娜的同样意向谈论过"暂时不能不"的革命者。这不愉快的偶然相合似乎减轻了马利娜谈话的重要性。

"为什么你和我谈论这样问题而又说得——如此奇突?你为什么怀疑我的无诚意呢?"他问。

"你误会了。"她叹息说,"我要求的是看着你翻筋斗。你需要温暖你自己在别样的火上,克里·伊凡诺维奇。这就是我所说过的。"

"我需要休息。"他回答。

"这正是我所说的。在这一方面有什么呢?"她问,起立在他前面,整理着她的头发——她的身体平滑得像一只海豚似的。

萨木金忍不住说:

"你是在这一方面的。"

二

在一种连他自己也不很明白的情调中他离开了马利娜。这一次谈话激动了他的心事,比之他和她所有的其他的会谈都更为广大。今天她给予他在和她相反的立场上考虑他自己的权利,而他却觉得并无相反之处。

"她是精敏的。"他回想着,沿着街道的阴暗的这一边走去,不时看一看阳光照着的另一边:那些幸福的家宅的窗玻璃闪闪地眨着眼睛。"她是精敏而有远见的。和她辩论吗?那是无用的。而且辩论什么呢?'情意'是一个心理学的名词,在普通的言语中含有悲剧和喜剧的性质——在这意义上她或许是无情的。"

在他前面,在那小山脚下,直立着菩提树的嫩绿的顶盖。在它们中间隐约着金色的、现在已经光秃了的修道院的钟楼的屋顶。再过去是一段深邃的绝壁,沿着那绿色的谷里一条青色的溪水从市镇奔流到暗黑的树林中。各样东西都是柔弱的、平静的,包裹在黄昏的忧郁里面。

"严格地说,她并不曾说了敌对我的话。而我也并不完全如她所见。"

这些思想把握不住这一次谈话的主要印象。然而萨木金并不急于要弄清这印象。他有意要任其自行加强、显明。从一座优雅的、单层的家宅的前庭里,走出来一个威仪堂皇的妇人。后面跟着一个高大的青年,从他的头上的巴拿马帽到他的美国黄皮靴都是崭新的。这青年夹着一条藤杖,把一只黄手套套在他的右手上。他的身上是有着可笑之处的,但是他是快活的,而且显然被那幸福所迷惑了。萨木金记起了当他自己脱掉学生制服穿上一套漂亮的灰色的新衣的那时候。他曾经觉得不舒服,但是漂亮。

"我在一首抒情诗的意境之中。"他觉得而且笑起来了。

在前庭里他遇着比士比妥夫拿着一支双筒猎枪,好像被气得发呆似的看着他。他嘶哑地说:

"你好笑吗?那对于你是蛮好的,但是替我想想。莫洛木斯卡亚刚才硬逼我加入那米恺天使长的联合会——说要拯救俄罗斯。见它的鬼!米凯天使长是警察的祖师——你知道的,警察总是跟究着我——为那些鸽子,为什么卫生,总之一大堆道理。"

他拍着那枪托,在入口的阶沿上,阻碍着萨木金进去,而且还摇动他的炉扫帚似的头发。他终于喘吁吁地说:

"倘若不为我的舅母，我要吐唾沫在那满肚子废料的鬼娃偶的手上，连带着她的政治、她的联合会、她的天使长——"

他当是如此的，而这一回却没有引起萨木金的敌意。

"你武装起你自己反对谁呢？"

"一只耗子。或者一只臭猫。"比士比妥夫说，同时向着顶楼那一面走去了。

在他的房间里面，他遇见了似乎早已等待着他的一种冷静。连苍蝇都不见了。

"这是因为我不在这里吃饭。"他猜想。他在办事室里站了一会儿，呆看着阳光照着的他的尘土的皮靴。他决定：

"我必须和比士比妥夫谈谈马利娜。我必须。"

小心地，避免着急遽的动作，他拿出烟盒，抽出一支烟。他发现他的衣袋里没有火柴。桌上也没有。把烟盒放回他的衣袋里，他把那支烟抛在桌上，又把手放进衣袋里面。尽站在这房间中央似乎是愚蠢的，然而他并不想要移动。他站在那里，紧张地倾听着一种忧郁而轻快的异常的感觉。

"以前我曾经有过如此异样的感觉吗？显然没有过。"

然后他才记起了他曾经有过和这感觉并非不相类似的经验，当他遵照当事人的嘱托依法要求赔偿的一个不愉快的案件遭遇失败的时候。此外他不能想出和现有的感觉更类似的事件。走到桌子前面，他拾起那一支烟，躺在沙发上等待着老非里柴太来叫他去喝茶。

三

大约有两个星期之久，他生活在这平静的休息的不习惯的状态之中，有时这境况不但是使他惊异，而且确乎激发着一种不安的思想：在什么处所堆集着扰乱。在早晨喝茶的时候，他匆匆浏览过两份本地的日报——一份是每天歇斯底里地叫嚣着外国人的横霸,左翼各党支部的疯狂,要求俄罗斯"回复到国家的真理";而另一份却以头号字标题,主张"保持帝国议会——自由、理性的圣庙",而且指斥左翼各派的无理。结果这两份报纸都造成同样的印象:它们都是首都各报的模糊可厌的回声;过着一种模仿的生活,它们并不曾吹皱了这繁荣的城市的传统的生活。并且用同样的手法描写了五十多个城市。在星期日,那自由派的报纸发行"本省各地印象记",作者署名"伊杜洛"。萨木金知道这是伊凡·杜洛诺夫,于是以他的眼光,注意地读了几篇标题新异的短文,好像在法庭上倾听着那些单是卖弄自己的聪明的证人所提出的证据。杜洛诺夫对于右派和左派都表示同样的讽刺,而着重于宪政民主党所主张的政策的"写实主义"。

"杜洛诺夫不能不感觉到政权之所在吧。"他想,冷笑了。

不知不觉地,莫名其妙地,萨木金对于这些政治生活的事实发生一种奇异的反应:在这些报上所讨论着的纠缠不清的事件从前早已经过的了。他并不想去解释给他自己为什么如此。他的心理是被马利娜摇动了的。有一次,和他谈了些事务之后,她说:

"听着,我的朋友,你的避忌人群是明显的了,而这于你是不好的。你知道,你是被看作一个神秘的人物了的,据说你是隐藏着等候活动的机会。谣传:在你的记录上你有过一些重大的事件——指挥莫斯科暴动,他们说——现在也还在指挥着什么。"

这是意外的而且不快的。萨木金微笑着回答:

"英雄们都是这样给创造出来的。"

她玩弄着她的手套,继续说:

"你应该用一些事物来冲淡你的厌恶人群的思想,我的雅典的狄孟[1]。注意——宪兵们对于过去是有着很好的记忆力的,而且他们不

---

[1] 曾率领雅典平民暴动之英雄。

消除一些人或一些事他们如何能够维持秩序呢？你应该多多出现在公众场所里。"

她诙谐地说着。萨木金问：

"你觉得麻烦吗？怕我会带累你吗？"

她嘲弄地扬起她的眉毛：

"我？我对于我的律师的心理状态负着责任吗？我为了你自己的利益才说这话。而且——听——你最好把我的米式加叫来。他可以看管你的房间，整理你的书籍。在你不愿和伐里亭同餐的时候，他可以替你预备饭食。你也可以叫他抄写你的东西——他写得一手好字。他是一个规矩的孩子，不过有点梦想家的性质。"

她庄严地飘出房间外面去了。从庭院里来了她的丰富的声音：

"伐里亭。庭院应该打扫干净。真恶心。莫洛木斯卡亚不满意你。她说你不表示意见。你说了些什么？啊——呀——呀！不。请你不要说这些狂言。是的，请你。你说了些俏皮话？你不要开玩笑啊。"

她走了，砰地关上了大门。

"她似乎不关切她的外甥。"萨木金觉得，"然而，他是她的唯一的丈夫的外甥。"想了一会儿之后，他对他自己说：

"好，我的朋友，更没有别人这样关切过你了——还有谁呢？"

他原恕马利娜提起了他的过去。谢谢她的费力，他现在才能建立起一种事业——他曾经办了几件诉讼，现在是一件放火案的被告们聘请了他。然而，几天之后，那过去又自然而然地再现出来了，而且很粗暴地。

四

下晚有些客人来访他。他很客气地接待他们，相信他们是告状的。其中之一是一个高大的、红脸的女人，一张粗糙的脸上有一双黑眼睛，服装简素而庄重。另一个中年男子，光秃的尖脑壳上残留着一些黑色的硬头发，含怒的脸上戴着烟灰色的眼镜。他穿着一件打皱的、有油迹的棋盘花的外衣。萨木金断定他们：

"一个女店主和她的店员。或许是一件刑事案。"

但是那妇人就座之后，从她的衬衫袋里取出一只烟盒，用低声说：

"我的名字是马拉维阿伐，也叫拍沙。戈金的夫人台谛亚娜告诉我，必要的时候我可以来和你商量。"

萨木金正在擦火柴，一听就停止着，用手指敲着火柴箱，把它放在那妇人面前。他问：

"我能够替你做什么呢？"

那妇人的黑眼睛直直地注视着他。她的同伴坐在靠墙的一只椅子上，在一道暗影之中，含糊地哼了一声。

"我相信我曾经在什么地方见过他。"萨木金在回想。

马拉维阿伐用她自己的火柴从容地点起她的纸烟，而且说孟什维克在星期日要开一个时局讨论会。

"我们没有反对他们的演说家。能力足以担负这任务的一个同志正在害病。"

她以一种高调的声音侃侃而谈。她的逼人的注视是不好受的。萨木金说：

"你所说的那一个人并没有提过马拉维阿伐。况且，我现在并不和那人通信。"

"奇怪。"那妇人说，耸了一下肩头，同时她的同伴说：

"我们找别人去吧。"

"我并没有在公众场所演说过。"萨木金又说，有一种说了真话的欣喜之感。

"不要紧。我们找别人去吧。"那男子重复说，站起来了。萨木金又觉得他在什么地方见过这男人，而且听过他的含怒的沉重的声音。那女

人也站起来了,而且把纸烟抛在那烟缸里,高声说:

"这一次你应该去试试。"

当她站起来的时候,她碰着了桌子,使那洋灯罩铿铿地响。萨木金用手扶住它。而那妇人不过随便说一声"对不起",并且不说"再见"就走掉了。

"我放下火柴的时候有些鲁莽了。"萨木金回想,"我确是见过那男人的。"

他叹息着,把那妇人搁在烟缸里的残烟倾倒进废纸篓里面。

五

两三天之后,萨木金出现在"公众场所"了。他坐在从前他听邓娜沙唱歌的那俱乐部的厅堂里,正在倾听着律师狄卡坡里托夫的演说,这律师是"振兴农民工艺会"的主席。在讲台上朦胧出现了沙皇亚历山大二世的赤色画像,画像前面站着一个阔肩的孤立的身体,平板而瘦削,长手臂,黑眉毛,剪得像刷子似的灰头发,一部浓重的大胡子拖在尖鼻子下面,上髭是法兰西式的。他的外貌好像模仿某个历史的人物而造成的,但是他的眉毛又好像是故意要人不相信这类似而涂黑了的。他以一种愉快的中音说着,把那缓慢的、可厌的言辞掷入这厅堂的暗淡的光线之中。

"目前的局势要求各个人具体地决定他所需要的。"

"把斯托里宾送给那鬼的祖母去。"坐在萨木金前面的一个胖子对一个朋友说。那人就瞌睡地回答:

"他解散农民协会是一种伶俐的举动。"

在这厅堂里大约有六十个人散坐在各排椅子上。

夏天的雨水飞溅在窗玻璃上,雷正在大声小声地响着,闪闪的电光照明了飞尘似的晶莹的雨滴。在这飞尘之中闪现出一个黑屋顶,两座高大的烟囱好像没有手的臂膊似的伸向天空。一种不快的闷热充满了这厅堂,萨木金后面的某人的肚子里面咕噜噜地响了。这人正在他的左边,每一次霹雳之后,就在他自己身上画十字。他用手肘推撞着他,悄声说:

"对不起——"

"在我们前面已经展开了某些党派的恐怖政策。"那演说家继续在说。

萨木金努力在想出这演说家确是像谁。不行,于是他想:倘若邓娜沙回来了在此地相会倒是愉快的事。

斜对面的前排里坐着马利娜的前任律师,他正在得意地微笑着,和一个矮胖子在私语着。

"有一种意见,说政治和道德是不相容的。"那演说家在继续说,从衣袋里抽出一张手巾又急忙塞进去,"但是这是绝对不确的,那是新闻记者们的论调。政治学以法律的规范为基础。"

一声霹雳震动了他。他退开几步,用手巾揩揩额角,眨着眼睛。厅堂里充满了隐隐的回响,窗玻璃嘤嘤地呻吟着,其间马利娜的前任律师在椅子上一震惊,分明地咕噜着:

"这是不上诉的理由。"

演说家仍然在说着,现在说得更加快,显然是被什么人引发了他的脾气。萨木金听见这么一句奇突的话:

"每个青年在高等学校毕业之后不会都进大学的。非洲的游客不全都到达中心。"

"这是对的。"在萨木金后面的某人忍着笑说。

萨木金不能把他的注意集中在那演说家上,因为他的话似乎久已为他所熟悉了。所以他高兴了,当那人走上前几步结束他的话的时候:

"我们终于达到了可能的限度,我们必须停止了,等我们在被征服的地位上站稳了我们自己,然后才能前进去实现那可能。等到成功之后,历史就会指示给我们怎样再进一步。我的话完了。"

一个有着巨大的秃头的男人站在前排叫着：

"有十五分钟的休息。愿意参加讨论的请举手报名。"

而且以同样的高声，他对另一个人说：

"我的先生，这是什么意思，要把桌子摆在讲台前面？这应该摆在讲台上，请——在讲堂上。"

萨木金走进食堂里。当他走下大理石台阶的时候，他听见几个笨重的市民的谈话：

"狄卡坡里托夫说得响亮。"

"是——是的。这些话对于农民有着阿摩尼亚对于醉人那样的效力。"

"他们把他们自己放在摇动的地位上，而现在一切都开始动摇起来了——"

"啊，妈呀！猫从家里跑出来了。它抓我。"来了什么人的乌克兰的腔调。

律师们干脆招呼着萨木金，匆促地默然和他握手。马利娜的前任律师急速地运动着他的短脚跑到他前面。他问：

"好，你以为如何？"

而他又立刻自言自语：

"好光荣的雨水。"并且滚到一个有着大胡子的小男人面前，他愤愤地说：

"看吧，乌林弗冷可先生，两个星期已经过去了——"

"过去了正好——怎么样呢？"

萨木金不愿留在那里讨论问题，回家去了。

六

街上非常清爽。空气是香的。银色的月亮浮在深蓝的天空中。石路上的水塘闪射着亮光。青色的水点从黝黑的树枝上滴下来。家宅的窗户都洞开着。在狭窄的街道的另一边走着两个人。一个说：

"我们的灰胡子在发抖了。"

一种流畅的歌声从一道开着的窗子里飘浮进街道的寂静之中：

"可有一句简单言辞

说尽我的全盘心事——"

"反对。"两人之中的一个对着窗子里面叫，然后笑着急急走去了。

"一个本地风光的玩笑。"萨木金想，高兴地呼吸着新鲜空气和花香。

几天之后政府解散了帝国会议，同时克狄士派发表了一个宣言，要求农民不当兵，不纳税。比士比妥夫摇着那报纸，干哑地说：

"见鬼了——要宪法就来一个宪法好了。不然就好像是坐在三只脚的椅子上似的，这些白痴。现在我们又要有一次总罢工了。"

"这城市对于这消息会有怎样的反应呢？"

"这城市啊！全是些绵羊，但是没有山羊。所以绵羊们并没有可以跟随的人。"

萨木金以为比士比妥夫的论调是被比这鸽子竞赛者智慧更高的千百人们所采取的，而且因为嫌恶这人，他自己又想要认识这人的愚蠢，于是开始问他关于时局的意见。比士比妥夫的脸立刻紫胀起来，他的眼白狞野地突出着。摇着他的头，用手掌摸着他的喉咙，他说：

"你在考我吗？我并不是一个白痴，总而言之。那会议是贴在脖子上的芥子酱——它的作用是缓和冲到头脑上的血液。这就确乎是它所以夹缠在我们的疯狂的生活里面的理由。至于克狄士派，他们是想要造反。不纳税，他们告诉我。那么要我不买火柴，用我的眼睛的光来点火吗？是吗？"

用他的拳头拍着桌子，他叫：

"我纳税是为保障我自己的平静的生活。是不是？我问你？当局者的义务是不是保护我的生命。"

他在他的椅子上摇摆着,用手推开那些食具。椅子吱吱地响着,杯盘也叮当着。萨木金第一次看见他这样发怒,同时不相信这发怒的原因单是由于那议会被强迫解散的。

"你不能和左翼硬干。而干总是一件好事,无论你怎样说。我不愿我的肚子被靴匠剖开,也不愿我的家宅被放火烧掉。例如,昨天有些工人在郊外烧掉一个警察派出所。至少他们以为那警察是——。于是烧掉他的住所。我并不是黑百团、贵族,以及其他什么混蛋,但是倘若你们自己已经取得治理国家的地位,那么就治理它吧,鬼来管你。我有权要求和平——"

萨木金以为不至于陷于感情的爆发是知识分子的主要的特点。然而他终于觉得他的憎恶比士比妥夫已经炽热到仇恨的顶点,禁不住想要猛掷什么东西在他的流汗的脸上、他的疯狂的突出的眼睛上——大骂他一通。而阻止着这爆发的却是萨木金自己惊异于这事实:这样可耻的、这样狂野的愿望竟会突然发生在他的心中吗?同时比士比妥夫哼着,喘着,继续在说:

"而且我请你不要把我当作无政府主义者,因为无政府主义同是由于政府的无能而产生的——是的,就只为这个。只有中等学生才相信人民是由于观念教育成的。胡说。两千年以来教会打桩似的钉下这观念:'相亲相爱','同心救世'——或者他们所唱的什么?——救什么鬼——'同心'——我的家不过是一层屋,而我的邻人的家是三层楼,怎么会'同心'呢?"他出乎意料地结束了他的议论。

"这样愤激对于你是不好的。"萨木金说,勉强笑着,而且走进花园里去了,走进了被邻屋的砖墙所遮暗了的一个角落里。那里有一张固定在地上的桌子和一个半圆形的凳子,都长满了苔藓了。这一个角落全部是潮湿的、悲凉的、黑暗的。吸着他的纸烟,萨木金看见他的手在发颤。

"这白痴的粗劣的思想和感情是何等古怪呀。"他思索着,而且回想着他曾经见过不少的这一类型的人物——例如,台格尔斯基、斯推拉托那夫、里-里阿金。然而这些人谁也引不起像他对于这人一样的憎恶。

这一次比士比妥夫引起他一种简直是惊吓的情感——觉得被压迫。几分钟之后,萨木金觉得尽在思索着比士比妥夫是一种屈辱的事。这引起了一些新奇的和完全不能容忍的思想。他自己的尊严确定地敌对着这些思想。

马利娜对于克狄士派的宣言的态度是讽刺的。

"他们用这宣言过分地伸长了他们自己。"她说,把眉毛和睫毛急扭了一下,"行动太轻率了,好像'把一只空勺子放进别人的汤碗里去'似的。这宣言的发表应该是在沙皇宣布不干涉地主的土地的时候。那时农民或许会举起他们的手来——"

用手巾扇着她自己,她沉思地又说:

"里狄被克狄士派骇坏了,她甚至想要卖掉她的森林。然而,昨天她征询我的意见,想要买屠干尼诺夫的庄园,乐隐园。这位贵妇人正苦于饱闷无聊。乐隐园是一个好庄园。它是抵押给我了的。屠干尼诺夫老人已经死在乃斯。不知他的后人在什么地方——"她叹息着,沉默着,皱缩着她的嘴唇,好像要吹哨似的。然后,她暗中决定了,说:"就这么办吧。"

米式加悄然加进萨木金的生活里面。他确是一个有用的侍者,抄录虽然慢然而清楚,没有错误。他是沉默寡言的,用他的像女孩似的漂亮眼睛注视着萨木金的脸,柔顺而且似乎是尊敬地。清秀的仪容、光滑的头发,他坐在办事室的窗前的角上的一张小桌子前面,微弯着腰,写着好看的字在纸面上。他曾经请求萨木金许可他读书,当得到允许的时候,他沉静地说:

"谢谢您。"

读着他的书,他变得更加不惹人注意了。他从来没有问过他的职务以外的任何问题，但是把他自己建立在这角落里两三天之后，他曾经羞怯地问：

"我可以问你，克里·伊凡诺维奇——革命已经过去了吗？"

这问题来得如此意外，萨木金惊异地瞅了这少年一眼，就用这少年自己的话答复：

"革命已经过去了。"

然后他问：

"你为什么关心这个？"

"不过——关心。"米式加迟疑地回答。而且，低着头，他用低声抱歉地又说："大家都在留心这个。"

萨木金判定这少年是蠢的，而且也忘记了这偶然的质问，记着这样的事是太不值得的。生命勤勉地训练着人的记忆去忘却那些有着更重大的意义的事实。在无穷的连环中，一件跟一件的事变用逐渐加强的力量把时间推向前去；而时间，好像滚下山坡似的，在不知不觉中迅速地过去了。

七

报纸上差不多每天都记载着政治的劫掠、拘捕、军事裁判、被绞死的政治犯。政府继续着封闭和压迫讽刺的杂志和报纸。保皇党的机关更分明地施行着恐怖的方法。政治的反动是具有盲目的凶狠和复仇的性质的，并且也引起同样凶狠而显然微弱的抵抗。萨木金见过而且明白这一切，而当他听到或读到它的时候，它就压迫着他。然而，他在不知不觉中说服了他自己：这些事变已经失掉了它们的革命的意义，不过是产生于运动的惯性而已。它们就好像"干燥的暴风"，尽管闪电和雷鸣，雨是没有的。同时，当他视察这城市的生活的时候，他开始觉得这"肃清"的工作好像雾似的是从下层，从地上升起，并且逐渐浓密起来了。

尤其使他容易忘记掉他的周围的生活的，是当他和马利娜谈话的时候。当他问她关于政治的劫掠的意见的时候，她看着她的手指甲，答道：

"我不懂得。或许这是战斗终结而盗贼横行的时候的一种征象吧，或者革命还没有耗尽它所有的力量呢。论理你应该懂得更清楚些。"她说了，微笑着。

"你似乎恐怕战斗终结。"萨木金提示。她不回答，但是改变了话题：

"听着，我的朋友。小屠干尼诺夫已经出现了。他要确认他对于乐隐园的继承权，而且去处理。你明白吗？我要设法使这件事迅速通过各级法庭。里狄似乎决定要购买这庄园。"

笑着，剪掉她的小手指上的肉刺，她带些鼻音，模仿着里狄说：

"她有一个新观念。你看，我们必须复兴文化的庄园，创建农村——赞助斯托里宾的政策。"

她拍着她的前额，做出一种暗示或人是蠢材的表情。并且继续用她的流畅而随便的声音说：

"她说，妇女应该参加国家的经济的生活，而不参加政治去做革命家。俄罗斯的妇女尤其应该做保守党的义务，因为俄罗斯的男人都是梦想家、浪漫派。"

谈话是在马利娜的家里，在她的舒适的小房间里。通到巷里的门是开着的：和暖的风轻轻地吹起树叶的窸窣。小小的白云浮游在空中，刷过月亮的面上。镍制的茶炊显着青色。灰色的飞蛾闪动着，死亡在灯火上，轻轻地落在粉红的灯罩上。马利娜穿着宽大的家常便服，坐在那里，她的强健的赤膊在大袖子里面放光。当萨木金进来的时候，她曾经道歉说：

"原谅我的随便——我热了。我也太胖了——"她用双手摸着她的胸部和臀部。而这显然卖弄风情的、骄傲的姿态引出萨木金的一声不自觉的惊叹：

"但是你在诱惑人！"

"我吗？留心些。不要落进恋爱里。"

"我不可以吗？"

"你可以，但是不必。"她说得异样的天真，立刻使他处于恋爱的情调之中。就在这情调中他倾听着她说话。

"最近我告诉里狄：你为什么使你自己这样憔悴？你应该和人结婚——例如，萨木金。她说，我只能嫁一个贵族——这贵族必须是不曾忘记了俄国贵族的历史的任务，而且是忠于这三种原理的：正教、贵族和俄罗斯精神。我说，好了，亲爱的，这一类男人现在一定有一百岁了。这使她很难受。"

萨木金想要问她许多事，但是他偏只问：

"比士比妥夫怎么样？"

从碟子里拣了一片点心，她瞅了他一眼，微微翻起她的眼睛，慢慢地勉强回答：

"你自己看怎样呢：他拒绝服役于世界而又不知道怎样服役于他自己。"立刻又继续着，但是更加快了，好像是要缓和她说过的话，她说："他是有趣的。他以为他的鸽子是这城市里的最好的，撒谎说它们得过几次奖。其实得奖的是小店主比林诺夫。据老的养鸽家说，他是一个坏的竞赛者，不过是糟蹋那些鸟罢了。他以为他自己是一个自由人。这是不错的，倘若把自由解释为缺乏目的。然而，总之他不是一个傻子。但是我以为他的结果不好——"

倾听着她的流畅的言语，萨木金照常妒羡着她。她说得这样好——简明地，生动地——而他的言辞是灰色的而且不宁静的，好像灯上的飞蛾似的。

她又说到里狄，但是这回却琐碎而近于吹求——说她对于服装怎样缺乏鉴赏力，她读书的理解力怎样不行，她指挥"天堂的寻求者"这团体怎样不妥当。她忽然说：

"知识阶级的人们可以分为两类：有些好像钟摆似的摇动着，另一些好像时针似的指出早晨、正午、下晚、半夜。但是，在事实上，改变时间的却不是他们的能力。凭了想象力你可以改变你的世界观，但是你不能改变它的实质。"

萨木金不能领会这些话和她对于里狄的批评之间有怎样的联系，但是这些话，譬如说，把它放在他以前不能打开而现在却要自行打开了的门前面。他默默地待着，等候着马利娜说她自己，她的信仰，她的人生哲学。

"工人们要夺取工厂，农人们要夺取土地，而知识分子渴望着权力。"她说着，抚弄着她的胸前的纽带，"自然，这全是必要的而且会实现的——但是它会使像你这样的人得到满足吗？"

萨木金不回答，看着水晶杯里的酒，那是正对着光线的。那酒有着像她的眼睛似的金黄的色彩。他觉得马利娜的问题里面潜伏着威胁他自己的某物——但是是什么呢？他忽然明白倘若他在此时此地谈论他自己，他就会说出很像她谈论比士比妥夫那样的话。这使他惊异而且不快活了。喝了一口酒，他对他自己重复说：

"拒绝服役于世界而又不知道怎样服役于他自己——自由是缺乏目的。"

他扶正他的眼镜，有意地、怀疑地看着她，而她却还是在理直她的纽带，她的脸色是明朗的，她的眼睛大有深意地看着那些闪动着的飞蛾。她走去驱逐了它们，挥着一条茶巾。

"它们已经飞进来好多。但是我不能关门。那就太窒闷了。"

萨木金的恋爱的情调被毁灭了。他无须等待。这女人并不谈论她自己的任何事情。她站起来了。当她伸出她的手来告别的时候，她的便服披开在她的胸膛上，而他看见了她的淡红的、透明的绸内衣，以及她的突起的、紧鼓鼓的两只奶。

"啊。"她叫，拉好她的便服。萨木金看见了她的穿着白长袜的膝头以上的腿部。这印象自然地侵蚀进他的记忆里面，但并不曾感动了他。它甚而至于使他尊重地想道：

"她好像是石造的。或许她吝惜她的身体像吝惜她的钱一样。"

然而，对于他自己，她并不吝惜钱。有一天，当她坐在他的寓所里的时候，她看见邮寄来的书籍的包裹。

"你花了很多钱买书。"她曾经说，又慨然说，"要我增加你的薪水吗？"

他辞谢了。然而她终于把他的薪水加了倍。现在，他记起了这偶然的事故，因而联想到他也曾经为了一种男子汉不该有的惶惑而拒绝了她的赠予。他买来读的书多半是长篇小说。俄国的和从外国文翻译的，因为种种理由他不愿意马利娜知道这个。但是他讨厌严肃的书籍，这样的书里充满了政治的论文和热辣的辩论，使他头昏。关于自由派的刊物，马利娜曾经说过："它叫嚣得好像被爱人遗弃的歇斯底里的女人，虽然她是久已厌憎了他的。"

八

两天过去了。萨木金被比士比妥夫邀请去看新鸽子，坐在花园里。比士比妥夫屹立在屋顶上，一只手抓住那烟囱，另一只手扶着一把扫帚。他穿着无带的常服、宽大的裤子，那荒唐的样子就好像一只酒瓶，头上塞着一个圆圆的塞子似的。在浑浊而炎热的天空中，一群鸽子懒洋洋地低飞着。比士比妥夫咆哮着，吹哨着。然后他弯起身子，好像要从屋顶上跳下去似的，并且不清楚地问："我吗？"然后叫喊："克里·伊凡诺维奇，客人们来看你。"

客人们是马利娜和一个中等身材的曲背男人，白衣服，左边袖子上系着一块黑纱，夹着一条藤杖，灰手套，一顶巴拿马草帽一直戴到后颈部。他的脸是微黑的，有着活泼而细小的面容。他的尖鼻子、尖胡子、卷须子使萨木金想到画幅《三枪手》之中的一个。

"来认识。"马利娜介绍,"屠干尼诺夫先生——萨木金先生。"

屠干尼诺夫随便把他的长手塞进萨木金的手里面,用他的淡蓝眼睛瞅了他一眼,并且用一种吃惊的音调悄声说:

"那人在屋顶上干什么?"

马利娜说明了比士比妥夫的事业,并且叫道:

"伐里亭——预备茶!"

在萨木金的办事室里,马利娜申明维士孚洛得·巴夫洛维奇·屠干尼诺夫要求萨木金依法办理确认他对于屠干尼诺夫的继承权。

"是的,就是,请。我该多谢你。"屠干尼诺夫说,他的声音实在太高。他的没有耳垂的紧贴在脑壳上的小耳朵红起来了。

"我已经失掉对于空间的正确的知觉。"他说,惶惑地转面向着马利娜,"此地各样东西都似乎很远,所以我想要很高声地说。我离开此地已经八年了。"

他提起他的法兰绒的裤子,把他的双脚藏在椅子下面,快活地微笑着说:

"我高兴又回到这里来。"

马利娜说:

"游巴黎一定是很好的。"

"那很简单。"屠干尼诺夫告诉他,"巴黎不成问题地是世界上最好的城市,而法兰西就是巴黎。"

屠干尼诺夫不论说什么,那声调都十分严肃而又和蔼可亲,好像青年教师第一次对着高级班的儿童演说似的。后来屠干尼诺夫称赞巴黎有最好的裁缝匠和最好玩的戏院。

"在柏林我见过斯坦尼斯拉夫斯基的戏院。真特别。但是,你知道,它太严肃了,不像一个戏院,与其说是戏院,不如说是——"耸起肩头,敞开两只手——这才找着了话说,"救世军。你知道,'货摊'将

军和老处女们唱着圣诗,邀请人们来忏悔他们的罪恶——我说得不对吗?对吗?"他又问马利娜。她热心地答道:

"啊,对的,对的。那是很有趣的。"

萨木金不相信她的诚意和她的欣喜的微笑。然而,屠干尼诺夫照样说下去,拉扯得更加远了,好像诉苦似的,用一种微弱而无生气的音调说:

"而且演出那些流氓、那些浪人。自然,我是一个民主主义者。在法国,全是民主主义者——而此地我觉得我自己是俄罗斯群众之一,虽然我的母亲是法国人。但是为什么要表演流氓呢?我想这是有害的。艺术必须是——美学的。而斯坦尼斯拉夫斯基穿着脏的破衣服,扮演一个古怪的角色,叫伐尼亚叔叔,从背后枪杀了那教授——为什么呢?真叫人不懂——后来跟跄了两步。一个可怕的醉鬼高唱着伯朗吉——那是可怕的旧式的,在法国,伯朗吉是早已被忘却了的。总而言之,法国人绝不会懂得那戏。法国人知道:每样东西都是有人说过了的,而唯一的事情是把熟悉的东西用一种美的姿势重新表现出来。要紧的是形式,形式。"他叫了,举起他的手,指尖指着天花板,并且偷看着马利娜的脸:"各种思想——倘若你能原谅我——就好像女人们。她们并没有多大的差别,而她们的动人的秘诀就在于她们打扮的方法——"

他沉默了,舒展地叹了一口气,显然是欣喜于已经卸下心里的重担。

九

米式加来通知茶已经预备好了,马利娜和巴黎人走出去了。萨木金留在后面,在房里闲踱了几分钟,思量着那巴黎人的轻飘飘的言语。当他来到比士比妥夫的房里的时候,马利娜正在倒茶,屠干尼诺夫正在对比士比妥夫说:

"莫斯科和巴黎的联盟是最有益于亚历山大三世的天下的。在法国，他们懂得这个更比我们明白。"

"我们没有工夫来懂。我们正在忙着制造革命。"比士比妥夫回答，摇摆着他的头。他的眼睛像油似的发光，他的擦过油的头发也在发闪。他穿着短袖软领的衬衫。汗滴从他的下额滚到他的领结上。

"革命是法国的伟大的过去。"屠干尼诺夫说明，舔着他的苍白的嘴唇——好像一个贫血病的女孩似的。

马利娜告诉萨木金，她已经准备好在后天早上坐车到乐隐园去。同行者是她自己、里狄、维士乎洛得·巴夫洛维奇——克里也被邀请去参加。他默然点点头。马利娜站起来了。屠干尼诺夫也要走，但是伐里亭出乎意料地急忙挽留他：

"这城市是空虚的。没有东西可看。并且你可以把巴黎的一切都告诉我。留下吧。我们喝酒——"

屠干尼诺夫吻了马利娜的手，留下了。萨木金送马利娜到门前。在阶沿上她说：

"一个很好玩的青年人。你听一听他告诉伐里亭些什么，然后告诉我。我们一起笑笑。好，再见，我的沉闷的人儿。我的，我的，今天好热啊——"

她走了，而萨木金站在那里，倾听着。从开着的窗子里飘出来那访客的急促的音调，而字句却不清楚。他不想回到比士比妥夫的房里去，但是停留在外面又觉得不好意思。点起一支烟，他走回去了。他们没有注意他。屠干尼诺夫背对着窗子坐在那里；比士比妥夫坐在窗子的侧面，手肘支在桌子上，手指埋在他的乱蓬蓬的鬃毛里面。用另一只手把葡萄送到嘴里，他慢慢地高声咀嚼着，又喝一点马德里酒把它们冲洗下去，而且瞅住屠干尼诺夫，他的红脸上带着油滑的微笑。屠干尼诺夫身子倾向着他，手里举着一只杯子，说：

"无顾忌的直率。在一个饭店里，我坐着，手里拿着一张报纸。我对面的另一张桌子有一个很漂亮的姑娘。她忽然对我说：'你似乎并不是在看报而是在鉴赏我的裤子。'你看，她这样交叉着她的两条腿坐着。"

"基督爷！"比士比妥夫咕噜着，"这你叫它作什么——不要咬文嚼字——"

"啊不。你错了。"屠干尼诺夫快活地叫，"她不是卖笑女而是一个学生，一个很尊贵的有钱人家的女儿。后来我认识她的哥哥，一个官员。"

比士比妥夫惊异地嘘了一声。他在椅子上摇摆着，装着鬼脸，哼着，流着汗。他显然难以把谈话支持下去了，因为"没有问题"，被没有什么所苦恼，于是只好吃果子来避免谈话。屠干尼诺夫仍然兴奋地说：

"一位绅士和一位太太一同在林荫道上走。那绅士走进小便处去了，而那女人一点也不难为情。她站着等候。"

比士比妥夫吹出一声鼻音。

"是的——对于俄罗斯人的耳朵这是奇特而且有点猪猡气的，而他们却是听惯了的。总之，法国人是绝无道学气的。"

落日的光辉经过庭院落进窗子里面。桌上的每件东西似乎都盖上了红锈，而葡萄棚上的小枝变成不愉快的乌黑。在水晶碟里，苍蝇爬在家制的点心上。

"是——是的，那里的人是在过生活。"比士比妥夫干哑地叹息，"但是我们这里呢，不是战争便是革命。"

"这是可怕的。"那巴黎人同情地回答，"而且这全是因为缺少钱财的缘故。但是马丹莫洛士卡亚说自由党反对法国借款。现在，我问你，这算是一种政策吗？人民主张他们愿做穷人吗？——在法国，革命是由富有的布尔乔亚造成来反对贵族的，那些贵族什么都没有了，只有国王还在他们的手里。而在你们的国里——就是，在我们的国里——不容易明白是些什么人在制造革命。"

比士比妥夫摇着头而且突然大笑起来,拍着他的膝头,用鼻音说:

"就是的。是些什么人呢?"

屠干尼诺夫等待伐里亭笑完之后,说,好像有点生气了:

"我的意见是——革命常常是由于富人造成的——"

"当然。"比士比妥夫叫。

萨木金悄然离开了那房间,愤愤地想:

"这肥猪在装傻。他分明知道那年轻的家伙正在以教训他为乐。他不但把他自己装作漫画的人物,而且把他旁边的任何人也弄成那样的了。"

在马利娜批评了比士比妥夫之后,萨木金觉得憎恶这人的心情愈加深刻,然而这憎恶并不使他远离这人,反而被这人所吸引了。这事实是不愉快而又不可思议的。

第十二章

一

第三天的早上，萨木金坐在一辆麦秆编的四轮马车上，摇摇摆摆地向着乐隐园驰去。露水还在草上，但是空气已经是郁闷的了。温暾的、刺鼻的尘埃从两匹肥大的花马的脚下飞扬起来。强烈的马汗臭和干草的发酵气混合在一起，使人中毒似的打瞌睡。在污坏的道路的两旁，农夫农妇正在田亩和菜园里移动着。远方朦胧现出修道院的园林的摇动着的、粗俗的边缘。这四轮马车是不舒服的，而弹簧是僵硬的。萨木金不安宁地被颠簸着。昨夜他没有充足的睡眠。他也讨厌独自坐车——他在马利娜的车里的地位是被比士比妥夫占去了的。在车夫的地位上，坐着马利娜的有胡须的、威风凛凛的门房，不断地和那两匹马会话。他有一种喉音，而他的言语响得好像秋风的干冷的吹啸。他的脸是不自然地发红，好像他的额上和颊上的皮肤是被吹胀了的，而他的浓厚的黑胡子似

乎是用胶粘上的。当他们出城之前,萨木金坐进四轮车的时候,想道:

"好粗野的一张脸。"

当他们驰出城外去的时候,他问:

"你生长在哪里?"

"在格里夫。这是乌拉尔河岸上的一个小城的名字,从前叫作牙尼斯克。"

"哥萨克吗?"

"是的,一个哥萨克人。不过我早已脱离他们了。"

"为什么?"

"嗯——不过是不喜欢它。"

萨木金觉得不好再问别的。歇了一会儿之后,那哥萨克人含糊说:

"当然,你不能喜欢它。它总是从你的指缝里滑脱出去——你就不能够抓住它。"

"从前我曾经听过或读过这些。"萨木金想,而厌倦包裹着他:这白天,这热,这田野,这道路,这马匹,这车夫,以及一切——一切围绕着他的都是他见了又见的。这些全被作家和画家描写过几百次。离道路稍远的地方,一个巨大的干草堆正在冒烟,灰烬从它上面纷纷落下,金红的毛虫闪烁了一秒钟,一股蜿蜒的蓝烟缓缓地从那灰黑的小丘的各方面冒了出来,而那烟像一片白云似的高悬在那干草堆上面。

"那已经被烧了吗?"

"我相信是被烧了。"

"去年此地有过许多暴动吗?"

那哥萨克人并不即刻回答。

"此地的农民是有钱的。没有人要暴动。"

萨木金自己好笑起来,记起屠干尼诺夫的话:"每样东西都是曾经有过的,每样东西都是曾经说过的。"世间也常常有人对于这无穷的重复感觉压迫和厌憎。这种人的悲剧的地位,其中含有同量的悲苦和骄傲,而萨木金以为这种骄傲无疑地是马利娜所熟知的。

时候将近正午。更加热得不堪,而尘灰更热。黑云在东方奔腾着,叫人想到那烧着的干草堆。

"在此地可以看见乐隐园了。"车夫说,用鞭子指着远处的一座小山。一座有柱的、黄色的房屋蹲踞在一片桦树林的对面。这样的家宅,萨木金曾经在莫斯科的四周见过十多次,而且曾经读过二十多次。

二

又一刻钟,那流汗的马爬过被雨洗过的道路,到了小山顶上,走进桦树林的温和的影荫里面,停在一座装饰着雕刻的单层的新的木屋的入口处。门上悬着一面拱形的异想天开的大招牌:在白的上用红色和蓝色画着一个奇形怪状的农夫,一只脚站着,另一只脚像手臂似的伸在一副马具上;马具之次是两根打禾棒;之后是一大把镰刀;以后是一种看不出来的东西;而最后是一个男孩和一个女孩拉着手在亲嘴。在这些形象之下有一行小字:"办事处。"萨木金推测那些形象也是代表着某些文字的。

撒卡里的黑胡子和苍白的脸在窗子上突然出现,而又立刻就不见了。四个农夫从那角落里冒出来。两个缓缓走着,举起他们的鸭舌帽;第三个,高而且有大胡子,不过摸一摸草帽,把它拉低了一点;而第四个,光头,大胡子,快活地微笑着,用一种响亮的声音说:

"欢迎。"

"这也是从前常有过的。"萨木金机械地想,对着那些农夫点点头,并且脱掉他带着灰尘的上衣。

撒卡里从门前的台阶上跑下来,白罩衫上系着一条皮带,责斥那些农夫说:

"你们不该立刻就冲到这位绅士面前来。让他先休息。"他拉住萨木金的手肘,"请进。吃的都预备好了"。走过那哥萨克人前面的时候,他对他说:"把眼睛睁开些,得尼屡。我立刻派凡西亚来。"然后,他悄悄地解释给萨木金:"这里的人都是可怕的,克里·伊凡诺维奇。他们是些瘟疫病菌。"

经过厨房,他们进了那家宅。一个老的、胖的小妇人,有着一双很淡的眼睛在她的黑脸上,正在炉子前面缓缓地移动着。他们走进一个潮湿而阴暗的大厅里,虽然有两个大窗子和一道通到露台的门。一张大椭圆桌子上摆着碟子、瓶子、花,而椅子都是用灰色套子套着的。角落里有一架大钢琴,一只剥制的猫头鹰和一个六弦琴的匣子摆在它上面。另一角里有两把宽大的躺椅,在它们上面悬挂着金边的画框。一个有着一条大辫子的苗条的姑娘走进房里来,送上一玻璃壶牛奶。她立刻走了。撒卡里也走了,说:

"现在你可以休息。洗脸走过——厨房。"

萨木金高兴地喝了那一杯滋养的凉牛奶。他走到厨房里,用湿手巾揩了脸,走出去到露台上。点起一支烟,他开始闲步着,倾听着他自己,听不出什么思想,但是经验到一种感觉,好像有什么新的、没有经验过的事物在那里等待着他。他的脚下的地板是开裂的。潮湿气就从那裂缝里吹送出来。露台的台阶通到一个半圆形的空场里,那里长满了青草,笼罩在樱树和菩提树的影荫中。在那些树干之间有着小丛树的残断的枝条。一张破的铁凳子横躺在那里。萨木金自己坐在台阶的顶级上。

三

四个农夫从那家宅的转角顺序走出来。光头的那一个坐在萨木金下面的一级上,微笑着仰视着他,响亮地说:

"只要看吸着的烟就能知道是城里的人。"

他中等身材，但是因为肩头很阔，就显得十分矮了。在一件说不清什么颜色的破上衣下面有一件脏的衬衫也分明可见。他穿着补过的格子花布裤、旧套鞋。他的颧骨突立的脸、尖利的小眼睛、乱蓬蓬的胡子，使他有点像列夫·托尔斯泰的画像。

萨木金给他一支烟。

"阿司尼巴希。"他说，而他的宽阔的、自足的微笑使他的眼睛显出童真的爱。觉察了萨木金的疑问的注视，他并不敛住那微笑，说："你不懂吗？这是保加利亚的吉卜赛的话。保加利亚人不说'我'——他们说'阿司'，'巴希'是说'吸'。"

那剃光了下巴而且有着乱胡子的农夫伸着一只手说：

"给我。我吸。"

萨木金问：

"你到过保加利亚吗？"

"为什么？我们没有踏到新地方的必要。我们在我们自己的地方连爬都有些困难了——"

"我们自己去撞日本人，把我们冷歪脸碰坏了——"那有乱胡子的家伙愤愤地插嘴。

"不。一个吉卜赛的马兽医教我这些话。"那第一个说。

别的两个也走到台阶上来。一个是穿着颇好的矮胖子，一张宽大的、憔悴的、粗俗的脸，灰胡子，一管长的白鼻子。另一个是小的、骨瘦的，两只好像锈铁似的赤脚，他的鸭舌帽一直盖到眼睛，只看见一管钝的红鼻子、稀微的胡子、一片松弛的厚嘴唇。四个人全都留心地考察着萨木金，以至于他觉得不舒服，想要走开。然而他被阻止了。那乱胡子的人吹掉纸烟上的灰，认真地问：

"先生，告诉我们，这是真的吗？已经决定不再抽我们的捐税，不再送我们这一类到战场上，把打仗的事全都交给哥萨克人去干，单是要我们种地？"

那有着锈铁似的赤脚的农夫，用手指挖着那朽坏的台阶，含糊说：

"他就会告诉你的，不是吗？"

萨木金简单地告诉他们克狄士派的主张。那些农夫默默地倾听着，而那光头就得意地叫起来了：

"我不是说过吗？那不过又是一张犯法的传单罢了？"

"那么是一种欺骗了。"那有点像托尔斯泰的人叹息了，同时那胡子横起眼睛看了他一眼并且从牙缝里吐了一口。

"我们没有运气，先生，"那光头用嘹亮的声音诉苦，"捐税把我们毁成了一些贫苦的罪人。要怎么毁坏就怎么毁坏，什么也不给留下。你刚刚才节省下几个铜圆，他们即刻就跟在你的荷包后面——拿出来。它就成了'送别'钱——钱，而喘气也——他们全都要钱——那地方议会，以及别的一切人。"

他说得津津有味，好像一个适当的伶人正在表演《文化之果》的那农夫的说白："连安放小鸡的地方都没有了。"当萨木金想到这里的时候，他觉得别的几个农夫也是戏剧的，正在预备着描写那些被压迫和被践踏所受的痛苦。那乱胡子证实了这印象的戏剧性，这使萨木金大为快意。他曾经把纸烟尾连带着唾沫放在他的左手的大拇指指甲上。看着那烟尾，他说：

"不要相信他，先生。他是富的。他有五匹马、三头牛、二十只绵羊、一个好菜园。他们三个全是富的，并且他们想要脱离农协会，来买这地方。"

他抛去了那烟尾，跟着又吐了一口，用脚去踏它。那光头皱起他的脸，闭起他的眼睛，把头向后一扬，仰天干笑着：

"他说的什么话？天啊，他说的什么话？富的，我们是吗？我的亲爱的彼得·伐西里夫，富人住在村子里吗？啊呀！你就没有见过一个富人生长在村子里——他是住在城里，吃着舒服的面包的——"

那乱胡子的彼得瞅住他，眉头打着结，他的颧骨膨胀起来了。

怕会有一场争吵，萨木金就问他们，在这区域以内有过什么暴动没有。

"我们一点也不知道。"白鼻子的农夫说，而彼得却响亮地随口说："这样多的塞加西[1]包围着，你就休想暴动。"

"我们和暴动没有关系，先生。"那光头急忙地说，"自然我们有很多理由来暴动，但是没有暴动的意思。"

兴奋起来了，每一个字迅速地搓揉着另一个字，摇着他的手，他发了一通冗长而混乱的议论，解释理由和意思之间的差别——他的尖利的小眼睛的表情变化得闪烁、迅速，又愤怒，又和蔼，而又狡猾。那白鼻子，眉头一皱，他的嘴一张一合的，想要说什么，但是被一匹飞在他的宽脸前面的黄蜂阻止着。那铁脚板的农夫，已经从朽坏的台阶上拉下一大片木片，正在用心地研究着它。

"所以理性是懒惰的，而理性要暴动。但是意志要求着别样的东西。一只虱子[2]不能驾起来种地——意志却能够。"那白鼻子说。

"你说昏话，狄米徒里叔叔。"彼得不平地说，转向萨木金：

"他说了这些什么也说不出来。你不必听他，也不要看他穿着破衣服——他故意装作没事人儿似的。"

"你不该说这话，彼得。"那白鼻子懊恼地说，"我们是有事才来的，而你——"

那光头插嘴说：

"我们知道你，彼得。我们知道你很清楚。你不要在这里吱吱咯咯的——"

"我也知道你们是约好来合唱的。好，为了这个你们还要哭咧——"他含糊地自己骂了几句，站起来走了，他的双手插在衣袋里。那铁脚板

---

[1] 哥萨克骑兵所组织成的特殊部队。
[2] 喻理性。

的农夫抛掉了木片，嘶嘘着：

"他是一个兵。废料。这里的乱子都是他闹出来的，这猪儿子。这里为他们流了很多血，他们既不为上帝也不为魔鬼——单就为他们自己。因为他们，塞加西才被派到这里来的。"

"而且塞加西并不停住想一想谁有罪，什么罪。"那光头也说，拍着他的补了的膝部，他吼起来了：

"我们这地方毫无道理。全无一点——"

那白鼻子仰看着白的热的天空并且说：

"暴风来了。"然后他问萨木金：

"你是谁呢？一个辩护士，或者单是一个宾客呢？"

这使那光头笑起来了：

"你问得真奇怪，我说。"

萨木金站起来，走下到花园里去的路上，想着：就只为了这样的人们，许多理想主义者、浪漫主义者曾经去到监牢里，西伯利亚的矿厂里、绞台上——然而这不过是一种飘忽的思想，并且也似乎不是他自己的。因为马利娜还没有来到，他焦急起来了。

四

像在俄国式的浴室中似的闷热。一种沉重的、难堪的厌倦使身体衰弱无力。在路的尽头的小丛树中有一个休息的亭子。一只法国式的女鞋和一片破书皮躺在它的台阶上。亭子里面有两把草编的椅子，和一个破棋盘抛在地板上。在丛树上面的小山上，人可以看见田野、灿烂得好像水银似的河流、地平线上冒起的蓝云、沿着看不见的道路所滚起的烟尘。这些又全是似乎惯熟的、有限的——全都这样可厌——太可厌了。

萨木金记起了在去年冬天的时候他曾经有过一些自杀的思想。现在想起它们是有伤于他的自尊心的。远方的尘埃逐渐浓厚了。那必定是马利娜的车子来了。

萨木金思索着：马利娜和谁相像呢？在他所读过的小说里的女英雄之中，他找不出和她相像的。他后面的台阶吱咯地响了——走来的是那乱胡子的兵士，彼得。这兵士毫不客气地坐在一把椅子上，而且用一把小刀在剥削着一支胡桃木手杖，沉声而又严厉地问：

"那么，沙皇自己不能统治，也不想要别人来统治吗？那么，我们在期待着什么呢？"

"明年一月帝国会议又要开会。"萨木金说，横起眼睛看着他。

"我看。你是属于哪一党的？"

萨木金点起一支烟，并不回答，而那兵士也并不等待他的回答。剥着手杖的皮，并不看萨木金，他急忙地说：

"你有什么高见？卖了这地呢，还是留给农协会呢——或者等一等？要是等，富农们就会把一切都抓去了的。有一个周游这些地方的人告诉我们：驱逐地主。抢掠地主。他说他是一个无政府主义者。自然，破坏是容易的事。在马登，柴卡索夫的庄园被烧掉了，牲畜都杀完了——全都弄得干干净净。后来步兵队来了——补充营的四十多人——枪毙了三个农夫，鞭打了十四个——还有些女人。"

那兵士谈到了他自己，这时萨木金正在思索着一个人忽然被别人期待着解答一切问题所处的新奇的地位。

"你在山上那屋里喝茶的时候，在那砖墙后面的地窖里面就开了一个会，而且有一个从别处来的人在演说。他们已经发动了农民，还在继续发动。这里还要有一个长时期的扰乱的。"彼得说。他很得意地，并且主张：

"你应该把这庄园卖给我们。那些农夫就不会玩他所有的那些伎俩了。倘若你不卖它，我们就要捣乱。我并不怕，我告诉你吧。那光头和那戴草帽的家伙——台巴可夫兄弟——他们都是狡猾的。他们一点儿力不费，但是他们要什么就有什么。这村里的真正的省长。领袖和吸血的水蛭。"

"暴风来了。"萨木金说着,走出了那亭子。那兵士回答:

"让它来吧。"于是挥舞着他的手杖。"你不想说话吗?好。"他并无不平地咕噜着。

萨木金回到房子里,点起一支烟,吞下两口麦酒,躺在睡椅上立刻睡熟了。

五

他被一声霹雳惊醒了。花园里不断地闪着电光。在房间里,桌上的每样东西都动摇着而且把它自己隐藏在黑暗里。大雨滴溅在窗子上。桌上的杯盘在蓝色的闪电之中发光。风正在怒吼,而且从什么处所飘来了撒卡里的埋怨的声音:

"娥尔加,搬开那牛奶。它会变酸了的。现在他们不会来了。噢,我的天——"

暴风雨开始打击着窗子。萨木金转过脸来对着墙壁,想要再睡,忽然他听见马利娜的怒吼。

"有人在里面吗?拿茶来,快。——问娥尔加拿女衣服、衬衫——以及寝衣,因为这雨啊。"

萨木金走到她前面,这时电光一闪动摇了这小房间里阴暗的暮色,而马利娜显得好像是紧紧地裹着绸衣似的。

"好,我好看吗?这全该谢谢里狄的妙想——我们停住在那修道院里——啊呀!——不。你去。我要脱衣服。"

她的高大的形体在摇摆着,而摇动了那暮色的似乎是她。萨木金走进厅堂里,记起了他和妮戈诺伐的平静的恋爱正是开始在这么一个风雨之夕。这回忆立刻在他的内心引起一种肃穆的悲哀。在那小房间里有湿衣服扑落在地板上的声音,然后是一种懊恼的声音:

"留心些,娥尔加。你刺着我了。"

当马利娜走进厅堂里的时候,她穿着一件灰色的寝衣,用一些别针把开口的地方连起来,脖子上围着一条手巾,而她的头发松散地披在她的背上。她的模样就好像冯尼斯基所画的台拉克诺伐公主和一个女犯人的混合体。她坐在桌子旁边,正在伸着脚去穿天鹅绒的尖头靴,并且对萨木金说:

"现在你做主人。招待我。"

撒卡里的脸上现出一个幸福的、负疚的微笑。他送进一只茶炊来,在桌子周围徘徊了一会儿,不见了。马利娜喝了一杯葡萄酒,舔着她的嘴唇说:

"常住在这屋里的那老人是一个聪明的、荒淫的家伙,也是一个大吝啬鬼。他出名地卑鄙,但是他每年分三次汇一千卢布到法国的一个布列顿城,给一个公证人的寡妇和女儿。有时他要我替他转寄。我问过他——一个恋爱故事吗?他说,不,不过是同情。这也或许不是谎话。"

用一条手巾揩着她的湿透的头发,她继续说:

"据说他是哲学化了的,正在写着一本著作,叫作《历史与命运》,一种极混乱而忧郁的作品。去年夏天他和一个叫作托米林的专吃嫩鸡的人住了些时日。托米林是一个肥胖的、邪恶的、自作多情的畜生。他用尽方法要强奸一个少女——一个聪明的女孩——我想她是老屠干尼诺夫的女儿。经过一场大闹之后,那老人把托米林赶出去了。托米林也是哲学化了的。"

"我知道他。他做过我的教师。"萨木金说。

"是吗?"

马利娜瞅了他一眼,微笑着,将要说话的时候,比士比妥夫和屠干尼诺夫进来了。比士比妥夫穿着一套贵族的制服,赤脚穿着鞋子。他的乱蓬蓬的头发刷得几乎平滑了,似乎减少了一些荒唐气,甚至于庄重、

严肃起来了。屠干尼诺夫穿着一套农民衣服、套鞋,显得更矮、更瘦。他的脸是一张不幸者的标本。他踏着他的套鞋,不很明白地说:

"人必须有高尚的志向——"

"很对。"马利娜赞成,"但是什么志向呢?"

在她的旁边坐下,他说:

"生活在一面伟大的旗帜之下——譬如十字军,或者炼金术士之类——"

比士比妥夫站着倒酒进一只杯子里。他咕噜着:

"旧旗帜已经不适合于我们了。我们是一种自作聪明的人民。"

"这是什么意思?"屠干尼诺夫问,显然有趣于比士比妥夫的话。

"好,要我怎么说呢?"比士比妥夫含糊说,眼看着他的杯子,"知识阶级——是自作聪明的。目前我们所需要的是一副马具、一条缰绳,以及一束干草,来使那匹马前进——这是一件事实。"

屠干尼诺夫用疑问的眼光默默地看着他,并且问:

"一束干草?"

"是的。我告诉过你用这个。"比士比妥夫颇为鲁莽地说,"来代替一面大旗。"

"停止吧,伐里亭。"马利娜命令。

雨逐渐晴朗了,断续地打着窗子,好像失掉了力量,将要止住了。风在怒吼,树林发着一种沉闷的声音。

一个女孩出现在门口,并且用一种莫名其妙的愤怒的声音说:

"里狄·提莫菲夫娜不肯下楼来。她要我来拿她的茶和一杯酒。"

"一个啰唆的姑娘。"比士比妥夫说,眼看着她拿着茶出去,"一张耗子似的小脸。"

耸一耸肩头,皱起他的脸,屠干尼诺夫急忙地喝着热茶,不时加上些酒在里面。萨木金代理主人站在桌子旁边,觉得他自己似乎并不被别人看见。在他前面他也只看见马利娜。她正在玩弄着她的茶匙,把它放在手心里掂一掂，又往回在两手上抛来抛去——她的眼睛深思地半闭着。

茶匙跌落了。萨木金弯身去拾起它，在桌子下面看见了马利娜的裸着的腿。比士比妥夫走到大钢琴前面，打开六弦琴的匣子，说：

"空的。总之，我不能玩六弦琴。"

"我去看她在干什么。"马利娜说，站起来走了。比士比妥夫问：

"六弦琴？"

屠干尼诺夫吃惊地看了他一眼，仍然喝着茶和酒，这时比士比妥夫正在那吱嘎响的刻花地板上面踱着，开始用尖锐的鼻音高声朗诵着：

　　我是鞑靼的可汗那目克，
　　因为威严出了名。
　　在大地上我统治着这古旧的。
　　每一个人无论他什么名字，都知道我所有的权威。

他停住了，自认："我忘记了下边的。"

萨木金忽然觉得比士比妥夫喝醉了，而这使他加以小心。看着天花板，比士比妥夫慢慢地背诵着：

　　我有一大群姣好的妻妾——
　　足足一百四十个。
　　但是忽然大觉悟
　　我已经发现了我还需要另一些。

"这很有趣。"屠干尼诺夫说，疑问地看着萨木金。萨木金冷笑。比士比妥夫走到桌子前面，站在萨木金后边，继续着：

> 一个百姓刚刚哭出声，
> 我就急忙打杀他。
> 而且万民慢慢富起来，
> 我并不待错了他们。

"我又忘记了。"他说，抓住萨木金的椅背。屠干尼诺夫重复说这些诗是有趣的，同时用力揩着他的前额，东瞻西顾的。比士比妥夫摇着萨木金的椅子，问：

"你也喜欢它吗？"

"很机智的。"萨木金回答。比士比妥夫又在房里踱来踱去，咳嗽着。他说：

"作这些诗的是萨夫伐·马孟托夫，一个大富豪，他造铁路，供养艺术家，制作乐音的喜剧。法国有这样的人吗？不。那里没有。那里不会有的。"他愤愤地说："这样的事只有我们这一国才会发生。在我们这里，维士孚洛得兄弟，各个人都装扮起来——并不依照品位和权力。各个人都踏着别人的帽子。并不因为别人的帽子更漂亮，鬼才知道为什么。突然变成一个革命家——但是为什么呢？"他走到桌子前面，举起瓶子倒酒，含糊说：

"萨木金，我和你喝一杯吧，为——"

房间里忽然充满了蓝色的闪电，响了一阵尖锐而干燥的雷声。比士比妥夫坐在椅子上，摇着他的手：

"现在我们出去跑马去——"

有一分钟之久三个人都沉默着。然后屠干尼诺夫站起来，走到角落里的睡椅前面，说：

"你的谈话是出色的。"

"我的？我说话好像一个傻子。因为没有东西固定在我的灵魂里——它好像是一片真空。我想起什么就说什么，卖弄给自己看。"比士比妥夫不高兴地用鼻音说。他的头发已经干了，现在直立起来了。他喝了酒，忘记和萨木金碰杯，而且看着那一只空杯子说："而且我忽然想道，不论何时，恐怖都会像一只野兽似的忽然扑在我上的。"

"那是神经过敏。因为那暴风雨。"屠干尼诺夫解释，仍然躺在那睡椅上。

比士比妥夫弯起身向着萨木金，问：

"你以为如何？"

萨木金被比士比妥夫的谈话激怒了，觉得这人愈加昏醉了。他恐怕发生乱子，但是他制止不住那恼怒，干巴巴地答道：

"我的一个熟人常念这几句诗：

'是的，因为一个空虚的灵魂

你需要一个信仰的负担——'"

比士比妥夫摇着萨木金的椅子，用铿锵的声音插入说：

"那目克经过多番情的试练——

他愿意在末日审判求个明白——"

马利娜进来了，她的头发已经梳好盘在头顶上，好像头巾似的，她的身量显得更高了。

"维士孚洛得·巴夫洛维奇，你的房间预备好了。伐里亭，告诉他那地方。在中层楼上。你的床，克里·伊凡诺维奇，就摆在这房间里。"

她对于屠干尼诺夫是客气的，对于比士比妥夫很像命令。萨木金以为她对他自己说话的音调是特别温柔的。

"里狄似乎受凉了，"她说，皱着眉头，同时她看着比士比妥夫傲昂地阔步着，"好空虚的夜晚。睡觉似乎还早，但是有什么事好做呢？明天我要走许多路，看看这庄园。晚安——"

萨木金站起来，送她到门口，听着她的脚步走上那看不见的阶梯。然后他回到厅堂里，站在通到露台的门前，用手指敲着玻璃杯。

七

　　树梢被风摆动着。它们上面的黑暗似乎是飘摇的。有一分钟之久那黑暗被一颗大星戳穿,后来那星又被风消灭了。房间里是沉默的,但这寂静也像窗外的黑暗似的摇动着。在他后面,萨木金听见赤脚走路的声音,衣衫窸窣的声音。有人拍打着枕头。杯盘丁零的响声。萨木金看着光明的雨滴从黑暗中落到露台上来,并且记起了莫泊桑的小说《我们的心》:在乡间的客舍里,马丹得妣里在半夜里慨然来到马立约尔的房间里。他也想到契诃夫的小说,一个房屋画匠的乐观的话:"一切事都是可能的——"以别人的言语为思想是很便宜的。即使证明是错误的也不负什么责任。

　　"马丹得妣里是一个没有性格而难以把握的女人,但是这——她珍重她的身体好像一件宝贵的衣服一样。这是愚蠢的。马利娜是很少伪善的。其实,她就简直没有一点伪善气。一个吝啬者吗?是的,自然——但是那不是她的重要的——"

　　觉得愉快地晕眩着,萨木金把他的前额压在玻璃上。

　　"我喝得太多了。她喝得比我更多——这好像是文法教科书上的句子。"

　　他觉得他周围的沉默太大了。这里该会有一座时钟嘀嗒,一个虫在啃树——"耗子似的生活的路道"的明证。紧张起他的耳朵,他能够听见树枝的窸窣,并且记起有些作家把这窸窣认为是地球在空间运动的影响。

　　"蠢。但是记忆不能算作创作。书是一种实物。可以用它捕杀一只苍蝇,或者把它抛在那作者的头上。它也能够使人陶醉——像女人或酒似的。"

　　他站得疲倦了,转身进去。房间是黑暗的。在角落里的睡椅旁边点着一盏小灯。一张睡椅上所设置的床位是空着的。另一张床的白枕头上耸立着撒卡里的黑胡子。萨木金觉得被轻蔑了。难道找不出一个单房间给他吗？抓住门把手，他哗地打开露台上的门。在黑暗中有人在那里移动，喘气。

"谁在那里？"

歇了一会儿，他听见那车夫的熟悉的声音：

"守夜的更夫。"

有人慢慢地朦胧出现，异常高大。

"我和凡西亚。"那车夫又说，"看他何等高呀，我们的凡西亚。"

萨木金擦燃一支火柴，黑暗中出现一张好性格的、宽大的、无须的面孔对着他微笑。停了一会儿，他呼吸着新鲜的凉气，然后转回去到床上。走过撒卡里旁边的时候，他觉得他还没有睡觉。萨木金脱衣，睡下，灭了灯，想：

"或许这一个也是想要谈谈的。"

然而，撒卡里沉默着，毫不动弹，好像他并不在那里似的。萨木金想：

"他不敢先开口。他在等待——好像一滴屋檐水似的快要落下了。"

两三分钟之后，萨木金低声问：

"你替苏妥伐工作了许久了吗？"

"这是第八年了。"撒卡里沉静地回答。

"你以前干什么呢？"

撒卡里没有即刻回答，而这怀疑是没有礼貌的。

"我是一个修道士。住在修道院里。九年。马利娜·彼得洛夫娜的丈夫把我从那里取出来的。"

"取出来。好像一件东西似的。"萨木金觉得。他又躺了一分钟，然后点起一支烟。撒卡里坐起来了，披着一幅被盖。萨木金问："你不想要睡吗？"

"我的睡眠不好。"撒卡里迟疑地悄声说,"当我躺下的时候我的心就麻痹住了。我觉得我好像是往下落。所以在夜间我常常坐起来。"

"修道院里的生活不好过吗?"

撒卡里在被窝里窒闷地咳了一声,说:

"自信能够超世俗的人们——他们觉得它不错,舒服。那些人是并不思想的。当初我也觉得舒服——但是后来——"

"后来怎样?"

"后来我看见周围的情形。修道士也是人。他们做错事有些不能克服肉体,有些因为虚荣而受苦,也有些因为思想——"

听着一个看不见的人在私语是奇特的事。他缓慢地说着,好像在黑暗中摸索字句,把它们连续起来。萨木金问:

"做修道士是你自己的意愿吗?"

"监狱里的教士劝告我的。当我在狱里的时候,我在监狱教堂里服侍他。他喜欢我。所以他对我说——倘若你得释放了,做修道士去。我被释放了。他介绍我到院里去。院长是他的叔父。一个喝酒的,但是正直。喜欢读那些世俗的书——《天方夜谭》《格尔·布拉司的冒险》《十日谈》。我在修道院里做了七个月的俗家弟子。"

萨木金默想:马利娜的门房,那哥萨克人,很像一个逃犯,而这一个,她的商店的助理员,曾经坐过监狱。他默想着,暗中好笑:

"这些神秘愈加黑暗起来了。"

"自然,你好奇地想要知道为什么我会被弄到监牢里去。"他听着那沉思的、缓慢的私语,"好,你看,我是一个孤儿——我十一岁就和我的祖父住在制革厂里。当初在他的家里做小使,后来在办事室里做书记。但是在一场吵闹之后,我的祖父把我降级为工人,我染皮子有三年之久。他第二次又结婚,而他的妻逐渐用砒霜毒害他——她有一个情人,一个测地师。我的祖父死了。他的女儿,伊夫基娜,到法庭里去控告。后来说是我也有罪——说是我似乎知道他们的行为而不报告。伊夫基娜是美丽的，而且可怕地聪明的。她曾经查出我替她的继母和那测地师传递书信。因为这个，我们三个人都被捕了。我在监狱里待了八个月。那测地师无罪释放了，我也释放了，而那女人被判决到教堂里去做减罪的苦行——他们认定她是有错的。那时我十七岁。"

"你现在也不太老。"萨木金想，预备要问这人关于马利娜的事。但是撒卡里抢了先：

"请原谅我问你，克里·伊凡诺维奇，但是你读过爱得华·杨格著的《诉苦：夜间思索生死与不朽》吗？"

"没有。我没有读过。"

"啊，真可怜。"撒卡里叹息。

"你可怜我吗？"萨木金问。

"不，说我自己。那是一本伤心的书。"撒卡里又叹息，更加沉重地，"颠覆了人的头脑。它说：时间就是上帝，创造奇迹来助成我们或反对我们。什么是上帝，我不知道或者永远也不会知道。但是那是什么意思呢——时间就是上帝，甚而至于创造奇迹来反对我们。那么上帝是反对我们的了——而且为何如此呢？"

"绝对的胡说。"萨木金想，在黑暗中看见撒卡里的脸好像一个无形的小黑点，并且以为那脸必定因为恐怕而歪斜了的。那是可怕的，萨木金觉得——不能不害怕。那些胡说的言辞还在黑暗中活动着，降落着：

"它也说，人的机构里面就隐藏着死亡的种子，而生命喂养着它自身的凶手——这怎么能够呢，倘若我们把生命理解为是不朽的精神所创造的？"

"这似乎是针对着马利娜。"萨木金推想。

"死亡因治疗而减少，但是一个人甚至以人世之不朽为满足。所以，克里·伊凡诺维奇，生命似乎是不免于因人的错误而致消亡的，因此也就是不完全的。然而它是完全的精神所创造的。然则完全怎么能创造出不完全呢？"

抛掉那纸烟，眼看着那一道红光穿过黑暗并且在地板上碰起火星，萨木金说：

"这些问题你可以问马利娜·彼得洛夫娜。"

"我已经问过她。她知道人间的一切玄想，但是她抹杀这《诉苦》，甚至护着它，称它为废话。我自己能够思想，但是不能玄想。我问你关于这《诉苦》的话，请你不要告诉她。"

"我不会的。"萨木金承认，"她是——很聪明的，是不是？"

撒卡里温和地叹息：

"啊！"他又咽住了，用急促的私语说："一个异常智慧的女人。洞察一切。大无畏。"

他突然结束了他的谈话，不安地转侧着，轻拍着枕头，含糊说：

"原恕我。我使你不能睡觉。"

他就此沉默了。萨木金以为这人必定已经把被盖拉在头上了。静寂更加浓密了，而且许久许久没有一点声音——后来花园里才有人泼水进池塘里。萨木金在倾听着，并且记起了宣教士亚可夫，这人只有三个手指，曾经说过："石头才是一个傻子，树才是一个傻子。"他也说起了狄欧米多夫，那教会庶务，那些"天堂寻求者"。有成万的分教派信徒，有成千的社会主义者。马利娜说的话是对的——知识分子并不知道人民的真实的精神生活。知识分子在人民的生活中单只看见了他自己的唯物主义的反映。马利娜自然，是不属于宗教派别的——

在远方有一只狗像狼似的嗅着，由于饥饿，或者由于恐怖。这样的夜在欧洲的文明国家里是不会有的，一个人离开城市不过四十俄里，在这夜里就觉得像在沙漠的中央似的。

在黎明中他睡着了。

八

他惊醒了,当撒卡里和娥尔加安放早餐的桌子的时候。撒卡里没有一点异样——沉静,庄重——而他的白面孔也照常好像一副假面似的毫不动弹。那尖鼻子的活泼的娥尔加谦恭地和他说话,而又显得颇为鲁莽。

第一个来早餐的是马利娜,穿着一件打皱的、不合身的衣服。她的头发理成一顶重王冠似的盘在她的头上。高兴地对着萨木金点头,她问:

"耗子没有吃掉你吗?这里的耗子简直是多得可怕。"

她严厉地对撒卡里说:

"各样东西都被人偷去了。"

"那是凡西亚的错。"他回答,负疚地敞开他的两手,"别人要什么他都肯给的。从前他允许农民来剥那些年轻的菩提树的皮——而且并不是剥皮的时候。但是农民自然不管这些。"

"好一个看守人。"马利娜大笑了,"你应该会一会凡西亚,我们这里的巨人,克里·伊凡诺维奇。农夫们都以为他是呆子。一个弃儿,或者是某个上流人的孽种——或者是那巴黎人的一个亲属。"

里狄进来了,她的头发也是蓬乱的,她的脸是阴沉的,她的嘴是恼怒地噘着的。马利娜更加高兴地招呼她,这显然感动了里狄。搂住马利娜的肩膀,吻她的头,她说:

"无论在什么地方,什么时候,有你就使人高兴了。"

"我们是叫人知道好人的人。"马利娜回答,把她拉到她自己旁边坐下,并且说,"我已经看过这家宅一遍,那花园里到处是垃圾一类的东西——但是它正好是在那里。"

那微黑的里狄,穿着一件灰色衣服,一头黑鬓发,在马利娜面前似

乎比以前更减少了俄罗斯的意味。在花园里有鸟儿在啾啾,野鸽在咕咕,有人在轻轻地走路。在房间里,里狄说着锡似的音调:

"他是朴质的。科学不否认一切有形是由于无形创造出来的。正如约瑟弗·得马司特的警句所说,'在人的一切恶劣的品质之中,青春是最可喜的'。"

比士比妥夫进来了,全身都是白色的,好像一个医官,脚上穿着草鞋。他坐在桌子的更远的一端上,以至于马利娜不能从那茶炊后面看见他。但是他可以看见一切。

"你应该剃胡子了,伐里亭。你的脸上全长满了,"而且她毫不顾忌地又说,"霉灰一类的东西。"

微笑着看着刚走进来的屠干尼诺夫,她用一阵暴雨似的客气的问候接待他。他说他睡得很好,总之一切都是奇妙的,但是他的虚伪并不算高明,人容易看出他是在说谎。萨木金默默地喝着茶,留心着马利娜,观察她待人的巧妙圆滑,虽然他并不喜欢她。他也留心比士比妥夫的阴郁的神情。

"他也有着犯罪的某种性格。"这句话忽然从萨木金的心里闪过。

早餐拖延了许久。当吃完的时候,他们就出去看庄园去了。

九

马利娜和里狄,由比士比妥夫陪伴着,走在前头。萨木金想起了一幅英国的绘画——从一座中古的诺尔曼的城堡里,走出它的女主人,带着一只细腿的猎狗和一个肥胖的弄臣。

一个云雾斑驳的早晨。温暖的风吹过湿地上,摇动着树木。小小的云片,灰羊皮似的,从东方浮起。在淡蓝天色的明亮的处所,初秋的太阳眨着眼,融化着。黄叶从桦树上落下来。松针窸窣着。萨木金觉得比昨天更加沉闷。

屠干尼诺夫流连在家宅里，但是五分钟之后，赶上了萨木金，走在他旁边，摇摆着他的藤杖，前后看了一看，然后分明地说：

"不。老实说，我不愿住在这里。"他用藤杖指着耕过的荒地的乌黑的条纹，指着那浑浊的河流的岸上的农民的家宅："我在窗子前面坐了两点钟。我有这么一个印象，这些全是从头就错起来的，永远不会完结，永远不能弄妥当。"

萨木金诚恳地问：

"讨厌了吗？"

"不但是讨厌。对于这旷野毫无希望。农民们埋怨缺乏土地是出乎我的意料的。在法国或者在德国，我从没有见过这样多的空地。"

停了一会儿之后，他递一支烟给萨木金，于是冗长而鄙俗地解说着他自己的勋业。卖弄之后，他长叹着说：

"昨夜睡在我隔壁的那邻人喘得鼾声如雷。他病了吗？"

"我相信他病了。"

"一个怪物。这样——野。而且可怕的愁苦。愁苦也应该是快活的。法国人知道怎样把他们的愁苦化为快活。你要原谅：我无论谈什么都是这样子——我是很敏感的。但是他的舅母是庄严堂皇。好一个身体，好一辆马车。还有那一对金眼睛。一个凡尔卡里，一个布鲁那许尔得。"

那舅母站住了，在招呼他，他就奔向前去了。这时萨木金觉得自己是多余的了，转进一条伸入小松林中的小路去。他慢慢走着，眼看着地面，默念着环绕着马利娜的人们的奇特——那哥萨克车夫、撒卡里、比士比妥夫——

"走到另一面去散步吧？"

萨木金开始走到另一面去了。在松林中间站着一个异常高大的人，阔肩头，一顶修道士似的长头发。萨木金在昨夜已经见过他的无须的脸面。现在那脸上现着微笑，那美好的黑眼睛好性情地放射着光芒，大鼻孔在闪动着，嘴唇在抖颤，这人似乎快要大笑起来似的。

"凡西亚。"萨木金冒昧地说。

"不错。散步。"凡西亚以柔和的、高兴的声音答应。一件褐色的外衣悬挂在他的阔肩上,腰上系着一条绳子。他的脖子包裹在一条蓝围巾里面,脚上穿着铁锈色的长筒军用皮靴。他双手支在一根粗实的、曲结的手杖上。俯视着萨木金,他说:

"我知道你。我昨夜见过你,你去散步吧。不要害怕。"

"你是一个看守者吗?"

"我?我在这里等候着。"

"他们全都走到下面去了。"萨木金说,并且用手指着。

"我知道。我看见一切——谁——而且什么地方——"

凡西亚现在高傲地微笑着,而因为这微笑他的脸相变得更粗野、更紧张,他的眼睛在放光。

"我住在这里。我有一间茅屋。冷的时候,我去到厨房里。你走吧,散步,唱歌。"

"'噢,一只白鸽

来歇在圣艾顿河上——'"

他唱了,把手杖夹在手臂下面,用另一只手摇着一株小松的树身:"不过不要忘记燃着那祝火,留住那火种,不要让它逃去。干枯的小枝是会燃起来的,然后变成灰。风一吹,灰没有了。各样东西都是精神。各个地方。一切以精神而行。"

他摇着头,走到一边去了。"有点机锋。"萨木金回想着,而且转回家宅去了,觉得这一会晤中有某种幻影的存在,又想到环绕着马利娜的人们的奇特。在办事处他遇见昨天的那几个农夫,但是那光头和铁脚板现在已经穿上好的布上衣,俩人都穿着长筒靴。

那光头摘下他的新的褐色的鸭舌帽,客气地问候萨木金:

"早安,绅士。"

并且他问:"你是继承人吗?"

撒卡里的苍白的脸突然出现在窗口上。他大声叫：

"不是，不是。不已经告诉过你——？"

那兵士吐出了他嘴里嚼着的一根麦秆，大声掩过了撒卡里的叫喊：

"你告诉过我们，但是我们不相信。藏起吧，歪脸。"

撒卡里不见了。那些农夫倾听了萨木金的解说之后，互相悄声议论着。那光头叹气，说：

"我们能够相信你，但是此地的人们——"他绝望地摇摆着他的手。

那兵士从他的衣袋里取出一个皮夹。他又急忙塞回去，转向萨木金说：

"或者你可以给我一支烟？"

取了烟，他用严格的眼光审察着萨木金的身体，说：

"那是不坏的，倘若你们绅士被征募去做三年的农夫，像我们被征募来当兵一样。再受过你们的学校教育，那就无论干什么都行了，然后到农村去在农民指导之下做助手——试一试他们的全部生活。"

"你在胡说。"那秃头插嘴，"其实简直是蠢话。现在的农村里，即使没有绅士地主，难以对付的人太多了，但是那毛病是在于真正的农民在村子里没有充分的自由——"

"看，他们来了。"那白鼻子农夫沉静地说。那兵士用手掌遮住阳光，斜起眼睛看着，而且沉静地吹啸着，然后皱起眉头，咕噜着：

"苏妥伐在这里咧。呸！"

农民们转背对着萨木金，这时他走到办事处的角落里，坐在一条凳子上，回想着这些农夫也是虚幻的、飘忽的：昨天他们似乎是伶人，而今天他们就完全不像会放火烧庄园或杀牲畜的人们了。不过那兵士显然是很怀恨的。总之，他们都是些异类，和他们在一起是难堪的、骚扰的。从转角里传来了比士比妥夫的干哑的声音：

"你们还是捣什么鬼？已经告诉过你们不卖。好吧？"

因为要避开和比士比妥夫相见，萨木金走到花园里去了。几分钟之后，当他走近露台的时候，他听见屠干尼诺夫的狂叫：

"他们制造暴动——而他们买地。所以，他们是有钱的，是吗？那么他们为什么暴动？"

"全都进马车里来。"马利娜在露台上叫喊。

十

在马车里，萨木金坐在屠干尼诺夫旁边。比士比妥夫恼怒地喘息着，站在里狄前面。她对他说：

"你看着吧，兵士们得了舒服的地方了。再见。我们走吧，巴弗。"

那车夫，一个漂亮的老家伙，一部胡须，看来好像一位假装的将军，挽着缰绳。那两匹大马小心地把这车拉下那雨洗过的道路。走过了那山谷，马车赶上了那些农夫。他们走成一个单行，没有一个摘下帽子的。那兵士站住了，打开他的烟盒，皱着眉头，用他的愤恨的眼光跟随着那马车。马利娜半闭着眼睛，咬着嘴唇，顾盼着，估量着那些田原。她的右眉扬得比左眉更高，给人一种印象：她的眼睛并不是平行的。

带着一种悲哀的、难以形容的悔恨之情，萨木金回想着：马利娜的明确的智慧全包裹在她的言语里，而服事于她的赌博的热情以累积财富。屠干尼诺夫，在他的膝上滚弄着那藤杖，正在对两位太太说：

"在巴黎人就异常分明地觉得男人是服役于女人的——"

里狄反而教训他：在女性崇拜之中异教的成分是太显露了，加特力教是肉感的、美学的。

"在更高的权威之前它没有敬畏之心——"

萨木金想到比士比妥夫谈论恐怖的话，决定他必须迁移他的寓所。和这人接近是绝对不能容忍的了。

用她的手套拍着他的膝盖，马利娜说：

"你的模样这么厌倦，这么懊恼。你应该在乐隐园住上几个星期，休息一下——"

"和农民谈政治，撕破那协会吗？"萨木金愤愤地说。

她笑了。

"不必如此。倘若你不愿和他们谈，就不谈。把你的智慧保留给你自己。农民是可厌的，虽然。里狄布置得好聪明，弄一些兵驻在那里。"

"那是你的建议。"里狄提醒她，但是马利娜不承认：

"啊，不，不。你有你自己的意思。你并不是一个小孩。"

马匹一致迅速地奔驰着，萨木金却觉得回到城市去的路程长得可厌。

第二天他办好了确认屠干尼诺夫的继承权的案件。某些神秘的力量扶助着他——这案件完结得很快，而且获得了一大笔钱。从前他对于钱差不多是不留心的，现在他怀着满足的心情接受了那些纸币——它们给予他独立的希望，增强了他到外国游历的意愿。他甚至开始觉得镇静了，强固了。比士比妥夫也不像从前一样使他恼怒了，想要迁移寓所的意思也随之而自行消失了。

恰在这时候，有两件意外的事故以强烈的力量突然闯入他的生活。

第十三章

一

一个灰色的日子,他从巡回法庭里回来。风无目的地、忽起忽落地在街上旋转着,好像在寻找一个躲藏的地方,吹到人的脸上、耳朵里、脖子后面,并且撕下最后的树叶,把它们和冷的尘埃一起驱逐到街上,然后把它们藏在人家的门下面。这种毫无意义的恶作剧暗示着某种不祥的预兆,萨木金低着头赶快走。

城里的人们已经安置好了冬季的窗架,照例,这增强了城市里的寂静,使它呆滞。萨木金转进一个连通着两条大街的小巷里。细雨像飞尘似的打在他的脸上。他站着,拉低了他的帽子,竖起他的领子。忽然从转角的地方来了一声尖锐的叫喊:

"救人!"

马车的碾轧的声音也听见了。一个马头从转角处突出来,摇动着。

马的前脚在跳跃。那叫喊又响了——又叫了。一个穿灰色上衣的人跑出来了,鸭舌帽盖着他的胡子脸。一只手上拿着带金属光泽的东西,另一只手提着一个毡绒提包。以异常的速度,那人冲到萨木金面前,把他推开一边,从步道上跳进一间地下层商店的门里面。那门上有一块新招牌:修理缝衣机及自行车。

"伊诺可夫。"萨木金猜想,当一对熟识的眼睛从鸭舌帽下面对着他一闪的时候,"是他,伊诺可夫。拿着一支手枪——一次抢劫!"

转角上的声音虽然不高,但使萨木金觉得有些惶恐。雨下得更厉害了,而那马头伸出在转角外面,颓丧地摇摆着。

萨木金考虑着他应该前进或是后退呢。正在这时候,一个人从那修理缝衣机的店里出来了。他是高个的、秃头的,有着一张阴沉的脸孔。他穿着一件肮脏的工作衣、一个围裙。他的右手插在衣袋里,他用左手关上门,并且用钥匙啪地把它锁上,好像放了一枪似的。萨木金也认识他——他就是和那女人马拉维阿伐一起去看他的那男人。

"你不认识我吗?"他问,声音低而清楚,抓住萨木金衣袖的后面,当萨木金刚一走开的时候,"不记得学生马拉可夫吗?还有邓那夫?我是凡拉克辛。"

"哦,是的,当然。"萨木金含糊说,留心着那人的右手。凡拉克辛问:

"你有什么不舒服吗?身体不好吗?"

"那里发生了一点事。"萨木金说,用手指着。凡拉克辛沉静地说:

"让我们去看看吧。"

他走在萨木金后面,他的脚步在砖石的步道上沉重地践踏着。萨木金却轻轻地走去,忧郁地想着:凡拉克辛想要捣什么鬼,会枪杀我的吧。

回头一瞥凡拉克辛,他说:

"你改变了,不认识了。"

"你改变得很少。"是那淡漠的回答。

在转角上,一个肥胖的小老头,红胡子,衣服上溅满了泥浆,坐在一个拴马桩上,全身颤抖着,摇摆着,悠悠地饮泣着。这老家伙被两个人扶持着——一个警察,另一个人戴着圆顶高帽,一直盖着脑后。这人的脸是浮肿的,眼球狂野地突出着。他把一顶湿的、皱的呢帽戴在老人的头上,尖声说:

"四万二千——我的,我的!在大天白日——在热闹的街上——"

一打以上的旁观者已经围拢来了——男人和女人。别的一些人们从门里和窗里瞻望了一下,然后小心地走过来,打听着出了什么事了。在马车台上坐着一个年轻的、白发的车夫。他高调地说,分明是口吃的:

"他抓住这缰绳,把马硬拉进这巷里来——"

"你撒谎。"一个头上顶着一把手椅的人在群众里面叫起来。

"我发誓,上帝在上,我没有——我正要用鞭子去打他,当他用手枪对着我们的时候——"

有人在赞赏:

"他们选择了这好时候——午餐的时候。"

别人在激昂地问:

"他们有几个人在这里?他们到哪里去了?"

萨木金旁边的那人低声说出他的疑心:

"好像那车夫是故意去碰壁的。"

雨下得更加厉害了。空间似乎紧缩了。旁观者的嘈杂逐渐减少,他们的啰唆混杂着阴沟里的流水的潺潺。超于这嘈杂之上的是头上顶着手椅的那人的急促的、活泼的声音:

"我走到那里,他们两个对着我走来——一个戴鸭舌帽,另一个戴呢帽。两个都穿着外套。然后,一个人冲到马车前面,抢去了那旅行提包——"

"毡绒提包。"那老人说。

"反正都一样。抢了就跑进这巷里去了。另一个人拉住马,车夫跳下来就跑——"

"我跑,离开了马吗?"

"一点不错。恐慌了,这蠢物——"

"你说他跑进这巷里去了吗?"凡拉克辛忽然很高声地问,"好,我那时站在那巷里面,而这位先生刚从那里走过,我们并不曾看见任何人。这是怎么回事呢?你简直是用你的帽子想出话来说了,阿叔。况且,这位掌柜说一只毡绒提包,而你说是一只旅行提包。你最好是留心你的家具吧,雨已经把它弄脏喽。"

凡拉克辛郑重地开始而又讽刺地完结了。他的脸是骨瘦的、干枯的,他的黑眼睛在刷子似的眉毛之下放射着阴森的光。他正在倾听着,而一个中年妇人立刻开口了:

"人们这样嚷嚷,好人会受累咧。"

萨木金站在墙面前,看着,听着,屡次要走开,都被凡拉克辛拦住了。凡拉克辛一会儿站在他的前侧面,一会儿又来到他后面,并且狠狠地看了他一两次。当萨木金坚决地一移动的时候,他就高声说:

"你不要走,先生,你是一个见证。"而且他沉静地问那车夫:"好,他们是几个人?"

"两个。一个抢这老人,另一个拉住马。"

萨木金恍惚觉得他已经恼怒凡拉克辛的高压手段了,但是他并不曾。往事曾经又在以它的坚执的、险恶的手鲁莽地触动着他,但是这也不曾扰乱了他的情绪。

凡拉克辛把他的右手从衣袋抽出来,双手交叉在胸前——他的鸭舌帽的尖角突现在他的围裙下面。

萨木金习惯成自然地在心里记着:这些旁观者可以分为三类——有些是恼怒而又害怕的;另一些显然是高兴的,恶意地注视着;大多数是小心地缄默着,其中有几个已经赶快退开了。警察们汹涌地来到了:那小巡官，尖鼻子，黑胡子，憔悴的面容；两个巡长；一个便衣侦缉，圆眼镜，圆顶高帽；四个骑巡，巡视着那出事的地方；两辆马车也到了。从群众中挤进来，那巡官叫道：

"谁是见证？这一个？扣留他。"

那便衣侦缉急忙地问那抬着手椅的人：

"进这巷里去了吗？他穿什么衣服？"

萨木金有一种难堪的感觉，当他看见凡拉克辛又慢慢地把手放进衣袋里面的时候。

"这里有人说他们并没有看见什么人在巷子里面。"有人说。

"他们是谁？"

"我。"凡拉克辛说，摸着他的湿头发，"还有这位先生也是的。"用右手指着萨木金，他用另一只手摸着他的雨淋淋的灰胡子。

"他装得好镇静啊。"萨木金想。当那巡官和那便衣问他的时候，他也以同样的镇静说：他曾经看见一只马头从转角上突出来，并且看见一个人锁上店门，但是这巷里没有别人。那巡官对他客气了一下，这时那便衣正在问凡拉克辛的名字。

"尼戈拉·厄里莫也夫。"凡拉克辛高声回答，并且把他的鸭舌帽从围裙下面拉出来，匆匆戴在湿淋淋的头上。

萨木金一看凡拉克辛的认真的脸相，忍不住微笑了一个。他幻想着那机器匠的深陷的眼睛里也闪出了一个赞赏的微笑。"他能够枪杀我的。"萨木金默想着，在轻盈的、懒怠的细雨下面，急忙向家宅走去了，"枪杀我于他并无好处，但是他可以这样做——"

他满意他自己，然而还是惶恐着。

"现在我已经间接地参加了这抢劫。"他想，自己笑起来了，"但是那伊诺可夫——无疑地，派凡拉克辛来监视我的是他——而且这——活动正是伊诺可夫的特色。"

像别的从危险中逃出来的人一样，萨木金很兴奋，而且在家里把这事故描写给比士比妥夫,加上些喜剧的润色,并且说到见证的靠不住,很有趣地听着他自己的叙述。

"一些无政府主义者。"比士比妥夫冷淡地说,卷起他的餐巾。萨木金还在热忱地说:

"见证所举证据的可靠性是可疑的,这在法律的实施上是早已被注意了的,而根本地说起来,这可靠性的可疑充分地昭示我们:我们对于一切生活现象所得到的判断是具有主观的性质的——"

"啊,滚他们的蛋,那些见证。"比士比妥夫叫,发脾气了,"那骗子比林诺夫用捕机捕了我的两对鸽子——我的最好的飞行者。我愿意买回来但是他拒绝了。"

第二天早晨,萨木金在本地报纸上读到:"吾人有若干理由相信此次抢劫乃偶然事故,并无特殊组织——不过寻常强盗之所为而已。"

保皇党的报纸认定"此乃一政治的暴行"。而两种报纸都认为:见证所举关于暴徒人数的证据大相矛盾。有的说是两个人抢的,别的又说只有一个人,而有一个见证甚至说车夫也参加了这抢劫。除车夫外,还有两个人被拘捕——被抢的掌柜和一个制造家具的木匠,见证人之一。报上的这些记载并不引起萨木金的特殊感想。抢劫事件更加屡屡登载在报纸上,而萨木金也并未忘记马利娜的话:"强盗已经开始了他们的活动。"总之,这事件对于萨木金已经失掉刺激性,不久之后就差不多从他的记忆中消失去了,取而代之的是另一事件。

二

有一天下晚,萨木金坐在桌子前面喝茶,读着一本月刊。厅堂门大响了一阵之后,比士比妥夫沉重地走进来了,沉重地坐下在桌子旁边,干咳了一通。他的圆的浮肿的脸痉挛地颤抖着,好像那皮肤下面的肥肉在溶解,在移动似的。他的眼睛像瞎子似的眨着。他不断地用颤抖的两手去揩拭他的前额和两腮,好像要揩掉它们上面的蜘蛛网似的。

萨木金默默地从眼镜里注视着他,等待着。

"好,"比士比妥夫说,放下他的两手,挺直地把它们放在膝头上,摇摆着,"你要到法庭上去保护我。关于一件谋杀案,因此而构成伤害——总之,鬼才知道是什么。给我一点喝的。"

萨木金悠悠地走进他的寝室,拿起一瓶水,谨慎地放在比士比妥夫前面。他的行动显示了他的冷淡。以同样的冷淡,他问:"什么事?"

"我放了一枪在比林诺夫的歪脸上,就是这么一回事。"比士比妥夫说。他把水瓶搁在膝头上,继续说:"这流氓开我的玩笑。'算了吧,'他说,'关于鸽子的事你一点也不懂。'不消说,我读过《孟斯比》,而那白痴竟敢对我说:'你养鸽子,不因为爱它,但是由于嫉妒,要和我竞争,而你真正应该竞争的是你自己的懒惰——不是我。'"

他胡说八道地混扯了一通,而且装模作样,加上一些大言壮语,手捏着瓶子的颈项,在他的膝上摇晃着,倾听着嗒嗒的水响。

难堪的是听着他的沉重的叹息和那半吞半吐的言语。他用他的右手贴着他的腮。他的红指头轻拍着他的头发。他的脸是浮肿而松弛的。他的蓝色的小眼瞳似乎已经消融在他的乳色的眼白里。他是可怜的、可厌的,此外还加上可怕的。

许久时间萨木金不能看出究竟是怎么一回事。比士比妥夫并不理会他的质问。在几分钟的时间萨木金经历了一串不同的感觉:最初他欣喜地看着比士比妥夫的害怕和可怜,然后觉得这人的困难是在打中了他的敌手而不在于没有打死他,最后萨木金以为在这种情况之下,比士比妥夫会闹出别样疯狂的恶剧。感觉到他是在危险之中,萨木金竭力使他镇静,于是切实而严正地说:

"倘若要我保护你,你必须把它说得平平常常——"

比士比妥夫把水瓶放在桌子上,歇了一会儿,又东瞻西顾,然后说:

"好——我和他在城外相遇。他要去试验一支来复枪。我们一起走着。我问他为什么拒绝我买回我的鸽子。他就教训我,我打了他几个耳光。他见鬼了,就对着我举起那来复枪,我把它从他的手上抢过来。我就用那枪托打他,但是——"

一迟疑,他举起手好像是要用它去蒙住嘴似的。他的这种局促的、天真的姿势使萨木金有权确定地说:

"你已经知道那来复枪是装了子弹的吗?"

"是的。他告诉我,当我抓住它的时候——当我看着它的时候。"比士比妥夫阴沉地承认。用双手抱住他的乱蓬蓬的头,他嘶哑地说:

"我的舅母——有点麻烦。倘若他去控告,那么她——而他是一定要去告的——你就得对她捏造一小点——"

"不要胡说。"萨木金警告,并且职业地问,"有什么证据吗?"

"不。没有。"比士比妥夫说,他的两腮都鼓胀起来,以至于耳朵和脖子都通红了。然后,嘘了一口长气,他固执而无礼地问:

"你有酒吗?"

他站起来,蹒跚着,像一个老人似的跟跄走了。在他拿着酒瓶回来之前,萨木金自信他立刻就可以听到一些关于马利娜的很重要的话了。比士比妥夫站着倒了一大杯酒,喝了一半,于是无望地、愁苦地重复说:

"他一定要去告的,这白痴。从前,他怕我的舅母,但是现在,当着大家都胡说乱讲,每天都绞死人的时候,他一定要去——"

萨木金觉得他不但需要使这家伙镇静,并且还要使他高兴、滑稽,然后他才方便问他一些关于马利娜的问题。于是,他开始用十足的职业腔调替他谋划出一道防线。

"你的行为显然是在一种'心理反常'的状态之中,在法律上叫作愤激的情状。这种情状的发生是不会没有原因的。这种情状的发生不是由于受辱过甚,就是由于心理有些变态的结果。后者需要医学专家的鉴定。这回是没有见证的。原告能够算见证吗？射击是由原告的枪所造成的。这就可以说是你在考察那武器时所发生的意外。你可以说并不知道它已经装上子弹。最后，倘若你确实记得原告曾经把枪口对着你，你可以说因为和他争夺它，以致发生意外。自卫的动机也可以说的。总之，被告有许多好资料——"

比士比妥夫倾听着站在他旁边的这一位辩护士的职业的演说，他的头偏着，手里拿着一杯酒，一直举到下巴。

"妙极。"他称赞，显然是大为高兴了，"妙得有鬼。"他的头一扭，把酒倒进他的咽喉里，然后用喉音说：

"可是，我不愿到法庭去。你须帮助我和平解决了这件事。我已经派你的米式加去那里嗅一嗅有什么事。倘若他们——不很坏，那么明天我亲自去看比林诺夫，鬼缠他。同时你要安慰我的舅母——告诉她——你知道——"他说得毫不在意，同时走近萨木金，甚至于用手轻拍他的肩头。

萨木金有点糊涂了。他笑着说：

"你很害怕马利娜·彼得洛夫娜。"

"是的。"比士比妥夫承认，退后一步，把两手藏在背后。他大有深意地看着萨木金，眼白愤愤地翻着。他的姿势使萨木金记起莫斯科，那小绿房子、鲁伯沙，以及流氓袭来的情景。

"有趣吗？"比士比妥夫问。

"没有趣，但是奇怪。"萨木金回答，耸一耸肩头，扶正他的眼镜。

比士比妥夫规避地把他的蓝眼睛移动到这边又那边，他的脸一紧又一松。他显然是想要说什么而又不好说似的。萨木金想要帮助他。

"她似乎是一个很专横的女人——"

"女人？"比士比妥夫无意识地重复说，"是的。那是真的。——好，谢谢你。"他突然结束了，走到门边去了。恼怒地目送着他，萨木金想：

"一个定规要犯罪的角色。关于马利娜,他不但是害怕,而且仇恨她。我不懂为什么?"

第二天,一种奇异的疑惑侵入了萨木金的心里。比士比妥夫的故事显然是注重在他自以为有趣的方面。在他的报告里他尽量夸张他的英勇的行为,而且一会儿说打在脸上,一会儿说打在肚子上。后来,比士比妥夫摸着他的剃光了的脸,十分镇静地说:

"我们已经和解了。我给他两对鸽子、二十个卢布——鬼缠他。"

萨木金以为甚至于这也是说谎,原来就没有放枪——不过是一种奇想。然而,他不愿意告诉比士比妥夫他不相信他。他不过讽刺地说:

"你已经剃过了。"

"我服从我的长辈。"比士比妥夫回答,许多皱纹在他的肥肿的脸上跑过,几秒钟之间那脸变得衰老而且呆钝了。

三

这荒唐故事确定了萨木金对于比士比妥夫的仇恨,但是不曾摇动他的这信念:这人是怕他的舅母的。这增强了他想要知道她除了爱钱而外还有什么东西充实着她的生活。

两天之后,马利娜在她的商店里接待萨木金。在她说的话里他看不出忧愁或苦痛:

"乐隐园已经烧掉了。他们并不怕军队,竟自放火。打了撒卡里一顿——他不能不逃命。那房屋的左边全部都毁了,连办事处、厢房,以及马厩。幸而我已经卖掉那谷类。"

她不自然地说着,露着牙齿,摆动着她的右手,好像要打萨木金似的。

"里狄并不喜欢那房屋,想要重新改建。我并没有什么损失,而且已经收回了抵押金。然而,必须做一点事去安慰里狄。你去访一访她,看她觉得怎么样。我到过她家,但是她出去了——她正在奔忙着帝国议会的选举,组织了一个团体,俄罗斯人民联合会。好,做点事情吧。"

当他踏上到里狄家去的路上的时候,萨木金才明白他确定继承权的那人并不是那年轻的糊涂的外国人,屠干尼诺夫,却是马利娜·彼得洛夫娜·苏妥伐,这头等商行的商人的寡妇。

"一个以掠夺为生的典型。"他想,"她越来越露骨了,越来越无顾忌了。"

但是他对于她的贪残的怨愤是冷的,是属于理性的,因为他相信马利娜并不是单纯地驯顺于贪欲的。而且他自己也不愿把马利娜看得如此简单。他觉得轻视了她,也就把他自己降低到服从于她的俗恶的目的的仆役的地位了。但是,这似乎是不可能的:她的心只限制于这些目的。她积累钱财确是不单为了钱财本身——但是为什么呢?

他不能解释给他自己,为什么他对于马利娜会达到这种信念,但是又确已达到,并且固定在他的心里。于是他对于他自己负着说明她确是在服役于什么的义务。

里狄在她的书房里接待他。她坐在桌子旁边,戴着烟色的眼镜,穿着黄色的中国式的长袍,上面绣着一些黑龙,鬈发上面套着发网。她正在剪报纸。她的微黑的脸是烦躁不安的。

"哦,我知道,我知道。"她说,摇一摇手,"一座古老的、虫蚀的房子已经烧掉了——好,没有法子。犯罪的必须处罚。我已经接到电话说当局已经拘捕了一个退伍兵和那厨子的女儿。或许就是那尖鼻子的、顽皮的姑娘。"

双手拍着桌上那一堆报纸,她急促地、惊疑地、用歇斯底里的音调说:

"但是俄罗斯怎么办呢,告诉我?俄罗斯粉碎了吗?我的朋友写信来说,沙皇对于什么事都冷淡。还有接近宫廷的另一个人说,沙皇憎恶他自己所给予的——这帝国议会、宪法等等。在谈论着一种独裁。想想看——一种在贵族政治之下的独裁。从前有过像这样的事吗？"

她的头低着，翻起眼睛看着萨木金。她的眼镜一直滑到鼻尖上，她的脸上似乎有着不同颜色的两对眼睛："据各种报告，左翼各党又要在帝国议会里得势了。因此我们不能不顺从那冒险家，斯托里宾，他正在计划破坏农协会，要把更强有力的农民放在他们自己的田庄里——"

萨木金说："我想你是同情于这种改革的。"

"不。"她断然答复，"那是，是的。当我不懂得它的革命的意义的时候我是同情的。把富裕的农民移出农村，则把那些像大地主一样毫无保障的新的农民移进去。"她背靠在椅子上，摘下她的眼镜，大不以为然地摇着她的头，用她的黑眼睛看着萨木金。

"然而，我白费了我的气力。我知道你对于一切非破坏的事物都是漠不关心的。马利娜说你——一个无主见的旁观者——"

"——不——真正的吗？"萨木金说，不愉快地惊疑着，"而那真意是什么呢？"

"那是可怕的，克里。"她叫，整一整她的发网，而那些黑龙在她的衣袖上和面颊上爬行着，"想一想——你的国家快要崩溃了。我们必须拯救它，也就是拯救我们自己。斯托里宾是荒唐而且愚昧的。我看见过这人——不，他不是一个领袖。然而这蠢材教导沙皇——唉，是沙皇！"

萨木金静听着她的胡说，而这穿着古怪衣服的女人自己似乎并不存在这房间里；她的声音是从远方来的，好像她是在电话上和他谈话似的。他沉思着：

"马利娜是怎样谈论到我的——"

他听见她说："恐怖党在圣彼得堡杀害了明上校，这人是镇压莫斯科暴动的；在因特拉克，一个德国人被误认为杜尔诺孚大臣，被枪杀了。军事法庭并不能减少无政府党谋杀的次数——"这穿黄衣的女人不倦地叫着——但是她所叫嚷的全是已经过去了的事，那时曾经有过另一个萨木金。那萨木金对于这些事实或许会有不同的反应，但是现在的这萨木金，除了他自己和马利娜而外什么事都不能想了。

"一个无主见的旁观者？这是真的。我自己曾经说过。"

这时他回忆着那沙皇，那灰色的锡制的小雕像，一个蓝眼睛、冷淡地微笑着的小男人。

"是冷淡还是憎恶呢？——这两者是矛盾的。更正确地说，是轻蔑。而我呢？我是轻蔑或是憎恶呢？"

他无意地冷笑了，这使里狄发了脾气。

"这些全都不过使你好笑吗？想一想——他站在一切人之上，远离着——在一切人之上，"她叫了，她的柔弱的眼睛恐惧地大睁着，"双头鹰是超人的权能的神圣的象征——"

萨木金不曾留意到什么时候和为什么她又开始谈到那沙皇。

"我们全是双头的。"他说着，站起来了，"苏妥伐，你，我——"

"你要说什么？"里狄问，也站起来了。

倾听着他自己的内心的言语，他说，希望中伤她一下：

"沙皇或许厌恶了这些吵嚷，并且轻蔑了一切人。"

"他？救世主？轻蔑人群吗？"里狄严厉地叫喊，"醒醒吧。只有无神论者、无政府主义者才会这样想的。虽然你正是——本质的。"

她绝望地摇着她的头。伸她的手给萨木金，她说：

"此地人们的手都汗津津的可怕。你留心了吗？"

"这蠢东西。不结果的无花果树。"他淡漠地想，好像写下一个题目似的，"比之她，马利娜是何等聪明、何等有趣呀。"

在他的思想里面沙皇的青灰色的雕像突然出现在马利娜旁边，他微笑了。

四

因为筹备帝国会议的选举，这城市扰攘起来了。倦怠的、面有怒色的人们在街道上奔驰着；政党的各色标语炫耀在墙壁上——俄罗斯人民联合会的会员把它们撕掉或者把他们自己的贴在它们上面。

这些全都从萨木金面前飘过去了。他对于两旁站着的人们感觉惶惑而且狼狈。他赴过两三次政治集会。他在那里所听到的一切，演说家的演讲，都是他早已熟悉了的。他觉得左翼各派的代表说得很高声，而没有精彩，紧张到好像那演说者正在竭尽他的最后一分力量似的。他觉得最动人的是马利娜的前任律师在市礼堂里代表克狄士派的演说。

他的微微突出的肚子靠在蒙着绿布的桌子边上，一只手玩弄着一条细长的金表链，另一只的手指活动着好像撒盐在空中似的，这面色憔悴的小男人响亮地发挥着那些应用圆熟的成语。他的黑瞳孔不时在蓝眼白里放光，而且从远处看来他的圆面孔显出一种痛苦的表情。听众沉静地、注意地听着他，那沉静有一种由敬重而至呆钝的情景，在达官贵人的一周或十周年死祭的庄严的会场里偶尔会有的情景。

这演说家说：日俄战争摇动了俄罗斯的国际地位，压迫着她签订了不利的，甚至屈辱的和平条约，而俄德商约也阻碍了俄国谷物的输出。他说，革命使国家经济受了重大的损失，但是终于以这重大的代价抑制了贵族的专横。帝国议会的和平工作必须逐渐扩大民权，使俄罗斯欧化、民主化。

他歇住了，举起茶杯到他的唇边，但是并不喝，右手一动，好像要放一个手指进茶水里去似的，把茶杯重放在桌子上，而且更紧张地，差不多是愤怒地，而且无望地继续说：

"孟什维克、社会革命党都已经觉悟这样的革命是不能建设的，它只能破坏，移去社会改造的路上的障碍。他们也已经觉悟，若非阶级合作文化是不可能的。那些乌托邦的社会主义者，迷信工人阶级的能力，已经受了致命的打击，退出历史的舞台去了。各个人现在都明白，国家所需要的是在文化和政治领域内的和平的日常的工作。总之，经过这一番暴风雨的动乱的痛苦之后，我们需要休息了。我们当前有一件伟大的事业——使数千万农民得到安居乐业。还有——若需阶级合作,进化是不可能的——这一真理是欧洲文化进步的全部历史所证明了的,只有那些在历史之前完全缺乏责任心的人们才反对这真理——"

要承受这些思想在萨木金是并不很费力的。它们早已自行亲近了他,停留在他的心中,并不需要言语的形成。但是这演说家引起了他的不平——他何等粗率地剥落了这些"由历史的知识所成就的"思想的色彩呀!

萨木金觉得必须倡导和发扬这些由历史的知识所引发的各种主张,并且用他自己亲身的经验的材料来防护它们。他经验得太多了,然而这并不曾使他解脱了一种已经机械化了的、厌倦了的、无出息的习惯,虽然他的心厌弃了"记录的事实""成语的系列"。这种经验累积而毫无出息的情况压迫着他,使他惶恐。他不愿承认他已经同化于马利娜对于理性怀疑的态度,虽然意识到她的言辞已经在他心上发生比之书本更大的启信的权威。然而,终于有几个月的时间,萨木金知道,他以前所见的"现代史"的面貌,是厚厚地盖着一层粉饰太平的尘灰的,并且不愉快地分明看见,出现在他前面的这面貌是通红而且粗野得好像马利娜的门房的面孔一样。

他记起了他的兄弟。不久以前,一种文学月刊上,发表了一篇称赞狄米徒里的关于北方民族民俗学的书的批评。

"我也曾经从我的观察中得到许多结论。"他决定并且开始在他闲暇的时候检阅他以前的笔记。他有许多闲暇,虽然马利娜的诉讼案件正在逐渐增多。她的案件常常有一种古怪的共同性质——人死了——鳏寡的人、老处女、无后的商人——遗留财产,总是不动产,给马利娜。

"我的丈夫的远亲。"她解释。

萨木金的当事人的数目也在逐渐增加。可敬的有胡子的商人从各县,甚至从邻近各省来访问他。

"马利娜·彼得洛夫娜·苏妥伐教我们来看你。"他们说,萨木金因而知道在这些人的眼里马利娜是一个何等人物。他认为这些从远方来的近于原始的人群尊重她的职业的知识、她的人生的知识。

在冬日的晚间，在房里的温暖的寂静中，他坐在桌子前面，吸着纸烟，机械地把他的经验记录在纸上并且读着那些——他著书的材料。当初他把他的著作题名为《俄罗斯的生活及文学与理性之关系》，但是他觉得这名称太呆笨，所以又另题为《艺术与智慧》。后来觉得这又太广泛，他在"艺术"之上又加添"俄罗斯的"，最后再加以限制，称为《果戈理、陀思妥耶夫斯基、托尔斯泰对于理性之关系》。然后，他开始重新阅读这三个作家的书，手上拿着铅笔，很愉快地、轻松地进行着，而且显然沿着一条斜线逐渐把他自己高举于现实之上了。

果戈理和陀思妥耶夫斯基提供了许多事实，都是化学地切近于萨木金的性格的基本的特质的——他充分地意识着这个，这使他高兴了。俄罗斯的生活的残缺和人心的间歇发作的横决使萨木金得到他所以和现实隔膜的解释，同时陀思妥耶夫斯基的英雄们的为了追求那不能动摇的真理和内心的自由所受的苦楚，又把他高举起来，引导他远离一般群众，使他更接近于那些陀思妥耶夫斯基的不安宁的人物们。

他屡屡把那铅笔抛在桌上，对他自己说：

"不。我并不像这些人。我是更健全的。我更镇静地观察着生活。"

然而，现实当然不会迁就那些想用一层文字的尘垢扑落在它的表面上来镇抚它的学说——这现实仍然逼迫而且扰乱着他。

五

在冬季的末尾他旅行到莫斯科，在中央法庭里他获得了一个胜诉。他自己很高兴，他到一个饭店里吃饭。坐在那里，他记起两年之前他与刘托夫和阿连娜同坐在这厅堂里听夏里宾唱《杜宾尼希卡》，而在这样一段不重要的时间内，聚积着这样多的一大堆事件和印象，这似乎是不可信的。

"疾速地旋转在时间的无底的袋里的是这人间",他记起他不久以前读过的这一句话,想到陀思妥耶夫斯基和果戈理的名字之下应该添上安特列夫和梭洛古卜。仔细审察着菜单,倾听着人声的嘈杂,他想到或许没有什么地方的人民像莫斯科人这样吃得嘈杂的了。在他左边,靠近墙边的那张大桌子上的声响尤其是无穷尽的。七个男人坐在那里,其中有一个瘦高的人,一只锡似的头,一副红面孔上有一部稀疏的胡子,用粗鲁的声音把一些讽刺的话嵌进那沉重的嘈杂里面:

"在欧洲,工业家以指导的意见供给大臣们,而我们却恰恰相反——说到我们,工业家们有组织的必要是去年才由可可夫次夫大臣提示出来的。"

在萨木金后面,在一株棕榈树下面,两个人正在进行着一段愤懑的会话。一个似乎熟悉的微醉的声音:

"胡说。士兵们并不制造革命。"

"不要叫喊。"

"他们不怕像虫子似的都枪毙了吗?"

"但是想一想——卫戍队,普立阿布拉仁斯基团——"

"那就有更多理由枪毙他们。把他们当作一只熊似的放逐到乡村里有什么意义?他们必须消灭了,像英国人消灭印度士兵似的。"

"你不要太严重。"

"我知道的比你多。"那凶狠的人叫,沉醉地。而萨木金立刻知道:

"这是台格尔斯基。倘若他认识了我,那才糟呢。"

他站起半个身子,寻找别的空桌子。但是找不出。同时那大桌子上的锡头用手掌拍着桌子,掷出这些话来:

"绝不能。只有在一个条件之下,才能许可工人规定工价,那就是他们要负起企业遭受损失时的全部责任。"

他站起来了,和他的朋友们握手,机械地对着各个人点着他的平滑的头。然后,他笔直地站着,一只手背在背后,另一只手拿着一个表,并且一面看着表的指针一面迈开他的长腿昂然阔步着,好像十分相信别人一定懂得他要到哪里去而且会让路给他似的。

从报纸上萨木金知道,圣彼得堡已经成立了一个"厂主公会"。莫斯科的工业家正在筹建同样的组织。那长腿的家伙确是这组织里面的一员。

台格尔斯基用清亮的声音说:

"在西勉诺维斯基部队里,有一只鹅聒噪着说这部队在莫斯科曾经打过那些坏人们。你懂吗?那些坏人们。那些兵士立刻就报告他——"

在萨木金右边坐着三个的一群,正在吃得起劲。一个是阔肩膀、短脖子、双下巴的太太;另一个是戴着夹鼻眼镜的学生,头发梳得很好,胡子翘得很入时,很像一个假装的理发匠;第三个是一个圆脸绅士,脖子上挂着一面勋章,大眼睛下面有着蓝色的包子。这人正在说话:

"我亲自看见。当我坐车驰过彭巴的时候。他们确实是一些工人。你能够想象出他们的唐突无礼吗?拦住法兰西大使的马车,对着他的脸大骂,'你为什么借钱给沙皇来打我们?他自己尽有钱足够做这事的'。"

"真可怕。"那太太用低声沉静地承认,一面把一只肥大的山鸡放在她的盘子里。她问:"卢那兹因为想拘捕维特就被杀死了,这是真的吗?"

"不,妈妈,"那学生说,皱着他的前额,"已经证明了,卢那兹是被社会革命党杀了的。"

用同样的低声,那太太从容地回答:

"我并不问是谁,我问的是为什么。而且我希望,波里士,你不要理会什么革命社会党这一类的事。还要一些覆盆子果酱吗,马提弗?"

那戴勋章的绅士取了一些果子酱,沉重地叹息着,通知她:

"老苏孚林[1]说戈里目钦[2]告诉他,'庄园被烧掉不是一件坏事。我们的贵族需要受一点磨折。这才能停止他们的革命工作'。但是,我的上帝,我们什么时候做过革命工作?"

"真可怕。"那位太太说,倒了一些酒,"况且,戈里目钦是一个同性恋者。"

那学生笑着说:

"你忘记了十二月党了[3]。叔叔。"

萨木金想:

"这些喜剧的角色。马利娜会好笑的,当我和她谈到他们的时候。"这三位角色使他很快活了。

六

他决定到戏院里去度过这一下晚——因为他所乘的列车要到半夜才开行。从天上掉下来似的,刘托夫的斜眼的脸凑近了他——萨木金留心打量着这无意中遇见的人。然而刘托夫已经唠叨起来了:

"好一个不期而遇的偶合。这不对——好像偶合是能够预期似的。然而就这么说吧。好,我听说你定居在孚洛达已经三年了——真的吗?"

他穿着一套厚毛呢的爵士舞礼服。他显见得比以前更矮,但是更支离灭裂了。

"虽然他们也吸收孚洛达。你还没有被吸去吗,吸去了吧?倒要看看你已经长了哪一类羽毛了。"

他低声说着,但是讨厌的是面前有一个侍者,一个亚麻色头发的、

---

[1] 保皇党的有权威的报纸《诺孚伊弗里米亚》的主笔。
[2] 一九〇六年俄国首相。
[3] 一八二五年尼古拉一世即位时,一部分贵族图谋建设立宪政之革命团体。

眼光锐利的家伙。现在他用手指轻拍着侍者的肩头:

"有单房间给我们吗,凡西亚?"

"是的,先生。什锦小吃吗?"

"不消说。"

"我跟去吗?"

"随你的便,天使。"

"炫示旧式的莫斯科的民主主义。"萨木金认定,从他的眼镜下面瞅着满房间的人众——这里那里的食客们都用讥讽的眼光看着刘托夫。然而,萨木金觉得刘托夫是真实地欣喜于他们的见面的。当他们向单房间走去的时候,在走廊里,萨木金问:

"阿连娜现在什么地方?"

"阿连娜?"刘托夫重复说,不一定似的,"阿连娜现在居留在美丽的法兰西的都市,卢提歇,从那里写给我一些长篇的牢骚。她不喜欢法兰西。科士提亚·马加洛夫和她一起去的。邓娜沙也在预备——"

他把萨木金推进那单房间里面,又推他坐在长沙发上,然后他自己坐在一只扶手椅上,面对着他,弯着腰对他说:

"现在告诉我一切。"

他的突出的眼珠似乎比以前镇定得多了,不像以前那样急急要隐藏起它们自己似的。一些红色的血管的纹路显现在他的浮肿的脸上,这是不健康的肺的征候。

"你已经厚重起来了。"他说,仔细地观察着萨木金,"好,你以为怎么样,呃?"

"什么怎么样?"萨木金问。

"教士们,譬如说。农民们为什么把这么多的教士推进国会去?因为他们是些好经纪吗?或者因为他们假装作社会革命党吗?或者什么?"

他说着,好像那些话太热,烫着他的嘴似的——他把它们吹出来又吸回去。

"他一直还是玩着他的老把戏。"萨木金觉得。这时刘托夫急促地继续着:

"农民并不爱教士,也不相信他——教士不过是另一种富农罢了——而现在忽然?——"

"我以为议会里并没有那么多的教士。而我真不懂什么事使你不快活。"萨木金说。

刘托夫翻起眼睛看着他,握着他的手指:

"我不相信——你懂得的。教士之上是主教,主教之上是圣总会,然后某种宗教系统就会出现了——你知道,伊西多似的东西,一个'育乃哀提'[1]。我们的教堂要组织成罗马加特力教的形式,抓住农民的咽喉,好像在西班牙、在意大利似的——你以为怎样?"

"一个奇怪的幻想。"萨木金说,耸着他的肩头。

"一个幻想?"刘托夫疑问地重复说,而又立刻承认,"好,就如你所说吧。但是倘若真是如此又怎样呢?教士代表最纯粹的俄罗斯的血液——在这意义上我们的教士是比我们的贵族更为纯粹的——是不是?现在你以为他们不会出乎意料地想出一种很俄罗斯的东西来吗?"

"一个异端审问所,譬如说,是吗?"萨木金厌烦地质问。刘托夫认真地回答:

"自然一个异端审问所也要出现的。但是除此而外,还要出现很黑的东西——用俄国农民的名义,是吗?"

"从农民,你——我们不能得到任何东西,除了'给我土地'而外。"萨木金不平地勉强回答。

皱起他的斑点很多的脸,一上一下地活动着,又扭转他的头,刘托夫好像坐在牙医生的椅子上受着牙痛的苦似的。

"我看,"他说,"那是很简单的。但是我期待着很不平凡的事,老

---

[1] 罗马天主教与希腊正教联合会。

朋友——"

"你对于不平凡还没有厌倦吗？"萨木金想要问，但是亚麻色头发的侍者带着另一个更年轻的侍者进来了，送上满是什锦菜的两只盘子。刘托夫问：

"店东们不承认你们的工会吗，凡西亚，是吗？"

"是的，他们不愿。"凡西亚冷笑着说。

"你们打算怎么办呢？"

那侍者搓揉着他的围裙，用手拍拍它，叹息说：

"我不知道。一次罢工是没有用的，因为我们饿得太多了，已经厌倦了。圣彼得堡的工人们正在阻止从货仓里运货。但是我们能够做什么呢？打碎这些盘子吗？你的什锦菜已经来了。"他说，出去了。

萨木金又把刘托夫的行为看作热诚的民主主义者。他也不喜欢那侍者。那侍者说话的时候有一种瞧不起人的神气。他的小胡子难看地耸立着，他的短短的上唇一动就露出那小的尖牙齿。

"不算一个蠢材。"刘托夫说，对着那侍者的方向点点头，倒出一些麦酒，"他自己读懂了《共产党宣言》，还读了许多书。自然，你知道，这小册子是发行了千百版的。这终于是要反映出来的。我们喝吧。"

碰了杯，萨木金问：

"你喜欢那反映吗？"

"好聪明的问话。"刘托夫高兴地叫了，"这样不关心，好像和你全不相干似的。装作没事人儿似的吗，你，防御工事的主人？你不要和我玩地下室的秘密的把戏。"

萨木金喝了一大口冰凉的橙子汁，跟着又吃了一片熏鲑鱼。他横起眼睛瞅了刘托夫一眼，这时这家伙正在把饭巾系在脖子上，并且好像他的话烧着他的嘴似的说：

"我是一个商人，但是我没有把银元看在眼里。在我自己的阶级里，我是一只白色的乌鸦。而且我老实告诉你——我觉得我对于我的社会环境没有内在的联系。有时，我为此而忧愁——甚至颓唐——有时我以为绞死了倒比悬挂在空中好。但是我不能把我自己附着在我的环境上，或许因为我是弱者，动物学学得不够好。从前契特尾里可夫谈起工联会。他说工联会是隐藏恐怖党、无政府主义者，以及其他鬼怪的地方，厂主们必须采用一切可能的方法解散了它们。当然，作为一个厂主，他为了它的利益，是非和工人们争斗不可的。但是当他说这些话的时候，他的那一副野兽面孔简直就叫你看不得。总之，我的好人儿，他们是这么一套脾气，只要一旦有了权力在他们的手上，他们——"

弗拉得米·刘托夫的脸变成青灰色了，他的眼睛因为要维持镇静而颤抖着；他瞎了似的用他的叉子在盘子里摸索着，尽力去刺取一片滑溜溜的菌子——这举动使萨木金觉得惶惑不安了。他从前不曾听见过这人说得如此诚恳，毫无机诈，毫无可厌的虚饰。萨木金默默地再倒出一些麦酒。这时刘托夫把餐巾从脖子上撕下来，继续着说：

"你是不能了解我的——感情的。你是固执着某种意见，用地下层的秘密工作装备着铁甲了的。你高踞在一座攻不破的塔里。但是我久已把我自己当作一个无目的的人了。革命终于使我诚服。阿连娜、马加洛夫，以及他们这一类的多数人，都是同样的无目的、无定向——一种畸零的族类——并不坏，然而无用——没有根基的人们。在他们之中甚至也有革命家，譬如伊诺可夫似的——你知道这人。他能够破毁一座家宅，或一座教堂，但是不能建造一个小鸡栏。可是他个人还是有着毁灭那些知道如何建造、能够建造的人们的权力。"

萨木金觉得这些出乎意料的话引起了他的愤怒——他又吞下一口麦酒，并且说：

"这是把涅克拉索夫[1]顶在头上的那些改悔的贵族在七十年代所说的话。涅克拉索夫自己暗示了他的诗里所有的散文的牢骚。"

---

[1] 十八世纪俄国诗人。

那侍者又进来了，萨木金觉得凡西亚的锐利的眼光正对着他，想说几句讥刺的话。他成功了：

"你不能单因为你不能做其他任何事情才尽力于制造历史。"

"对了。"刘托夫承认。萨木金立刻觉得他说错了话了，他不过是复述了斯徒班·古图索夫的言语。然而他还是继续说：

"在俄国，许多人由于饱闷无聊而生事，因为他们没有事做。"

"这是托尔斯泰的思想。"刘托夫说，点头承认，正在拨弄着一个面包球。

萨木金沉默着等待那侍者出去。然后，以一种愤恨刘托夫和他自己的感情，他又开口了，并非他的平常的态度——而是不平地、显然勉力地说：

"总之，知识分子并不制造革命，即令那革命并不是阶级意识的时候。知识者不是一个革命家，而是一个改造家——在科学上，在艺术上，在宗教上，而且自然也在政治上，破坏个人自己——把自己矫揉地造作成一种英雄气概——这是无意义而且无用的事——"

"我不懂。"刘托夫说，眼看着那汤盘。萨木金自己也不很懂得他为什么要这样说，但是他仍然说：

"你把革命当作你自身的问题——一个知识分子的问题——"

"我？"刘托夫问，惊奇了，"你何以见得？"

"由你所谈论的一切。"

"似乎你真要想说服的是你自己——而不是我？"刘托夫沉静地而且深思地说。他质问：

"你是一个布尔什维克，或者——"

"噢，不要说。"萨木金制止他，烦恼起来了。一两分钟之久，他俩都沉默着，毫不动弹地对面坐着。萨木金吸着烟，注视着窗子，窗外辉煌着缎面似的青天，月亮闪射在白大理石的房顶上——一幅滥熟的绘画。

"他说得不错。"萨木金想,"我是在说服我自己。"

"这一次反动,"刘托夫含糊说,"列宁似乎是唯一的不为所动的人——"

他瑟缩着,颓唐了,甚至改变得有些不像他自己了。然后,忽然唠叨起来,他变成了萨木金所熟识的、深知的刘托夫了。喝着酒,他活泼地说:

"我听说苍蝇是有着十分敏锐的眼光的,然而它们还是不能辨别玻璃和空气。"

"为什么忽然在冬天想到苍蝇?"

"我不知道。但是有一件事却是明白的——我们俩都不想吃东西。我们来喝酒吧。"

他们喝了。刘托夫把头向后一扬,用手指擦着他的额角,冷笑而且叹息:

"我们的闲谈没有结果,萨木金。而且我还在希望将来。我常常向前瞻望,老朋友。就以教士们而论,例如——我认真地在等待他们说出什么重要的事。他们或者能够说出来而且把事情弄得更坏——那又是另一回事。他们是一种有才能的族类。许多著名的科学家和文学家曾经从他们之中出来——比林士奇氏、柴尼希夫士基氏、西奇诺夫氏——"

但是刘托夫的高兴消歇了。他陷入沉默里,弯着腰,又开始在盘子上拨弄着一个面包丸子。萨木金问:

"斯推许娜伐现在哪里?"

"邓娜沙?她在伏尔加河岸的某一个地方,在唱歌,现在,邓娜沙在此地——一个有钱的油商送给她一间寓所和每月三百卢布——她拒绝了。不,这女人完全变了。她什么都不喜欢。她说,唱歌这职业是愚蠢的。她曾经被聘请到音乐喜剧场去表演。她也拒绝了。"

他向窗外一瞥,叹息着:

"我恐怕她要被纠缠在一个疑案里面。她认识伊诺可夫,当他受伤卧病在我的家里的时候。这汉子并不出色——有趣，有一点粗暴。后来又出现了另一个家伙——你记得吗，当图洛波伊夫出丧的时候逗英雄的那青年。里巴可夫——"

"许大可夫。"萨木金改正他。

"你的记忆力真好——嗯——好，他俩都是她的朋友。她供给他们钱用，而他们教育她。他俩都是无政府主义者。"

刘托夫拉出表来，拿到桌面下打开它的盖子。萨木金也在看着他的表，并且他自己在想着，问一问刘托夫什么时候了是更为客气的。

刘托夫黯然告别，并无一句好听的话——这分别是简单，甚至悲凉的。

"他衰老了。"萨木金想着，走出饭店，到了广场的忧郁的寒冷里面，"一个典型的俄罗斯的浮浪人。谈论那些教士——他以为那些话是特为我而发的——他用诙谐来掩饰他的内心的空虚。马利娜将要批评他：一个心地贫瘠的人。"

酒醉饭饱的效力使他轻快地晕眩起来了。清新而凛冽的空气浸入他的呼吸的深处，他的肺部充满了尖锐的新鲜，使他觉得轻快和健康。在他的记忆中，一句无聊的流行歌曲自鸣起来了：

"我们的伟大的沙皇

赐予了一个良好的宪法——"

"邓娜沙拒绝了那馈赠。她为什么拒绝？"

萨木金雇了一辆街车，驶到音乐会去了。

<h2 style="text-align:center">七</h2>

卖票处通知萨木金全部座位都已卖完了，除了两个包厢而外，倘若他愿意，他可以在包厢里得到一个座位。

从第二级的高处看来，这小戏场就像一个浅坑。它和果子店的窗子也相像——柔软的碎纸片里面躺着成列的橘子、苹果和柠檬。萨木金记起了在阿孟剧场里,图洛波伊夫怎样辩护无政府主义者拉伐科的行动。他问他自己:

"我能够扔一个炸弹吗?绝不能。刘托夫也不能。我疑心他有什么——独到之处。没有。关于他,我以为恐怕还有一点——堕落。"他觉得他快要大笑了,这使他自己承认,"我有一小点儿过分了"。

那矮小的、黑色的指挥,有着一个巨大的秃头,正在痉挛地弯了身子对着乐队,挥动着他的短小的手臂,摇摆着他的上衣的后摆。在脚灯旁边狂舞着两个王子和那消瘦的、弯腿的祭司卡尔开士。这祭司的模样就像波比多诺兹次夫[1]。

"奥芬巴赫把《伊里亚特》的序幕改为喜剧,显示了他的真切的机智。倘若把文化史上的最大事件全都作为轻妙的喜剧的题材,那么人们就不会对着他们的过去叩头,好像它是特殊的权威似的——"

许多思想轻灵地涌现在萨木金心里,但是晕眩的感觉也正在增加,或许因为那暖气里流动着的重浊的香味吧。热烈的喝彩起来了。王子们和祭司们露出牙齿微笑着,并且向着黑暗的厅堂里的密集的观众鞠躬,表示感谢。观众们正在下面狂呼着:

"好啊!好啊!"

这是既不可喜也没有趣的。萨木金皱起他的脸,记起了一句话:

"'一切有生之物都寂灭了的深处'——这句话是从哪里得来的呢?"

他偶然想起这是从德国民主派约翰·雪尔所作的一本书上得来的。这位教授一面教人把历史看作喜剧,同时又赞同歌德的话:

"做一个人就是做一个战士。"

"在喜剧上加上一点争斗的轻微的痛楚吗——是吗?我已经醉了。"

---

[1] 圣总会的监督,亚历山大三世时代极有威权,俄国反动政治的最出色的拥护者。

萨木金想,用他的手掌擦着他的前额。他有着一个强烈的愿望,想要想出什么独创的东西,使自己愉快,但是舞台上的演员牵引着他。脚灯前面站着普来目的阔肩的、丰满的、色情的女儿,正在摇摆着一条裸露的大腿。在她旁边跳跃着那异常伶俐而显然空虚的卡尔开士。他们合唱;

> 看啊
> 看维特,
> 看朴次茅斯[1]的结账,
> 他的得意佳作是煽动叛乱——

"这是蠢的。"萨木金判定,拍了两次掌。

"好啊!"从深处吼起来。

"借光。"有人说了,在萨木金身边坐下。一种抑制住的声音立刻叫起来了:

"我的天——是你吗?我喜欢看见你。"

这是布拉金,华丽的燕尾服,白领结。他的小头梳得光光的,一丛头发一直拖到鼻梁上,技巧地掩盖住他的前额上的那瘤子。他的头发上涂着强烈的香料,他的脸上焕发着喜气。他正确地称呼这会晤为惊奇,而在一分钟之内就通知萨木金他是戏剧企业联合会的一员。

"你注意到了吗,我们把时事穿插在旧剧本里面?观众很喜欢这个。我也开始在制作——卡尔开士的韵语是我作的。"他一面说一面站起来,把一只手按在心口上,对着另一厢里的某人鞠躬,"总之我们在尽力使大众得到快乐的休息,但是并不把他们的注意转移到目前的实际问题以外。譬如,我们讽刺维特和其他——我想这比扔炸弹有用得多了。"他沉静地叙述着。

---

[1] 一九〇五年俄军败于日军之后,维特代表俄国与日本在朴次茅斯缔结和约。

"是的。"萨木金赞同,"让每个人——笑。让人笑他自己。"

"说得好。"布拉金悄声说,带着高兴的表情,"真是——笑他自己。"

"让他笑。"萨木金严正地重复说。

"我也曾经歌咏过帝国议会。你曾经参加帝国议会吗?"

"不。不在帝国议会。"

"那不过是一个公共集会——没有什么政治家似的意味。你看,他又快要把它的门关起来了。"

"不。让他们谈谈吧。"萨木金说。

"是的,当然。他们最好在房间里谈,不要在街上谈。但是。唉!那些报纸——它们把一切都搬到街上来了。"

"但是她是聪明的。她大笑了。"[1]萨木金说。他的意识中还有些清醒的部分,他明白了他是可耻地沉醉着而且说出胡话来了。把身子向后一靠,他闭起他的眼睛,咬啮着牙齿,一两分钟之间,他听着鼓声的咚咚,铜笛的咻咻,小提琴的嘤嘤。当他睁开眼睛的时候,布拉金已经不在那里了。站在他前面的是一个侍役,正在递凉的苏打水给他,并且用友好的音调问他:

"或者你喜欢用一点阿摩尼亚水吧?"

在休息期中,他坐在包厢的顶后排,当灯光再开放的时候,他就偷偷地出去,坐车到旅馆里取行李去了。他的沉醉已经过去,留下一番窒闷的自怜。

"严格地说,这不过是偶然的细故,全是因为我喝得太多了。"他困苦地试行安慰着他自己。

---

[1] 萨木金一心专注在马利娜上,故有此谵语。

第十四章

一

在第二天的晚间,萨木金恼怒地告诉马利娜说:

"莫斯科给我一种卑鄙而恶毒的印象。有些人匆忙地、卑鄙地寻快活,另一些人在准备着为他们自己所经历的困苦复仇——"

"准备着?"马利娜大声说,"不消说,他们早已动手了。试看斯托里宾绞杀人民多么忙迫呀。"

她对于她的案件的胜诉大为高兴了,欣喜地畅谈着。萨木金觉得以喜悦之情来谈论斯托里宾的工作,说得客气些,是悖礼的,于是讥刺地问:

"你以为执行绞杀不该忙迫吗?"

马利娜微笑着舔着嘴唇看着那黑暗的角落说:

"那些马克西莫派[1]吗？我也要绞杀他们，倘若我是在斯托里宾的地位上。看他们怎样在孚南尼街上抢掠。况且，他对于他们有他的私人的仇怨——他们打伤了他的女儿，捣毁了他的别墅。"

"你把这些悲剧看得多么简单哪。"萨木金说，觉得他原是愤怒而他所表现的却是惊讶。

"我并不是一个大臣，你知道，所以我不愿去深究那些家庭事务。"马利娜解释。

萨木金记起了她把恐怖主义当作一种"家庭事务"，这是第二次了。从前谈到台马拉普妮士在奥狄赛谋杀戈尔巴士将军的时候，她也是这么说的。那时萨木金把记载着这谋杀案的报纸递给她的时候，她说：

"是的，我知道了。里狄有着这案件的全部详细报告。"于是摇晃着那报纸，好像抖掉它上面的灰尘似的，她缓慢地、狂野地说：

"好孩子气。一个将军的女儿来到另一个将军面前，小傻子似的哭起来了，唉，我要打死你，但是我不能——你是我的父亲的朋友。台提西娜·里安狄夫，曾经把德国的客商误认为杜尔诺孚大臣把他枪杀了——她也是一个将军的女儿，我相信，她是吗？这些确是些家庭事务——"

她对于现实的镇静态度激怒了萨木金，但是他仍然沉默着，觉得他的恼怒不单因为理由，却也因为妒羡。事变像浮云似的经过马利娜上面，像云影似的拂过，在她的性格上不留一毫痕迹。

她沉静地说：

"里狄告诉我他们想要捣毁国务会议。失败了。"她凄凉地又说：

"为什么这些人也有失败的时候？"

萨木金笑了，因为他想到倘若她是一个恐怖主义者，要捣毁那会议是一定会成功的。

"她对于一切都是漠不关心的，"他想，"好像她是一个外国人似

---

[1] 一个革命的团体，一九〇五年民众运动失败后进行了许多暗杀和抢劫。

的——或者一个坚信各样都是向着这'一切可能世界中的最好的世界'的最好演进着的人似的。她从哪里得来这一种——动物的——乐天主义呢?"

在这"一切可能世界中的最好的世界"中,有一个克里·萨木金正在毫无效用地受着苦楚。虽然不再意识到他的一切思索、不安、苦恼都是没出息——然而,像以前一样的紧张,有时他仍然觉得现实变得更敌对着他,拒斥着他,把他抛在一边,把他从生活里面排斥出来。他尤其吃惊于托米林突然对于知识阶级加以猛烈的袭击。本地自由派的报纸发表了托米林在萨木金的家乡的演说。那演说的题目是"智慧与命运",尽力说明命运的意志仅只表现于智慧之中,而命运自身不过是"撒旦——普罗米修斯"[1]的假面:"普罗米修斯首先把求知的热情栽植在那时还在无知的乐园里的人的内心,从此以后,神似的人的真纯的、渴求信仰的灵魂就燃烧在普罗米修斯的火里面;唯物论就是它的灰烬。"托米林提出来加以无情的嘲弄的是这种人:"那结构精良的人格,其明澈足以照见生命之火的余影,而对于世间唯一的、最简单的智慧——包含在'神'这隐秘的词里的——却完全缺乏信仰的火力。"

这演说后面附记着编者的希望:"我们的尊贵的撰述者,一个勇敢的、独创的思想家,就要来访问我们的市镇,并且要演讲这深刻动人的题目。这是最有益的事,我们可以从这些基本观念的高处来看清我们的种种可悲的错误。"

他所熟悉的托米林的思想突然改变了面目,这激怒了萨木金了,不单是因为那意外的突变,也因为这事实:托米林尖刻地表明了萨木金要用作他所著的论述理性的书的基础而还未十分想透的某一思想。萨木金的缜密的思想在他自己还没有工夫把它们写下来以前就被别人抢先发表

---

[1] 撒旦是与上帝对抗的恶魔;普罗米修斯是偷火给人类的神,他因此被罚压在高加索山下面。

出来，这并不是第一次了。他觉得他被这红萝卜似的哲学家抢掠了。而且他也想道：

"马利娜或者会喜欢托米林的哲学。"

二

下晚，坐在马利娜的商店后部的房间里，他问她看过托米林的演说了没有。

"那骗子，"她批评，正在吃着果子糖，"我并不留心那哲学家，倒是注意那记录这演说的家伙。你记得吗，在邓娜沙的音乐会里的食堂里逞雄的那花花公子，本区贵族长的儿子，他就是这人。他已经加入十月党[1]。他们正在收买一家报纸，我相信——或者已经买成了。自由派是没有钱的。现在他们正在宣传斯托里宾的哲学：'首先，肃清；然后，改革。'"

她的悠闲的言语激怒了萨木金。谈论着这样的问题，她是不应该高声大嚼着果子糖的。他忍不住了问：

"显然，那些'可悲的错误'并不曾烦恼了你。"

用饭巾揩着她的手指，她回答：

"我不喜欢烦恼。我不够做一个知识分子啊！呀！噫！的——或者也不够做一个妇人。"

萨木金伶俐地沉默了，觉得她也可以反问他。

"你也并不怎样烦恼，当你每天读着大臣们怎样用'大麻领带'绞死人民的时候。"

对于这反问，他是无话回答的。他读着那些死刑的记载的时候并不愤恨。他对于那些死刑已经熟习到好像这城里的日常琐事一样，或者好

---

[1] 拥护一九〇五年十月十七号沙皇宣言的政党，代表较为缓和的保皇党。

像他对于犹太人屠杀一样：当初是愤火中烧，而对于接续着来的暴行就没有不平的燃料了。耐烦地审查着他自己，他考问他自己——为什么他不愤恨这些死刑？生物地憎恶杀戮的感情已经麻木了。他把这事归咎于因为亲身见过几次行凶，并且记起了自慰的谚语："当战斗的时候人并不吝惜头发。"也不吝惜头颅。

喝着茶，马利娜沉静地告诉他：

"两年前这大头的哲学家在此地演说过一次。我去听了。那时他说的和现在不同，但是早已有人预料他会滚落到这一点上的。再进一步，他就要颂扬正教了。知识分子出身的宗教思想家必然要和官式的教会接头的。简单的、粗率的群众就比较更独立些，更原始些。"半闭着她的眼睛，冷笑着，她又说："你看，学问并不是对于每一个人都有益处的。"

萨木金吸着烟，听着，并且照常斟酌着他对于这妇人应取的态度：她引起了他的怀疑与敬重，朦胧地希望着会发现或理解什么未知的智慧。想到智慧，他怀疑地冷笑了，但是仍然继续想下去。他觉得他对于马利娜的完全自信逐渐紧张地忌妒起来了。

"她是从什么立场来看人生呢？"他问他自己。

她屡次和他谈论宗教，那沉静和自信态度跟谈论别的一切的时候是一样的。他知道她的反对正宗信仰的态度并不妨碍她到教堂去，他以为这是因为发卖教堂用品的缘故。他以为她对于宗教的兴趣并不比她对于文学的兴趣更高深。对于文学她是经常地注意着的。她谈到宗教的时候总是突然用"由此看来"开头的。她正在谈着通常的事物的时候，她会忽然说：

"由此看来，你就知道我相信包皮的环割和睾丸的阉割这些教仪之间是有连带关系的。或者用环割来代替阉割正如用替罪羊[1]来代替人

---

[1] 犹太祭司于形式上将人之罪加于羊头而后放之荒野者。见《旧约》。

类作牺牲献给上帝似的。"

"我从来没有想过这些事，也不懂这有什么趣味。"萨木金说。叹息着，显然是悔恨地，她讽刺地说：

"噢，克里——"

有时她说得很多，含糊地谈论到伊西士、西什、阿西里斯。萨木金以为她特别留心这些宗教上的性欲的成分，疑心这是一个健康的妇人因为生理的欲求而谈论一些色情的话题以自遣的表现。总之，他认定马利娜的宗教思想并无所增益于她，反而损伤了她的完整性。

他对于她的文学思想有着很深的兴味。

"以写实主义为革命的而论，那么它已经尽了它的任务了，"她说，"那就是文字的剃刀的任务——这祝火辉煌起来而又熄灭下去了。暴风雨中的海燕[1]和其他小鸟们都已经不需要了。这些作家似乎都明白，现在是一个把新的文化势力慢慢地累积起来而加以发展的时代。关于被侮辱与损害的人们的传统的写作已经消歇了，被侮辱的人们已经不用同情的姿态来显示他们自己——而是显现了战斗的气概了的。而且谁知道呢？说不定他们又要来颠覆这生活。作家确乎觉得他自己处于一种艰难的地位——他必须制作一些新的英雄，更单纯而更实际的英雄，在这倒霉的时代，当老英雄们还没有完全被放逐到西伯利亚或绞死的时候。"

萨木金倾听着而且怀疑道：玩世主义呢，或者讽刺派呢？

有一次，她用手指敲着一本文学月刊说：

"阿尔志跋绥夫为当代青年的闲却了的精力指出了出路。这很坦白的作家。他的沙宁[2]当然也变成一个偶像了。"

无疑地，这是讽刺。但是她又用平常的腔调继续说：

---

[1] 引用高尔基自己的早期的散文诗，一首赞美暴风雨中的海燕的歌，这歌成为当时的文艺的和政治的象征。
[2] 阿尔志跋绥夫的小说《沙宁》的主人公，一个色情的、无政府主义的个人主义者。

"一向就有两个预言家,里翁尼·安特列夫和梭洛古卜,后来还会有人在跟着学——你看着吧。以胆识而论,安特列夫是一个空前的作家。至于他这人有些粗率,那并无害于他的大胆。而且唯其如此使他更智慧了。你皱眉是错的,克里·伊凡诺维奇。安特列夫是很个人的,很坚强的。自然,在思想上他比之陀思妥耶夫斯基是更为简单的,但是这或许因为他是更为完整些。读他的作品总是有趣味的。虽然你早已知道他正在叫喊着另一个'不!'字。"恶意地顾盼着,她又说:

"你必须承认,把犹大描写作十二个革命者之中的一个真人物,一个真爱耶稣的人,那是彻底的笑话。但是或许这其中也有点真理——一个叛徒确乎会变成一个英雄的。有一个谣言:一个高级官员在社会革命党里面活动着。"

她说话的声调比那话语的意义更能使萨木金深感不安。

现在她开始了探问的谈话,显然想要激起他的答辩。在一口烟和一口烟之间,他用接续词、疑问词答应着。他确信这时马利娜决意要使他自白,考问着,追究着,想要得到一个究竟;而他知道这究竟是在于他的全部思想都缠绕成一种罪过的坚实的纠结。他相信,这一点就是她尽力想要达到的。但是他对于她的不信任的感情久已消歇了他剀切地申述他自己的心愿。况且,他把在她面前剖白他自己的事当作完全不会成功的企图。

三

萨木金知道马利娜在他的生活上占着主要的地位,他对于她的兴味逐渐增高,更加持久,更加深密,而她仍然是那样更加难以理解。她对于文学的态度也是恍惚不易捉摸的。为什么她把安特列夫评价得这样高,这位作家的单调的言语和那想要用单色的文字来催眠读者的露骨的企图使萨木金恼怒而且厌烦了。人得到这样印象:他的小说是用太黑的墨水，故意把字写得大大的，给视力薄弱的人们看的。萨木金并不理会《黑暗》的歇斯底里和怀疑的悲观主义，那主人公倡言祝贺"一切光明的消灭"是妄诞的。而萨木金觉得尤其悖谬的是这呼声："为善是羞辱的。"然而，以全体而论，这小说可以解释作对于文艺的人道主义的一种讽刺。有时萨木金觉得安特列夫把萨木金自己的某些思想综结起来了，同时使它们化为简单与粗率。这位作家的粗野是怨愤的、讥刺的。萨木金尤其被搅乱了，当他读着《思想》的时候。在这小说里他看出这作家露骨地敌视理性，而且懊恼地想道：安特列夫也像托米林一样，把他要说的话抢先说了。不单只是抢先，并且引起一种近于害怕的奇异的感觉。因为这感觉，萨木金问马利娜她对于《思想》这小说的意见。

"好，我能够说什么呢？"她笑了，紧闭起她的生动的嘴唇，"照例，他是用一把小斧子做工的。但是我告诉你，我并不把这个看作一桩罪过。他应该做一个主教。他能够写出痛骂撒旦的出色的文章。"

"你总是开玩笑。"萨木金埋怨，认真地斥责了。她惊异地竖起她的眉梢。

"我是十分认真的。他是一个宣教士，像大多数作家一样，但是比他们更完全些，因为他的宣传是出于他的本性，不是仅仅由于思想。他也是一个革命者，他觉得这世界必须从它的根本上破坏起——它的传统，它的纲纪、规范。"

她沉静地笑着，同时翻起她的眼睛瞅着萨木金的脸。然后，摇一摇头，她说：

"你不相信我，我知道。你已经忘记了我毕竟是斯徒班·古图索夫的一个学徒，而不是这世界的一个仆役。"

"这我完全不能懂。"萨木金恼怒地说，耸一耸肩头。

"好，倘若你不懂，我有什么法呢？"她责备他，她像有些厌烦了，"我想，这很简单：知识阶级的绅士们已经觉得某些可爱的传统现在是不合适的了，累赘的了；倘若要反对国家是活不下去的；没有教会国家是不巩固的；教会是不能不有上帝的；而信仰与理性是不能相容的。所以，在急忙地想要协调之中，结果不过是一些自相矛盾的胡说罢了。"

她从沙发上拾起一本书来，打开看。

"你读过《小鬼》吗？"

"还没有。"

"现在看，一个象征主义者能够变成怎样严格的写实主义者。'人们爱被爱'，"她开始高兴地大声读起来，"'他们喜欢看灵魂的高尚的方面的描写。当他们看见摆在他们面前的是一些真实的、严酷的、阴郁的、罪恶的东西时候，他们是不肯相信的。他们觉得想要说：'这是他所写，是他自己的事。'不，我的亲爱的现代人们，我的小说里所描写的那小鬼和它的可怕的尼多提可木卡[1]正是你的。你的！'"

用那本书拍着她的膝盖，她说：

"这是值得深思的。这里没有道德：梭洛古卜的那些鬼比之陀思妥耶夫斯基的是更丑陋、更渺小的，但是——嗯，你以为怎样呢？哦，自然，你还没有读过这本书。拿去吧。它是有趣的。"

萨木金接过那本书，并不看着马利娜，翻了几页，含糊地说：

"我还是不明白你所要说的是什么。"

马利娜并不回答。他瞅了她一眼——她坐着，两手反抱在她的脖子的后部。阳光落在她的头上，照明了她的头发的丝缕、她的淡红的耳朵、她的玫瑰色的面颊。她的眼睛隐藏在闭着的眼睑下面，她的嘴唇是紧紧噘着的。萨木金茫然看着她的脸、她的身材。而且他又想到，迷惑而近于恼怒的：究竟，她是凭依了什么而生活着的呢？

他更加确定地觉得，在马利娜的生活上有些神秘，至少是离奇的某物。这离奇不单是表现在她的政治的、宗教的意见和她的职业的活动的

---

[1] 梭洛古卜用这个他自己所创造的名字来称呼人的隐秘的罪恶的自我。在《小鬼》里他赋予这尼多提可木卡以独立的存在。

矛盾上——这矛盾并不曾搅扰着萨木金，反而确定了他对于"成语的体系"的怀疑主义。但是甚至在她的职业的事务上也有些黑点的。

四

在冬季，萨木金赢了科布提夫的亲戚的讼案。科布提夫，一个收买赃物而兼营高利贷的商人死了，在他的遗嘱里留给马利娜三万五千卢布，把其余的财产和房屋留给他的女厨子和她的瘫痪的儿子。科布提夫是一个没有子女的鳏夫。但是他的远亲们反对这遗嘱，说下遗嘱者并不是处于正常心理状态之中，因为他没有合理的动机把财物赠送给他不过见了两次的一个妇人。他们控告那女厨子是因为她"隐匿财产"。马利娜说科布提夫是她的丈夫的密切的朋友，那原告撒谎说这人只见过她两次。

"真瞎说。"她轻蔑地说，"凡是他和女人们见面的时候他们都看着的吗？"

萨木金以为他听出了这话里的玩世的腔调。这遗嘱是没有法律的差误的，并且有有声望的人物作见证，同时原告的要求是无理由的。然而这讼案总是使萨木金觉得有些古怪。后来马利娜又交给他一张让渡所有权的契纸，是一个老处女，安娜·俄波莫伐，把她的一座在邻近的省会里的房产赠送给马利娜的。当她把这契纸交给他的时候，她用萨木金所佩服的那种安闲的声调说：

"我相信在那房产之中有一个学校。或者是一个高级预备学校。你去看看，或者那城市要买它。我要廉价卖了它。"

"为什么这些人全都送赠品、遗产给你呢？"他问，诙谐地。她冷淡地回答：

"这表示他们对于我的敬爱。"想了一会儿之后，她又说：

"不。不麻烦你去卖。我要派撒卡里去。"

他看见那老处女,安娜·俄波莫伐,是一个矮胖的小妇人,一张憔悴的脸,带着一副将死的神气:一个温柔的、快活的微笑不灭地停留在她的无色的眼睛里。她的松弛的嘴唇以机械的规律扩张成一条弓形。她无论说什么总是用一种低音调,好像在谈着某种秘密而快活的事似的。她的快活的微笑是离不开她的脸的,即使是当她告诉萨木金这些话的时候:

"我的兄弟和赛沙去打仗,你知道,当义勇军,但是在路上他从车窗里跌下来,跌死了。"

她大约有五十岁。穿着一件窄小的、鼠灰色的棉衣,软底鞋,她小心地移动着,毫无声响,使萨木金觉得她是一个呆子。

跟在她的左右,像一只鸽子似的咕噜着的是一个瘦削的秃头汉子。穿着法兰绒上衣——也有一副温和、安静、快活的相貌,一双孩子气的眼睛,一部整齐的黑胡子。

"这是我的侄儿。"那老处女说。

"杜那特·亚斯特里波夫,艺术家,前任图画教员,现在是浮浪人,一个不必工作谋生的人——但是并不以为羞。"那侄儿欣然宣称。他的样子比他的舅母年轻些。虽然他搬运着一根粗实的、显然沉重的手杖,他走路的步态是轻快的。萨木金从前没有会见过这样的人物,觉得有些局促不安。他勉强相信他们就是这个样子。他们表示很关切马利娜的健康。用一种崇拜的、神秘的态度讯问着她的起居,而且用一种把他当作无所不知的人物的眼光瞅着他。他们住在一条荒凉的街道上的一座孤零零的家宅里,隐蔽在一个丛莽的前庭后面。他们接待萨木金的那大房间里塞满了家具,好像一间旧货店似的。

撒卡里进来了,很沮丧的,汗津津的。亚斯特里波夫跑到他面前,慌忙地问:

"嗯,怎样了?怎样了?"

"我们需要贿赂他们。"撒卡里颓唐地说。

"贿赂他们——你听,安娜式加?他们要贿赂。"亚斯特里波夫喜气洋洋地大声叫,"这就是说事情是办好了。"他握着他的手指,惶惑地尖声笑着。撒卡里拉住他的手臂,引他到门后面去了,这时那老处女摇一摇头,仍然不变的微笑着,对萨木金说:

"每一个人都是贪的,这叫人不好意思有任何东西。"

萨木金来访她是因为替马利娜送一封信和一个包裹。老处女拿着那书信并且吻它,而且在萨木金坐在那里的时间以内,她总是把它搁在她的胸上,压在她的心窝上。

"这些呆子送礼物干什么呢?"萨木金问他自己。他不大相信他的精敏和识见,而且自从访问了这老处女之后,他开始害怕马利娜会把他搅混在什么暧昧的事情里面。他开始注意到:马利娜待他的友情虽然正在增加,同时也把他安放在一个雇员的地位上,单是讯问他一些业务上的事情。他终于决定要和她严正地谈一谈那些使他糊涂的事情了。

五

在她的家里的那一个舒适的小房间里,他办理这件不如意的事情。秋季的黄昏从窗户里,从街上和露台上阴郁地窥看进来。在红色的天下面,花园里的树木一丝不动,蒙着一层轻雾。桌子上沸腾着那照常的茶炊。马利娜穿着镶边的家常便服,正在泡茶,用她的平常的沉静气概,带着几分笑意说:

"倘若斯托里宾的小改革是在一八六一年提倡的,那么我们当然早已不是现在的状况了。但是到了今日——有什么法呢?富农已经放开手——他要走出公社到另一方面去,从优越的地位上比以前更容易把农村吸干,同时农村将要渐次陷入贫困和暴乱。我的朋友,这就是说在期待着百万贱价的劳动力之下工厂的锅炉被扩大了。这是革命的教训。我正在和一个英国人通信——他住在加拿大,是我的丈夫的朋友的儿子。

他对于俄罗斯应该做的事看得很明白。"

"眼光远大。"萨木金批评。

把一杯茶推到他面前，马利娜开怀地大笑起来：

"里狄真有趣。她一向诅咒斯托里宾，现在却为他祝福了。她说，我们要学着英国的样式来改造我们自己——把大地主的庄园放在中央，四围环绕着许多农民。这是很出色的。她从没有到过英国，这是从小说和图画上推想出来的。"

萨木金早已惯于相信她的见识而且总是留心倾听她的政治意见的，但是此刻政治成为一种障碍了。

"请原谅我讲一点别的事。"他说。

"为什么这样客气？"

"那个老处女俄波莫伐是个什么人？"

马利娜竖起她的眉头，她的眼睛闪出笑的光辉。

"她有什么引起你兴趣的地方？"

"不。认真地。"萨木金坚持，"她和那——"

"亚斯特里波夫？"

"我以为是些呆子——"

"哦，你说得太过了。"马利娜答辩，闭着她的眼睛，"她是一个感伤的老处女，很不幸，她和我相爱。他是一个浮浪人，一个无聊人。而且是一个撒谎者。他自称为艺术家、教员、富人。他不过做过一次收税吏，因为受贿被革掉了，并且因此吃了官司。虽然他也会乱涂一点图画。"

她忽然沉默了。然后，仰起她的头，直视着萨木金的脸，她的眼睛闪烁着，她说：

"但是我觉得你的心乱了，我以为我确切了解什么事使你不舒服的。"

她的睫毛颤抖着，她的眼睛在放光。她的声音变为深沉而尖刻。用

匙子在搅动她的茶杯,她漠然冷笑着,说:

"好——这似乎是打开秘密和疑难的时候了。"

歇了一会儿之后,尽看着萨木金的头,她说:

"你没有读过亚可夫·托波尔斯基的《默想录》吗?你记得你在塞马拉买来的手稿吗?你没有读过吧?自然没有。那么,读一读吧。这人自己的默想并不很好,但是他写下了台塔林诺伐——有这么一个蒙台派的女人,周比士派的创始者——的教训。"

"我不懂这和我的问题有什么关系。"萨木金懊恼地说。但是马利娜说:

"现在你就可以知道了。"

"知道什么?"

"我是一个蒙台派。"

缓慢而仔细地取出一支烟,点燃了它,萨木金惊疑着他现在所有的感觉是属于哪一类的。马利娜仍然用漠然而勉强的声调继续说:

"蒙台主义这名称并不十分正确。蒙台主义和它没有关系。依从我的思想的人们自称为'精神崇拜者'。"

"一个宗派吗?"萨木金想,"这似乎是真实话。我曾经期待着从她那得到某种东西。"但是他知道他是厌烦而且失望的了,他希望于马利娜的是完全不同的别种东西。

他提起勇气问:

"那么你是——一种宗教组织的一分子?"

"我是一艘船的掌舵者。"

她简捷地说,并没有矜夸她的位份的模样。她以突击的姿态继续说:

"那些无知的教士叫男的掌舵者作基督,叫女的作圣母。你所谓的那组织是一个教会,并不小。它存在于差不多四十个省份——现在正在传播着——"

把果盘推到他前面,并且竖起她的便服的领子,她微笑着:

"噢,你的眼睛眯得多么古怪呀。而且你的脸是那么皱着。你惊异了吗?但是你对于我有什么意见呢,我的好朋友?"

她的右臂裸露到肘部,她的左臂露出肩头。那便服快要滑脱了。萨木金呆看着纸烟的烟,毫不掩饰地说出他的怅惘:

"你必须承认这是一个意外。一切都过于离奇。"

"是的,当然。"她承认,"倘若我有一个秘密的会所,那么事情就简单得多了。"

"反正一样,这并不能使我对于你更加了解。"萨木金含糊说,有点烦恼,还有点悲哀,"这样聪明而且美丽——这样了不得的美丽。"

虽然他说话的时候他并不看着她,他却知道她的眼睛里闪烁着讥刺的光芒。

"我甚至于是了不得的吗?"她问。"试想!"她坚定地说,"苏格拉底、狄阿京士、赛隆或许都是奇丑的,但是美丽和庄严的却变作一种祭祀的仆役——你知道这是谁说的?"

"不知道。"萨木金说,环顾着他的四围,觉得各样似乎都改变了,暗淡了,缩拢了,虽然马利娜似乎长大了。好像他是一个学徒似的,她问他读过些什么神秘宗派的历史、教会的历史。他的否定的答复使她笑起来了。

"或者你读过梅尔尼可夫的小说《在山上》的吧?"

"我读过《在林里》。"

"好,或者不读《在山上》正是好事。在它里面,作者写了一些他没有看清的事物,不过是胡凑一些昏话。但是你还需要读一读它。"

"那昏话吗?"萨木金问。

"你能够借此知道一切。那么你或许学得一点东西。"她说,笑了起来。

这笑有些不合适,伤了他自己的尊严,引起他要和她猛烈地争辩的欲望；但是他的抵抗意志被挫折于一种忧郁的思想：

"她正在我面前自由地展开她自己。而我不能对她申述我自己，因为我不曾认定了任何事物，而她是认定了的。但是她认定了一种谬论。或许她是有意识地欺骗她自己，避讳那愚昧——防范那小鬼。"

她的头发散开了，一股头发拖在她的肩上和胸上。她低声说：

"赛兹巴在忧愁和失望之中，反叛了精神，转向于物质的沉渣，把它的罪恶的肉欲倾注在它上面，因此而产生了他的蛇形的儿子。这就是理性，又名谎话或基督。由他而生一切世间的罪恶，以及死亡的自身。所以他们教人——"

"当然，这简直是神秘主义的昏话。"萨木金想，翻起他的眼睛，从眼镜里面估量着马利娜，"她绝不能相信这个。"

"并且那种关于精神的热烈之欢悦，'拉得尼'[1]，被理性杀死了——"

"拉得尼?"萨木金问，"是黑弥撒，或者雅典的夜那一类吗?"

"那是教士们的肮脏的发明。"马利娜回答。她立刻半轻蔑半苛刻地说：

"关于人们的精神的各样事物，你们知识分子是多么无知而且容易受骗哪。而且你们已经受了许多教会的毒害。——连你，克里·伊凡诺维奇。你自己曾经诉苦，说你生存于别人的思想里，受着它们的压迫——"

眉头打着结，萨木金说：

"我不记得了——我疑心我说过。但是即使我说过，你也不能说你是依你的思想而生活的——"

"为什么我不能？你有什么理由认定我不能？你知道我读过些什么，想过些什么吗？况且读一本书并不是就相信它，承认它。"

---

[1] 由信仰而生的狂欢。

她以一种战斗的态度挺起她的身体,把头发抛在背后,勇决地说:

"好,这就够了。我已经表白给你。现在你知道我是谁了吧?我可以请你把这些全都保持于我们自己之间,不要泄露?当然我相信你的谨慎和缄默。我知道,像一切地下室的政治家一样,你知道怎样保守秘密,怎样沉默于你自己和别人之间。但是切勿偶然泄漏一个字给伐里亭,或里狄。"

她沉默了几秒钟,她的眼睛是闭着的。萨木金这才有机会含糊地说:

"这警诫是完全不必要的。"

"可是它会随便说出来的。"她干脆地回答,"现在,谈科布提夫和俄波莫伐的案件。这种案件,我必须告诉你,以后还要常常发生的。我们公会的每个会员必须把他的财产交给公社——由于他的自动,在生时或死后。俄波莫伐的兄弟是我们公社的一个会员;她却属于另一个公会,但是近来她的船已经和我们的联合起来了。就是这么一回事。"

萨木金随便一想就说:

"现在我只有感谢你的信任。"他不自主地又说:"我对于这一切曾经有过——一些混乱的意见。"

"倘若它们已经消除了,那就好了。"马利娜说。

"是的,已经消除了。"他确定。而当她沉默着喝着茶的时候,他昏迷地又说:"你不讨厌吗,假如我说——假如我又说我还是觉得不能理解你,这样聪明的一个妇人怎么会——"

马利娜不容许他说完。把她的茶杯放回那碟子里,她握起拳头。她的脸放光了。摇着那拳头,她用一种压抑的声音说:

"我厌恶教士式的基督教。我的心是用在融和我们所有的各个公会,使它们合为一体。我不喜欢基督教——就是这么一回事——倘若你们这一阶级,假如我可以说,能够了解基督教是什么,它怎样损伤那权力意志——"

萨木金看着她的脸,并不听她的话。她的脸并没有减少了美丽,但是显得有些不平常了,差不多是可怕的:眼睛呆钝地放光;嘴唇发抖,突兀地吞吐着言语;她的手发白而且颤抖着。这样过了几秒钟。然后,敞开手,马利娜又微笑了,虽然她的嘴唇还在发抖。

"看你使我多么难过呀。"她说,整理着她的胸上的纽带。

萨木金同情地微笑着,茫然不知道要说什么才好。几分钟之后,他对她告别了,觉得他想要吻她的手——这是他从来没有过的一件事。他不能想象这么漠不关心于现实的这女人能够仇恨什么。

"那么就是这样的吧。"他好像昏迷了似的揣想着,当他走在回家去的路上的时候,一面小心地走过那半明半暗的街道,从一根灯柱到一根灯柱,"但是倘若她真恨了呢,那么她是信仰了,而不是用言语来娱乐她自己,用她自己的想象来欺骗她自己。我曾经注意到她爱什么吗?"他问他自己而且不能不答道,"不曾!"

他所听见的一切比起他所看见的是毫不足重的。他知道言语的价值,并不把她的言语估计得比别人的更高,而深刻地凿在他的记忆里面的却是她的可怕的面容,和她的金色眼睛里的炽热的、真诚的闪光。

"是的。她解释了她自己,但是并不增加了理解。她不曾做到这点。她解释了她的行为,并不是她的智慧与她的——信仰之间的矛盾。"

六

大约有两个星期之久,他停留在这意外的发现的印象之下。马利娜对他的态度似乎更干脆、更谨慎,而同时也更关切。并没有试探的意思,她偶然问到他是否满意于米式加的服役,赠送他一只良好的书架,又问比士比妥夫是否麻烦着他。

不。比士比妥夫并没有麻烦他。因为某种理由这家伙渐次变为悲哀的、寡言笑的了。他很少见面,也不常放鸽子。比林诺夫又捕去了他的两对鸟儿。最近,在黑夜里有人从花园里爬到屋顶上偷去了一些鸽子,并且破坏了鸽舍的锁。这件意外的事使比士比妥夫狂怒了。在早晨,他穿着寝衣,不顾寒冷,跑到庭院里,痛骂那门房,革掉那女仆,然后来到萨木金的房里喝咖啡。恼怒得面色苍白了,他宣称:

"我要放火烧掉那厢房。一切都到地狱里去。"

"请你早一天通知我,使我好离开这家宅。"萨木金认真地说,并不看着他。比士比妥夫歇了一会儿,也认真地回答:

"好的。"

他立刻混说起来了。

"俄——俄国,糟透了!"他粗声大气地说,气喘吁吁的,"到处都是窃贼和官僚。官吏,为谁服役的?撒旦吗?撒旦也是一个官僚。"

萨木金喝着咖啡,读着报纸,并不理会他的可厌的宾客的蠢话,而这宾客忽然开始沉静地谈话,显然有点意义了。

"那巴黎花花公子,屠干尼诺夫,是不错的,他说:人需要有一种消遣——譬如,上帝或者音乐,或者纸牌——"

从报纸上面瞅了他一眼,萨木金说:

"还有鸽子呢?"

"鸽子。我要拗断它们的脖子。烧烤了它们。不。真的。"比士比妥夫恨恨地继续说,"这足够使人自杀。为那种事,你走在森林里,或者郊野里。在黑夜里,在你的脚下,地上就散布着石锥子那一类东西。四围全是恶作剧:革命、抢劫、绞台——总之,就没有一个地方安放你的灵魂。你所需要的是在你前面放光的。甚至不必放光——只要存在就好。或者甚至并不存在,见它的鬼——完全臆造的也好。譬如,鬼吧。人们臆造出它来,但是还是相信它存在。"

他哗啦地站起来,走出去了。他的闲话并不留一点痕迹在萨木金的记忆里。

在另一方面,米式加逐渐引起萨木金的仇视。这安静的、谦逊的青年并没有使他憎恶的显明的缘由。他整理房间是迅速而仔细的,他扫除尘垢像一切熟练的女仆一样敏捷;他抄写文件几乎没有错误;他奔走到法庭、商店、邮局;他的答话也十分确实。在闲暇的时候,他就坐在办事室的窗下的一把椅子上,弯着头读书。

"你看什么书?"萨木金问。

"《现世界》杂志。三月号。阿尔志跋绥夫的小说《沙宁》。"

萨木金就教训他:

"你和我说话的时候不必站起来。你并不是一个兵,我也不是军官。"

"很好。"米式加赞同,于是他就永不再站起来了,剥夺了萨木金骂他的唯一机会。他是无论什么事都想要骂他的。萨木金知道这欲望毫无理由,但是这欲望仍然紧张着,并不轻松一些。他问他自己:

"我不喜欢这青年的是什么呢?"

他发现了他不喜欢米式加的动人而又呆气的亮眼睛的那种有意的逼视,一种似乎要问什么的恭敬而又执拗的神气。每次当米式加坐在办事室的角落里抄写稿件的时候,萨木金屡屡觉得那透明的亮眼睛又在注视着他了。

"关上我的房门。"他命令。

尤其使萨木金不高兴的是发现他对于米式加的态度是一个比士比妥夫的模拟品。那家伙显然用一种坏脾气看待这青年,轻侮地呵斥他。

"不值得烦恼。"萨木金阻止他自己。默想着马利娜是他排遣这一类细小的思想的有效的方法。他竭力想要决定他和这妇人的关系是逐渐简单或更加复杂呢。他所认为她的优点的——她的事务的才能、她的独立性,以及她在这城市里的声望,她的博学——这些全使他忘记了她也是一个分教派徒,荒唐的"一艘船的掌舵者""圣母"。他判定这或者是权力意志的表现、支配欲的表现,或者是淫欲的一种变相——一个美丽的身体的表演。

"一尊偶像。"他提醒他自己。但是这观念是和使他惊异的那暴怒相矛盾的。

"她是坚定的、倔强的,好像激流中央的一块石头。生命的动乱奔流在她的周围而不曾动摇了她,但是她仇恨什么呢?基督教,她说。"

他更加屡屡怀疑他和马利娜的友谊对于他有一种深刻的、决定的意义,但是他不能,或者太懦弱,确定那意义在哪里。

"我想她想得太多了,也似乎夸张了她,过于重视她。"他抑制他自己,但是不成功。

从前她对他说过:

"只要生活更安定一点,我就要到外国去看看。我喜欢去游英国——"

这城市里没有了她是他难以想象的。有一天的黄昏时候,他坐在桌子前面,想要写一个很复杂的案件的诉状。用笔描画着一个女人的身体的巨大的轮廓,他想:

"倘若我是一个小说家——"

他开始画一个小型的马利娜的像,但是不知不觉地逐渐把它扩大了。当他揉掉了那一张纸的时候,他看见他前面有一群女像,一个挨着一个,全都包括在一个线条歪曲的奇怪形象里面。

"是的,倘若我是小说家,我要把她描写为一个正在兴起的中等阶级的典型妇人——"

他翻转那涂污了的纸面,开始依照他的想象又画一张马利娜的像,她的手里拿着麦加利的手杖[1],她的脚上加了两只翅膀,而他忽然记起比士比妥夫所说的"一种消遣"。抛掉笔,他摘了眼镜,在房里踱着,点燃一支烟,然后躺在长沙发上。是的,马利娜曾经排遣了他的不安的

---

[1] 希腊神话:商业之神麦加利,是商人、旅客、狡猾人的保护神,手执两蛇绕其干、两翼在其顶之杖。

思想，把他的思想全都吸引在她上。她是他的生活中的最主要的事实。倘若从前他是曾经向某一方向移动过的呢，那么现在他是停止在她前面，或者她旁边了。他不愿有这发明，但是已经发明了，他承认它的确实。他开始更明朗地观照生活，更简易地、更容忍地观照他自己。无疑地，这是由于她的影响。萨木金叹息了，并且安放那枕头在他的头下面。靠墙的一把椅子上直立着一面椭圆的小镜子，镀金的镜框已经失掉光泽——一件马利娜的赠品，一件简单而美丽的东西，米式加还没时间把它悬挂在寝室里。在暮色里，萨木金看见这镜子里反映着厢房的屋顶、烟囱旁边的突出的鸽舍，屋顶后面是些光秃的树枝。

镜子里也反映着他自己的脸，伸着一道尖胡子，戴着眼镜，纸烟的缭绕的青烟升腾在上面。这烟爬到屋顶上，消散在黑色的树枝里面。

"基督教怎样妨碍着她的路呢？"萨木金继续在默想着马利娜，"不。她这样说并不由于她的智慧，而是由于她的暴怒——或者正是为我而发——明年我也要到外国去。"

镜子里反映着的烟浓厚起来了，变成灰色。这是莫名其妙的。为什么呢？纸烟并没有如此多的烟。那烟变成红色了，然后，在鸽舍的一列下面射出一条尖锐的红焰。这或许是一道阳光的反映。

但是萨木金立刻知道这是火灾了。以一种魔术的速度，火焰的条带包裹了那鸽舍，奔跑在屋脊上，逐渐增多而且长大；黄的、血红的火焰穿透了屋顶，伸张在屋脊上，欢欣地对着两侧而鞠躬。萨木金看见他的脸在镜子里面皱着眉头，他的手抬到电话机上，还没有拿起听筒又落下在胸膛上。

"火灾。"他严厉地告诉他自己，"那浑蛋已经放火烧这家宅。"

他的眼睛还是盯住在那火的游戏上，萨木金在这样情境之下并不觉得惊骇是自然的事。他奇异了，要求一种解释。

他还是停着不动。他高兴了，觉得也应该通知救火会，跑到前庭，到街上去叫喊——他应该如此但是也可以不必如此。

"我可以不必。"他对他自己说,并且对着镜子里的他的影像微笑,"我还有时间把我的文件和书籍抛出窗外去。"

然而他终于打电话了。从救火会得到一个唐突的、恼人的回答:

"我们知道了。"

镜面变为深红的了,似乎要熔解了。差不多半个屋脊上装饰着火焰:红的花簇从它里面冲出来,消失在空中。

七

当萨木金跑到前庭里的时候,人们正在那里奔忙着。门房潘菲洛夫和一个警察正在搬运一个沉重的梯子。比士比妥夫,骑在靠近烟囱的屋顶上,砍掉那些细木料。他没穿靴子,穿着黑裤子、一件有着浆硬的前襟和无扣的硬袖口白衬衫。这硬袖在他的手上滑来滑去,妨碍着他。他把斧子砍在屋顶上,撕掉那袖口,吼道:

"水!"

"骇坏了,这白痴。"萨木金想,"或者他已经改变了他的心理了,为财产的损失而忧愁着?"

一个瘦长的汉子,穿着铁锈色的衬衫,爬到比士比妥夫前面,以一种古怪的方法坐在那屋顶上,用手拉掉一些木板,把它们抛下来,粗声地叫喊:

"看着,那里!看着!"

萨木金旁边站着一个鬈发的家伙,拿着一根铁杆,总是打喷嚏。每一个喷嚏之后,他就看着萨木金微笑,用铁杆敲着鹅卵石,又在等候着第二个喷嚏。救火队员,拖着一条有着黄铜的毒刺的长蛇,跑进浓厚的烟雾里面。斧子在砍着,木板哗啦地落在地上,冒着烟而且迸发着金色火花。警察官伊格催促着那些旁观者:

"让开,请——"

一道银色的喷水冲起了屋顶下面的异常浓厚的烟云。一切东西都是非常活泼而且欢喜的。萨木金觉得爽快了。当比士比妥夫，从头到脚都是湿淋淋的，来到他前面的时候，他问：

"那些鸽子都死了吗？"

比士比妥夫摇着他的手：

"噢，见它们的鬼。我正在预备去赴一个寿宴，刚刚才穿衣服，而——它们全都闷坏了——没有一个走得脱。"

他的脸是湿漉漉的。它的整个面孔似乎都交流着肮脏的眼泪。他沉重地呼吸着，嘴大张着，露出他的金牙齿。

"它是怎么发生的？"萨木金问，有些吃惊于他自己的声调的严厉。

比士比妥夫又爬上屋顶去，不过含糊地说：

"不知道。火是一个窃贼。"

吐了一口，他又说：

"一个窃贼。"

人觉得比士比妥夫真是忧愁了，并不是纯粹的假装。半点钟以后，火熄灭了。庭院变为一片荒凉。门房关闭了大门。这不成功的火灾剩下了烟的苦味、水塘、烧焦的木材，以及在庭院角上的比士比妥夫的一只白色硬袖口。

八

又过了半点钟，比士比妥夫，洗了脸，头发是湿的，嘴唇是噘着的，面孔是忧郁的，和萨木金坐在那里，贪馋地喝着啤酒，频频顾盼着那黑天上的最初出现的星星。他咕噜着：

"你看着吧。明天早晨比林诺夫就要放鸽子来气恼我——"

萨木金没有和比士比妥夫谈天已经有些时候了，而且他对于这人的憎恶已经消解到某种漠然的程度。这一晚上比士比妥夫似乎可笑而又可怜。甚至于还有些孩子气。穿着蓝色的罩衫，散开的领子下面露出了他的白胖的脖子，一张无须的脸，他活像一个无才能的伶人所扮演的"小的"[1]。他的沮丧的牢骚里有着某种焦躁之气。

"不。他并不曾放火。他不会这样。"萨木金决定，倾听着比士比妥夫在说：

"人羡慕你。你想过了各样事，而且解决了它。你舒服地生活在基督自己的怀抱里。而在我的灵魂里常常起暴风——"

萨木金微笑了，虽然留心着不要因这一笑而引起反感。比士比妥夫叹气：

"这啤酒哭起来了，因为龙虾——是的，暴风。烟雾和灰尘。现在你替人们辩护。报纸最近称赞你的一篇演说。但是我不喜欢人们。它们是这样的废料。没有一个人是值得辩护的。"

"啊，又来了，又来了。"萨木金说，"你并不至于这样冷酷。"

"不这样冷酷。"比士比妥夫重复说，用他的手掌拍着窗框，做了一个脸相，他在空中摇着他的手，好像要它冷却似的，"你知道我应该是一个恐怖主义者、一个无政府主义者。但是我太懒了。糟就糟在这一点上。况且我受不了他们的训练，好像军营似的——"

一只夏季残留下的苍蝇跌落在他的杯子里面。用小手指头把它从啤酒泡沫里拣出来，比士比妥夫继续谈着，更加激昂起来了：

"我没有看见过任何好人。我也不希望看见。我也不要看见。我不相信他们的存在。好人是死后捏造出来的。因为欺骗。"

"你因为失掉鸽子，你狂乱了，所以大发牢骚。"萨木金说，觉得这狂态是讨厌的了。然而，比士比妥夫喝完他的啤酒，眼望着那空酒杯，固执地说：

---

[1] 孚一维生的戏曲《小的》，俄国十八世纪的古典戏，讽刺一种无教育的、愚而好自用的村夫的典型人物，这人是被他的富裕的、无知的父母所宠爱而弄坏了的。

"马柯维奇,这珠宝商、高利贷者,放一堆各色的贱价的小宝石在他商店的窗子里,也搁上四五个大的。那大的是人造的。我从他的儿子里阿夫卡那知道这个。这就好比你的好人。好人是为了道德教训而捏造出来的,好像对于我这样似的人说:'羞你,伐里亭·比士比妥夫。'但是我一点也不羞。"

他把头一摇,逼直地瞅着萨木金的眼睛,暴戾地、挑战地重复说:
"一点也不。"

"好,倘若你不羞,你就不会说了又说。"萨木金说。他又摆起教授架子说:"人感觉到烦恼是因为他寻求着他自己,要求实现他自己,要求忠实于他自己。无论何时他都努力于成就一种内心的和谐。"

"和谐是可以和谐的,但谁唱歌呢?"比士比妥夫问,他的嘴扩张成一个难看的微笑。

萨木金皱起眉头。他说:
"一句拙劣的笑话。"

"倘若我不要求实现我自己呢?"比士比妥夫问。而得到的回答是四个干巴巴的字:
"随你的便。"

有几秒钟之久,比士比妥夫沉默着,看着他的同伴,他的蓝色的、玻璃似的眼瞳似乎缩紧了,尖锐了。然后,他的厚嘴唇慢慢地分裂成一个微笑,他说:

"我看,你并没有受愚弄。好,这是真的。我是害羞的。我像一匹畜生似的生活着。你以为我不知道鸽子是无聊的吗?女人是无聊的吗?除了一个而外,但是,我相信,她好是因为要欺骗。因为她要是好的,她也才能管束我。我的妻也是好的、精敏的,但是我的舅母不喜欢精敏的人。"

他突然中止了,他的嘴唇噗地一动,好像拔掉瓶子的木塞似的,迅速地一瞥萨木金,然后倒啤酒进他的杯子里,咕噜着:

"她们常常争吵——我的舅母和我的妻——"

"他又闭塞起来了。"萨木金觉得,而且加意留神,期待着比士比妥夫再谈马利娜。但是,比士比妥夫一口吞下他的啤酒,嘴唇上飞溅着泡沫说:

"我谈到羞耻,并没有什么意思——不过说说罢了。你读过阿尔志跋绥夫的书吗?对于你他是一个正直的作家,比之现存的任何作家都更正直。依我看来,他表白了下层社会——陀思妥耶夫斯基的人物,而终于使他们自由。他明白地说,人有做强盗的权利。这是人的本性如此的。人生的目的是满足一切欲望,即令是罪恶的,或者即令是损害别人的。滚他们的蛋。这意思就是斗争吧?不错。让我们斗争。一个真诚的人,一个强毅的人,从一般承认的观点上看来,往往被认为强盗。但是这观点并不比一个小土堆更高,而是懦弱的蠢材们为自卫而发明出来的。这些都是他所说的。"

他异常敏速地把这些话倾泻出来,而萨木金判定他显然是恐慌着他所说过的关于马利娜的话。

"我没有读过《沙宁》。"萨木金说,严厉地瞅了比士比妥夫一眼,"照你的叙述,这小说是一种粗率的游戏文章,讥刺尼采所宣传的那种个人主义。"

"鬼才知道它不是一种讥刺。"比士比妥夫同意。他立刻又说:"坡台彭哥有一部小说叫作《爱》。在它里面有一个妇人,她爱一个强盗胜于那些——正人君子。妇人,我相信,比男子更懂得生活的意味,人生的真理——如你所喜欢说的——"

"现在他又要谈马利娜了。"萨木金提醒他自己,意识到比士比妥夫的昏醉的闲话有些复苏了他对于这人的仇视。然而要强迫比士比妥夫走开是困难的,当有着一种希望听到关于马利娜的话的诱惑的时候。

九

萨木金站起来,在房里阔步走着,又停在书架前面点起一支纸烟。比士比妥夫在他的椅子上摇摆着,咕噜着:

"撒旦漫画——嗯?好,不理它。不算一回事。事情是我不能理解我自己。理解就是抓住。"他沙声地笑:"我常常把我自己一会儿看作这样角色,一会儿又是那样角色。但是老实说,我是什么呢?或者不成东西吧。但是即令如此,我也需要费工夫说服我自己。这是有伤于我的自尊心的,但是我一定要对我自己坚决地说:你不成东西,安静些吧。"

萨木金无意中咬紧了他的烟嘴,横起眼睛一瞥比士比妥夫的漫画的姿势。他用手指敲着那书架的玻璃,暗自咒骂:

"这野兽。"

"我甚至犯罪也不在意,只要能够把握住一种物事——这是我的主意。"

"是这样的吗?"萨木金含糊地低声说,觉得在这人面前是再不能忍耐的了。

"我要你相信是这样的。"比士比妥夫回答,"这对于我真太难,尤其是现在。"

"为什么是现在?"

"有一个理由。我生活在人生的天井里,在一个死巷道里。我害怕人们——但是他们硬把我拉出来,强迫我做些事——负责任。而我不相信它,不需要它。现在有人正在做着它,千百年来也已经有人做过。而那结果呢?他们都被绞死了。一个人只落得操心着他个人的私事。"

萨木金呛咳起来了。并不离开书架,他诉苦说:

"我的头有点痛——"

"因为那火烟吧。"比士比妥夫解释,点点头。

"我要出去散步。"

"不错。先走吧。"比士比妥夫允许。从椅子上站起来，他踉跄了几步，"好，我也去。水把我的地方都浸湿了——但是不要紧。我要睡在那姑娘的家里。"

他向着门走去。忽然又转回来对着萨木金，嘶哑地悄声说：

"你是我的舅母的朋友，克里·伊凡诺维奇。可是我对于你有一种——亲密的感情。"

他一直走近萨木金，挨拢他，把他挤在书架上，用手搂抱着他。他用更低的声音说，好像是从牙缝里吹出来似的：

"她和每个人都相好。她是最狡猾的女戏子，鬼惹她。她抓住了一个人——然后去你的吧。你，她也要——"

"我对于她另有一种见解。"萨木金急忙用大声来打岔，摆脱了这醉汉。比士比妥夫放下他的手，清醒地、惊疑地问：

"你叫什么？我并不怕。另有见解？那就不错，我——"

他又走开了，但是停在门前面，扶着门枋，摇着左手，说：

"那漂亮小子，米式加呢，他是一个侦探。他是派来监视我的，也监视你。真的。"

目送着他走了，萨木金坐在一把椅子上，好像昏眩了似的。

"好一个——十足的村夫。"

"村夫"这字并不曾立刻发现，也不能说尽刚才所发生的那活剧的意义。在比士比妥夫的突然的酒醉的自白里有些可疑的话，类似讥刺的俏皮话——一种特别恼人的暧昧语。萨木金迅速地走进客厅里，穿衣戴帽，飘然出去到庭院里，走过被黑暗蒙住的水塘和烧焦的木材，对他自己咕噜着：

"我必须迁移寓所。"

然而，在很短的几分钟之内，他忽然觉得，愤恨一个醉人的这些话才真是屈辱了他自己的。

"什么事使我这样恼怒？因为他说的关于马利娜的话吗？但是那全是这白痴的撒谎。她绝不像一个女戏子。"

在某一点上他无意地迟疑起来了。在比士比妥夫的话里有些很像是他，萨木金，曾经对马利娜说过的自白之词。

"但是她确是不会把它告诉他的。"

急促而又批评地，他考察着马利娜对于他自己和比士比妥夫的态度。

"这或许是可能的，甚至确实的她对人是无情的，她是机巧的。她是一个有着一定的目的的妇人。她有一种口实——她的分教派。她想要创造一个新教会。但是没有什么事情足以证明她对于我的态度是无诚意的。有时她对我说话是傲慢的，但是她原是有些鲁莽的。"

他觉得必须把马利娜从嫌疑里开释出来，并且觉得他自己急急要做了这事。今夜是不宜于散步的。一阵潮湿的冷风从四围的角落里吹起来。黑云涂抹了星星。空间充满了秋季的忧郁的吟哦。

萨木金终于决定要和马利娜谈论比士比妥夫，并且转回家去了，他自己不能不把他的心专注在那人所说的关于米式加的话上。

这决定是便宜而且必需的。自然马利娜并不会需要一个侦探。但是国家的机关是需要使用侦探的。米式加是过于好奇了。萨木金描画马利娜的那一张纸是早已揉了抛在废纸篓里了的，可是后来突然出现在米式加的桌子上，夹在他所抄写的纸张里面。

"你为什么捡起这个？"萨木金曾经问过。

"我喜欢它。"他回答。

"你喜欢它的哪一点？"

"麦加利。你把他画作一个女人。"米式加解释，直视着他的眼睛。

"一种诚实的样子。"萨木金想过的。他又问：

"你怎么知道麦加利？"

"我读过希腊神话。"

"我明白了。"是萨木金的遁词。从那天起,他对这青年说话就少了一点长官的音调了。但是,希腊神话虽然能使这青年有趣,而这青年究竟是可厌的,并且在新寓所里他可以另雇一个书记。

第十五章

一

萨木金并不急于要记起比士比妥夫所谈论马利娜的话，但是这不容他自主。他开始更加严密地注意她，怀疑地听着她的冷嘲的词令，更加仔细地斟酌她的言语，也不大同情于她对于时事的意见了。那些意见的本身得到他的称赞，那只是偶然的事；它们却更加常常使他惊讶。马利娜似乎越加固执着什么，觉得她自己更胜利，更高兴。

现实时常以丑恶的形式显示它自己给萨木金。在那些被绞死的人名之中他读到许大可夫的名字。在这城里被捕的无政府主义者之中他发现了凡拉克辛，"化名为洛西夫和伊弗里莫夫"。是的。读到这些是不愉快的。然而比起另一些事实来，这些真是小事，而记忆也只保留它们一个短时间。

关于这些死刑，马利娜说："总会有人提示给那些白痴们，他们是在教育复仇者。"

"帝国会议屡次告诉他们这个——曾经强硬地抗议过。"

"我所说的'提示'不是那意思。"

她的眼睛里闪出愤怒的光芒。这些突然发作的怒气和尖刻的话语,出自他所想象中的马利娜,特别使萨木金惶惑不安。

这些时候常常有一位里昂尼·格里顿先生陪伴着她,一个看不出年纪的男人,但是显然已经过了四十,强健而匀称的体格,红面颊。他的高悬的眉毛上面有一部浓厚的鬓发,脑壳也是高的,那面孔好像是用过氧化氢漂白了的。他的眼睛也是灰色的,因为不戴眼镜,有一种近视眼的呆相。眼光是温柔的,也容易微笑,欣然露出那黄牙齿。这露齿的微笑使他的剃光了的、快活的脸孔更加快活了。

把他介绍给萨木金,马利娜说:

"一位工程师、地质学家。他一向在加拿大,在那里他见过我们的'杜孔包尔'[1]。"

"哦,是的。"格里顿证实,"他们是一些很倔强的人们。他们的后代已经是美洲人了。"

他慢慢地说着俄国话,吞没了一些字音,提高了另一些字音。使人觉得他是真诚地努力于求发音的正确。他差不多把一切句子都形成问话的格式:

"这样多的教会,它们全是正教吗?而且它们全都排斥列夫·托尔斯泰?——乌拉尔山的绿宝石只有法国人在开采吗?"

然而,他很少发问,却喜欢倾听马利娜的话,以过度的恭敬注视着她。他用军人式的轻而有分寸的步伐阔步走在街上,两只手搁在毛蓬蓬的黑外套的衣袋里。他戴着一顶有遮阳的海獭帽,他的眼睛从那遮阳帽下面笔直地、不眨眼地注视着前面。他常到教堂里去做礼拜,而且赞美

---

[1] 俄国农民的一种宗教的共产主义者,因受压迫而移居于加拿大者甚多。

那歌唱。他说：

"噢，偶像崇拜是美的，是不是？"

他也冷得怪叫。

"把我冻得像这样。"他说，举起一只拳头。

这人有些顽固和执拗。萨木金每次访问马利娜都发现他在那里，这是一件很不高兴的事。况且，他觉得这英国人问他的话好像一个医生问他的病人似的。在这城里停留了三个星期之后，格里顿不见了。

在回答萨木金讯问关于他的事的时候，马利娜用一种迟疑的、非友谊的音调说：

"我知道他的什么事呢？我是初次和他见面，而且他的嘴闭得太紧。他的父亲，一个奎克派，是我的丈夫的朋友，曾经帮助'杜孔包尔'移居到加拿大。这里昂尼也注意分教派、异教徒——想要作一本关于他们的书。我不大理会这些考察家、试探家。也不十分明白他更注意哪一件——分教派或是黄金。现在他到西伯利亚去了。他来的信那才更有趣的。

二

虽然萨木金几次想要谈论比士比妥夫，他总是不能把马利娜引上路。比士比妥夫自己也不来供给些材料，常常从早晨到深夜不见面。有一天，萨木金出去散步，顺便到了马利娜的商店里，发现她坐在有着一堆账单的桌子前面，她的膝头上也有一厚本账簿。

"我爱钱，但是我不喜欢——我讨厌——算账。"她懊恼地诉苦，"我应该做一个美国的百万富翁——我相信他们并不计算他们的钱。我的撒卡里也不擅长这项工作。我要雇用一个助手，一个老人。"

"为什么要老人呢？"萨木金诙谐地问。

"那样更安静些。"她回答，窸窸窣窣着那些纸片，"他不曾抢或杀。"

"撒卡里擅长哪一种工作？"

"撒卡里？不消说，全不行。他是一个平凡的梦想家，困难关头的徘徊者，他的困难不在地上而在书上。"

随手把账单抛在长沙发上，她把两肘支在桌子上，两手托住她的脸，微笑着，她说：

"撒卡里对你不高兴。他说你高傲，在乐隐园你拒绝解释给他某种道理，而且你对于那些农民也是高傲的。"

萨木金耸一耸肩头，答道：

"我也是不擅长解释的。有许多事我自己不明白。至于那些农民，我连怎样和他们交谈都不知道。"

马利娜用一个问题岔开了他：

"伐里亭曾经埋怨我了吗？"

萨木金确实吃了一惊，疑心她已经占了先着。

她的眼睛照常微笑着，但是比寻常更加紧张。这紧张的微笑使他记起她对于教士们的暴怒。他小心地说：

"他喜欢抱怨他自己。他是话多的人。"

"一只话匣子。"马利娜接着说，"但是他诽谤我，是不是？"

"不。虽然他说你机巧。"

"单是这个吗？"

她沉静地笑着，有些不高兴了，用显然不相信的眼光看着萨木金。于是，完全不由自主地，他用低声说，一面用毛巾揩着他的眼镜：

"那一晚失火之后，他说——真奇怪。他显然在暗示说，你故意把我安置在他旁边，因为我们的性格有些类似——使我们互相教育，似乎是如此的。"

说了这话之后，萨木金惶惑起来了，意识到一股血液冲到他的脸上。这样思想是他从来没有过的，而它的出现使他惊恐了。他看见马利娜也红着脸。慢慢地把她的手从桌面上移开，她往后靠在沙发上。严肃地皱着眉头，她说：

"你把它想透彻了吗？"

"他那时不十分清醒。"萨木金含糊说，他的眼镜跌落在地毯上。当他弯身去拾起它的时候，他从他的脖上听到：

"你是在暗示：'清醒的人所缄默的，醉人泄露出来了。'不。伐里亭是一个粗心人，而这对于他是太过精细了。这不过是你一方面的猜想罢了，克里·伊凡诺维奇。我看你的脸色就知道。"

把两手交叉在她的胸前，旋起她的眼睛，她继续说：

"我不知道要谢谢你对于我的狡猾看得这么高明呢，还是要责骂你使你自己害羞。但是你似乎已经羞了。"

萨木金觉得完全颓丧了。

"我对于她的行为这样蠢，好像一个不通世故的少年似的。"他想。马利娜沉默着，分明是在等待他要说的话。

他说：

"你看，在他的话里并不是没有类似我曾经对你谈论我自己的话。"

"那就更好了。"马利娜叫着，敞开她的两手，大笑起来。她摇摆着，在笑当中问：

"试想你说的什么话？我能够和那样一个人——谈论你吗？那么你自居于何等地位呢？这全是由于你的恨世主义。你已经使我吃了一惊。而且你知道，这似乎不好。"

恢复了一些他的自制力，萨木金说：

"我不能不觉得有些类似——一种俏皮话，所以才说。"

"啊，够了。"马利娜命令，对他摇着她的手。"够了。忘掉它吧。"摇着她的头，她继续沉静而有深意地说，"你这人真古怪透了，你已经犯了怎样损害你自己的罪了？你为什么惩罚你自己？"

这种评论是由于温柔的、诚恳的惊异所造成的。她以同样的声调又

在说着,并且萨木金暗自感谢地对他自己说:

"从来没有人这样对我说过。"在他的记忆里忽然闪现了邓娜沙的涂着脂粉的脸、她的闪烁的眼光。但是他怎么能够把邓娜沙和这妇人相提并论呢?他急于想要对马利娜说一些特别的、同样诚恳的话,但是找不出一句足以和它的感性相称的。这时马利娜又把她的两肘搁在桌子上,把她的下巴托在手背上,切实而又婉和地说:

"我所以问你伐里亭的事是因为这理由。他终于和他的妻离婚了,现在是和一个姑娘来往着,而她已经有孕了。他是否犯罪那是另一问题。她是一个狡猾的东西,开始用这件事来挟制那傻子。她的父亲是一个地主——以富有闻名的拉多米斯洛夫,一个猎人、赌徒、荡子。他把他所有的都葬送了,而且自杀了。他留下两个女儿——'风流女'——或者还要更糟些,'寻欢女'。她们唱,玩——总是这些事。"

歇了一会儿之后,咽下了一个敏感的叹息,她继续用同样轻率的态度说:

"伐里亭有一笔财产——其实不少——但是他有一个保护人。照你们的法律的言语,倘若我没有弄错,他是被判为不适合的。这保护权是依据他的父亲的遗嘱而成立的,因为他浪费。他的保护人是他的祖父,洛几诺夫,一个镜子制造家,一个病老人,所以那保护权实际是在我的手里。三年以前,当伐里亭二十二岁的时候,没有我的同意,他竟自向沙皇请愿撤销这保护权。被批驳了。他的第一次结婚是不十分合法的,但是后来证明他的妻是一个最聪明正直的女人——然而这无关紧要。"

倦怠地叹了一口气,马利娜前后看看,放低声音说:

"现在伐里亭又另有一种企图——拉多米斯洛夫的姑娘们和她们一流的荒唐青年教唆他的。那目的很显明——掠夺这白痴,像我刚才所说的。现在你知道这故事了。他告诉过你吗?"

"一个字也没有。"萨木金说,欣喜着他能够断然说了出来。

用她的小手指搔着她的鼻子,她问:

"他自己放火烧那厢房吗?"

"不。我以为他没有。"

"他威吓说他要烧掉它。"

"他说过吗？对谁说的?"

"对我说的。但是你为什么问?"

"我也听他说过。"萨木金承认。

马利娜叹息了：

"你看。但是这自然不过是恶作剧。我也不耐烦去管他的那些胡闹了。但是我绝不撤销保护权，非等到他有三十岁不可。我发誓。你准备为这案件出庭吧。"

萨木金点点头。她伸了一个懒腰，而且笑了：

"他自以为他是一个台球专家——有时一次就输掉五百卢布。他也赛马、斗鸡——他很努力地要把他自己弄成一个穷光蛋。哦，好，你自己留心着他的行动——"

三

他离开马利娜，觉得他对于她的态度已经更加确定了。

"我多么荒唐啊。"他想，羞愧起来了。他问他自己：他曾经相信过任何人像相信这妇人一样深的吗？对于这问题他找不出答案。他又想到从前使他惶惑不安的事：他知道各种成语的体系，而在它们之中没有一个是内在地切近于他自己的。马利娜的成语的体系也远离着他，不感兴味，其实是隔绝的。但是她不论和他谈论何种问题，她的果决的声调，她的为他所不详的某种信仰，都有一种使他兴奋的效力——他不能不承认。但是单是这个还不能解释她的魔力。作为一个女人而论，他是并不系恋着她的；她的美丽的身体并未引起他的一个男子天然具有的情绪，他甚至以此自豪。然则，她凌驾他的权威是潜伏在哪里呢？对于这问题他不想去求出答案。初次明白承认她的权威的时候，他觉得有些惶惑不安。最近他和马利娜这一番活剧就把他安放在一种温和的情调之中了。这安详的话——你为什么惩罚你自己——燃起了他的熨帖的柔情。

这印象使他淡忘了比士比妥夫的故事，以及他自己必须为她的保护权而力战比士比妥夫的艰苦。

"这是一个新奇的案件。"萨木金想，并且记起了某人所作的两句诗：

> 我生平不曾尝过
> 一滴无毒的幸福——

十天以来——小心地保持着这新的温柔情调——这一早上马利娜来到他的寓所里。

"米式加，"她说，"去告诉车夫把车赶到里狄·提莫菲夫娜家去，在那里等着我。"

当那少年出去了之后，她激昂地叫起来：

"想不到！伐里亭已经跑到圣彼得堡去了。他付给别人一张一千卢布的期票，得到七百四十卢布——他写信给我说，他很抱歉他的行动，他正在清偿他的债务，他想要去做轮船上的水手，要漂海去了。这当然是些谎话。他是到那里去撤废那保护权的。拉多米斯洛夫姑娘们教唆他的。"

"你打算怎么办呢？"萨木金问。

"没有事。"她回答。"我要买回那期票，派撒卡里来看管这家宅。他就这样逃走了，这小流氓。"她高兴地嚷着，而且问，"你没觉察他已经不在这里了吗？"

"我们彼此很少见面。"萨木金说。

"他前天就已经在莫斯科了。他从那里写信给我。"

她出去到厢房旁边，留给萨木金一种喜欢：这保护权案将要无期延搁了，而且已经延搁了。又过了两个月，但是马利娜一次也不曾提到她的侄儿。

四

春天之前，米式加忽然不见了——这些日子正有许多事堆积着要他来做，而萨木金也早已容忍了他的存在。萨木金大为懊恼了。他决定这是一个辞退这少年的充足理由。

但是第四天早上，市立医院的一个医生打电话来通知他：病人米凯尔·洛克提夫请求萨木金去看他。但是在萨木金还来不及问米式加为什么进医院之前，那医生已经挂了电话。当他到医院里的时候，他首先去看那医生。

这人穿着白制服，光秃的大头，圆眼睛，红面皮，告诉他说：

"他被打伤了，但是没有危险。骨头没有损坏。他不肯说出什么人在什么地方打他。或者是在一个妓院里吧。他来了两天，还不肯说出他的名字，到昨天我才恐吓他说要报告警察。这是我的义务。一个少年被打到不省人事，进来了——好。你知道，这时期需要——不含糊。"

在一种愈加愤怒的情调之中，萨木金走进了一间白色的大病房。一致的卧床上坐着、躺着一些一致穿着黄色寝衣的病人。其中一个走到萨木金前面，用很沉静的、熟识的、平匀的声音说：

"请原谅我麻烦了你，克里·伊凡诺维奇，但是那医生不肯让我出院，说要报告警察——这是不必的。"

他的头和半个脸都包扎在绷带里，他用那深嵌在他的前额之下的右眼看着萨木金。他的苍白的面颊颤抖着，他的浮肿的嘴唇也在发抖。

"他害怕我。"萨木金猜想。

"我并没有做错了什么事，请你相信。我的先生可以证明它。"

"先生?"萨木金问。

"是的。伐西里·尼戈拉维奇·萨莫洛夫,他给我补习功课。现在完全能够工作了——"

别的病人倾听着、爬着、闲踱着;药味刺激着鼻子;什么处所有一个人正在不和谐地呻吟着,谨慎得好像他是在学习哼哼似的。米式加的独眼睛炯炯地、毫不错眼珠地注视着他。

"你要出院吗?不错。"萨木金说。米式加小心地走到一旁。

"那么,他已经在补习呢。想要进大学而且还要加进某种闹乱子的场所。"萨木金想。他对那医生说了些话,然后沿着医院的花园迈步走到大门前面去了。

五

在大门的侧门上他迎面遇着一个穿着不合时季的薄外衣而又戴着护耳皮帽的人。

"萨木金先生,是吗?"那人问。不等证实,他就说:"请你为我花费五分钟。"

萨木金看着那高傲的苍白脸上的不修整的灰胡子,回答说,他太忙了,但是请他在他的办公时间去访问他。那人摸一下他的帽檐,走进医院去了。当他回到家里的时候,萨木金判定这人或许是被连累在某种轻微的刑事案里面。

这人在四点钟的时候按时出现在他的家里,以至萨木金想到:
"一个懒人的准确。"

他花费了一些时光才小心地从他的阔肩头上脱下那旧外套,露出一件有着胸袋的打皱的上衣,系着一条宽布带。他擤鼻子,用手巾留心地揩着他的胡子,用手指梳理着他的稀疏的灰头发,然后慢慢地走进公事房,坐在桌子前面,开始谈话。

"我的名字是萨莫洛夫。你的书记洛克提夫是我的学生,也是我们的一个会员。我不是党人,而是所谓文化的工人。我一生都为青年们奔忙着,现在革命的知识分子都被消灭干净了,我就把补偿这损失当作一件十分必要的事情。这当然是当然的事。这于我并无荣誉可言。"

萨木金已经根据这些废语把这人归入"教书先生"一类了。

萨莫洛夫不慌不忙地说着,他的声音有些烦躁而又压抑,但是说得很流畅,好像惯于多谈似的。他的眼睛是黑的、忧郁的,在它们下面有着蓝色的浮包。听着他说,萨木金用手指敲着桌面,好像暗示这人应该说得更快些似的。一面敲着,他一面想:

"是的。他确乎是——一个教书先生,压在社会责任下面的一个。"他期望着从这人得到一些可笑的东西,一会儿之后果然来了。

"你当然知道洛克提夫是一个很能干的青年,而且有一颗异常纯洁的心。但是他因为渴求知识加入了一个高级男女学生的团体——都是些富家子女。这些青年们,借口研究近代文学——文学了,真的,我可以说——"他几乎大叫,他的脸皱得好像要呕吐似的,"其实他们都是些性欲早熟的蠢材——他们在那里——"萨莫洛夫的手迅速地摸了他的头一下,"嗯,他们脱光了衣服,摸擦——鬼才知道在干什么——"

他敞开两手,他的蓝色的浮包湿透了。从裤袋里扯出一条手巾,揩掉那灰色眼泪,他用颤抖的声音,好像那些话搔着他的喉咙似的说:

"谁能想得到呢?现在,你说。谁能料想到呢?昔日防御工事——而今一堆废物,唉?现在那些诗人们——有的带着一只公羊和他的'我要胆大'——到哪里去呢?——'我要脱光你的衣服。'全是些手淫主义和猪猡趣味。"

这些辛辣的话都是温和地说了出来的,同时对于不能不用那些名词显然觉得抱歉了。皱着眉头,萨木金仍然沉默着,期待着还有什么事要发生。萨莫洛夫从衣袋里拉出一个桦树的小木盒子、一本卷烟纸、一个樱桃木的烟嘴、一盒火柴,而且把它们沿着桌边排成一行。他的手指颤

抖得好像醉人的似的。搓起一根卷烟,他继续着说:

"好,简短地说吧——洛克提夫到过那里两次。第一次他不过是不知所措,第二次他提出抗议——这在他是很自然的事。那些——脱光了的——恼恨他,后来有一夜他和一个女孩,乞台伊夫,也是一个高等学校的学生,从我那里走出来的时候,他们就打他。乞台伊夫逃走了,以为他被杀了。而更蠢的是他昨晚才把它完全告诉了我。是——是的。她当然害怕那高等学校开除她。但是——那到底也不值什么。不。不算什么。"

卷好小雪茄似的一支烟之后,他吐出一阵强烈的、辛辣的青色烟雾,这似乎不单是从他的嘴里和鼻孔里出来,连耳朵里也在冒烟。萨木金横起眼睛看着他,不耐烦地等待着。这人提醒了他那辽远的过去——他的乞里沙斯叔叔、那小"米霞叔叔"、鲁伯沙·梭莫伐,以及其他有史以前的族类。但是他不能不承认,在萨莫洛夫的眼睛里有着某种辉煌的光芒,这是全心贯注在一种单纯的意念上的人所特有的充实的表情。

"自然,你懂的,这样一种团体的存在是不容许的。它是传染病的发源地。米凯尔·洛克提夫被打这事的本身并不重要。我来访你,因为米式加说你是一个有学问的人——好,总之,你影响他很大。道德地、智慧地——现在每个人都在专心致力于那些枝枝节节的政治学——那帝国议会,以及——然而这是另一问题。"他哼着,又明确地低声说,"绝不能许可报纸发表这丑陋的故事,使它成为市民们说闲话的材料,弄得男孩子和女孩子被开除。那么,怎么办呢?这是我的问题。"

"第一件要做的事是看洛克提夫的故事有多少真话。"萨木金分明地说。但是萨莫洛夫翻起眼睛一瞥,问:

"他告诉过你一些什么呢?"

"告诉你,不是我。"萨木金厌烦地回答。

惊讶地看着他,萨莫洛夫说:

"告诉我这故事的是乞台伊夫,不是他——他拒绝了——说他头痛。"

但是这没有关系。我的意见是这样的。你已经缠在这件事里面,理由是你雇用米凯尔。你是一个律师。你可以叫那团体里的两三个人来,你把这种白痴的消遣法的社会的和生理的意义解释给那几个浑蛋。对吗?我自己不能这样做,因为我对于他们没有充分的权威;况且,我正处于警察正式监视之下;倘若他们去到我的地方,他们是会被连累的。我不常接待青年人。"

"那么他已经把一种责任加在我身上了。"萨木金想。觉得有些想笑,而他更加烦躁起来。萨莫洛夫却越发呆气而且可笑。萨木金很想说服他,推脱他,但是觉得有一种危险:"他会把我拖到这丑事里面的,鬼惹他。"

萨木金完全不能想象他自己要负责扮演这么一种角色。有几个傻子要来了,而他需要讲给他们行为的规律。从某一观点看来这是有趣的,甚至是好玩的,然而美中不足的是他自己处于宣讲性道德的教士的地位。

"等我想一想。"他决断地说,"给我一点时间。我必须问一问洛克提夫。他会使你知道我的决定的。"

"就这样吧。"萨莫洛夫赞成,把他的吸烟用具收拾起来放进衣袋里面,他只吸了一根烟,虽然他已经制造了足够五个人吸的,"那么,我就等着吧。让我们成为更好的相识。"

他温和地握了萨木金的手,而且以一种很疲劳的人的步态走到厅堂里,小心地穿上他的外衣,仔细地察看了他的帽子然后戴上。他用苦闷的音调说:

"这时代真恶劣,是不是?你留心文学吗?是不是糟透了?发疯地毁坏着光荣的传统——"然后他转背对着萨木金,他的背是宽阔而弯曲的,一个长久伏在书上的人的脊背。萨木金一面想着他,一面打开窗子和炉子的通气孔。

"一个近视眼的读书人。不是一个伪君子,而是读书人里面最迂直的。我怎么办呢?"

六

萨木金以为这丑事是逃不了报纸的注意的。倘若他的名字混在这故事里面,那是极端可恼的。这米式加也是一个怪不如意的家伙。打量米式加已经在他的家里了,萨木金就派门房去把他召来。这青年即刻就到了。他在门口停住了,他的包着的头好像是木头似的那样不动。他的独眼的笔直的看法这一回尤其可厌。

"进来。坐下。"萨木金略微客气地邀请,"好,萨莫洛夫已经访问过我,我已经知道你的冒险行为——你的勋业。但是我要知道那团体的详细情形。他们是些什么人?"

米式加小心地咳着,皱着眉头。他用一种宣读文献的明朗声调说:

"集会都在里夫·马柯维奇家里举行。他的父亲,那珠宝商,现在外国。把灯都熄了,在黑暗里,那些诗——邪气的诗——就被人读起来了。它们不是在灯光下读的。各个人都一对一地坐在广沙发和长沙发上,并且接吻。当灯再点燃的时候,就发现有些姑娘是差不多脱光了。那些男子并不全是少年。马柯维奇大约二十岁了。白米亚可夫也是——"

"白米亚可夫?那粮食商人的儿子?"萨木金问。

"是的。"米式加说,并且继续说了几个名字。

这是讨厌的,有一个当事人的儿子混在这事件里面。

敏感地一动,萨木金点起一支纸烟。他想:"倘若这少年被拘了去,他也会用这些确实的话答复宪兵的。"

"你到那里去过几次?"他问。

"三次。"

"你觉得这游戏很好玩吗?"

"不。"

"真的?"

"不。我说真话。"

带着一种不快之感,萨木金不能不承认:

"不。他不说谎。"

他问:

"这是一个秘密团体,是不是?你都认识每个人和他们的名字吗?"

"我认识白米亚可夫和马柯维奇,当我还在马利娜·彼得洛夫娜的商店里的时候。高等学生乞台伊夫和孚洛诺伐都是我的教师,一个教我代数,另一个教我历史。她们俩和我同时加入这团体。她俩邀请我一起加入,因为她们害怕。她们去过两次但是不脱衣服。乞台伊夫还打过马柯维奇的嘴巴,并且踢他的胸膛,当他跪在她前面的时候。"

他的平匀的声音、坚定的语调,以及那逼人的眼光激怒了萨木金。不能自禁了,他说:

"你答复我好像我是——一个检察官似的。从容些。"

"我一向说话都是这样的。"米式加用惊异的音调回答。

"他是不错的。"萨木金承认,但是他的怒气继续增加,一直到他的牙齿作痛。

和这孩子谈话是有失体统的,萨木金不愿再问他什么。然而他又问:

"谁打你?"

"白米亚可夫和两个我不认识的大人。他俩是不属于这团体的。白米亚可夫是最粗暴——最龌龊的。他告诉他们,把他打死。"

"但是我以为你说得太过火了。"萨木金说,点起一支纸烟。

米式加坚决地答道:

"不。乞台伊夫也听见他说的。这事就发生在她的住宅的门外。她站在门后面。她吓坏了。"

"你为什么不把这些事告诉你的先生呢?"萨木金记起了问。

"我没有时间。"

米式加歇了一会儿之后才回答,他的露着的那一边面颊上闪出了一点儿红色。萨木金想:

"他似乎在撒谎。"

但是米式加立刻又说。

"伐西里·尼戈拉维奇把每一件事都看得十分严重。"

"哦,我知道了。"萨木金想,觉得这少年的话里有一种新腔调,"那么,你说怎么办好呢?控告白米亚可夫吗?"

"不!"米式加叫了,急促地,"我不过是把事实告诉你,使你不至于疑心别的——我诚恳地请求你不要把这件事告诉任何人。我自己去对付白米亚可夫——"他的眼睛变红了,异常的圆,而且突出。他急促而且固执地继续说:"倘若这件事传开了,乞台伊夫和孚洛诺伐是要被高等学校开除的,而她俩都很穷。孚洛诺伐是自来水厂的机器匠的女儿,乞台伊夫是一个很好的女裁缝的女儿。她俩都在第七级。还有一个犹太学生也是偶然加入这团体的。克里·伊凡诺维奇,我恳求你——"

"我懂得。"萨木金说,放心地喘了一口气,"你的理由十分正确,而且——你是应得称赞的,不错。人不可拖累女子或损坏她们的声名。你已经吃亏了,但是——"

找不出适当的词句来结束他的话,萨木金耸一耸肩头,微笑着站起来了:

"好,回家休息去吧。留心你的伤痕。我相信你是需用钱的了,是不是?我可以预支给你一个月或两个月。"

"谢谢你。只要一个月就好。"米式加说,小心地点着头。

萨木金第一次握了他的手,那确是热而且硬的。

看他出去了之后,萨木金站在厅堂门口,综结他所得的那些印象,大为高兴了:这样麻烦的一件事得到这样简便的一个解决。

"这青年确是——嗯,不蠢。他谨慎。他犯了一个可喜的错误。我必定要帮助他,让他读书。他会成为一个奉公守法的写吏或教员,或者这一类的人。到三十或三十五岁的时候他要结婚,生孩子——三个就好,不要多,而且服役到他死,像安弗梅夫娜似的,没有一句怨言。"

安闲地吹哨着高雅的歌曲,他坐在桌子前面,打开一个关于银钱讼案的文件夹子。闭起他的眼睛,他沉入在他的复杂的过去的河流里面了。回忆继续增加,好像都发源于这些话:"你曾经犯了损害你自己的什么罪?你为什么惩罚你自己?"

他觉得有些悲哀,而且享受着他和马利娜谈论比士比妥夫之后所经验过的那种温柔的感情。

一天之后,坐在马利娜的家里,他开始把米式加的事告诉她。他发现她已经知道了,但是当他说到这青年正在补习功课的时候,她大为惊异地叫起来:

"啊,这骗子,这狡猾的东西。我还疑心他有异乎寻常的事。你说萨莫洛夫教他吗?伐西里·尼戈拉维奇是一个了不得的人。"她温和地说。"他的一生都牺牲在牢狱、流放和警察监视之中——他是一个殉道者。我的丈夫很尊重他——他笑着称他为革命党的制造家。他很不喜欢我,自我的丈夫死后他就不来看我了。他是一个祭司的儿子——他的叔父是副主教——"

"为什么一个革命党的制造家会引起她的同情呢?"萨木金问他自己。他微笑着,高声说:

"你是要被他们反对的。"

马利娜不回答,用铅笔记录着什么在一个小簿子上。萨木金叙述白米亚可夫的团体给她,却并没有引起她的兴味。听了之后,她漠然说:

"像这一类的事,在圣彼得堡一九〇三年就有了,我相信。我也从里狄那里听说本地有这么一回事。"

然后她沉静地笑了,而且说:

"她最好是玩这种消遣,不必浪费她的时间给那些'天堂的寻求者'。他们全是些骗子和废物。那些所谓姐妹之中的一个确是鸨母,她到会场去结识女孩子们。好,我要告别了。我要关上商店的门。"

萨木金走出来了,欣喜她并不关心白米亚可夫的团体。这些小麻烦扰乱他既不久也不深。他所浮游着的那河流是一天比一天更狭窄,但是同时也更澄清了。时事已经逐渐具有统一性。现实似乎已经倦于来惊动他,逐渐减少了悲剧的意味。当地的生活平稳地流动着,好像从来没有扰乱过似的。

第十六章

一

在春天里，里昂尼·格里顿又出现了。发觉了他曾经到过高加索，并不是西伯利亚。

"很富的地方，但是缺少一个主人。"他自信地回答，当萨木金问他是否喜欢高加索山地的时候。他反问：

"你到过那里吗？"

"没有。"萨木金说。

"我想那是很俄罗斯的。"格里顿微笑着，露出满口牙齿，"我们英国人很知道所处的是什么地位，所需要的是什么东西。这是我们和其他欧洲人不同的特点。这就是克伦威尔能够和我们相得的理由。但是不曾有过也永远不会有一个拿破仑，或者你们的大彼得——总之，扼住国家的咽喉，强迫它去做些骚扰的蠢事情的人物。"

马利娜用剪子剪开一个大包裹,问道:

"像远征印度似的那一类蠢事情吗?"

"那也是的。"格里顿承认,"但不单只是这个。"

萨木金觉得这英国人已经变为更积极的了,说俄国话也流利得多,但是还免不了有些含糊而残破的字音。这人走了之后,萨木金把这印象告诉马利娜。

"是的,他似乎觉得更放肆了些。"她承认,把那些从包裹里抽出来的各种文件放在桌子上。歇了一会儿之后,她又说:"他说没人知道俄国的任何事情,也没有指南一类的书。现在你听着,克里·伊凡诺维奇——他要到乌拉尔去,需要一个俄国的同伴。我当然提到你。你问为什么吗?好,我很想知道他到哪里去干什么,他说这旅行大约有三个星期。他付旅行费,而且每星期一百个卢布。你以为如何?"

"和他一起是沉闷的。"

"不去了吗?"

"不。我要想一想。"

"不用想了。不要自寻烦恼。"

萨木金是准备奉承她的。他甚至把它认为一种义务。

两天之后,他和格里顿面对面地同坐在头等车里,倾听着他的缓慢的谈话。

"倘若生活太接近了,就是朋友也会争吵的。德国不是你们的朋友,而是很嫉妒的邻人,将来你们会和她开战的。对于我们英国,你们有一种错误的态度。在波斯和土耳其你们和我们是可以相好起来的。"

萨木金听着这人的枯燥的低音,而且对于这英国人的无意于看风景,颇不以为然了。虽然那风景也是可厌的:一个平坦的塞马拉草原,渲染着春天的绿色;耕地的黑色区域;农民和马匹的渺小的形体在迅速地后退着的大地上缓慢地展开;移动着的灰色村落里,装点着新的茅屋的黄色斑块。

"阿里克山杜里台是地中海的一个出口。"萨木金在列车的单调的声响里面听见说。格里顿的长手指昂然自信地在桌子上放开而又捏起。他的声音也是同样昂然自信的。

"他以为我必定是知道他的成语的体系的。他以为必定有千万人像他一样怀抱着同样的见解的。他穿着得很舒服,他有异常舒服的各式行箧。"总之他觉得他自己在这世间是十分舒服的,萨木金默想着,其中混合着悔恨和自卑的感情。

"你把太多的时间和精力都用在冥想上了。"格里顿批评,用一把异常精致的小刷子打扫着他的指甲,"我们所知道的一切都是根据着我们永远不会知道的东西。我们必须选定某一原理。我们就相信上帝好了,让那些有色人种和野蛮人去伸张他们的幻想,作那关于它的现象、性质、意旨的解释吧。现在是我们必须常常想到我们是基督徒的时代,即令我们是无神论者的时候我们也还是基督徒。"

"他是绝不能投合马利娜的意思的。"萨木金自鸣得意地断定。他问:"马利娜·彼得洛夫娜说你的父亲是一位奎克派,是吗?"

"是的。"格里顿回答,点点头,"他死了。他是一个绳索制造家。现在我的兄弟在干这个。"

露着他的灰牙齿,格里顿用手指在空中结了一个结子,诙谐地说:

"很有用——绳子。"

"分析到最后,幸福的人就是知识有限的人。"萨木金慨然判定。同时格里顿客气地问:

"我麻烦你了吗?"

"噢,不,不。"萨木金否认,"我沉默着是因为我在注意听。"

"你不很像俄国人。在你们的国家里每个人都谈得快而且长。"

"并不比你说得更多。"萨木金想。他在这英国人之先躺下去睡了,虽然他并不觉得想睡。他半闭了眼睛看着这人脱衣服,把它挂起来,又从裤袋里取出一支手枪，察看了它，把它放在枕头下面。

萨木金笑他自己了，因为他记起他自己的手枪是放在外衣的袋子里的。

二

萨木金在夜半里醒来了，起身到厕所去，但是当他出了他的房间走进走廊的时候，有人把他用力一推，低声说：

"回去，你傻子。"

他的肩膀撞在门枋上，萨木金叫了：

"什么事？"

那人回答又是：

"滚你的——傻子！"

走廊里的灯都已经熄了，萨木金觉得，而不是看见，在黑暗中有一只手握着一支手枪。在他还来不及有所举动之前，一道细小的亮光忽然闪过，使他目眩了。他听见一种惊讶的低声：

"啊，见鬼。又是你。"

"我不知道你。"萨木金说，声音颇高。这是每一句他所能说的话，虽然他已经觉察他是在和伊诺可夫说话。

"滚开。"伊诺可夫小声说，把他推进那房间里，关上了门。

萨木金摸索了他的外衣和衣袋，取出一支手枪。列车忽然动摇起来，制动机发出尖锐的怪叫，汽笛恶狠狠地嘶鸣着。萨木金一跟跄就坐在格里顿的腿上。格里顿醒了。缩起他的脚，踢了，咕噜着——他怪叫：

"什么人？"

"静静的。"萨木金说，笨重地滚到他自己的床位上，"你听见吗？"

在机关车那一方向响了几枪。萨木金机械地数着那熟悉的枪声：

二，一，三——二，一，三。在最初那一响的时候，格里顿擦燃一支火柴，照一照萨木金，又立刻吹熄它。他很低声地说：

"手枪口向下。你的手发抖哩。"

萨木金放低了手枪，并且把紧握着手枪的手夹在两个膝头中间。

"强盗。"格里顿预言，又咕噜说，"有一个美洲给你们。"然后他又严厉地说，"当他们来打这门的时候我们俩一起开枪——好吗？"

"是的，是的。"萨木金答应，倾听着走廊里的声响，窗外有人在发命令：

"熄了灯，守车。你是谁，傻子，我要开枪——倘若你举着那灯。"

"伊诺可夫——这是伊诺可夫。第二次——"萨木金想，惊愕着。

"啊，白痴。"

枪响了，玻璃破碎的声音。一个金属的东西跌落在粗糙的地上，还有一声粗粝的叫喊：

"嗨，你在这里。不要伸头到窗外。不要离开车厢。"

奇怪，这声音响得并不恼怒而是轻蔑。车厢里的各个门都嘀嗒地锁上了。有人来敲这房间的门。

"不要开。"格里顿严厉地命令。

"这列车被袭击了。"走廊里的一种歇斯底里的小声音在叫。萨木金以为射击还没有停止。他也不很明白，但是在他的记忆中的连续不断的枪声重现了，好像那锁门的声音似的。

时间冗长地拖延着，虽然车厢里的活动是嘈杂而且急促的。车窗外面有人在跑，踏着铁路上的碎石子，高声叫道：

"快！"

萨木金把两膝夹得如此地紧，以至他的握着手枪的手酸痛了。他把那武器塞在他的大腿下面。把它压在那软垫的深处了。

"奇怪。"格里顿说，"他们似乎并不慌忙，这些俄国强盗。"

三

车厢下面的蒸汽在叹息,痉挛地嘶嘘着。在特别冗长的几秒钟之间,萨木金听不见一点儿声音,除了那嘶嘘而外。然后,车厢附近,有几个声音在说话,其中一个说得特别高声:

"这里。在这里面。"

"不要让任何人出来。"

车辆哐当地一动。格里顿掀起窗帘。窗外的树木在移动着。好像是要擦掉那窗玻璃上的黑暗似的,一道光影像一条大路似的恍惚飘过。

"怎么了?我们都成了俘虏了吗?"格里顿粗糙地质问,"我们正在移动哩。"

是的。这列车正在以平常的速度行进着。走廊里有许多脚步杂沓的声响。萨木金揭起帷幕,同时格里顿,把捏着手枪的手藏在他背后,忽然打开门,质问:

"有什么事?"

门对面站着一个守车的,手里持着一支烛;一个高大的男子,有一部白胡子;两个拿着来复枪的兵士。还有几个别的人也隐在黑暗之中。

"邮车已经被抢了。"那守车解释,把烛举到他的脸前面,微笑着,"这里是他们运用制动机的地方。"

"他们有几个人?"一个矮胖子用丰满的低音问。

"四个,他们说。"

"谁说?"

"一个同志。"

"什么同志?谁的?"

"我的,一个守车。"

"到处都是同志。"

一个女人的声音紧张地叫：

"打死了几个人？几个？"

激怒的声音回答她：

"没有打死人。"

"你不说实话。他们开枪了。"

"一个护路兵被打穿了手臂。只是如此。"那守车说，他还是微笑着，他的剃光了的军人似的面孔似乎消融在那烛光之中，"我看见了那些家伙里面的一个。列车一停，我跳过轨道。他戴着一顶呢帽走到那里。'什么事？'我说。但是他叫起来了：'熄了灯。我要开枪'——嘭！打在灯上。后来我跌倒了——"

"四个？"格里顿对着萨木金的耳朵含糊说，"胆大的乞丐。"

萨木金想：

"真小瞧人，四个人就敢袭击整个列车。"

他把伊诺可夫想了好几遍，其实并不是思索他，不过是看见他站在鲁伯沙旁边，站在自己旁边，当那防御工事被破毁了的时候，站在伊立沙弗它·斯庇伐克旁边。

"他作诗。"

他听见有人悄声说：

"你看见吗？那位戴眼镜的先生有一支手枪。"

不由自主地一惊，萨木金赶快把那武器扔在座位上，同时那悄声说的话引起了高声的回答：

"好，怎么呢？我也有一支枪，而且我相信还有许多人有。但是没有打死人这事实——这却可疑。你知道，这——"

"是的，奇怪。"

"在许多兵前面。"

"兵并不是一只猫头鹰。夜里他也要睡觉的。而且那些家伙有一颗炸弹。举起手，那么——你就得举起手。"一个兵士悲哀地说。

"但是，你应该开枪呀。"

"举起手来开枪吗？不要开玩笑，先生。我们自己会答复我们的官长的，而你算什么呢？对于我们？"

"说得不错。"格里顿说。这些隐在黑暗中的人们的声音在萨木金心里产生一种噩梦的效果。

"伊可诺夫，自然，要被捕的。"

他不满意于他自己，觉得他的行动不够大胆，而且格里顿也觉察出来了。

"伊诺可夫绝不会伤害我的。"他斥责他自己，又立刻问自己，"我能够做什么呢？"

他回到房间里，决定不再想这些事，倾听着走廊里的兴奋的会话。

"他们在十分钟内就把事办完了。"

"七分钟。"

"你数过了吗？"

"那兵士说话没有礼貌。一个兵是不该如此的。我自己也是一个军人。"

"为什么没有灯，守车？"

"电线都割断了，先生。"

格里顿进来了，坐下，摇摇头说：

"你们这国家的人都是些听天安命者。"

萨木金不回答。他正在理好他的床铺。走廊里的那个中音说：

"好，先生们，让我们谢谢上帝，我们还是好好地活着。"

"我们快到乌发了。"

打着哈欠，格里顿说：

"你不应该把手枪那样扔掉。自动的机械必须小心地放下。"

"我把它抛在一个软垫子上。"萨木金恼怒地回答，然后躺下，悬想着有些人真瞧不起其余的人类。例如，伊诺可夫。对于他，法律算得什么？道德，以及指导大多数人生活的规律，由于国家或文化所加于人们的教条，算得什么东西？"阶级统治的国家用朽木材来修补一座破房子"，他忽然记起了斯徒班·古图索夫的话。他不愿记起它，好像它是一句在审判庭里由对方说出来的成语。走廊里的会话仍然在进行。那中音分明地主张：

"你自己看看——那帝国会议没有力量安定这国家。我们需要独裁政治。我们要把一个大公——"

"你最好是给我们一些小巧的人——"

"先生们，各位都过于兴奋了。我们妨碍着人们睡眠。"

"说得好。"格里顿咕噜，并且关上房间的门。

萨木金睡着了。

四

他被格里顿的疯狂的叫喊惊醒了：

"你没有权利扣留我。"

一个青年宪兵，站在门口好像生根在地板上似的，答道：

"我的任务。"

"但是我必须打几个电报。你懂吗？"

"我的任务是不许任何人出去。"他回头对萨木金说，"请你解释给这位绅士。列车是停在信号机以外，离车站还很远哩。"

"你听见吗？他们不许我出去打电报。我跑出去而且跳了。我想我的脚跌断了。而他们抓住我，把我拖到这里，把门锁上，叫这家伙看守着我。"

他对着那宪兵挥着他的帽子。他的脸色是青灰的，汗浸湿了他的额角；他的手在发抖；他的充血的眼睛里燃着狂怒。他以一种不舒服的姿势坐在他的床上，一只腿长伸着，一只脚抵在地板上，而且呻吟着：

"你要知道在什么时候你才可以抓人。这是靠不住的。我要控告。我要向我们驻在圣彼得堡的大使提出抗议。"

"你安静下来。"萨木金安慰他,"我们即刻就会把事情弄明白的。"

摸着他的脚,格里顿沉默了。一种可疑的寂静侵入了这车厢。萨木金从那宪兵的手臂下面窥看着走廊:房间的门全是关着的,除了一个而外,从这一道门里冒出一个须发蓬松、气势汹汹的头颅。这头给了萨木金仇敌的一瞥之后就不见了。

"这鬼东西在干什么呢?"萨木金想。他问那宪兵:

"是怎么一回事?"

"检查护照。"宪兵用平静的声调客气地回答,"这列车的停止是由于有人在你们这一辆车里拨动自动的制动机。你的同伴以为这是一个车站,所以他跳出去,跌伤了他的腿。于是他遭殃了。"

"我跌断了我的脚骨了。"格里顿又咆哮,"我也要控告这个。它在一年前受了一点伤,但是那是全不碍事的。"

那宪兵站开一边,让路给一个黑胡子的军官和一个检查吏,这人的钩鼻子上戴着夹鼻眼镜,一张瘦削的可笑的面孔。那军官要看护照。格里顿从他的内衣袋里抽出一个皮夹子,呻吟着,咬着牙齿,把他的护照抛在萨木金的膝上。萨木金把它和他自己的一起递给那军官。军官把它俩从他的肩上传递给检查吏。这全部手续都进行在沉默之中,只有格里顿用手巾揩脸上的汗,并且愤愤地咕噜了几个英国字。在这沉默中萨木金觉得十分难受,叹了一口气,点起一支烟。检查吏读了这些文件之后,皱起他的面皮,对着那军官的耳朵悄声说了几句,然后说:

"绅士,对不起,我们很抱歉,搅扰了你。"

格里顿对他摇摇头,咬牙说:

"啊,不。这不能——满足我。我已经跌断了脚骨。我要求赔偿。是的,我要。而且我不能移动。我要一个医生——"

那军官挨近他,试行安慰他。检查吏问萨木金他是否看见在这车辆里有什么不像头等乘客的人。

"没有。"萨木金说。

"这列车在两个车站中间停止之前,你听见你们的门外有什么声音吗?"

"我醒来的时候车已经停住了。"萨木金回答。同时格里顿叫:

"我也睡着了,是的。我的身体健康,睡眠也好。这回糟了,谢谢你们这些办法,我不会睡好了。我要求一个医生。"

那军官客气地告诉他这列车就要开到车站去了。

"车站的医生会来替你医治的。"

"哦。谢谢你。但是我觉得倘若需要他医治的是你那就更好了。这里有英国领事馆吗,你不知道。但是我希望你知道无论什么地方都有英国人的。我需要一个英国人到这里来看我。我是不能移动的。"

那检查吏继续问了萨木金一些琐细的问题,然后沉静地说:

"你要安慰你的同伴,否则他的歇斯底里会引起公众的注意的,那就对于他或你自己都不很好。"

萨木金想要回答他说不劳他如此关切,然而他不过默默地点了点头。那军官和检查吏走到另一房间去了。格里顿从此安定了一些。他伸出他的两只脚,闭起他的眼睛,而且显然是咬紧了牙齿,因为他的颧骨上面的筋肉都暴起来了,以致他的面孔上有一种难看的表情。

几分钟之后列车开到了车站。一个老医生来了,割开格里顿的靴子。他发现脚骨的断痕,安慰他说他知道这城里有两个英国人,一个工程师和一个收买羊毛的。格里顿抽出一本簿子,写了两个纸片,请求派人把它们交给他的国人去。卫生队来了,把他搬运到车站的急救所。苛细地一看那地方,格里顿显然嫌恶那奇异的、重浊的暖气,对萨木金说:

"我们的愉快的旅行已经被破坏了。我觉得很不幸。你回家去吧,不去吗?把情形都告诉马利娜·彼得洛夫娜。她要大笑起来的。这真可笑。"

他叹息，发出哲学的议论：

"在生活之中许多事情就是这样结局的。在利物浦一个人拥抱着他的未婚妻，被一根针刺坏了他的眼睛。他并不很懊丧。他说，'我的另一只眼睛还能养活我的'。他是一个钟表匠。但是他的未婚妻觉得他有一只眼睛只能够赏鉴她的一半脸，拒绝和他结婚。"他又叹息，呃了一下舌头："这话在俄罗斯说是很合适的，但是，我相信，不很有趣——"

萨木金一直等到来了一个瘦小的人，穿着一套法兰绒的衣服。他和格里顿高兴地谈起来了，两人微笑着，话多得好像老相识似的。萨木金告别了，去到车站的食堂里。他在那里消受了一顿好菜饭，喝了咖啡。他出去散步之后，回想近来他所遇到的事故都已经迅速地而且容易地解决了。

一个大胆的思想闪过他的心头：倘若再会见伊诺可夫一次，那是很有趣的，但是，当然要在他脱离了他的行业之后。

"我把他从绞台上救出来两次了——他感激吗？至于格里顿，他是最为典型的。一个贵族类的人。自以为超越于其他一切人。"

这城市好像是蹲踞着的，又似乎是坐着而不是站立在地上。一阵大风从野外吹来。在街上扬起了微温的黑色尘土的透明的云雾。在那些礼拜堂的钟楼之中，萨木金辨认出两个清真寺的尖塔，才开始注意街上的那些蒙古利亚型的人们。比拉亚[1]河其实是黑黄色的。而乌发河却更蓝而且更清。大批的顺水漂来的木料躺在泥淖的河岸上，就好像许多巴士克人被日光晒成褐色，穿着破烂的衣服似的。这城市给人的一般印象是一种永远不变的厌倦。令人想到：伊诺可夫、古图索夫及其同类枉自牺牲了他们的自由和性命——他们永不能摧毁这温暾的、尘垢的厌倦。这种忧郁的感觉与其说使萨木金沮丧了，不如说抚慰了他。他从"埃及

---

[1] 意译"白"。

的阿赛孟地士"里记起了雪莱的诗：

——无限的光秃
这寂寥而平旷的沙漠啊。

五

两天之后的那一晚间，马利娜穿着酸化银的色调的衣服，坐在他的寓所里。格里顿猜想得不错。她大笑了，当她听着火车被袭击和那英国人冒险失败的故事的时候。

"不。老实说，他们都是些好汉。做了一件巧妙的工作。"

"我可以告诉她伊诺可夫的事吗？"萨木金问他自己。

"哦，里昂尼是这么一个角色。"她笑了，几乎笑出眼泪。然后她忽然严肃地说，并不隐藏她的喜欢："活该。让他尝尝俄罗斯生活的滋味。你知道，他是来嗅出什么地方有什么东西出卖的。他当然戴着一副假面具。但是我相信那是假面。我揭开它吧。"

歇了一会儿之后，她润湿了她的嘴唇，扬起一边眉梢，笑着说：

"现在是商人当权，而他们自己的资本不能推及远方，所以他们号召外国人，来收买俄罗斯。"

"你说笑话——总是说笑话。"萨木金说。她答道：

"我看你不高兴，所以说说笑话。况且，除此而外我还能够做什么呢？我吃得很好，身体也好。"

她沉默了，从桌子上拾起一本书，随便翻了几页，皱着眉头，好像是在决定什么事似的。萨木金等候着她说完了话，然后才把他自己和伊诺可夫两次见面的故事告诉了她。甚至当他说着的时候他也在想着：

"她要怎样看待这些事呢？"

把书放在她的膝盖上，她默默地听着，常常从萨木金的肩头上窥看

着窗子外面。当他说完之后,她用一种低声说:

"一个有趣的人。当然他是要完结在绞台上的——无疑的。这在你或许是古怪的,而我却偏袒这一流人。"

"你知道你有许多事是我所不能了解的。"萨木金说。

"我知道。"她承认。这几个字说得异常简单。

"但是我愿意能够了解。"萨木金又说,"我对于你的关系已经到了一个阶段,必须——弄清楚。"

她大笑了,问:

"你或许要向我求婚吗?"

然而,她立刻又说:

"我不过是说笑。我知道你没有这种企图,但是我不能用言语解释我自己给你听。我已经尝试过了,而你是不相信我的。"她站起来,伸她的手给他,并且低声说:

"听着。近几天内,我的船里要举行一个'拉得尼'[1]。倘若你愿意,我告诉撒卡里带你去看。""从一个孔隙里窥看。"她又说,微笑着。

她的提示并不使他惊异,也不使他喜欢,但是他好像被什么莫名其妙的事迷惑着似的。他看见她的眼睛里闪出异乎寻常的微笑,好像她说错了什么预料不到的、危险的话——好像她抱怨她自己,而且有点儿为难。

"那就很感谢了。"他急忙说,同时马利娜重复说:

"从一个孔隙里,在远处。好,再见。"

送她出去之后,萨木金跑进房间里,站在窗子前面,注视着这女人何等轻快而又稳定地运动着她的身体,当她走在阳光照着的那一半边街道上的时候。她的头上罩着一顶淡紫色伞,她的衣服好像金属制的似的发闪,她的古铜色的小巧的鞋子以异常的光彩接触着步道。

---

[1] 由信仰而发生的狂欢。

"一尊偶像。一尊金色眼睛的偶像。"他想,茫然自失于这欣赏之中。但是这感情立刻消失了,留下给萨木金一阵哀愁——为了他自己或是为了她呢?这是他不明白的。当他看着她走远了的时候,一种模糊的扰乱逐渐在他的内心增长起来。他很少提醒他自己马利娜是某宗派的一员。这回忆起了它,思索着它,是为了某种特别不愉快的理由的。

"神秘之门终于开开了。"他告诉他自己,而且坐下了,用手指敲着他的膝盖,又扭着他的小胡子。他的小玩意并没有成功。

他觉得害怕着某种未来的损失。他急忙检查他对于马利娜的关系。他所知道的关于她的各种事都是和他的宗教家的观念相矛盾的,虽然他不能说他对于这一类人有着十分清楚的概念。不论如何,这一类人的外貌是为神秘主义和形而上学所规定了的。

"她太精敏了,不能有信仰。但是不相信上帝或灵魂就确乎不会有宗派。"他沉思着。

她常常批评理性的话确是和她的日常行为自相矛盾的。她的谈论精神的话,她前后告诉他的一切关于宗教及教会的她的意见——都是不能理解而又无趣的,因此并不留存在他的记忆里面。他所唯一记得的事是那一场为教士们而发的勃然大怒。这也并不能给他说明任何事情。他甚至于想:

"我必定是过于重视了某种事物,或者是不能了解,关于这些我绝不和她争辩——我不能,我不需要。但是我为什么似乎怕和她争论呢?"

不安的感情继续在增加。他终于恍然大悟:他所怕的并不是一场争吵,而是某种愚笨和粗俗会破坏了在他心里现在已经结晶的对于这妇人的那种情态。万一爆发了,那真是可悲的,所以这是必须警惕的危险。

"然而,其实,这问题有一个很简单的解决法,我不去看。"他想。

这还是不是一个解决法。

六

在降灵节后的那一天，萨木金同样坐在他的窗子前面，从那些花枝后面看着街道。外面，一个宗教的行列正在迟重地移动着。市民们由全城各教堂的教士率领着，正在向着市外的郊野前进，送别圣母神像回到远方的寺院去。每年复活节的礼拜六日它从它的常住的地方被迎接到城里来，"作为一位宾客"轮流驻在各个教堂里，同时被人慌慌乱乱地搬运到每个教区的那些家宅里去，因此那些教士们从居民那收到几万卢布作为捐助给那寺院。

萨木金看着那些密集的、衣冠齐楚的人群——这些人塞满在装饰着年轻的桦树的街上，拥挤得好像莫斯科群众抬着红旗走在花枝招展的波满的棺材后面一样。这一次，有几万只脚杂沓在鹅卵石的路面上。脚步的干燥的摩擦扬起了一阵灰色尘埃落在那些光头上。在尘埃中几百面教堂的旗帜闪射着金色纹彩。风在飘摇着旗帜，鼓动着人们的头发，驱逐着上面的白雪——那些云影落在人群上面，好像是在扫除那些尘灰和揩干那些秃头上的红斑块的汗水。铜钟的声音在空中不断地回响，淹没了大乐队的歌声。辉煌在群众上面的是那神像的金面孔，有两个黑点在它上面，这一点比另一点更大些。这神像，弯着腰，傲昂地摇摆着，端坐在由密挤着的人们扛着的两根长杠上。萨木金看见他们抬着这沉重的负担并不费力。

神像后面缓缓地移动着教士们的巨大的、金色的、没有脚的形体。一个大灰胡子的主教走在他们前面。主教头上戴着一个珠光灿烂的金环，手上捏着一条金的长轴。当主教和那几十个穿着十字褡的肥家伙走过之后，那活金子的流水逐渐密集而又密集，好像它运走了太阳的全部力量、全部光线。群众的流是强大的，整个行列有一种特殊的美——萨木金觉得如此。

然而，他希望这一天是灰暗的日子，风更猛些，尘土更多些，雷雨交加，减去那些鲜明的色彩和钟声的响亮，减去那欢欣之情。这并不是他所见过的第一等的宗教行列，而且他一向是把教士行列看得好像军队行列一样毫不关心的。这一回他特别急于要在无限的人群之流里寻找一些可笑的、愚蠢的、鄙俗的东西。他记起了列夫·托尔斯泰在他的小说《复活》里叫一个教士的十字褡作金席子，于是有一个浅薄的批评家说托尔斯泰是一个学童。可恼的是这放在沉重的座位上的神像能够那么容易地被那些人抬着走。

"马利娜不会更重，但是更美丽、更庄严——"

第二天早晨，在一张报纸上记载着昨日在加特力教堂举行的大弥撒。他读到那主教的演说："以欢乐鼓舞之情送别我们的保卫者。"他以为这是傻话。当人们信奉为能够完成奇迹的东西离开他们而去了的时候，他们为什么会欢喜呢？然后他记起了在波满的葬仪中有一个肥胖的妇人曾经问过：

"埋葬什么人？"

"革命，阿婶。"是那回答。

这回忆温暖了他的思想。现在他不平地想道：

"为了这样的下等人们，为了要填塞他们的肚子，那些政治的亚伯拉罕[1]制造出以撒亚克那样的牺牲品——萨莫洛夫之流正在从孩子们下手，制造革命家。"

他回想道：

"但是有过这样一个孩子吗？"

现在他对于他自己并不隐讳这事实：它正在故意煽动他的这种不平之气，那么他要去看的那宗教的把戏就不至显见得比目前的情境更加愚

---

[1] 见《旧约》：希伯来族之始祖，曾以其独生子以撒亚克作牺牲，置于祝火之上，以祀上帝。

昧了。

"我的行为好像一个孩子似的。"他斥责他自己，并且含笑地想道，"我这样害怕看见她在一种愚昧的地位上，她之于我显然是很重大的。"

群众已经过去了，但是街上更加嘈杂起来——车辆在滚动，马蹄踏着石子，黑色的矮小的老男女们的藤杖敲着和擦着步道，孩子们在奔跑。这些也全不见了之后，一只黑狗从人家的门里爬出来，张开它的红嘴打了一个长哈欠，然后躺下在阴暗地方。几乎是立刻，一匹喂得好好的斑马，拉着一辆四轮马车，活跃地跑到那窗子前面。在车夫的座位上坐着撒卡里。

"那么，这里程一定是长的了。"萨木金想。慌忙穿上衣服，他出去到门外，撒卡里默默地对他点头。萨木金坐进车里之后，那马就敏捷地跑起来了，撒卡里像一只木偶似的在车台上颠簸着。

第十七章

一

这城市是空虚的,声音在它里面轰响着好像是在一只桶里似的。路程并不长。在市外的菜园里,撒卡里转入一条两边排着栅栏和篱围的窄路,到了一座两层的木屋前面。它的第一层的窗子的下半部都是用砖石或木板堵塞了的,上层的窗玻璃是没有一块不破的,门上悬着一块陈旧的招牌,那上面还保留着几个字:"人造矿水工厂。"

叹了一口气,萨木金扶正他的眼镜。四轮车驰入一个宽广的庭院,丛生的蔓草里边突立着烧焦的木头和一只破坏的炉子,随地都星散着瓶子的破片。萨木金记起了他的外祖母怎样指示给他她的大半残毁了的老房子和一个散乱着破瓶的庭院,正和这里一样。他怀念着,想道:

"我回到我的童年了。"

那匹马小心地走进一间大厢房的洞开的门里面——在半明半暗之中

有人抓住它的缰绳，同时撒卡里跑过那些簌动的木板，到了这厢房的后边，打开一道门，高声招呼：

"这条路，请来。"

眨着眼睛，萨木金突然走进了一个浓荫密布的花园里，灌木丛生，使人窒息。在这浓密的草木之中，在那些菩提树下，展开着一座长形的单层屋，前面有三根圆柱、三个中层窗子，有些小的附着物固着在这屋子的周围——支持着它，或爬到屋顶上。有人住在这里的，中层窗框上摆着花盆。萨木金绕过屋角，才发觉这屋子是建筑在一个斜坡上的，而它的后部是两层高楼。撒卡里打开一道小门，警告萨木金。

"留心。"

在黑暗之中楼梯在人的脚下吱吱作响；另一道门开了，一道明亮的阳光使萨木金眯瞎了眼睛。

"在这里等一分钟。我就转来。"撒卡里沉静地说。他关上门，不见了。

萨木金摘下帽子，扶正眼镜，向四面看看。在太阳晒着的窗子前面放着一个宽大的皮沙发；沙发前面的地板上放着一张有许多皱褶的旧白熊皮地毯；角落上安着一个衣橱，橱门是一面大镜子；靠墙有两把皮椅子和一张小圆桌，桌上放着一个水瓶和一个大杯子。空气是重浊的。光秃的墙上涂着淡蓝色，而且这房里的每件东西都似乎敷过一层粉，这粉虽然看不见，但是有刺鼻的气味。萨木金坐在一把椅子上，点起一支纸烟，并且倒些水进那杯子里，但是并不喝——它是微温而陈腐的。他倾听着。这屋子不自然地寂静。在这寂静之中，在这环绕着他的各样东西之中，他觉得厌烦了。门悄悄地开了，进来了撒卡里——萨木金一眼看去，这人的头发比平常增多了两倍，而且它是鬈的，好像洗过和烫过似的。

"倘若你喜欢，"他悄声请求萨木金，"请你抛掉那纸烟，不要在此地吸烟。并且不要擦火柴。还要请你不要咳嗽和打喷嚏——倘若制不住,那么用手巾蒙住嘴。"

他拉着萨木金的袖子,引他上了六级梯子,然后小心地把他推进一层软地板上面,并且悄声说:

"坐下。你从这里就会看见一切了。不过要请你安静,别作声。墙上有一块布。你会找到它的。"

二

在黑暗中萨木金踉跄着碰在一件家具上,摸索到一个粗糙的座位,小心地把自己安放在地上。这里更冷,而那尘埃的气味却是同样辛辣。

"现在让我们看他们怎样在这人造矿水工厂里制造宗教——但是我怎样能够看见呢?"沿着那软地板移动了几步,他摸着一道墙,在它上面摸索了一会儿,发现了一块布。他把它挪到一边,他的眼前就露出一手指宽的一长条光明。扶正他的眼镜,萨木金窥看着那孔隙。他觉得好像是堕入了无限的黑暗里面,在这黑暗中悬空有一片圆形的浑浊的光圈。他并不曾立刻认出这光是从一个大浴盆的水面上反射上来的——水一直满到盆边,光照在它上面形成一个大环。别的一个较为狭小、较为暗淡的光环躺在黑得像土地似的地板上。在水面上的光环的中心,像锯齿状的缺痕似的,是一个不成形的影子。人不能想象它是因何而形成的。

"好像是一种幻术——恶作剧。"

睁大了他的眼睛,萨木金认出一盏笼在黑罩子里的灯,悬挂在天花板下面。再下去一点,在灯下面,悬着一只鸟似的东西,伸张着翅膀,而水面上的影子就是它的。

"不很高明。"萨木金想,沉重地呼吸着并且闭起他的眼睛。他觉得这地位是不舒服的,这寂静是难堪的。他想到这种种素朴的神秘或许是专为迷惑他而设置的。

在他的座位的地板下面,有什么东西轻轻被打开了,昏暗的光在移动,在发闪。一群人挤进了那长大的房间里。他们都赤着脚,持着烛火。他们穿着拖到脚踝的长衫,腰上系着看不清的东西。他们都是成对的,一个男人和一个女人互相牵着。单是女人持着烛火。萨木金数到第十一对就停住了。最后的两对,他认得是马利娜的红脸门房和呆子凡西亚——他曾经在乐隐园会过他。凡西亚穿着长衫,变成一个巨人了,而且,虽然别的少数人全是高的,他却比他们高出一个头。人们移动成一个半圆,围绕着那大浴盆,背对着萨木金站在那里。看着凡西亚的庄重的步伐,萨木金以为他或许在笑着他的骄傲的、愚昧的微笑。

烛光扩大了这房间,它是很大的,从前必定是用作货栈的。它没有窗子和家具。不过在房角上放着一只桶,桶的边上挂着一把勺子。房间的前部有一个小讲台,大约有两码宽,上面铺着一块黑地毡。那地毡是这样大,它的边幅拖延到地板上,伸长了两码宽。讲台的中央放着一把黑套子的椅子。

"她的宝座。"萨木金恍然悟到,又觉得他自己已被愚弄了。

他数着那些烛:二十七支。男人之中有四个秃头的、七个灰头发的。多数男女都似乎是成年的。他们全都沉默着,一声不响。他没有注意到撒卡里是从哪里出现的,只看见他站在讲台近旁,也和其他别人一样穿着拖到脚踝的长衫,赤着脚,全体男人之中单有他持着一支大烛。一个并不比小孩高一点的小女人,剪短了的半灰的头发,也持着一支大烛,急速地跑到讲台的另一角上。

"她现在要出来了。舞台已经安置好了。"萨木金认定。

三

马利娜的入场并不很威势。当初,她的手在那椅子后面挥动了一下,推开那黑色的帷幕;然后她的全身出现了,但是侧面站着。她的头发上束着某种东西,而且她这样用劲地拉了一下那帷子,以至撕破了什

么,露出了一道门的角落。走上前来,她鞠躬并且说:

"欢迎,在精神中的兄弟姐妹。"

人们不和谐地嗡嗡回答着。他们的声音是窒息的,像在地窖里一样,当马利娜招呼他们的时候。在回答的嗡嗡之中,萨木金听见几句重复的话:

"噢,好母亲!噢,精神的圣处女——"

对着马利娜鞠躬之后,他们互相鞠躬,又向马利娜鞠躬。她所穿的长衫似乎是丝织的。比其余的人的更白、更亮。萨木金看来,她也像凡西亚一样比别人更高。撒卡里高举起他的烛,又放下来,吹熄了它。那小女人和其余的人都照样做了。仍然维持着那半圆圈,他们全把烛从肩头上面向后面抛进屋角里去。马利娜严厉地高声说:

"谬误的光辉从此熄灭。让我们唱歌赞美一切有形的无情的制造者,那伟大的精神。"

在半明半暗之中,那灰色的半圆形的人们开始移动,接成一个圆圈。他们不和谐地唱着:

歌颂一切有生的光荣的创始者,
歌颂那从来无比,
永远无比的一种存在——
我们俯首于精神之前。
我们不为什么而祈祷,
我们不为什么而请求,
只为了那精神的光明
要消散那人间的黑暗——

萨木金看见马利娜的形体,很想要看看她的面孔,但是它被黄昏的暗影遮没了。

"这或许是她故意安排的。"他想。

礼拜者的圆圈慢慢地由右边向左边移动,他们全部几乎就是无声地移行着,连脚擦地板的声音也听不见。当歌唱完了之后,马利娜说:

"燃起精神的火。"

撒卡里走近那大浴盆,伸出阔袖子的手臂在它上面,而且用一种变调的、不自然的、抖颤的高声说:

"姐妹兄弟们:这是第四次,我们集合祈祷于圣灵,祈求纯洁的光明降临而且实现。我们生活在黑暗和污秽之中,我们祈求一切力量的力量降临于我们。"

那圈子更加迅速地旋转起来了。脚擦地的声音更响了,淹没了撒卡里的声音。

"让我们弃绝世间的财货,清净我们的灵魂。"他叫喊,"让我们用相互之爱燃起我们的心火。"

当这密集的灰色的圆圈旋转着的时候,它似乎推开了、扩大了那暗淡的微光。萨木金现在更清楚地看见了马利娜。她两手交叉着,坐在那里,仰着她的头。

"我的眼光已经适应了。她真是像一尊偶像。"

"这肉体,这魔鬼的桎梏,将要化为灰烬,使精神离开诱惑的缧绁。"撒卡里叫喊。他已经加入那圆圈,但是仍然在叫喊。同时一个尖细的、歇斯底里女性的声音跟着他叫:

"噢,精神!噢,神圣的——"

"未免太早了。"一种丰满的男低音咆哮着,"你要把你自己推到什么地方去?这魔——"

一个秃头的、有须的男人走向撒卡里曾经站过的地方,大声说:

"有些姐妹兄弟们第一次到这里来祈祷于精神。他们之中的一个男人,表示怀疑道,我们反对基督是对的吗?或者还有些别的人像他一样。所以请容许我说这几句话,我们的智慧的掌舵人。"

马利娜并不动弹,而那圆圈旋转得慢而又慢了,这时那秃头汉子摇着他的手,叫起来:

"继续着自由地活动。我的声音是很大的。"

他响亮地咳着,又更加大声地说:

"我们反对基督中有神,但是承认基督中有人。基督是一个精神的人,但见撒旦诱惑他,于是他自称为神之子,真理之王。但是我们相信除了精神而外并没有神。我们不是智慧的——我们是单纯的。我们以为真正的智慧者就是人们所谓的疯子,他扫除一切信仰,只皈依于精神。精神发生于精神的自身。一切别的神发生于理性,发生于理性的造作——理性把它自己隐藏在基督的名义之下,基督是教会和政府的理性。"

萨木金曾经从马利娜那里听到过同样的话,所以那老人的话就自然容易地记住了。但是这老家伙说得很长,很庄重而且用劲。尽听着他说是可厌的。

"或许是一个店主,一个屠户。"萨木金藐视他。同时这秃头的演说家又加入那圆圈,猛烈地叫:

"加快!噢,精神!噢,神圣!"

"噢,精神!噢,神圣!"许多声音在重复,不和谐地,不很高声地。那女人的声音是恼人的尖锐的。当那秃头汉子把他自己插入那圆圈里的时候,他似乎摇动了那些人,把他们从地板上举起,那旋转的速度加快到这样程度,各个形体成为不能分辨的,化为一种不成形的、无手的身体,它的顶上毛蓬蓬的头在跃动,在摇摆。赤脚的柔软的移动已经发出声音,而且渐渐响亮了。那女人的声音变为更加疯狂的、更加韵律的,提高声音呻吟着:

"噢,精神!噢,神圣!"

"哟!哟!"那些人们凶狠地哼叫着。眯着眼睛,萨木金从这巨大的、疯狂的形体,从这灰色的旋转的圈里注视着马利娜,想要看一看她怎样加进去。他确是不愿看见她加进去。现在她在她的适宜的地位上，远离着他们，远离着那信仰者的疯狂的旋转圈——那在疯狂的激动中逐渐旋转成为一个沉重的、不能分割的环了。他甚至于幻想着：随着他们的运动的迅速，和他们的叫嚷的增长，她曾经扩大了而且吸收了那淡淡的光明。这旋转圈一直转下去，叫人看得太厌倦，不能再看下去了。萨木金摘下他的眼镜，用手巾擦着他的眼睛。摘掉眼镜，下面的一切就显得更不成形，更疯狂，更猛烈了。他觉得这共鸣的旋流把他吞进去了，以至他的身体不由自主地跃动。他的脚在抖颤，他的肩在抽搐——以致他摇摆着，椅子的弹簧在他下面发响。

"想象。"他对他自己说，并且觉得他和他自己之间有一个大距离，"愚昧。"

四

从那孔隙里，空气刺激着他的眼睛，一种难堪的温馺气，其中充满了汗垢的臭味，而且有一片壁纸在他的头上面窸窣着。萨木金的眼光盯在那大浴盆的水面的光圈上。那水面上起着波纹，那光圈反映为抖颤的，而那中心的黑点却显得静止不动，已经不是锯齿形的，而是突起的。

"水已经被空气的波动所激动了。黑点是那灯的影子。"

这是他分明意识到的最后的思想。忽然那黑点扩大了，在大浴盆中心形成一个小旋涡，显现了不过一个短时间——两三秒钟，这时脚步杂沓的声音更加猛烈。叫喊也更加不和谐。在呻吟呼号之中冲出一个歇斯底里的欢呼，略带着恐怖的哀号：

"就滚了过去，就滚了过去——"

有人像熊似的咆哮：

"呜！呜！"

这灰色的旋转的人群猛烈地沸腾而又沸腾。人们完全失掉他们的人形，甚至他们的头差不多浑然联结在这云似的环里，这旋转的跃动一会儿似乎把那环升腾入空中，成为一道淡淡的光线，一会儿又把那环压在这黑色一团的人群下面，这时已经没有杂沓的脚步，而成为许多长衫的波动。在他们下面的东西升起而又沉下，好像船面似的起伏着。大浴盆里的水上的波纹逐渐涨大，逐渐显活；它上面的那一个光点逐渐亮而又亮，同时分裂为一些小块。萨木金又看见在水面的黑圈里的中心有一个小旋涡，但是他现在已经不能告诉他自己他不是看见它，而是想象它。他觉得他自己是生理地连结在下面的那些无头无手的怪物上的。在这阴暗的、幽闭的空间，那疯狂的人的旋流使他中毒似的感觉窒息的惨痛。但是他仍然注视着它，不能闭上他的眼睛。

"加快，兄弟——姐妹们，加快！"一个妇人哀号。还有一个更尖利的女人的声音叫喊着不熟悉的话：

"达摩，达摩[1]。"

混乱爆发在那人的环里，那环变为纠纷而且破裂。有几个形体脱离了它，有两三个跌落在地板上。那矮小的、短发女人突然撞在那浴盆上，她以难以相信的速度绕着它跑，挥舞着她的宽阔的袖子，好像两只翅膀似的，用燕子似的声音叫着：

"噢，阿俄达加！"

"噢，无敌的！"

撒卡里拖住那信仰者的手臂，恢复了那圆圈，而且又使它猛烈地旋转起来。叹息和号泣逐渐沉静下去。那矮小的、头发斑白的女人依然跳来跳去，扇动着她的手臂，好像要钻进水里去似的弯着腰，又跳起来，继续呼喊：

---

[1] 印度神话：古圣之名，其子孙为道德及教仪之化身。

达摩达摩，
噢，乔达摩尼，
太阳鸟，
永久的火——

　　人们蠕动着，好像要挣脱他们的手的连锁。他们的旋转似乎一秒钟比一秒钟加快，而那速度是无限的。他们疯狂地旋转着，造成一阵忽伸忽缩的旋转的云，使那淡淡的光明加亮加深。有些形体，叫喊而且哼呼，向后仰着身子，好像要倒在地板上，但是那旋转的圆圈把他们拉正，拉直，于是他们又化为灰色的一圈——这一圈好像一阵小旋风似的，似乎上升起了。那些鼻音、喉音、号泣、叫喊，都被一个尖利的呼声霍然割断了：

　　"达摩——"

　　这圆圈更加屡次破裂；男人和女人跌倒了，又被那灰色的旋转的群拉起来，在地板上拖着走，或者摆脱了，滑跌入阴暗的地方。这圆圈缩紧了。有些人用他们的手去舀起浴盆里的激动着的水，互相浇在各个人的脸上；他们的脚一滑，他们都跌落在地板上。那矮小的、超自然的、轻巧的老女人也跌了——有人把她扶起，离开这圆圈，她就没入黑暗之中，好像沉没在水里似的。

五

　　萨木金什么也不想，甚至什么也不觉得，除了觉得坐在他想要跳进去的悬崖边上而外。他并不曾看马利娜，他的视觉的记忆记着她是稳稳地坐在其余的人们之上的。他的眼睛已经适应于这暗淡的光线，甚至于能够辨别出那些跌落了而靠在浴盆上的人们的脸相。他看见撒卡里抓住凡西亚，把他推出圈外。这巨大的家伙敞开他的双手，好像要去拥抱某人似的。当他环绕着那圆圈的时候,微笑闪现在他的脸上——一张美丽而骄傲的脸。随着他的手的波动,他开始说话,用一种回响的断音,穿透那浓厚的嘈杂,好像是回想已经忘却了的言语似的说:

"精神在飞扬——这白翅的鹰在翱翔——它是猛勇的——它在唱歌——你听见吗?它在歌唱:我要把你烧成灰烬——我要把你化为灰尘——这太阳——这天上的鹰——正在沸腾——欢呼——它要征服——谁在管理地狱?——人!"

两个声音和谐地高唱起来:

> 用一切力量的力量来武装我们自己。
> 用猛勇的精神的连环来征服我们自己。
> 这船将要浮游在地上——
> 它将要航行天空——

旋转缓慢了,声响灭低了。信仰者跌倒在地板上的更加多起来,只有二十来个还站着。一个灰头发的高大汉子蹒跚地膝行着,仰着他的毛蓬蓬的头,狞野地狂叫着:

"听啊,噢,女神,诸神。静听!时至矣。人类方灭亡。且将绝灭。唯神——支柱——赖神得救——祈神降临。"

当他叫喊的时候,他用手舀起一些水,向马利娜洒去,又洒在他自己的脸上,他的灰头上。信仰者都从地板上站起来,互相挽着手,又形成一个圆圈。撒卡里急忙把他们排列好,叫喊着。他忽然用手蒙住他的眼睛,他把他自己撞在地板上——马利娜加进了那圆圈。那些信徒们号叫着,呻吟着,又使他们自己成为一个疯狂的、跃动的旋流,好像在努力使他们自己离开地板而升起。

萨木金看见马利娜站在浴盆前面,袒开她的胸膛,舀起一些水在她的手上,先洒在一只奶上,然后又洒在另一只上。

撒卡里跳起来，和那灰头发的高大汉子把她很容易地举起，放进浴盆里面。盆里的水就漫溢了出来。信徒们怪叫着，好像他们的脚被烫伤了似的，然而更猛烈地旋转起来了，叫喊着，跟跟跄跄地在地板上拖曳着。马利娜屹立在水里面，她的脸是化石似的不动。萨木金幻想着他看见她的圆眼睛，她的紧闭的嘴唇。水浸到她的膝上；她的手高举在她的头上，并不很抖颤。她说话，但是她的话都淹没在叫嚣和杂沓里。同时，那圆圈不断地分裂。人们滑脱，坠落在地板上，带着一种垫褥落地的轻软的声音，躺着不动。有些人腾跳着，单独地或成对地旋转着，又一个跟一个地跌倒；有些人伸着手，好像瞎了似的蹒跚着，走到一边，无助地颓然倒下，好像被吹倒似的。一个散发的妇人正在绕着浴盆跃跳，叫喊着：

"光荣！光荣！"

觉得他自己丧失了意识，萨木金站起来了，用手扶着墙支撑着他自己，跟跄了几步，撞跌在什么东西上，发生了空衣橱似的回声。白云在他的眼前摇摆着，而他的眼睛是酸痛的，好像是塞满了热的尘灰。他擦燃一支火柴，看见了门，吹熄了火，把他自己推挤进门里面，艰难地站稳他的脚步。他四周的一切都在摆来摆去而且嗡嗡地作响，并且他的脚是软的，好像酒醉了似的。

"一个噩梦。"他想，用手扶着墙，用脚探着楼梯。他不能不又擦燃一支火柴。冒着跌倒的危险，他跑下那楼梯，于是发现自己在撒卡里把他带进来的那起点的房间里面。他走过去到桌子前面，急忙吞下一杯难堪的、微温的水。

"她为什么给我看这一切？或许她以为我也是能够旋转和跳跃的吗？"他觉得他是在机械地思想着，好像刚从一个压迫的梦中醒来的人似的。

某处有下楼的声响，而那咆哮仍然在继续着。这房间是窒息的。窗外的红云在燃烧着，消融在蔚蓝的天上。萨木金决定走进花园里去，躲在那里呼吸黄昏的空气。他走下楼梯，但是花园门是锁着的。他在门前站了一会儿，然后再爬回他曾经离开的那房间。这里，马利娜站在镜子前面，一只手持着烛，另一只手解开她的衣裳。在镜面上他看见她的红涨的脸，圆睁着的眼睛，咬紧的嘴唇——马利娜似乎是摇摆着的。萨木金向着她走去。她急忙用手掩住她的胸部，那湿透的绸衫就滑落在她的脚上。她把烛抛在地板上，轻声说：

"噢，你为什么在这里？出去——"

萨木金再进一步，踏在燃烧着的烛上，而且在镜面上他看见和这女人的雪白的形体并排着一个灰色服装的男人，戴眼镜，小尖胡子，紧张的黄面孔上现出恐惧的表情，嘴是那样张开着的。

"出去。"马利娜重复说，侧转身子而且摇着她的手。萨木金没有力量顺从她。他不能把他的眼睛脱离开那丰满的肩头，那紧鼓的、高耸的奶子，那披着栗色头发的背，也不能脱离开那戴眼镜的灰色人的平板的形体。他看见马利娜的琥珀色的眼睛也注视着那渺小的人形。她的手移动到她的脸上，掩住了它。她奇异地摇着她的头，把她自己投置在那长沙发上，顿着她的赤脚，狂叫着：

"噢，出去，我告诉你——"

退后几步，他的眼睛还是胶黏在她上，在她的顿着的脚上。萨木金出了那房间，关上门，靠在它上，并且闭起他的眼睛尽站在那黑暗之中，还是鲜活地看见那女人的强健的身体，她的紧鼓的奶子，她的宽广的淡红的臀部，而她的侧边是他自己——蓬蓬的乱发，一副灰色的汗津津的面孔上有一张开着的嘴。

六

他醒过来了，因为他的肩上被人撞了一下，并且有一阵私语：
"我的上帝，这是谁？他怎么会到这里来？撒卡里！撒卡里！"

由于她的骨瘦如柴的脸，萨木金认出她是马利娜的女仆。她用她的灯照明了他。她的手颤抖着，她的惶恐的眼睛在两个黑洞里发闪。撒卡里冲进来了，推开她，喘着，恼怒地含糊说：

"你不该——走动，你知道。而我是监视着你的。骇坏我了。你发昏了吗？"

抓住萨木金的手臂，他迅速地把他拖下楼梯，几乎跑了三十多步，才把他放在花园里的一堆枯枝上，然后站在他前面，用他的长的黑上衣的衣襟扇着他的脸，露出了他的湿透的内衣和光着的脚。他显得更瘦、更长。他的白脸是歪斜的，现出一双沉醉的、混浊的眼睛——甚至他的胡子也似乎更长了些。他的湿脸在发光，在抽搐，在微笑，露出那牙齿。他高谈着，而萨木金似乎在防备这人，劝告他自己说：

"一个跳舞家，一个小酒店的浮浪人。"可厌的是这沉静的、安详的人竟会说出这么多的话来。

"每个人都沉醉在这赞美精神的工作中。你知道，因为这仪式是欢乐的热忱——"

"我要走了。"萨木金说，站起来了。撒卡里抓住他的手臂，把他引到花园的深处，沉静地说：

"是的，你顶好是走。但是你没有马。那马是为她预备的。"

当他把萨木金引到篱围的一个缺口的时候，他挥着他的长手说：

"沿着左边走过那些菜园，一直到那神庙前面，然后你就会看见你自己的路了。"

萨木金走出去了，紧挨着篱围和栅墙，抱怨着缺少一根木杖或藤杖。他还是蹒跚着，还是觉得晕眩，还是被嘴里的干苦和眼里的刺痛所苦恼。

菜园一带的房屋都很稀疏，还未铺砌的街道是荒凉的。风在调匀它的尘埃，扬起了轻灰的云雾。树木在嘤嘤。菜园里的狗在吠噪。在城市的另一端，神像被抬走的处所，那些火箭懒懒地爬上虚空的天，移近银盘似的月亮。它们的爆炸是依稀可听的，好像沉重的叹息，金光闪烁的杂色火花纷纷下落着。

"那是送神的赛会。"萨木金提醒他自己，倦怠地移行着，注视着他自己的影子——它飘浮地滑过那粗松的路面，好像急急要埋葬它自己在那尘埃里面，埋葬那被疯狂和悲惨所压迫的人的灰色的形影。萨木金觉得糟而又糟。他一生中曾经有过许多回，现实压迫了他，打碎了他。他记起了在圣彼得堡的黑暗的街上的"血的星期日"的那一夜，莫斯科暴动的前几天，他和鲁伯沙遭遇袭击的那一晚——在这样的时机他全陷于一种因自我保存的本能而起的恐怖。今天他也被一种生物的感情所压迫，但是不单是由于这感情。今天他也害怕，但是怕什么呢？这是不能理解的。

他觉得全身落满了尘埃，粘满了胶性的蛛网。摇一摇他自己，他摸索着他的衣服，在它上面抓到一些无形的污垢的斑点，然后记起了，如一般迷信所说，这正是人们在死的前面挑剔他们自己，于是他把他的双手深深地插进他的衣袋里面——这使他走路不方便，好像他捆绑了他自己似的。不论谁来看见，这一定是有趣的：一个人孤单地彷徨在荒凉的郊野里，双手插在衣袋里，专心看着他的影子的扭捏——他是一个扁平的、灰色的、戴眼镜的小人物。

他摘了那眼镜，把它塞进他的衣袋里，拉出表来看一看：

"这——噩梦一直经过了两点多钟。"

思想的机械的习惯，配合着一种怀疑和抹煞他所见过的一切的朦胧的愿望，指示道：

"这可以解释为追求人生意义的象征的表现。虚幻中之虚幻。这草昧之民的玄学。或许不过是吃饱了的人们的无聊消遣。"

那疯狂的小老女人的形象和她的奇怪的叫喊闪过他的心里。

"或许是一个老处女，一个呆子，好像凡西亚那白痴一样。"

然而，他知道只有他可以不想到马利娜的时候他才不能不想到那些人们。她参加在那疯狂里面是完全不能理解的。

倘若不至于达到那古怪的沐浴，倘若在那些白痴们跳舞的两点钟之间她像一尊偶像似的坐着不动——那么事情就好得多了。是的，那就更便于理解——确乎更便于理解。

他走在一条常到的街上。衣冠整洁的人们向着他走来。醉汉在嚷叫。马车驰过，空间充满了碾轧的声响。这些全都有些使人清醒的作用。

但是到家以后，当他洗了脸，换了衣服，衔着纸烟，坐在茶桌前面的时候，一阵云雾似乎降落在他上，把他包裹在一种沉重的、不安的悲哀里面，以至妨碍他把他的思想穿上言语的服装。在他眼前有两个——他，他自己，和一个裸体的、壮丽的女人。一个智慧的女人，无疑地，智慧，而且专横。

在这种不安之中他生存了好几天，觉得他的心思呆钝了，陷于忧郁之中，而且——怕见马利娜。她既不来访他也不叫他去访她——而他是没有胆量主动地去看她。他睡眠不好，失掉了食欲，不断地听见那些黏性的记忆迟滞地流动着，那些单调的思想和感情凌乱地连续着。

他的心里忽然发生一个问题，好像是从他的头脑的一个暗角里偷偷地跑出来的：当她对他叫着"噢，出去，我告诉你——"的时候，马利娜的真意是什么呢？她要他走开，还是要他和她留在那里呢？对于这问题他并不寻求直接的解答，觉得倘若马利娜真有意，那么她就会强迫他做她的情人的——明天，为这件事。于是他又在羞辱中看见他自己在镜子前面站在她旁边。

七

过了一个多星期，撒卡里才打电话来请他到商店里去。萨木金穿着新的法兰绒的衣装去到马利娜的商店里，在一种他出庭去辩护一件极复杂的案件的时候所常有的紧张心情之中。在商店里，撒卡里用一种惶惑的、友情的微笑欢迎他，引起他一种不快的怀疑：

"这傻子似乎也把我看作一个狂人。"

马利娜照常接待他，沉静而且高兴地。她正在桌上写字。她前面摆着一只有着黄色液汁和冰块的大玻璃杯。穿着一件白细麻布的单长衣，她似乎没有那么高大了。

"喝一杯这个。"她说，"这是橘子汁和水和白酒。很清凉。"

最初他们谈了一些事务。然后她问，眼看着她的小手指的指甲：

"好，你看那'拉得尼'怎么样？"

"我惊异了。"萨木金小心地回答。

"撒卡里告诉我，你很难过。"

"是的，你知道——"

"但是，使你惊异的是什么呢？"

"不消说，那是疯狂。"他迟疑了一小会儿之后说。

"那是信仰。"

抬起她的头，马利娜严厉地、有意地注视着他，在她的眼睛里他看出某种生疏的、冷酷的斥责。

"这是一种更大更深的信仰，比之那些行业的、做戏似的教会用乐队、风琴、圣餐这一类玩意所表现的——一种群众对于生活的精神的古老的、普通的信仰——"

"这是和我不相通的。"萨木金说，留心着使他的话不至于说得开罪于人。

"那是你和你们这一类人的不幸。"她沉静地回答，修剪着一个破指甲。萨木金注视着她的手指的活动，低声说：

"因为我的生活，我不能理解你怎么会——"

她不让他说完，又很严厉地瞅着他说：

"你不必再问什么。你所需要知道的，我自己会告诉你。而且不要烦恼。你尽可以以为我是在娱乐我自己——由于饱闷无聊或者什么。那是你的权利。"

他迟疑着，瞅着那紧鼓在细麻布衣下面的她的奶子。然后他叹一口气，忏悔着说：

"对不起，我——看见你在那里——"

他并不说出曾经看见她的裸体，但是马利娜显然知道他是在说那偶然的事故。

"这不算什么。"她冷淡地说，"但是你知道无数的素朴的人民自远古以来是怎么生活过来的。"

她站起来，拉一拉她的衣服，走到房间角上，从那里萨木金听见她的问题。

"你认识舍拉菲马·尼卡叶伐吗？"

"尼卡叶伐？"萨木金重说了这久已忘却了的名字，"在那里吗？"

"是的，当然就是那灰头发、尖鼻子的女人，像乌鸦似的怪叫着：'达摩！达摩！'我相信她连达摩、阿俄达加是什么意思也不真懂得。"

"那是——奇怪的。"萨木金说。这时她回到桌子前面，昂然继续说：

"像其他各种团体一样，我们也有偶然的、不必要的人们。她是从高加索山地来的，不属我们这一派。一个轻率的、无思虑的人。她正在写一本关于瑜伽派的书。她知道东方的一些神秘的宗派——或者不过如此罢了。她是富裕的。她的丈夫是一个美国人，一个船主。是的，那是我们的菲莫克加。她从前病得快要死了——而忽然康健起来了——"

听着她说，他得意地想着：

"不。她不能把在人造矿水工厂里的那舞蹈看作认真的事。她不会的。"

觉得对她有着感谢之情似的，萨木金微笑了，而这微笑引起了她的质问，这时她正在从玻璃杯里捞起一片水，横起眼睛看着他：

"你笑什么?"

他并不回答,因为不能再说他不相信她,也欣喜着他不会说。

"你太聪明了,这样不可救药,我的朋友。"她大有深意地说,喝了一点水,"世界所以害病就是由于你们这般人。"

又把杯子放在桌上,她用手掌轻轻地拍着萨木金的前额,那手上的温暖愉快地炽热了他的皮肤。萨木金捏住她的手,并且吻了它,这是和她会面以来的第一次。

"不可救药。"她重复说,把她的手放下到她的腹部上,"你渴望信仰,而又害怕信仰。"

萨木金以为她就要坐在他的膝盖上了。他在椅子里面把身子一动,坐得更稳当一点。商店里的铃响了。马利娜出去了一分钟之后又转回来,拿着一束信件。其中有厚厚的一件,她把它搁在手上掂一掂,就随便抛置在长沙发上。她说:

"格里顿总是在练习俄文文法[1]。他跌断了他的腿,但是他还要翻筋斗。他向我求婚呢。"

"他干什么?求婚?"萨木金惊讶地问,立刻觉得他的惊惶的声调是不合宜的,就说:

"我并不惊异。"

"是的。"马利娜说,悄然在地毡上闲踱着。"不单是他一个。他们全都求婚。他们求婚而我躲避。"她沉闷地说。然后站定了,她低声问:

"你看见我光着身体了,不曾看见吗?"

萨木金还来不及回答,她就挺起胸部,用手摸着她的臀部,并且沉静而又狞野地说:

"将要和我生小孩的他必须是何等的一个男子!这!"

然后,摇一摇她的头,她又用抑压的声音说,她的喉咙有一点嘶

---

[1] 俄文文法中常有"我爱你""你爱我"之类。

哑了:

"我将要感谢我的丈夫一直到我死的时候,虽然他爱我,纵容我,抚弄我,可是他珍重我的美。"

萨木金以为他觉察到她的眼睛是润湿的——当他低下他的头来的时候,一个思想闪射进他的心里:

"她说得好像一个村妇似的——"他立刻觉得他必须走了——即刻。她用她的最后的言语剥夺了、撕毁了他的一切思想,一切欲望。一分钟之后他匆促地告别了,托词说他的匆忙是因为他忘却了某种紧急的事务。

"玩世主义和眼泪。"他想,急忙地走过那被辉煌的太阳晒得炽热的街道,"有点性情乖张,隐秘古怪——我必须远离她。"

几天之后他确切地明白了:因为她吸引他更加强烈起来,所以他正在把他自己从她前面推开去,而根本的办法是脱离了她,甚或离开这城市。在夏季的中间,他到外国去了。